ANNE-MARIE VILLEFRANCHE

Die Zaubermuschel

Anne-Marie Villefranche kam um die Jahrhundertwende als Tochter wohlhabender Eltern in Paris zur Welt. Nach dem ersten Weltkrieg erlebte die junge Frau das blühende Gesellschaftsleben von Paris. 1928 heiratete sie den englischen Diplomaten Richard Warwick und unternahm als Dame der Gesellschaft ausgedehnte Reisen. 1980 starb sie in hohem Alter. Erst nach ihrem Tod stieß man auf ihre intimen Erzählungen, die sie selbst »Kleine Memoiren« nannte und von deren Existenz nicht einmal ihr Mann gewußt hatte. In ihnen schildert sie erotische Abenteuer, die sie offenbar selbst erlebt hat oder aus dem Freundes- und Bekanntenkreis erzählt bekommen hat. Bei der Veröffentlichung dieser Erzählungen wurden die Namen von beteiligten Personen, soweit notwendig, verschlüsselt.

Außerdem bei Portobello erschienen

Die Purpurrose. Roman (55204)
Die Venusblüte. Roman (55271)

Anne-Marie Villefranche

Die Zaubermuschel

Roman

Aus dem Englischen
von Angelika Weidmann

PORTO BELLO

Die Originalausgabe erschien unter dem Titel
»Souvenir d'amour«
bei W. H. Allen & Co., London

Umwelthinweis:
Alle bedruckten Materialien dieses Taschenbuches
sind chlorfrei und umweltschonend.

Portobello Taschenbücher erscheinen im Goldmann Verlag,
einem Unternehmen der Verlagsgruppe Random House GmbH

Einmalige Sonderausgabe Juni 2003

Dieses Werk wurde vermittelt durch die
Literarische Agentur Thomas Schlück GmbH, 30827 Garbsen
Umschlaggestaltung: Design Team München
Umschlagfoto: Artothek/Bridgeman
Druck: Elsnerdruck, Berlin
Verlagsnummer: 55341
KvD · Herstellung: Schröder
Made in Germany
ISBN 3-442-55341-5
www.portobello-verlag.de

1 3 5 7 9 10 8 6 4 2

Vorbemerkung

Dies ist der sechste Band von Anne-Marie Villefranches Geschichten über die amüsanten, ungehörigen Possen ihrer Freunde im Paris der zwanziger Jahre. Ein paar der Personen werden den Lesern früherer Bände bekannt sein – Gabrielle de Michoux, die schöne, junge Witwe, der es gelingt, von einem wohlhabenden Mann nach dem anderen luxuriös ausgehalten zu werden, und Marcel Chalon, zu jedem Abenteuer bereit, solange er anschließend zu seiner Mama heimkehren kann.

Als ich 1982 den ersten Band von Anne-Maries Aufzeichnungen über die Liebesaffären ihres Kreises ins Englische übersetzte, war es unmöglich vorauszusehen, daß sie sich solcher Beliebtheit erfreuen würden. Seit der letzten Zählung sind sie in 15 Ländern rund um die Welt veröffentlicht worden, ihr Geburtsland Frankreich nicht mitgerechnet. Manche sind so weit gegangen, sie mit Colette zu vergleichen – doch das ist übertrieben. Anne-Marie schrieb für sich selbst, hoffte nicht auf eine Veröffentlichung zu ihren Lebzeiten, und sie schloß freche, erotische Szenen mit ein, über die Colette den Schleier der Diskretion gebreitet hätte.

Zwei Dinge mögen erwähnt werden, die die beiden miteinander gemein haben. Zum einen sehen sie das Leben und die Liebe von der komischen Seite. Zum anderen sind sie davon überzeugt, selbst wenn sie es nicht ausdrücklich erwähnen, daß jene, die sexuelle Lust bereiten, eine Belohnung verdienen, sei es mit Geld oder einem teuren Geschenk. Ob dies eine typisch französische Einstellung ist oder nicht, lasse ich die verehrte Leserschaft entscheiden.

Jane Purcell
London 1990

1

Alte und neue Freunde

Die Tür zwischen Wohn- und Schlafzimmer der Hotelsuite stand eine Spaltbreit offen – gerade weit genug, um Marcel Chalon einen heimlichen Blick ins Schlafzimmer zu erlauben. Auf sein Klopfen hatte er keine Antwort erhalten, und nachdem er einige Zeit auf dem langen, leeren Hotelflur gewartet hatte, hatte er den Knauf gedreht, die Tür unverschlossen gefunden und war eingetreten. Das übliche Hotelzimmer, unpersönlich und teuer ausgestattet, lag vor ihm – nur ein breitrandiger Strohhut mit rosa Schleife, nachlässig auf ein Sofa geworfen, bestätigte ihm, daß er sich in der richtigen Suite befand.

Recht waghalsig schlich er durch das mit einem dicken Teppich ausgelegte Zimmer bis zur angelehnten Tür. Ein köstlicher Anblick verschlug ihm den Atem: Im Schlafzimmer stand die schöne Gabrielle de Michoux und betrachtete sich in einem langen Spiegel. Sie hatte das blaßgrüne Kleid, das Marcel vorher an ihr gesehen hatte, die Strümpfe und was immer sie an Leibwäsche angehabt hatte, ausgezogen und einen knielangen Kimono aus pfirsichfarbener Seide übergestreift.

Der Kimono war offen, und Madame de Michoux prüfte ihren schlanken Körper im Spiegel, die Hände unter ihren kecken, kleinen Brüsten. Marcel starrte mit staunender Freude auf die graziöse Kurve ihres Bauchs und den Busch dunkelbraunen Haars zwischen ihren schlanken Schenkeln. Das Herz pochte ihm in der Brust, und in seiner Hose regte sich ein anderer Teil. Er konnte keinen bestimmten Ausdruck in Gabrielles herzförmigem Gesicht erkennen, es sei denn, daß sich ihre dunklen, schmalgezupften Brauen ein wenig wölbten und ihr Mund einen Augenblick lang leicht zitterte.

Marcel wußte sehr wohl, daß diese heimlichen Beobachtungen sehr ungehörig und unter zivilisierten Menschen ganz und gar unverzeihlich waren. Doch Madame de Michoux vor ihrem Spiegel wirkte eher wie ein unwahrscheinlich elegantes Gemälde von der Hand eines Fragonard oder eines Boucher – lebendig geworden! Sie zu beobachten, kam nicht so sehr einem Akt der Zudringlichkeit gleich, sondern eher der Betrachtung eines Kunstwerks – das sagte sich jedenfalls Marcel zu seiner Entschuldigung. Zweifellos ist ein solch köstlicher und unerwarteter Augenblick derartig selten, daß er bereit war, das Risiko der Schande auf sich zu nehmen, um ihn voll auszukosten. Er beobachtete Gabrielle weiterhin, fast ohne zu atmen.

Der Schauplatz dieses seines tadelnswerten Benehmens war Cannes im frühen Sommer 1929. Erst heute Morgen hatte Marcel das Vergnügen gehabt, die Bekanntschaft von Gabrielle de Michoux in Gesellschaft ihres Verlobten zu machen. Nach einem kalten, verregneten Winter und einem verspäteten Frühling in Paris hatte Marcel seine Mutter in den Süden gebracht, und sie bewohnten das Hotel *Splendide* gegenüber dem Yachthafen.

Eigentlich müßte man genauer sagen, daß Madame Chalon ihren Sohn Marcel nach Süden in die Sonne gebracht hatte, denn obgleich sie bei regnerischem Wetter unter einem Anflug von Arthritis in den Beinen litt, war sie eine entschlossene und unabhängige Frau. Ihr Einfluß auf ihren Sohn war beachtlich, was sich daran erkennen ließ, daß er es zufrieden war, mit ihr zusammenzuleben, obgleich er in diesem Jahr sein dreißigstes

Lebensjahr vollendet hatte. An ihrem ersten Ferientag in Cannes nahmen sie gemeinsam auf der Hotelterrasse das Frühstück ein, als ein etwas fülliger Herr in den Fünfzigern an ihren Tisch trat und Madame Chalon höchst respektvoll die Hand küßte.

Er wurde eingeladen, sich zu ihnen zu setzen, und wie aus dem Nichts erschienen zwei Damen, die sich dazugesellten. Kellner in weißen Jacken wuselten um den Tisch herum, brachten Stühle, Tassen, mehr Kaffee, Croissants und Pfirsichmarmelade für die Neuankömmlinge, während man sich einander vorstellte. In Marcels Augen war Monsieur Adolphe Lacoste, der mit seiner Mutter bekannt war, eine lächerlich altmodische Gestalt. Sein stark mit Pomade getränktes Haar war in der Mitte gescheitelt, und er trug einen Schnurrbart, den er an den Enden nach oben zwirbelte. Für den Sonnenschein hatte er einen weißen Anzug mit Weste und einem steif nach oben ragenden Kragen und seidener Krawatte angezogen. Er hielt einen weißen Panamahut aus Stroh und einen Spazierstock aus Malakkarohr in der Hand.

Er war, so wurde Marcel unterrichtet, ein Jugendfreund seines Vaters gewesen. Marcels Vater war während des Großen Krieges gestorben – nicht im schneidigen Kampf gegen die abscheulichen *Boches*, denn er war bedeutend und reif genug gewesen, um nicht in die Armee eingezogen zu werden – nein, sein Tod wurde leider durch einen Herzanfall verursacht, der, so wurde Marcel gesagt, durch ein mißglücktes Geschäftsunterfangen ausgelöst worden war. Was immer wirklich geschehen war, er hatte seine trauernde Witwe und den beinahe erwachsenen Sohn gut versorgt zurückgelassen.

Monsieur Lacostes Gefährtinnen wirkten alles andere als altmodisch. Die eine war seine verheiratete Schwester, Silvie Tournet, höchst schick bekleidet mit einem zitronengelben seidenen Strandanzug und einer langen Perlenkette, die über ihren beachtlichen Busen hinweg bis zur Taille reichte. Sie war wesentlich jünger als ihr Bruder – unter vierzig, schätzte Marcel – und hatte wunderschöne dunkelbraune Augen. Sie hatte auch einen großen Mund, der ständig zu lächeln schien, selbst wenn sie damit beschäftigt war, ihr viertes oder fünftes Croissant zu verzehren.

Die andere Dame war Monsieurs Lacostes Verlobte, eine charmante und sehr elegante Dame in Marcels Alter. Sie hatte ein herzförmiges Gesicht, das von kastanienbraunem Haar eingerahmt wurde. Ihre Augen waren blaugrün, ihr Mund rot und beweglich, und ihr Körper und ihre Schenkel modisch schlank in dem dünnen blaßgrünen Kleid. Um den Hals trug sie einen auf der Höhe ihrer wohlgeformten Brüste geknoteten, langen, schmalen Seidenschal, scharlachrot und dunkelgrün gemustert, so lang, daß seine Enden bis zu ihren Schenkeln reichten.

Madame de Michoux war, wie viele junge Französinnen, Witwe; ihr Gatte hatte sich in einem schlammigen, elenden Graben an der Westfront für sein Vaterland geopfert. Doch das lag Jahre zurück, und in ihrem Benehmen war keine Spur von Traurigkeit – ihre Rede und ihre Gesten waren voller Charme. Ihre langen, schlanken Finger und ihre schmalen Handgelenke mit den Diamantarmbändern drehten und wendeten sich auf eine so graziöse Weise, daß Marcel völlig gefesselt war. Der Verlobungsring an ihrer linken Hand trug einen großen Diamanten, eingefaßt von kleineren blutroten Rubinen, und zeugte zumindest von den soliden Finanzen ihres Verlobten, wenn auch vielleicht nicht von seinem Geschmack.

Monsieur Lacostes Schwester machte keinen Hehl daraus, daß sie Marcel auf Anhieb ins Herz geschlossen hatte. Sie vertraute ihm an, daß sie seit einigen Jahren von ihrem Mann Tournet getrennt lebte, weil er ein unerträgliches Monster von einem Mann sei. Da sie nicht die Risiken einer alleinlebenden Frau tragen wolle, erklärte sie, teile sie die Wohnung ihres Bruders in Paris und spiele die Rolle der Gastgeberin, wenn er Gäste geladen habe. Natürlich, so ließ sie Marcel wissen, würde sie im Herbst, nach der Heirat von Adolphe und Gabrielle, aus der Wohnung ausziehen müssen, und die Aussicht sei für eine so gesellige, anhängliche Person wie sie einfach gräßlich.

Das Frühstück auf der Hotelterrasse zog sich bis weit nach zehn Uhr hin, da es offensichtlich so viel zu sagen gab. Und natürlich verbrachte die ganze Gesellschaft nach diesem so erfreulichen Zusammentreffen beim Frühstück den Rest des Vormittags gemeinsam. Sie schlenderten eine Weile die Uferpromenade entlang, Lacoste mit Madame Chalon vorneweg, wobei er sie höflich, ganz und gar verkörperte Galanterie, untergehakt hatte.

Zu Marcels Verwunderung hatte seine Mutter angefangen, so kokett zu stolzieren und zu lächeln, wie er es ihr niemals zugetraut hätte. Er folgte dem Paar mit der fröhlich schwatzenden Silvie, die sich warm an seinen rechten Arm klammerte, und Gabrielle, die seinen linken Arm kaum berührte. Als die Kniegelenke seiner Mama ein wenig zu knirschen begannen, ließ sich die Gesellschaft auf der Terrasse eines nahen Cafés nieder, bestellte kalte Getränke und genoß die Freuden der Konversation, bis es Zeit zum Mittagessen war.

Es war einige Jahre her, seit seine Mama Adolphe Lacoste zum letzten Mal gesehen hatte, und sie war sichtlich erfreut, die Bekanntschaft aufzufrischen. Marcel erfuhr auch, nicht ohne Staunen, daß Monsieur Lacoste ein ernsthafter Bewerber um die Hand seiner Mama gewesen war, als sie eine junge Frau war, und daß ihr die Entscheidung zwischen ihm und Marcels Vater nicht leichtgefallen war. Das mußte in den neunziger Jahren des vergangenen Jahrhunderts gewesen sein, rechnete er aus, als Lacoste mit Sicherheit weniger füllig als heute gewesen war, und sein Stil der Mode entsprochen haben mochte.

Und seine Mama? Sie mußte eine hübsche junge Frau mit sehr langem Haar gewesen sein, das sie zu einem Knoten auf dem Kopf zu tragen pflegte – das wußte Marcel von den alten Fotografien in ihrem Album. Darauf war sie in knöchellangen Kleidern mit endlosen Rüschen an Hals, Busen und Handgelenken zu sehen, mit vielen Unterröcken, enggeschnürter Taille und einem durch Polster stark betontem Hinterteil. Wie mochte sein Vater, fragte er sich – und übrigens auch Monsieur Lacoste – den jungen Damen ihrer Zeit auf irgendeine intime Weise den Hof gemacht haben, wo diese doch in die scheinbar undurchdringlichen Gewänder eingesperrt waren, die an- und abzulegen die Unterstützung einer Zofe verlangten.

Wie stellte ein Mann es an, in einen weichen Po zu kneifen, wenn dieser unter einer gepolsterten Turnüre versteckt und geschützt war? Oder eine wohlgeformte Brust zu küssen, wenn drei oder vier Stoffschichten sie verbargen und vor beutesuchenden Lippen abschirmten? Waren denn damals alle Bräute Jungfrauen, fragte sich Marcel, oder gelang es den unternehmungslustigen jungen Männern manchmal, ihre Hände unter jene langen Röcke und die ausgeklügelte Unterwäsche zu schmuggeln, um einen warmen, buschigen Hügel zu berühren?

Eine Besonderheit von Gabrielle de Michoux hatte Marcel sehr beeindruckt: Als sie die Caféterrasse betraten, hatte er die Damen natürlich vorausgehen lassen, und ihre Rückenansicht hatte ihn entzückt. Unter der blaßgrünen Seide ihres kurzen Kleides war ein schlanker, straffer, schmaler und kecker Po zu erkennen – ein Hinterteil von wahrer Eleganz und Vornehmheit, das, daran zweifelte er keinen Augenblick, die gleichen Eigenschaften bei seiner Eigentümerin verhieß.

Warum eine so attraktive junge Frau überhaupt daran denken konnte, einen alten Trottel wie Lacoste zu heiraten, war ein Rätsel – nein, das nicht, denn der Grund mußte sein Geld sein, aber eine solche Verbindung war nach Marcels persönlicher Meinung ein Jammer und reine Verschwendung. Doch seine eigenen Beobachtungen und Erfahrungen mit den Gattinnen anderer Männer gab ihm die Gewißheit, daß Gabrielle sich nur wenige Monate nach dem Ende der Flitterwochen diskret einen Liebhaber zulegen würde.

Die Ereignisse etwas später an diesem Tag fügten es, daß er wesentlich engere Bekanntschaft mit Gabrielle machen sollte, als er erwartet hatte. Das Mittagessen war eine höchst angenehme Angelegenheit; Lacoste befand sich in Ferienstimmung und bestand darauf, zur Begleitung des köstlichen Mahls eine Flasche vorzüglichen Champagners nach der anderen zu bestellen. Gegen vier Uhr nachmittags gab Marcels Mama bekannt, daß sie glücklich wäre, jetzt ins *Splendide* zurückzukehren und ein Stündchen oder so zu schlafen, damit sie für den Abend ausgeruht und frisch sei, da Lacoste sie und Marcel schon zum Abendessen eingeladen hatte.

Die anderen Damen pflichteten ihr bei und erklärten, daß Madame Chalons Idee gut sei, denn der Nachmittag war heiß, und die Fröhlichkeit, hervorgerufen von großen Mengen Champagners, begann nachzulassen. Lacoste bestand darauf, die Rechnung zu bezahlen, und nach einem Scheingefecht gestattete Marcel es ihm huldvoll. Damit noch nicht zufrieden, beauftragte Lacoste einen Kellner, eine Pferdekutsche vor das Restaurant zu beordern, um seine Gäste zum Hotel zu bringen, denn es käme überhaupt nicht in Frage, erklärte er, daß Madame Chalon in der Hitze zu Fuß gehe.

Marcel geleitete seine Mutter bis zur Tür ihrer Suite und wollte dann ein wenig allein den Strand entlangschlendern, um sich am Anblick junger Damen zu erfreuen, die in der Sonne herumtollen mochten. Der Anblick weicher, runder Brüste unter dem dünnen Wolljersey eng anliegender Badeanzüge war äußerst stimulierend; das Betrachten nackter, brauner Schenkel unaussprechbar köstlich.

»Warte einen Augenblick, Marcel«, sage Madame Chalon. »Ich habe ein Buch für Madame de Michoux – den neuesten Roman von Mauriac. Wir haben beim Essen darüber gesprochen, und ich versprach, ihn ihr zu leihen – macht es dir etwas aus, ihn ihr zu bringen?«

»Der Roman von Mauriac?« fragte Marcel überrascht. »Ich habe nicht gehört, daß ihr darüber gesprochen habt.«

»Du warst zu sehr mit Madame Tournet beschäftigt«, gab seine Mutter trocken zurück. »Ihr habt die meiste Zeit die Köpfe zusammengesteckt, und – auch wenn es mir widerstrebt, ein so unziemliches Thema anzuschneiden, Marcel – ich habe mehr als nur einmal eindeutig den Eindruck gehabt, daß deine Hand unter dem Tisch auf ihrem Knie ruhte. Du weißt, daß ich so ein Benehmen in der Öffentlichkeit niemals dulden kann!«

»Mama, da irrst du dich gewaltig!« rief Marcel aus. »Ich gebe dir mein Ehrenwort, daß ich meine Hand nicht auf Madame Tournets Knie gelegt habe – nicht ein einziges Mal!«

Die Wahrheit war natürlich, daß es Madame Tournets Hand gewesen war, die unter dem Tisch auf seinem Knie gelegen hatte – und nicht bloß auf seinem Knie! Er hatte höchst bewundernswert die Haltung bewahrt, während ihre heiße, erfahrene Hand an der Innenseite seines Schenkels aufwärtsglitt und ihre Finger durch den Stoff der Hose hindurch die harten Umrisse seines inzwischen aufgerichteten edelsten Körperteils abgetastet hatten.

»Dann muß ich dir wohl glauben, wenn du mir dein Wort darauf gibst«, sagte Madame Chalon. »Ich kann nur sagen, daß der Schein manchmal trügt. Sie ist zu alt und viel zu welterfahren für dich, mein lieber Junge – ich flehe dich an, schlag sie dir aus dem Kopf.«

Marcel verstand sehr wohl, daß seine Mama Silvie mit dieser Bemerkung kein Kompliment zu machen gedachte – vielmehr hatte Silvie in ihren Augen viel zu bereitwillig die intimen Dienste viel zu vieler Männer in Anspruch genommen und würde irgendwann zu einer bemitleidenswerten Person werden – einer übermäßig geschminkten alten Vettel.

»Du brauchst dir in dieser Hinsicht keine Sorgen zu machen, Mama«, sagte er, »sie hat keinen Platz in meinen Gedanken, und ich habe auch nicht vor, ihr einen einzuräumen. Wo ist das Buch für Madame de Michoux?«

In dieser Sache sprach er die Wahrheit. Während des Essens hatte Silvie ihn durch die Blume wissen lassen, daß sie fünfunddreißig sei, woraus er schloß, daß sie sieben- oder achtunddreißig sein mußte. Doch abgesehen von ihrem relativen Alter, war sie nicht der Typ von Frau, der ihn anzog – sie zeigte ihm viel zu offen, daß sie ihn begehrte. Marcels Charakter war so beschaffen, daß er sich heftig auflehnte, wenn ihm schien, er sei die Beute und eine Frau der Jäger. Im Gegenteil, er sah sich immer in der höchst romantischen Rolle Rudolph Valentinos als Scheich, der schöne Frauen durch die animalische Kraft seiner magnetischen Persönlichkeit anlockte.

Als Valentinos gefeierter Film ein paar Jahre zuvor in Paris gezeigt worden war, war Marcel zutiefst beeindruckt gewesen, und er hatte ihn sich nicht weniger als achtmal angeschaut. Silvie Tournet entsprach nicht seinem Frauenideal, und er hatte keinerlei Absicht, ihre beim Essen geflüsterte Einladung in ihre Hotelsuite anzunehmen, um ihr zu zeigen, was er mit *diesem* machen könnte und herauszufinden, was sie damit machen würde – wobei *dieser* der aufgerichtete Körperteil war, den sie in jenem Augenblick unter dem Tisch mit den Fingern befühlte.

Ein Spaziergang am Strand war mehr nach seinem Geschmack – dort gäbe es eine Vielfalt spärlich gekleideter junger Damen zu bewundern. Und wenn das Glück ihm hold war, konnte er vielleicht mit einer von ihnen Bekanntschaft schließen, denn ein gutaussehender, elegant gekleideter Mann wie er hatte wenig Schwierigkeiten, das Interesse schöner Frauen auf sich zu lenken. Doch aus diesen guten Absichten wurde nichts, denn das, was er in Gabrielle de Michoux's Suite vorfand, als er das Buch überbringen wollte, das seine Mutter ihm gegeben hatte, hatte ihn davon abgelenkt.

Warum Adolphe Lacoste nicht hier bei seiner schönen Verlobten war, war eine Frage, die Marcels Vorstellungskraft überstieg – wenn Gabrielle die Seine wäre, würde er jeden Nachmittag mit ihr verbringen, um die Wonnen der Liebe mit ihr zu genießen! Aber sie befand sich allein in ihrem Schlafzimmer, betrachtete sich in dem langen Spiegel und trug nichts als einen leichten Seidenkimono, der vorne offen war und ihren glatten, schönen, nackten Körper zur Schau stellte. Und während Marcel zuschaute, das vergessene Buch unter dem Arm, ließen ihre Hände die Brüste los, und er sah, daß sich die dunkelrosa Knospen, die sie bedeckt hatten, stolz aufgerichtet hatten.

Ihre langgliedrigen Hände glitten langsam über die graziöse Kurve ihres Bauchs zu dem Busch aus dunkelbraunem Haar zwischen ihren Schenkeln und ruhten dort für eine lange, atemberaubende Weile. Marcel konnte das Stöhnen kaum unterdrücken, das ihm in die Kehle stieg, als Gabrielle ihre Füße auf dem Teppich auseinanderrückte und ihre Finger sanft über die Innenseite ihrer Schenkel streifen ließ, von ungefähr dort, wo ihre Strumpfränder geendet hätten, falls sie Seidenstrümpfe angehabt hätte, bis hin zu der zarten Haut neben ihrem lockigen Dreieck.

Das kann doch nicht wahr sein! dachte Marcel mit schmerzhaft pochendem Herzen angesichts dieser so bezaubernden Pose. Ist es möglich, daß ich das Glück haben soll, genau in dem Moment hier zu sein, wo diese wunderschöne Frau dabei ist, sich selbst zu befriedigen? Lacoste hatte seine schöne, junge Verlobte zu lange allein gelassen, das war offensichtlich, denn im nächsten Augenblick ließ sie ihren Mittelfinger in ihre feuchte Höhle gleiten. Marcel hörte ihr winziges *Oh!* und sah, wie ihr Bauch bebte, während Pfeile der Lust sie durchzuckten.

Wie wundervoll, wie unbeschreiblich wundervoll! war der Gedanke, der durch Marcels fieberndes Bewußtsein schoß, als Gabrielles Finger in ihren dunkelbraunen Locken heftig herumflitzten, ihr verborgenes, kleines Knöspchen fanden und es so klug liebkosten, daß sich ihr rotgeschminkter Mund vor überwältigender Lust weit öffnete und ihre Augen in der schnell herannahenden Ekstase dunkel und blind wurden. Ihre langen, schlanken Beine zitterten, und sie bewegte sich mit vorsichtigen Schritten rückwärts, bis sie die Bettkante an den Kniekehlen fühlte.

Ihre Knie gaben nach, sie fiel rücklings auf das weiche Bett und blieb mit den Füßen auf dem Boden und weit gespreizten Beinen liegen. Jetzt hatte Marcel endlich freien Blick auf die eleganten, dünnen Lippen unter ihrem nußbraunen Vlies, und er seufzte tief, als sie sie weit öffnete und das Innere mit den Fingerspitzen liebkoste.

Sie atmete schwer – ihr Keuchen war deutlich zu hören – und das war mehr, als Marcel ertragen konnte. Mit einer heftigen, entschlossenen Geste stieß er die Tür auf und war in drei oder vier Schritten ans Bett getreten und hatte sich zwischen Gabrielles nackte Beine gekniet.

»Sie?« rief sie aus. »Was machen *Sie* denn hier?«

Worte taugten nicht, um Marcels Gefühle in jenem

Augenblick zum Ausdruck zu bringen. Er beantwortete ihre Frage, indem er das Buch fallen ließ, das er noch immer in der Hand gehalten hatte, ihren Kimono weit zurückschlug und ihren Körper vollständig entblößte. Ohne ein Wort der Entschuldigung packte er ihre runden Knie mit zitternden Händen und schob ihre Beine noch weiter auseinander – und während sie ihn erschreckt anschaute, beugte er den Kopf und vergrub sein Gesicht zwischen ihren Schenkeln.

»Nein, nicht doch, das dürfen Sie nicht tun!« keuchte sie.

Man muß ehrlich zugeben, daß diese kleine Szene in dem Hotelschlafzimmer etwas Lächerliches, wenn nicht gar Absurdes hatte. Gabrielle war sexuell aufs höchste erregt – das hatte sie mit ihrer eigenen Stimulation vor dem Spiegel erreicht. Doch der Anstand verlangte, daß sie Marcel verbieten mußte, ihrem Körper die so heiß ersehnte Erleichterung zu verschaffen. Unglücklicherweise – oder war es eher ein Glück? – war sie dem kritischen Moment zu nah, um ernsthaften Widerstand gegen das, was Marcel mit ihr machte, leisten zu können. Seine Finger verdrängten die ihren, um die weichen Lippen gespreizt zu halten, und seine Zunge flitzte stürmisch über ihre kleine Knospe.

»Sie dürfen das nicht!« seufzte sie, »ich lasse es nicht zu!« Sie mühte sich ab, um sich auf die Ellbogen zu stützen, so daß ihre kleinen, spitzen Brüste zu wippen begannen, was Marcel beinahe erledigt hätte. Er küßte ihre Schenkel, ihren braungelockten Spalt, und stieß dann wieder die Zunge in sie, um ihre Knospe zu berühren, als flehe er sie ohne Worte an, sich ihm zu ergeben. Nach wenigen Augenblicken fiel sie aufs Bett zurück. »Das kann ich nicht ertragen ...«, wisperte sie kaum hörbar.

Ob es nun die Tatsache war, daß Marcels nasse Zunge sie überwältigte, oder das köstliche Gefühl, das seine

Zunge in ihr auslöste – das, was sie nicht ertragen konnte, ließ sich in diesem Moment nicht so genau feststellen. Gabrielles schlanke Schenkel spreizten sich noch ein Stückchen weiter, und er packte ihre strammen, kleinen Pobacken, während sein offener Mund zu einem langen Kuß auf ihre köstliche kleine Höhle gepreßt war, und seine Zungenspitze ihren empfindlichsten Punkt mit erlesener Kunstfertigkeit liebkoste.

Sie protestierte laut: »Hören Sie sofort auf, Marcel, bitte!«, doch ihre Stimme zitterte unter der Spannung, die sich schnell in ihr aufbaute. Dann nahm sie das Unvermeidliche hin, stieß einen langgezogenen Seufzer reiner Lust aus, der von einem sanften, zitternden Beben ihres Körpers begleitet wurde. Marcel wußte, daß er sie an den kritischen Punkt gebracht hatte.

»Sie haben mich dazu gezwungen!« keuchte sie, und ihr Leib drehte und schlängelte sich auf dem Bett, während die überwältigende Lust in ihr explodierte. Ihre Schenkel spreizten sich so weit, daß Marcel dachte, ihre Hüftgelenke würden ausgekugelt; sie zerrte wild an seinen Haaren, ihr Rücken bäumte sich vom Bett auf, und sie stieß einen langgezogenen Schrei der Ekstase aus, der wie reißende Seide klang.

Als ihre Zuckungen endlich nachließen, hob er den Kopf zwischen ihren weichhäutigen Schenkeln und betrachtete ihr hübsches *jou-jou* zum erstenmal genauer. Ihre seidigen braunen Löckchen waren kurz und dicht, doch sie bedeckten nur den oberen Teil ihres Hügels, der sich elegant unter ihrem Bauch aufwölbte. Sie wuchsen seitlich ihrer dünnen Lippen bis in den zart duftenden Spalt und ließen die Lippen selbst bloß und frei. Er hatte sie wie die Blütenblätter einer rosaroten Rose geteilt, um ihr Lust zu bereiten, und der hübsche Anblick ließ ihn einen tiefen Seufzer ausstoßen.

Sie lag mit gespreizten Beinen auf dem Rücken, als sei sie benommen von dem, was er mit ihr gemacht hatte, und im nächsten Moment hatte Marcel seine Hose aufgerissen und sich auf sie geworfen. Sie gab einen kleinen Schrei von sich, als sie seine Steifheit tief in sich hineingleiten fühlte, und vielleicht flüsterte sie *»Nein, nein!«* und vielleicht auch nicht – Marcel hörte bereits nichts mehr. Noch immer vollständig bekleidet, da er keine Zeit gehabt hatte, seinen makellosen taubenblauen Anzug auszuziehen – oder auch nur die blaue Fliege – lag er auf ihrem nackten Körper und ritt in ihrem samtenen Portal ein und aus.

Wie Marcel feststellte, war sie von sinnlicher Natur, und so überrascht sie auch durch sein plötzliches Erscheinen in ihrem Schlafzimmer gewesen sein mochte, genoß sie, was mit ihr geschah. Ihr hübsches Gesicht war vor Emotionen gerötet, und ihre langgliedrigen Hände krallten sich in seine Schultern, während er mit tiefen, kräftigen Stößen zwischen ihre gespreizten Schenkel drang. »Oh, Marcel, Marcel ...« murmelte sie, nahm seinen Kopf zwischen die Hände und zog seinen Mund auf ihren.

Marcel stöhnte und sprudelte sein Entzücken in sie hinein; sein Herz klopfte wild, und sein Körper zuckte unter den Krämpfen der Ekstase, während Gabrielle wimmerte und sich in plötzlicher Befreiung unter ihm wand. Als sie wieder ruhig wurde, nahm ihr Gesicht einen beunruhigten Ausdruck an, und sie stieß gegen seine Schultern, um ihn zu drängen, sich von ihr zu erheben.

»Du mußt gehen – schnell!« sagte sie drängend.

»Aber warum denn?« fragte er zutiefst widerstrebend, sich aus der warmen Tasche zurückzuziehen, die ihn so angenehm umfangen hielt. »Jetzt, wo wir einander in dieser Weise gefunden haben, liebste Gabrielle, möchte ich deine bezaubernden kleinen Brüste küssen und alle meine Kleider ablegen und dich eng an meinen nackten Leib drücken und dich wieder aufs leidenschaftlichste lieben.«

»Bilden Sie sich nichts ein«, erwiderte sie scharf. »Wir haben einander nicht *gefunden*, wie Sie es nennen – Sie haben sich mir in einem Augenblick aufgezwungen, wo ich am wenigsten in der Lage war, Ihren Annäherungen zu widerstehen. Sie haben sich abscheulich benommen, indem Sie meinen Augenblick der Schwäche ausgenutzt haben. Aber was geschehen ist, ist geschehen – gehen Sie jetzt und lassen Sie mich allein, und bilden Sie sich nicht ein, Sie könnten wiederkommen.«

Marcels Eindringling glitt schlaff aus dem warmen Hort zwischen Gabrielles Schenkeln, und mit einer schnellen Bewegung rollte sie ihn zur Seite und befreite sich. Dann setzte sie sich auf und zog den Kimono fest um sich, so daß ihre kleinen Brüste und ihr Bauch bedeckt wurden. Marcel blieb, wo er war, seitlich auf dem Bett liegend, die Hose weit offen und sein glitschigfeuchtes Instrument gut sichtbar. Er war erfreut zu bemerken, daß Gabrielle mehrfach Blicke darauf warf.

»Wie ich sehe, muß ich direkt zu Ihnen sein«, sagte sie in einem Ton, der alles andere als freundlich zu nennen war. »Ich erwarte Monsieur Lacoste sehr bald – würden Sie jetzt bitte gehen!«

»Ah, das wirft ein anderes Licht auf die Angelegenheit, ich muß es zugeben«, sagte Marcel, setzte sich aufrecht hin, verstaute seinen baumelnden Körperteil und knöpfte sich die Hose zu. »Ich muß mich entschuldigen, Madame – es war keineswegs meine Absicht, Ihnen Probleme mit Ihrem Verlobten zu bereiten.«

Er stand vom Bett auf und verbeugte sich zum Abschied, doch Gabrielle hielt ihm, ohne nachzudenken, die Hand zum Kuß hin. Er beugte sich darüber und berührte respektvoll ihren schmalen Handrücken mit den Lippen, dann drehte er ihre Hand um und küßte die Handfläche.

»Darf ich mir eine Frage gestatten ...?« fragte er. »Wie kommt es, daß Monsieur Lacoste nicht hier bei

Ihnen ist? Wir sind schon seit mindestens einer halben Stunde wieder im Hotel – an seiner Stelle, mit einer so wunderschönen Verlobten wie Ihnen, wäre ich sofort mit in Ihr Zimmer gekommen.«

»Sie müssen bedenken, daß Monsieur Lacoste ein paar Jahre älter ist als Sie«, sagte Gabrielle. »Er hat die Gewohnheit, nach dem Essen eine Stunde zu schlafen, um sich für große Anstrengungen bereit zu machen.«

»Ich verstehe«, sagte Marcel mit einem Lächeln, »und Sie tun mir leid.«

»Leid?« rief sie aus, und ihre dunklen Augenbrauen zogen sich ungläubig in die Höhe. »Sie belieben unverschämt zu sein, Monsieur Chalon, und ich finde das äußerst geschmacklos.«

»Verzeihen Sie mir – es war nicht meine Absicht, Sie zu kränken. Aber wenn ich eine schöne junge Frau sehe, die gezwungen ist, sich selbst zu befriedigen, kurz bevor ihr Verlobter zu ihr kommt, um sie mit seiner Liebe zu beglücken, dann sind die drei Schlüsse, die ich daraus ziehe, für jeden intelligenten Menschen ganz offensichtlich.«

Gabrielle war ungehalten – das sah man deutlich an der Röte in ihrem makellosen Gesicht und an der Weise, wie sie den pfirsichfarbenen Kimono vor dem Busen umklammerte, um ihn um ihren Leib zu schließen – doch Marcels Worte hatten ihre weibliche Neugier geweckt.

»Welche drei Schlüsse?« fragte sie. »Was meinen Sie damit?«

»Aus dem faszinierenden und höchst erregenden Zustand, in dem ich Sie gefunden habe, zog ich folgende Schlüsse«, sagte er, setzte sich neben sie aufs Bett und nahm ihre kleine Hand zwischen seine Hände. »Erstens, daß Ihre Eleganz und Schönheit durch eine heiße, sinnliche Natur ergänzt wird ...«

»Nein, das stimmt nicht!« widersprach Gabrielle sofort.

»Zweitens«, fuhr Marcel fort, ohne im geringsten auf ihren Einwurf zu achten, »ist Monsieur Lacoste zweifellos eine Persönlichkeit mit bewundernswerten Qualitäten und Talenten, ganz abgesehen davon, daß er sehr wohlhabend ist, doch sein Alter hat ihn der Fähigkeiten beraubt, die Sehnsüchte und Bedürfnisse Ihrer zärtlichen Natur zu befriedigen, obwohl Sie doch das Recht haben, auf ihrer Erfüllung zu bestehen ...«

»Sie sind schon wieder unverschämt!« rief Gabrielle aus.

»Und drittens«, sagte Marcel unbeirrt, »Was Sie brauchen, um Ihr Leben und Ihre Sinnlichkeit im Gleichgewicht zu halten, ist jemand, der Sie versteht, jemand mit einer so heißblütigen Natur wie die Ihre, jemand, der diskret und großzügig und nicht eifersüchtig ist, und der nicht verlangt, Ihre ganze Zeit in Anspruch zu nehmen – kurz gesagt, ein lieber Freund, der da ist, wenn Ihr Verlobter woanders ist, und der nichts anderes will, als sich der intimen Bedürfnisse anzunehmen, die Monsieur Lacoste unbefriedigt läßt.«

»Und dieses Musterexemplar von einem Mann, das ist natürlich niemand anderer als Sie«, sagte Gabrielle; eine kleine Furche runzelte die zarte Haut zwischen ihren sorgfältig gezupften Brauen. »Sie sind absurd!«

»Verwerfen Sie mein Angebot nicht, ohne seinen Vorteilen ein wenig mehr Überlegung gewidmet zu haben«, antwortete er und hob ihre Hand an seine Lippen, um sie erneut zu küssen. »Geben Sie es zu – Sie haben zweimal einen strahlenden Höhepunkt in weniger als fünf Minuten unter meinen Händen erreicht. Hat Ihnen Monsieur Lacoste je so großzügig Lust bereitet? Natürlich nicht. Er erwartet von Ihnen, ihn zu befriedigen, nicht wahr? Darum halten Sie es für nötig, ihre Bedürfnisse selbst in die Hand zu nehmen.«

»Sie unterstellen zuviel!« protestierte sie, und ihr Gesicht rötete sich wieder.

»Keineswegs«, erwiderte er bestimmt. »Meine Schlüsse basieren auf allerstrengster Logik. Bedenken Sie sie noch einen Moment länger, meine liebe, schöne Gabrielle. Wenn Sie und ich nicht nur für einen kurzen Augenblick, sondern einen ganzen Nachmittag lang zusammen wären – oder eine ganze Nacht – wie umwerfend die Lust wäre, die ich Ihnen bereiten könnte!«

»Das ist lächerlich!« sagte sie und versuchte, bestimmt zu klingen. »Ich habe nicht die geringste Absicht, Monsieur Lacoste untreu zu sein – weder jetzt, wo wir verlobt sind, noch später, wenn wir verheiratet sind – und selbst wenn ich die Absicht hätte, so haben Sie keinerlei Anlaß zu glauben, daß Sie derjenige wären, den ich wählen würde. Wie spät ist es?«

Überrascht schaute Marcel auf seine Armbanduhr und informierte Gabrielle, daß es kurz vor fünf sei. Obwohl sie es nicht zu zeigen versuchte, war sie ganz eindeutig erleichtert, und daraus leitete er ab, daß sie nicht erwartete, Lacoste könnte seinen Mittagsschlaf beendet haben und innerhalb kurzer Zeit in ihr Zimmer kommen.

»Glauben Sie mir«, sagte er mit sehr ernster Stimme, »mir haben Ihre wahren Interessen sehr am Herzen gelegen, als ich Ihnen meinen Vorschlag unterbreitet habe.«

»Und wie ist das möglich? Wir sind uns heute zum ersten Mal begegnet.«

»Weil ich in diesen wenigen Stunden herausgefunden habe, daß ich Sie anbete«, gab er zurück, und während er wieder ihre Handfläche küßte, ließ er seine freie Hand über ihren Schenkel unter der dünnen Seide des Kimonos gleiten, bis seine Fingerspitzen den Busch seidiger Locken zwischen ihren Beinen erreichten.

»Sie müssen gehen!« sagte sie sofort und klemmte die Beine um seine Hand herum zusammen. Doch seine Finger hatten bereits ihre feuchten Blütenblätter geteilt und liebkosten ihre geheime Knospe.

»Dann werde ich gehen«, sagte er mit einem langen,

herzzerreißenden Seufzer, »und da ich so entschieden abgewiesen werde, werde ich mich Ihnen niemals wieder als ihr ergebenster Freund anbieten... Doch bevor ich Sie für immer verlasse, gestatten Sie mir wenigstens, Sie mit einer letzten kleinen Berührung an die Ekstase zu erinnern, die Sie mir geschenkt haben...«

Gabrielle mußte über seine Rede lachen. »Aber Sie können doch so schnell noch nicht wieder«, sagte sie und streckte die Hand aus, um mit ihrem Zeigefinger gegen die langgestreckte Beule in seiner Hose zu tippen. Sie mußte feststellen, daß sein eifriges Stück schon wieder fast seine volle Größe erreicht hatte.

»Sie sind ein unmöglicher Mensch«, sagte sie und lachte wieder. Sie knöpfte seine Hose auf und nahm ihn ganz in ihre warme Hand, als wolle sie die Größe und Dicke seines Angebots messen.

»Du mußt wirklich sehr schnell machen«, fügte sie mit einem kleinen Seufzer hinzu, während sie sich auf das Bett zurücksinken ließ, den Kimono aufschlug, ihm den Charme ihres nackten Körpers bietend, und die Schenkel spreizte.

Marcel hatte in der Tat nicht den Wunsch, von Monsieur Lacoste in leidenschaftlicher Umarmung mit dessen Verlobter ertappt zu werden – das würde mit Sicherheit zu Vorwürfen, Anschuldigungen wegen Vertrauensbruchs, wütendem Geschrei, bitterer Verachtung und der Himmel weiß, was sonst noch führen! Er legte sich neben Gabrielle, die Hand zwischen ihren Beinen in ihren braunen Löckchen, und liebkoste ihre nasse Knospe für ein oder zwei Augenblicke, und dann rollte er sich mit seinem begeisterten Körperteil, hart wie ein Eisenknüppel, auf ihren zarten Bauch und tauchte mit einem kleinen, zufriedenen Seufzer in ihre weiche Wärme.

Sie hatte ihn gebeten, sich zu beeilen, doch diesmal war sein Liebesspiel lang und köstlich. Er murmelte, daß er sie anbete, daß sie die allerschönste Frau sei, die er je gekannt habe, daß er an gebrochenem Herzen sterben würde, wenn es ihm verboten sei, je wieder mit ihr zusammen zu sein, doch daß er bereitwillig sein düsteres Schicksal hinnehmen würde, aus lauter Dankbarkeit für die Wonne, die dieses kurze Zusammentreffen ihm gegeben habe. Kurzum, er plapperte den üblichen trivialen Unsinn, während er stieß und stieß.

Und Gabrielle hetzte ihn nicht, sondern bog ihre Lenden aufwärts, um ihn tiefer in ihr Döschen eindringen zu lassen, und genoß jeden Augenblick davon, während sie höchst begierig auf sein Gemurmel lauschte und ihn mit den Armen fest umschlang. Die Empfindungen waren so überwältigend, daß es ihnen vorkam, als seien ihre Körper zu einem verschmolzen, und eine intensive geistige und körperliche Wonne hielt sie gefangen.

Und schließlich fühlte er, wie ihre weiche, kleine Aprikose ihn packte. »Oh Marcel, mein Lieber«, keuchte sie, »das fühlt sich wunderbar an!« Geraume Weile schwebte sie am Rande der Ekstase, und dann wurde er von unkontrollierbarem Begehren erfaßt und stieß heftig und schnell, und hörte ihren Schrei der Lust, als sein pralles Ding hochschnellte und seinen Tribut an ihre Lieblichkeit verspritzte.

»Jetzt mußt du aber wirklich von hier verschwinden«, sagte sie, sobald sie wieder zu reden imstande war, und er fähig, sie zu verstehen.

»Ich verehre dich zu sehr, um dir irgendwelche Unannehmlichkeiten zu bereiten, liebste Gabrielle«, gab er zurück, während er von ihr aufstand. »Ich werde gehen, ehe Monsieur Lacoste auftaucht. *Au revoir, chérie.*«

»Nicht *au revoir*, lieber Marcel – es muß ein endgültiges *adieu* sein«, sagte sie. »Wir werden übermorgen wieder nach Paris zurückkehren, und bis dahin werde ich dich nur in Gegenwart von anderen sehen – verstehst du mich? Und in Paris werden wir uns nie wiedersehen. *Adieu*, Marcel.«

Ehe sie sich mit ihrem Kimono wieder zudecken konnte, beugte sich Marcel über sie und drückte ihr grinsend einen zärtlichen Kuß auf den warmen, kleinen Bauch.

»Unser Schicksal steht in den Sternen«, sagte er großartig.

2

Der Spatz in der Hand ist besser als die Taube auf dem Dach

Nach einem großartigen Abendessen an ihrem letzten Tag – ein Abendessen, zu dem Marcel und seine Mutter so herzlich eingeladen wurden, daß sie unmöglich ablehnen konnten – beschlossen Adolphe Lacoste und seine Gesellschaft, zusammen ins Casino zu gehen. Der Vorschlag stammte ursprünglich von Silvie, doch ihr Bruder nahm ihn bereitwillig auf.

Es war noch früh im Sommer und der Spielsaal daher nicht überfüllt, als sie ankamen. Lacoste ging vorneweg, mit Marcels Mutter an einem Arm und Gabrielle am anderen. Es hatte etwas Absurdes, wie er da zwischen den beiden Damen stolzierte – irgendwie erinnerte er Marcel an eine der Tauben, die mit unerklärlichem Stolz durch unsere Städte spazieren. Und als er seinen Blick über die versammelte vornehme Gesellschaft wandern ließ, fand er das Bild der sich brüstenden Tauben gar nicht so unpassend.

Nicht, daß die Damen und Herren, die sich an jenem Abend an den Spieltischen des Casinos amüsierten, etwas Absurdes an sich gehabt hätten! Im Gegenteil, sie boten ganz und gar das Bild distinguierter Eleganz, eine Gesellschaft, die das Herz eines jeden Klatschreporters erfreut hätte – und eines jeden Casino-Aktionärs. Es stand außer Frage, daß sogar dem feistesten, glatzköpfigsten Mann durch den Frack und das weiße Hemd ein gewisser Glanz verliehen wurde, und die Frauen, ob jung oder alt, trugen genügend glitzernden Schmuck zu ihren modischen Kleidern, um schön auszusehen – oder wenigstens interessant.

Lacoste hatte seinen aufgezwirbelten Schnurrbart mit glänzender Pomade eingerieben, und die Diamantknöpfe auf seiner Hemdbrust verliehen ihm eine gewisse Bedeutsamkeit. Marcels Mama hatte ihr bestes Abendkleid angelegt – ein handgesticktes Rosenmuster verlief von der linken Hüfte zur rechten Schulter – und mit ihren aufgesteckten Haaren wirkte sie äußerst distinguiert. Silvie trug eine umwerfende Kreation aus glänzend schwarzem Satin, die man zu Taschentuchgröße hätte zusammenfalten und einstecken können.

Marcel hatte während des Abendessens kaum die Augen von ihr abwenden können, so gewagt war ihr Kleid, was ihm mißbilligende Blicke seiner Mutter eintrug. Zweifellos hatte sich Silvie angezogen, um Aufsehen zu erregen – besser gesagt, sie hatte sich ausgezogen, um Aufsehen zu erregen. Das Dekolleté ihres Kleids war über ihrem üppigen Busen so tief ausgeschnitten, daß gerade noch die Brustwarzen bedeckt wurden. Natürlich war es nicht nur ärmellos, sondern auch rückenfrei – in der Tat war es so geschnitten, daß es den größten Teil ihres Rückgrats enthüllte.

Zu diesem erstaunlichen Kleid trug Silvie eine sehr lange Perlenkette. Sie war zweimal um ihren Hals geschlungen und hing dann nicht auf banale Weise vorn über ihre Brust, sondern über den Rücken, so daß die Perlen auf der glatten, nackten Haut schimmerten. Und wenn die Schnur durch irgendein Mißgeschick während des Tanzens zerreißen würde, würden die Perlen wie schöne Hagelkörner nicht auf den Boden rieseln, sondern durch den erstaunlich tiefen Rückenausschnitt ihres Kleides in ihren Schlüpfer – falls sie überhaupt einen trug!

Obwohl alle Erscheinungen im Casino beredtes Zeugnis von Wohlstand und gutem Geschmack ablegten, waren Gabrielle de Michoux und Marcel zweifellos die schönsten Gäste, auch wenn beide einfach gekleidet waren. Er hatte absichtlich die Tradition ignoriert und statt des Fracks ein modernes Dinnerjackett aus weißer Seide gewählt – mit einer blauen Nelke im Knopfloch.

Als er mit Silvie am Arm in den Spielsaal schlenderte, hatte er nicht den geringsten Zweifel, daß jeder der anwesenden Frauen sich nach ihm umdrehte und seine elegante Erscheinung anstarrte. Für Prinzessinnen, Gräfinnen, Bankiersgattinnen, Töchter und Mätressen von Wucherern, Staatsministern und ausländischen Touristen war Marcel das Ideal, nach dem ihre Herzen sich insgeheim sehnten – davon hatte er sich längst überzeugen können.

Gabrielle teilte Silvies Vorliebe für das Ausgefallene nicht. Ihr Abendkleid war aus jadegrünem Chiffon und sehr einfach geschnitten, doch es schmiegte sich an die Kurven ihrer graziösen Figur, als wolle es zeigen, wie wohlgestaltet sie war, ohne mehr als die blasse Haut ihrer Arme und ihres Halses zu offenbaren. Das Kleid war nicht kurz genug, um ihre makellos gerundeten Knie sehen zu lassen, die Marcel so bewundert hatte, als er sie am Vortag unbekleidet in ihrem Schlafzimmer gefunden hatte, doch er fand ihre seidenbestrumpften Beine ganz besonders graziös.

Für die kleine Gesellschaft wurden Plätze an einem der Roulettetische gefunden, denn Lacoste war bekannt für seine guten Trinkgelder, und das Personal sorgte gut für ihn. *»Les jeux sont faits, Mesdames et Messieurs«*, sang der Croupier, drehte das Rad und die kleine Kugel klickerte im Kreis.

Marcel interessierte sich nicht sonderlich für das Spielen, doch er fand es interessant und aufschlußreich, die anderen dabei zu beobachten. Adolphe Lacoste spielte zum Beispiel so, als verhandle er über einen Geschäftsabschluß – er beobachtete mit ausdruckslosem Gesicht;

er schien zu rechnen; er traf Entscheidungen; er wettete jedesmal, wenn das Rad sich drehte, große Summen auf Gerade oder Ungerade. Es amüsierte Marcel, daß seine Mama Lacostes Wahl jedesmal folgte, jedoch nur mit dem Minimum an Einsatz, denn sie war von Natur aus eine sparsame Frau.

Die faszinierende, schöne Gabrielle spielte aus geheimen, persönlichen Gründen nur bei jedem dritten Mal, und nicht ein einziges Mal wettete sie so wie ihr Verlobter. In den Ergebnissen konnte Marcel keinen großen Unterschied feststellen – nach einer halben Stunde hatte Lacoste ein paarmal mehr gewonnen, als er verloren hatte, und es ging ihm daher gut – und Mama hatte auch gewonnen, wenn auch nur ein bißchen, da sie nicht viel riskiert hatte.

Am spektakulärsten spielte Silvie, was Marcel nicht verwunderte. Sie warf sich wild auf die Zahlen, wettete auf ihr Geburtsdatum, ihren Hochzeitstag, die Nummer des Pariser *arrondissements,* in dem sie und ihr Bruder wohnten, den Tag, an dem sie ihren Mann verließ, den Geburtstag ihrer besten Freundin, das Alter ihres Arztes, die Glückszahl ihres Schusters – kurzum auf jegliche Zahlenkombination, die ihr in den Sinn kam und die auf dem Tisch zu finden war. Überflüssig zu sagen, daß sie kräftig verlor.

Als sie schließlich, empört über den Mangel an Kooperation seitens des Rouletterades, genug hatte, zog die ganze Gesellschaft weiter, und diesmal hatte sie entschieden, daß sie tanzen gehen sollten. Das hieß, daß Lacoste und Marcels Mutter gemütlich an einem Tisch saßen und plauderten, während Marcel abwechselnd mit Silvie und Gabrielle tanzte. Silvie war eine begeisterte Tänzerin und drückte ihn so fest an sich, daß sie ihre Lenden an seinen reiben konnte.

Sie war eine redselige Frau, und sogar während sie versuchte, ihn zu erregen, gelang es ihr, ihm eine Menge lächerlicher, unerwünschter Informationen über sich mitzuteilen. Marcel müßte schon gerätselt haben, sagte sie, was der Grund für den großen Altersunterschied zwischen ihr und ihrem Bruder sei – ihr Papa heiratete zweimal, und sie war seine Tochter aus der Altersehe. Und Marcel müßte sich auch gefragt haben, warum sie ihren Ehemann Gaston Tournet nach nur wenigen Ehejahren verlassen habe – nun, es war ganz und gar ihm zuzuschreiben – dieser Mann war ein Ungeheuer!

Sie war ein unschuldiges junges Mädchen gewesen, als sie Tournets Frau wurde, und er, fünfzehn Jahre älter, hatte sich schändlich benommen! Man stelle sich den Kummer einer ergebenen jungen Ehefrau vor, die zufällig herausfand, daß ihr degenerierter Gatte noch immer regelmäßig seine Mätresse aufsuchte, die er schon vor seiner Ehe unterhalten hatte! Und nicht etwa ein frisches junges Mädchen wie sie selbst, sondern eine magere Frau mittleren Alters ohne nennenswerten Busen oder Po! Oh, welche Schande, welche Abscheulichkeit! Marcel gab mitfühlende Laut von sich und glaubte ihr kein Wort.

Als Gabrielle an der Reihe war, hielt sie sorgfältig und diskret Abstand. Sie machte einigermaßen freundlich Konversation mit ihm, bis er eine Wiederholung der Episode in ihrem Schlafzimmer zu arrangieren versuchte – da erklärte sie ihm klar und deutlich, daß sie für derartige Vorschläge nicht empfänglich sei, weder jetzt noch später.

Als sie auf ein Glas eisgekühlten Champagner an den Tisch zurückkehrten, meinte Lacoste, wie wirklich ungeheuer bedauerlich es sei, daß er und seine Begleiterinnen so kurz nach der Ankunft der Familie Chalon Cannes verlassen müßten. Doch leider seien sie schon seit drei Wochen hier, und so liebend gern er noch bliebe, in Paris erwarteten ihn dringende Geschäfte, die es unmöglich machten, ihren Ferienaufenthalt auch nur um einen Tag zu verlängern.

Marcel schien es, als husche bei dieser Mitteilung ein außergewöhnlich verdrießlicher Ausdruck über Silvies perfekt geschminktes Gesicht, und obwohl sie ohne weiteres allein länger bleiben könnte, sagte sie nichts. Seine erste Vermutung war, daß sie, seit sie ihren Mann verlassen hatte, finanziell von ihrem Bruder abhing. Es gab aber auch eine andere Möglichkeit: Die höfliche und gleichzeitig distanzierte Weise, in der Silvie mit Gabrielle sprach, und die Blicke, die sie ihr zuwarf, wenn sie sich unbeobachtet fühlte, zeigten nur allzu deutlich, daß sie starke Ressentiments gegen die schöne Verlobte ihres Brudes hegte. Vielleicht widerstrebte es ihr, die beiden allein nach Paris zurückkehren zu lassen.

Die Gesellschaft trank eine gewaltige Menge Champagner, und Marcel fühlte sich etwas benommen, als die letzten Gute-Nacht-Wünsche in der Eingangshalle des *Splendide* ausgetauscht wurden, und er seine Mutter zu ihrer Suite begleitete. Madame Chalon war in bester Stimmung, lächelte vor sich hin und summte eine der Melodien, die die Tanzkapelle gespielt hatte – eine romantische und banale kleine Melodie. Er wünschte ihr eine gute Nacht und machte sich ein wenig unsicher auf den Weg durch den Flur zu seinem eigenen Bett.

Die Tür war verschlossen, wie es sich gehört, doch als er eintrat, fand er die Lampen im Wohnzimmer eingeschaltet. Während er leicht schwankend stehenblieb, sich im Zimmer umschaute und sich fragte, ob ihm Einbrecher einen Besuch abgestattet hätten, entdeckte er ein Fetzchen schwarzen Satins über der Lehne eines Sessels. Er durchquerte das Zimmer und nahm es grinsend in die Hand. Es war das bemerkenswerte Abendkleid, das Silvie bekleidet – besser gesagt *halb-entkleidet* hatte. Er hob die zarte Kreation an seine Nase und atmete das schwere Parfüm tief ein.

Auf dem Sessel lag – bisher unter dem Kleid verborgen – ein Paar feiner, schwarzer Seidenstrümpfe. Er nahm sie in die Hand und grinste wieder, und wünschte sich aus tiefstem Herzen, es wäre Gabrielles jadegrünes Kleid gewesen, lässig über den Sessel geworfen, damit er es fände. Und während er auf die seidenen Strümpfe starrte, hörte er, wie sich die Tür zum Schlafzimmer öffnete. Er drehte sich um und sah Silvie, die ihn anlächelte.

Sie lehnte mit einer nackten Schulter am Türrahmen, eine Hand in die Hüfte gestemmt. Ihr Kleid und ihre Strümpfe befanden sich in Marcels Hand – sie trug den spärlichen Rest, das heißt, einen kleinen, schwarzen Spitzenschlüpfer und ihre glänzend schwarzen, hochhackigen Lacklederpumps, und natürlich die sehr lange Perlenkette, zweimal um den Hals geschlungen, die ihr über den Rücken baumelte.

Marcel lächelte sie freundlich an und weidete sich an ihrem Anblick. Ihre großen, runden Brüste machten ihr Ehre, dachte er, denn nach all den Jahren, in denen sie befühlt worden waren, waren sie nur ein klein wenig schlaff. Ihr Bauch war großzügig gerundet – ein weiches, fleischiges Kissen, auf dem ein Mann sich ausruhen konnte: Ihm wurde deutlich angeboten, es zu erproben. Ihre Schenkel waren vielleicht ein wenig mollig, doch es würde gewiß keine Qual sein, sie zu küssen.

»Sie hatten also doch ein Höschen unter Ihrem schamlosen Kleid an!« sagte er. »Ich habe mir diese Frage den ganzen Abend lang gestellt.«

»Sie hätten es ganz leicht herausfinden können«, erwiderte sie. »Sie hätten nur die Hand in den Rückenausschnitt meines Kleides zu stecken und meinen Po zu befühlen brauchen.«

»Jetzt wird mir alles klar«, sagte er und zog an den Enden seiner Fliege, um sie abzulegen. »Ihr Kleid hat diesen unmöglich tiefen Rückenausschnitt, damit Ihre Bewunderer beim Tanzen Ihr Hinterteil streicheln können.«

Er zog sein edles Dinnerjackett aus und warf es nachlässig auf den Sessel zu ihrem Kleid und ihren Strümpfen. Silvie lächelte ihn aufmunternd an und ließ ihre nasse Zungenspitze über ihre kurze Oberlippe gleiten, während er sein Hemd aufknöpfte.

»Wie sind Sie in meine Suite gekommen – haben Sie einen Hoteldiener bestochen?« erkundigte er sich und löste langsam die Knöpfe seiner Abendhose.

»Wie denn sonst?« meinte sie und starrte auf seine Lenden und wartete darauf, daß seine Manneszierde enthüllt würde. »Warum brauchen Sie so lang, um Ihre Kleider auszuziehen?«

»Warum nicht?« fragte er – er genoß es, sie warten zu lassen.

Bis zu einem gewissen Grad war Marcel mit seiner lieben Mama einer Meinung über Silvie Tournet – sie war ein bißchen zu welterfahren. Er hegte zwar nicht den ausgeprägten Wunsch, mit ihr zu schlafen, aber sie war nun einmal da und stand ihm zur Verfügung, und Gabrielle hatte eindeutig klargestellt, daß von ihr nichts zu erhoffen war. Und da es immer ein Vergnügen war, die Wonnen der Lust mit einer enthusiastischen Frau zu genießen, sei sie schön oder häßlich, würde er es eben mit Silvie tun. Er zog die Schuhe aus, die seidenen, schwarzen Socken, die Hose – und stand in seinen violett und orange gestreiften Unterhosen da und lächelte sie an.

»Nun?« fragte sie. »Wollen Sie die nicht ausziehen? Erzählen Sie mir bloß nicht, Sie seien scheu!«

»Warum sollte ich meine ausziehen, wenn Sie Ihre noch anhaben? Verraten Sie mir das mal«, sagte er, immer noch berauscht vom Champagner. »Mir scheint, als seien Sie diejenige, die scheu ist, liebe Silvie.«

Prompt hakte sie ihre Daumen in den Saum ihres Spitzenhöschens, um es über ihre Beine gleiten zu lassen, doch Marcel machte eine schnelle Handbewegung, um sie daran zu hindern. Wäre es Gabrielle gewesen, die dort beinahe nackt in der Tür seines Schlafzimmers stand, hätte er sich längst vor sie hingekniet, um ihre Füße und ihre schlanken Beine abzuküssen. Doch es war Silvie, die ungeladen erschienen war – sie mußte hinnehmen, was immer er zu seinem Vergnügen wählte. Er würde sich nichts von ihr diktieren lassen.

»Komm her«, sagte er. »Bisher hat noch keine Frau Grund gehabt, sich zu beklagen – ich habe noch jeder, die es wünschte, das Unterhöschen ausgezogen.«

Schnell durchquerte sie das Zimmer, wobei ihre vollen Brüste bei jedem Schritt hüpften, und schlang ihre Arme um seinen Hals. Ihr gieriger Mund suchte den seinen, ihr warmer Bauch drängte sich eng an ihn, ihr Busen war an seine Brust gepreßt. Marcel legte ihr die Hände auf die Hüften, doch als er nicht weiterging, wurde sie ungeduldig und übernahm die Initiative. Ihre Hand glitt zwischen ihren Leibern abwärts und packte sein aufgerichtetes Ding durch den dünnen Stoff seiner Unterhose hindurch.

»Was für einen wundervoll Dicken du hast, Marcel!« murmelte sie, während sie ihn erregt betastete.

Als er noch immer keine Anstalten machte, ihr das Höschen auszuziehen, sank sie auf die Knie und zog ihm seine Hose über Beine und Füße. Im nächsten Augenblick hatte sie seine *pompoms* in der einen Hand und sein steifes Glied in der anderen, während ihre nasse Zunge im Zickzack über seinen Bauch wanderte. Marcel zuckte lustvoll, als sie ihren Kopf senkte und er ihre Zunge von der Basis seines Schafts bis zur Eichel lecken fühlte.

Silvie hielt einen Moment inne, um zu ihm hinaufzugrinsen.

»Alles, was er braucht, ist eine kleine Ermutigung«, sagte sie schmeichelnd, »und die soll er bekommen.«

Ihr rotgeschminkter Mund öffnete sich, um den geschwollenen Kopf seines Ständers zu verschlingen, und

Marcels Knie begannen zu zittern – ihre leckende Zunge brachte ihn beinahe dazu, seine Essenz herausspritzen zu lassen. Er packte ihre nackten Schultern und zwang sie aufzustehen. Dann drehte er sie zu dem Sesselrücken, auf dem ihr Kleid lag, herum und stellte sich dicht hinter sie.

»Was machst du mit mir, Marcel?« fragte sie in äußerster Erregung.

»Beug dich über den Stuhl«, drängte er, die Hände auf ihren Hüften, um sie nach vorn zu drücken.

»Aber das ist unbequem so«, beschwerte sie sich, als ihr seine Absichten klar wurden. »Komm mit ins Bett.«

»Woher willst du das wissen, ehe du es ausprobiert hast?« murmelte Marcel.

Vielleicht überwog die Neugierde ihre Einwände. Vielleicht war sie ständig so voller Begierde, daß sie jegliche Stellung, die ihr Partner von ihr wünschte, zu akzeptieren bereit war. Aber aus welchen Gründen auch immer – sie gab nach und beugte sich, wie Marcel vorgeschlagen hatte, weit über die gepolsterte Rückenlehne des Sessels nach vorn und rückte ihre Füße auseinander. Beim Anblick ihres Hinterteils – es besaß mit dem straff über die prallen, festen Pobacken gespannten Spitzenhöschen eine unerwartete Sinnlichkeit – stieß Marcel vor Lust einen langgezogenen Seufzer aus.

Seine Hände waren heiß und zitterten vor köstlicher Erwartung, als er die zarte, kleine Spitzenkreation auf Silvies mollige Schenkel streifte, seine Handflächen über ihre weichen Rundungen wandern ließ und das Gefühl von warmem Fleisch genoß. Es gab genug weiches Fleisch, um seine Hände zu füllen, und nicht so viel, um ihre Körperproportionen zu verunstalten; ein fein ausgewogenes Gleichgewicht, dachte er, während er seine Finger in die tiefe Furche zwischen diesen stolzen Backen schob.

»Marcel, Marcel!« stöhnte Silvie lustvoll, als sie

fühlte, wie seine suchenden Finger den feuchten Spalt zwischen dem dicken, dunkelhaarigen Hügel und ihren entblößten Pobacken berührten.

Er glitt mit einem kräftigen, langen Stoß tief in ihr höchst bereites Vestibül, und sie schauderte und seufzte und bettelte, er möge sie so rauh behandeln, wie es ihm beliebte. Silvies sexuelle Natur wies eine interessante Spur von Masochismus auf, stellte er fest, und er war ihr mit derben Stößen gefällig, die seinen Bauch heftig gegen ihr Hinterteil klatschen ließen. Die lange Perlenkette, die auf der glatten Haut ihres Rückens schimmerte, flog bei den Zuckungen ihres Körpers wild von einer Seite zur anderen, und sie stieß langgezogene, tiefe Seufzer der Ekstase aus.

»Ich habe dich jetzt in meiner Gewalt«, sagte Marcel grimmig, »und ich kenne keine Gnade! Ich werde dich lustvoll umbringen!«

»Ja, oh ja!« wimmerte Silvie.

Noch schneller ritt er sie, und noch wilder; er hörte das Aufklatschen seines Bauches gegen ihre nackte Kehrseite, bis er seinen Triumph in sie sprudelte, und sie laut schrie und sich wild unter ihm aufbäumte. Ihre Zuckungen hielten noch lange an, nachdem seine längst aufgehört hatten, und er wartete, bis sie wieder ruhig geworden war, ehe er sich zurückzog und aufrichtete. Sofort schnellte sie herum, warf ihre Arme um seinen Hals und küßte ihn leidenschaftlich.

Beide zitterten sie noch unter den Nachwirkungen der wilden Gefühle. Marcel legte einen Arm um ihre nackte Taille und führte sie langsam ins Schlafzimmer, wobei ihr das kleine, schwarze Spitzenhöschen, das auf halber Höhe ihrer Schenkel hing, beim Gehen hinderlich war. Sie legten sich einander gegenüber auf das Bett, Silvies Hand hielt sein schlaffes Glied, und er streichelte zart ihr Gesicht.

»Das war unglaublich«, erklärte sie, »ich bete dich an,

du grobes, grausames Biest! Ach, wenn ich doch morgen nicht nach Paris zurück müßte! Ich möchte hierbleiben und jeden Nachmittag und jede Nacht in dein Zimmer kommen und vergewaltigt werden!«

»Warum mußt du denn eigentlich zurück?« fragte Marcel. »Weil dein Bruder es sagt? Du bist kein Kind – du bist eine verheiratete Frau, Silvie.«

»Verheiratet nur auf dem Papier«, sagte sie schnell. »Gaston Tournet hat keinen Anspruch auf mich – ich kann mich vergnügen, mit wem ich will.«

Marcel war sicher, daß sie das auch schon getan hatte, als sie noch mit ihrem Mann zusammenlebte, aber er hütete sich, es auszusprechen – aufgrund seiner beträchtlichen Erfahrungen mit verheirateten Frauen hatte er erkannt, daß auch die zügellosesten unter ihnen es für angebracht hielten, ihre kleinen Seitensprünge hinter einer Fassade von Schicklichkeit und Ausflüchten zu verbergen.

»Und weshalb mußt du dann nach Paris zurück?« fragte er noch einmal. »Hast du einen Liebhaber, der ungeduldig auf deine Rückkehr wartet?«

Er war den ganzen Abend ihr gegenüber indifferent gewesen, selbst als sie versucht hatte, seinen Stengel zum Stehen zu bringen, indem sie beim Tanzen ihren Bauch an ihm rieb. Doch seit er ihren Charme über der Sessellehne getestet hatte, hatte er sich für sie erwärmt. Silvie war eine sehr sinnliche Frau, die die Freuden der Liebe rückhaltlos genoß.

Er dachte bei sich, da er Gabrielle nicht haben konnte, sollte er Silvie zum Bleiben überreden – sie wäre eine amüsante Gefährtin für die Ferien. Mama würde es mit Sicherheit mißbilligen, aber sie konnte schließlich nicht erwarten, daß er wie ein Mönch lebte. Und so *welterfahren* Silvie auch sein mochte, sie war wenigstens eng mit jemandem verwandt, den Mama kannte und schätzte.

»Magst du Gabrielle?« fragte Silvie, ohne sich die Mühe zu machen, seine Frage zu beantworten.

»Sie ist sehr elegant!« gab Marcel vorsichtig zur Antwort; er war sich der Gefahren, die Vorzüge einer Frau mit einer anderen zu diskutieren, voll bewußt. »Sind sie und dein Bruder schon lange verlobt? Ich nehme an, er ist schon einmal verheiratet gewesen.«

»Nein, er ist während all dieser Jahre Junggeselle geblieben«, sagte Silvie mit einem schrillen, unangenehmen Unterton in der Stimme. »Sechsundfünfzig ist er, und bislang war er völlig glücklich, eine Freundin nach der anderen in einer eigenen Wohnung zu unterhalten. Und dann lernt er *sie* kennen, und das nächste, was ich zu hören bekomme, ist, daß sie im Herbst heiraten werden! Die Sache ist unerträglich!«

»Kann ich daraus entnehmen, daß du keine große Zuneigung für deine zukünftige Schwägerin empfindest?« erkundigte sich Marcel und wappnete sich für die bevorstehende Tirade.

Damit waren dem Ausbruch Tür und Tor geöffnet, und Silvie berichtete ihm zornig und in aller Ausführlichkeit, was sie von Gabrielle de Michoux hielt. Der Hauptvorwurf schien darin zu bestehen, daß Gabrielle keine wahre Zuneigung zu Adolphe habe, und ihr einziges Motiv für die Heirat sei es, sein Geld in die Finger zu kriegen, was sie, nach Silvies Meinung, verschwenderisch ausgeben würde, bis sie ihn bankrott und arm und zum Bettler gemacht hätte – kurzum, Gabrielle de Michoux sei nicht besser als eine Hure, die dafür, daß sie die Beine breit macht, Geld nimmt!

Im Verlauf dieser Schmähreden wurde Silvies Stimme immer schärfer und lauter und ihr Gesicht dunkler und dunkler, und sie trommelte mit geballten Fäusten auf Marcels Brust, als wäre er allein verantwortlich für die Verlobung. Schließlich brach sie in Tränen frustrierter Wut aus, und er nahm sie in die Arme, um sie, so gut er konnte, zu trösten. Nach einiger Zeit verwandelten sich ihre zornigen Schluchzer in ein unglückliches Schniefen, und sie fragte ihn mit einer kleinen, zitternden Stimme, ob er Cognac in seiner Suite habe.

Im Wohnzimmer gab es eine reiche Auswahl an Getränken, bereitgestellt von einer aufmerksamen Hoteldirektion, die ihren Gästen den Aufenthalt so angenehm, bequem und teuer wie möglich gestalten wollte. Marcel zog sich den pflaumenblauen Morgenrock über und machte sich daran, Silvie einen stärkenden Drink einzuschenken – und sich selbst ebenfalls. Als er mit zwei halbvollen Gläsern ins Schlafzimmer zurückkam, hatte Silvie die Nachttischlampen ausgeknipst.

Im Wohnzimmer war das Licht an, doch er hatte die Tür mit dem Fuß fast zugezogen, und das Schlafzimmer lag nun in romantischem Dämmerlicht; durch die offenen Balkontüren schienen die Sterne. Er trat ans Bett und sah, daß Silvie sich während seiner kurzen Abwesenheit ihres zarten, kleinen Spitzenhöschens entledigt hatte und nun gemütlich auf dem Rücken lag, die Beine angewinkelt und weit gespreizt. Die Perlenkette war noch immer zweimal um ihren Hals geschlungen, doch lagen die schimmernden Perlen jetzt zwischen ihren Brüsten und rahmten ihren Bauchnabel ein.

Er zuckte mit den Achseln und stellte den Cognac ab; er hatte langsam das Gefühl, daß Silvies Emotionen übergangslos von einem Extrem ins andere fielen. Sie wäre auf längere Sicht eine anstrengende Mätresse, und als Ehefrau ganz unmöglich! Kein Wunder, daß sie und ihr Mann sich getrennt hatten – höchstwahrscheinlich war es Tournet gewesen, der sie rausgeworfen hatte! Er beugte sich über das Bett, um ihre drallen, runden Brüste zu küssen, und stellte fest, daß ihre rötlichbraunen Knospen schon wieder stramm aufgerichtet waren.

»Ich bin wieder geil auf dich«, verkündete sie und schenkte ihm ihr breites Lächeln, während sie ihre Hand unter seinen Morgenrock schob und seine Männlichkeit streichelte, damit sie wieder steif würde. »Begehrst du mich? Vorhin hast du mich sehr begehrt – und hast mich vollständig bekommen!«

Unter ihren geübten Fingern hatte sein Stolz bald wieder seine volle Größe erreicht.

»Komm her zu mir, Marcel, mein Liebling!« murmelte sie und zerrte an ihm, um ihm zu zeigen, wo sie ihn haben wollte – nicht, daß es darüber irgendeinen Zweifel gegeben hätte! Selbst im Licht der Sterne konnte er sehen, daß ihr dunkelhaariger, dicklippiger Spalt für ihn offenstand, naßglänzend und in zärtlicher Erwartung. Er legte seinen Morgenrock ab, kniete sich aufs Bett und bestieg sie auf der Stelle. Erfreut sah er das breite, glückliche Lächeln in ihrem Gesicht, als sie ihn tief in ihre feuchte Liebesgrotte stoßen fühlte.

»Das ist herrlich!« seufzte sie. »Ach, ich liebe das Gefühl so sehr, einen Mann in mir zu spüren. Es ist völlig egal, wie oft es geschieht – jedesmal ist es herrlicher, als Worte auszudrücken vermögen!«

»Mach die Beine weiter auseinander«, befahl Marcel, überzeugt, daß ihr dieser rüde Befehl gefiel. »Unterwirf dich rückhaltlos!«

»Oh, ja«, ächzte Silvie laut. »Oh, *ja,* Marcel, alles, was du sagst – alles!«

Ihre rotlackierten Fingernägel krallten sich in sein Hinterteil, um ihn tiefer in sich hineinzuziehen. Marcel stieß hart in sie hinein und explodierte in ihrem bebenden Bauch.

Silvies Zuckungen waren intensiv und kraftvoll – und währten geraume Zeit. Sie wand sich unter Marcel, bäumte sich auf, fast so, als wolle sie mit diesen gymnastischen Übungen ihre Muskeln stählen oder zur modisch-knabenhaften Silhouette abmagern. Als ihre ekstatischen Krämpfe schließlich aufhörten, stieß sie einen langgezogenen Seufzer der Zufriedenheit aus und ließ ihre Beine zu beiden Seiten von Marcel flach aufs Bett sinken.

Ihr Leib war schlaff unter ihm und schweißnaß, als wäre sie durch die Konvulsionen ihres ausgiebigen Höhepunkts wie ein nasses Badehandtuch ausgewrungen worden. Marcel küßte sie flüchtig und schaute ihr in die schönen braunen Augen.

»Wieso hat keine Frau bisher das Glück gehabt, dich zu heiraten?« fragte sie träge. »Ich täte es, wenn du mich bitten würdest.«

Er lachte ein wenig und rollte zur Seite. Sofort drehte sie sich zu ihm um und legte einen Finger auf seine Lippen.

»Lach nicht«, sagte sie. »Die Idee ist gar nicht so abwegig. Deine Mutter und Adolphe hätten vor Jahren beinahe geheiratet. Er hat mir viel aus jenen Tagen erzählt – da war ich natürlich noch nicht geboren«, fügte sie hastig hinzu.

»Natürlich nicht«, pflichtete Marcel ihr bei und wischte mit den Fingerspitzen kleine Schweißperlen von Silvies Brust.

»Sie waren Liebhaber, wußtest du das nicht?« fragte sie.

»Liebhaber? Meine Mama und dein Bruder? Ausgeschlossen!« erklärte er im Brustton der Überzeugung.

»Wie kannst du so sicher sein?« fragte Silvie.

»Und du? Hat er dir gesagt, daß sie Liebhaber waren?«

»Natürlich nicht. Adolphe ist da schrecklich altmodisch. Er würde niemals, mit niemand, darüber sprechen. Aber als er von deiner Mama erzählt hat, und wie schön sie war, da war etwas in seiner Stimme, das ich noch nie gehört habe, nicht einmal, wenn er von dieser de Michoux spricht.«

»Dann war er eben verliebt in sie«, sagte Marcel mit einem verstehenden Achselzucken. »Das kann ich durchaus glauben – aber daraus folgt noch lange nicht, daß sie ein Verhältnis miteinander hatten.«

»Glaub, was du willst«, sagte Silvie und gähnte schläfrig. »Ich weiß, was ich in Adolphes Stimme gehört habe.«

Marcel blieb eine Weile gegen das Kopfende des Bettes gelehnt sitzen und dachte nach; Silvies Wange ruhte auf seiner Brust, und sie hatte einen Arm über ihn gelegt, um ihm nahe zu sein, während sie einschlief. Er nippte an dem Cognac, den er ihr zuliebe geholte hatte, und grübelte über die Behauptung nach, daß Adolphe Lacoste in fernen Zeiten der Liebhaber seiner Mutter gewesen sein sollte. Mama war eine so vornehme, elegante junge Frau gewesen, wie er aus dem Photoalbum wußte, während Lacoste sicher auch schon vor dreißig Jahren untersetzt und dicklich war. Nein, der Gedanke war völlig abwegig – und mit diesem Urteil leerte er das Cognacglas, ließ sich ins Bett hinuntergleiten und schlief, den Arm um Silvie gelegt, ein.

Als er im Dunkeln wieder erwachte, lag er mit weit gespreizten Beinen auf dem Rücken, und Silvie saß rittlings auf seinem Bauch. Sie hielt sein kostbares Stück fest in der Hand und rieb es energisch, was ihm sehr aufregend schien. Er streckte die Hand aus, um ihre prallen Brüste anzufassen, doch sie waren zu weit weg. Als er versuchte, sich aufzurichten, um sie zu erreichen, legte sie ihm eine Hand auf die Brust und drückte ihn wieder flach aufs Bett.

»Lieg still«, befahl sie. »Diesmal bin ich dran.«

Sie erhob sich über seinem Bauch und steuerte sein aufrechtes Glied zwischen ihre gespreizten Schenkel, und Marcel seufzte, als er fühlte, wie ihr warmes Fleisch es verschlang. Als sie ihn zu ihrer Zufriedenheit untergebracht hatte, begann sie, in schnellem, nervösem Rhythmus auf ihm zu reiten. Er bekam ihre Perlenkette zu fassen, und wollte sie damit zu sich herunter ziehen, damit er ihre Brüste erreichen konnte. Silvie kicherte und wehrte sich, die Kette zerriß, und die Perlen kullerten über Marcels Brust und Bauch.

Silvie hielt keinen Augenblick lang inne – sie fuhr fort, auf ihm auf und ab zu reiten, ohne einen einzigen Stoß auszulassen. Sie beugte sich nach vorn, stützte sich mit den Händen neben seinem Kopf auf, so daß er ihren hüpfenden Busen anfassen und damit spielen konnte. Und so viele Männer auch ihren Körper in der Vergangenheit genossen hatten, Marcel stellte erfreut fest, daß ihr *jou-jou* ihn gekonnt umfing und besser zu melken verstand, als er es je zuvor erlebt hatte.

In wenigen Augenblicken hatte sie ihn über die Schwelle der Lust gebracht und seinen Höhepunkt ausgelöst. Ein heftiges Schaudern packte ihn, und seine Essenz spritzte hinauf in ihren zuckenden Leib, der so ergötzlich war, daß er einen Schrei der Ekstase nicht zurückhalten konnte. Silvie juchzte augenblicklich vor Glück und hüpfte heftig auf seinem Bauch auf und nieder, bis sie, wie die Feder einer Aufziehpuppe, langsam erlahmte und schließlich seufzend vornüber auf seine Brust sank. Sanft schob er sie von sich, legte einen Arm über ihren schweißnassen Bauch und schlief wieder ein.

Das rauhe Krächzen der Möwen weckte ihn ein paar Stunden später; Tageslicht drang durch die hohen Fenster. Er starrte für ein oder zwei Augenblicke auf die schlafende Frau neben sich, bis er sich erinnerte, wer sie war. Es war die Halbschwester eines früheren Liebhabers seiner Mama – so gab sie jedenfalls vor. Aber sie konnte diese absurde Behauptung mit nichts Zuverlässigerem als ihrer weiblichen Intuition begründen, und der hatte Marcel noch nie besonderen Wert beigemessen. Insbesondere dann, wenn die intuitive Frau voll des guten Champagners war.

Er fühlte etwas unbequem Hartes unter seiner Hüfte und tastete mit der Hand danach, bis er eine Perle fand und sich erinnerte, daß die Schnur gerissen war, während sie auf ihm geritten war. Irgendwo im Bett mußten ungefähr 150 Perlen von großem Wert verstreut sein. Er hoffte, sie wußte, wieviele es genau waren, ehe er ihr half, sie einzusammeln, denn sonst würden sie einen großen Teil des Vormittags damit verbringen müssen, nach Perlen zu suchen, die es gar nicht gab.

Er setzte sich in dem zerwühlten Bett auf und betrachtete Silvie. Sie schlief auf dem Rücken und schnarchte leicht. Ihr dunkelbraunes Haar hatte seine untadeligen Locken eingebüßt und war so zerzaust wie ein Vogelnest. Ihr Make-up war über das ganze Gesicht verschmiert, und ein Streifen roten Lippenstifts verlief von einem Mundwinkel über die halbe Wange. Um die Wahrheit zu sagen, in dem kalten, gnadenlosen Licht der Morgendämmerung sah die liebe Silvie nicht aus wie fünfunddreißig – dieses Alter gab sie an –, nicht einmal wie vierzig – so Marcels Schätzung –, sondern noch einmal zehn Jahre älter. Das war der Preis, den man zu zahlen hatte, wenn man zu *welterfahren* war, wie seine Mama erklärt hätte, wenn sie, was höchst unwahrscheinlich war, in sein Zimmer gekommen wäre und Silvie in diesem zerwühlten Zustand nach einer Nacht der Leidenschaften gesehen hätte.

Nichtsdestoweniger mußte man ihr fairerweise zugestehen, daß sie einen guten Busen hatte – noch immer rund und einladend. Ihr draller, weißer Bauch war so anziehend, daß jeder Mann ihn bereitwillig küssen und die Zunge in den tiefen Bauchnabel stecken würde. Und, so stellte er mit erfahrenem Blick fest, der Busch dunkler Haare zwischen ihren leicht gespreizten Schenkeln war sehr hübsch. Aber natürlich war ihr Bruder niemals der Liebhaber seiner Mama gewesen – diese Behauptung war einfach lächerlich.

Während Marcel diesen Gedanken nachhing, wanderte seine Hand auf Silvies Schenkel und streichelte ihn.

Marcel fand das irgendwie sehr beruhigend. Allerdings nicht für die Eigentümerin des betroffenen Schenkels – sie erwachte mit einem erstickten Schnarchlaut und starrte ihn verschwommen an.

»Was machst du da?« fragte sie ihn gereizt.

»Ich bewundere dich«, antwortete er und lächelte freundlich zu ihr hinunter.

»Warum hast du mich geweckt? Wie spät ist es?« wollte sie wissen.

Marcel schaute auf seine Armbanduhr und informierte sie, daß es kurz nach fünf sei.

Sie murmelte etwas Unzusammenhängendes und machte die Augen wieder zu. Doch Marcel war nun wach und voller Begehren. Er rutschte ein Stück nach unten, um ihren Bauch zu küssen und sie zwischen den Schenkeln zu streicheln.

»Laß mich in Ruhe«, murmelte sie. »Ich bin müde und mein Kopf schmerzt, als wollte er platzen.«

»Ich werde dich nehmen, Silvie«, sagte er.

»Nein, das wirst du nicht... laß mich schlafen«, murmelte sie und wedelte mit der Hand über dem Bauch, um wegzufegen, was immer sie da belästigte.

Es war Marcels Hand zwischen ihren Schenkeln, die dort zart mit den prallen Lippen spielte, und als sie mürrisch fragte, was er dort mache, glitten seine Finger zärtlich in die sturmerprobte Spalte und rieben an ihrem rosigen Knöspchen.

»Nicht jetzt, *chéri* – ich bin zu müde«, sagte sie. »Schlaf weiter und laß mich in Ruhe. Ich habe gräßliche Kopfschmerzen.«

»Mach die Beine breit, Silvie!« flüsterte er ihr streng ins Ohr. »Ich bestehe darauf, daß du dich mir hingibst!«

Sie protestierte murrend, aber es lag einfach nicht in ihrer Natur, ihn abzuweisen. Ihre Beine glitten auseinander, und noch ehe sie wußte, wie ihr geschah, hatte er ein oder zwei eingeklemmte Perlen weggewischt und lag auf ihrem Bauch. Mit einem harten Stoß, der sie zum Keuchen brachte, drang er in sie ein.

»Mach es schnell und laß mich wieder schlafen«, wimmerte sie.

Marcel drückte seine Wange gegen ihre und steckte seine nasse Zunge in ihr Ohr, während er auf ihrem breiten Bauch munter herumsprang. Silvie schlug die Augen während dieser morgendlichen Episode nicht auf – sie lag schlaff und völlig passiv unter ihm, während er sich ihrer lustvoll bediente und ihr Körper unter seinen Stößen bebte.

»Willst du mich jetzt?« fragte er mit vor Erregung zitternder Stimme, während er sich rhythmisch in ihr Fleisch rammte.

»Bring es hinter dich und laß mich in Ruhe«, klagte sie.

»Gestern Abend hast du mir noch gesagt, daß du das Gefühl, einen Mann in dir zu spüren, herrlich findest, egal wie oft das geschieht«, schleuderte er ihr ihre eigenen Worte ins Gesicht, während er noch wilder zustieß.

Silvie gab unverständliche Gurgeltöne von sich. Ob es Protest, Flehen um Gnade oder Keuchen erwachender sexueller Lust waren – Marcel hielt sich nicht damit auf, es herauszufinden. Sein Augenblick war gekommen, und in einer Folge kurzer, scharfer Stöße spritzte er sein heißes Begehren in sie hinein. Es war schnell vorüber, und er ließ sich von Silvies weichem, bequemem Körper gleiten – sein Stengel war schon erschlafft – und schlief auf der Stelle ein, ohne ihr noch ein freundliches Wort zu gönnen.

Als er wieder erwachte, war es heller Vormittag – schon nach zehn Uhr. Silvie war fortgegangen, und er fand sich allein im Bett. Als er sich auf die Seite drehte, stellte er fest, daß sie ihre Perlen eingesammelt hatte, vermutlich mit Ausnahme der einen, die zwischen seinen Pobacken klemmte. Als er ins Badezimmer ging und in den Spiegel schaute, entdeckte er, daß sie, bevor sie gegangen war, mit leuchtend rotem Lippenstift *Wüstling* auf seinen nackten Bauch geschrieben hatte.

3

Eine zutrauliche junge Dame

Wie alle liebenden Mütter, so hegte auch Madame Chalon die schöne Hoffnung, ihr Sohn würde sich bald niederlassen, eine passende junge Frau heiraten und ihr – in angemessener Zeit – ein oder zwei Enkelkinder präsentieren, die sie verhätscheln und verwöhnen könnte. Marcel hatte das Alter von dreißig Jahren erreicht, ohne in irgendeiner Weise zu zeigen, daß er den Herzenswunsch seiner Mutter zu erfüllen gedachte. Aber Madame Chalon hatte die Hoffnung keineswegs aufgegeben.

Wann immer sie das heikle Thema zur Sprache brachte – leichthin und beiläufig natürlich – teilte Marcel bereitwillig ihre Meinung, daß Ehestand und häusliches Glück dem Junggesellendasein bei weitem vorzuziehen seien. Darüber hinaus sei es die heilige Pflicht eines jeden Franzosen, zu heiraten und Kinder zu zeugen. Doch mit unendlichem Bedauern mußte er bekennen, daß er noch nicht die rechte Frau gefunden habe.

Dies war in den Augen von Madame Chalon purer Unsinn, nichts weiter als eine billige Entschuldigung. Es herrschte keinerlei Mangel an passenden jungen Damen, denn der verheerende große Krieg hatte leider die melancholische Folge, daß auf drei hübsche junge Frauen nur ein junger Mann kam. Tief in ihrem Herzen wußte sie, daß ihr Sohn, selbstsüchtig wie er eben war, nur widerwillig nach einem passenden Mädchen Ausschau hielt. Er blieb lieber bei ihr und gab sich mit leichten Mädchen ab – sie konnte keine andere höfliche Beschreibung für sie finden. So genoß er die Annehmlichkeiten eines Heims und die Wonnen des ehelichen Bettes, ohne sich die Verantwortung für Ehefrau und Kinder aufladen zu müssen.

Wie auch immer, sie hatte es noch nicht aufgegeben, auch wenn er im Laufe der vergangen fünf oder sechs Jahre immer wieder plausible Ausreden gefunden hatte, warum er den von ihr ausgewählten, äußerst passenden jungen Damen nicht mehr Aufmerksamkeit schenken konnte. Es gab allerdings ein paar hoffnungsvolle Anzeichen, daß er sich bis zu einem gewissen Grade für ihre neueste Entdeckung interessierte – Danielle Robineau, eines der denkbar hübschesten Mädchen, aus gutem Hause und gerade zwanzig Jahre alt.

Madame Chalon hatte die Freundschaft mit Madame Robineau, einer netten Frau, die ihre Tochter gut verheiraten wollte, und Monsieur Robineau, einem gerissenen und wohletablierten Geschäftsmann, sorgfältig kultiviert. Die Chalons waren zweimal zum Abendessen in die Wohnung der Familie Robineau am Boulevard Haussmann geladen gewesen, und Dany hatte ihren Charme und ihre Lebhaftigkeit höchst vorteilhaft ausgespielt. Die Familie Robineau hatte einmal bei den Chalons zu Abend gespeist, und eine zweite Einladung stand aus, sobald Marcel und seine Mama aus ihrem Urlaub in Cannes zurückgekehrt sein würden.

Abgesehen von diesen förmlichen Gelegenheiten hatte Marcel Dany ein- oder zweimal ins Kino und zum Tanzen ausgeführt. Madame Chalon hielt nicht viel vom Kino – ihr erschien es als ein ärmlicher Ersatz für das Theater – doch im Falle ihres Sohnes billigte sie diese Unterhaltung, die verlangte, daß er eine Stunde oder mehr im Dunkeln mit einem hübschen Mädchen an seiner Seite verbrachte. Sie betrachtete es als eine Selbstverständlichkeit, daß Marcel die Hand des Mädchens halten und vielleicht sogar den Arm um sie legen würde.

Danielle Robineau war natürlich eine wohlerzogene junge Dame, die es sich im Traum nicht einfallen ließe, kleine Zärtlichkeiten über einen gewissen Punkt hinaus zu gestatten. Unvorstellbar, daß Marcel irgendeinen anderen Körperteil außer ihrer Hand berühren würde; und jeder Kuß, den er wagte, wäre nur flüchtig – davon war Madame Chalon überzeugt. Was den Akt vollständiger Intimität betraf, so war der bloße Gedanke daran schon völlig abwegig – die liebe Danielle war viel zu sehr auf ihre Tugend und ihren guten Ruf bedacht.

Mademoiselle unterschied sich in jeder Hinsicht von den Frauen, mit denen Marcel sich sonst herumtrieb – Silvie Tournet zum Beispiel, dachte Madame Chalon und schürzte geringschätzig die Lippen. Die ging zweifellos mit jedem Mann ins Bett, der Interesse an ihrem üppigen Charme zeigte. Und da sie ihren Sohn kannte, hielt Madame Chalon es für höchst wahrscheinlich, daß er während ihres Aufenthalts in Cannes den Weg in das Bett der Tournet gefunden hatte.

Aber was konnte man anderes erwarten? Im Urlaub, fern von zu Hause, legten die Männer häufig einen erstaunlichen Mangel an Diskretion und Vernunft an den Tag. Glücklicherweise überlebten derartige *liaisons* den Urlaub nur selten. Es war kaum zu befürchten, daß Marcel jetzt, wo er wieder in Paris war und seine aufblühende Freundschaft mit Danielle Robineau pflegen konnte, eine so abwegige Beziehung aufrechtzuerhalten wünschte.

Gerade weil Mademoiselle Robineau so ganz anders war als Marcels andere Freundinnen, interessierte er sich natürlich für sie. Da sie nicht leicht zu erobern war, bedeutete sie eine Herausforderung für seinen männlichen Stolz. Er versuchte wieder und wieder, sie zu verführen, und Madame Chalon war überzeugt, daß das Mädchen einen genügend festen Charakter hatte, um sich seinen erfahrenen Annäherungsversuchen zu widersetzen. Und bei den ständigen zärtlichen Versuchen und den sanften Zurückweisungen würde er bald jene seltsame Mischung aus sexuellem Begehren, moralischem Respekt und warmer Zuneigung verspüren, die man gemeinhin Liebe nennt. Und dann würde er, wenn die Berechnungen seiner Mutter korrekt waren, um ihre Hand anhalten.

Aber ach, die liebevollen Hoffnungen einer Mutter können trügen. Die Freundschaft zwischen Marcel und Dany Robineau war nur zum Teil so, wie sie glaubte, und es gab gewisse Aspekte daran, die ihr Grund zu Besorgnis gegeben hätten, hätte sie davon gewußt.

Am Tag nach ihrer Rückkehr von der Küste rief Marcel Dany an und lud sie zum Mittagessen ein – eine Unterhaltung, die seine Mutter durch und durch billigte. Der weitere Verlauf der Begegnung hätte Madame Chalon sicher entsetzt. Dany lud Marcel in die Wohnung ihrer Eltern ein.

Der Zufall wollte es – und vielleicht war es tatsächlich purer Zufall – daß Madame Robineau an jenem Nachmittag Freunde besuchte und Monsieur Robineau im Geschäft war und seinen Wohlstand mehrte. Die ältliche Haushälterin hatte sich wie üblich zu einem ein- oder zweistündigen Schläfchen in ihr Zimmer zurückgezogen, und die Köchin war ausgegangen. Es hieß, sie trinke unmäßig, doch ihre Kochkunst war so außergewöhnlich groß, daß die Familie Robineau ihr alles verzieh.

So kam es, daß sich Marcel und Dany allein in der Wohnung befanden. Sie saßen nebeneinander auf dem Sofa, und er nippte an einem Glas Cognac, das sie ihm gebracht hatte. Es war ein warmer, sonniger Tag, und Dany hatte für das Essen ein charmantes, leichtes Sommerkostüm aus orchideenrosa Seide angelegt. Als sie in die Wohnung gelangt waren, hatte sie die Handschuhe und ihr kleines Topfhütchen abgelegt und ihren Kopf kräftig geschüttelt, um ihr hellbraunes Haar zu lockern.

Dany war ein schlankes, vor Gesundheit strahlendes Mädchen mit einem ovalen Gesicht und süßen kleinen Ohren. Marcel fand sie bezaubernd, doch hatte er selbstredend nicht die geringste Absicht, seiner Mutter zuliebe um ihre Hand anzuhalten. Zu ihrem Sommerkostüm trug Dany Perlen – eine kurze Kette, die nur einmal um ihren Hals geschlungen war. Ihr Anblick hatte Marcels Gedanken zu Silvies Perlenkette schweifen lassen, die im Bett zerrissen war – und zu der Perle, die er zwischen seinen Pobacken gefunden hatte, als er allein erwacht war. Er freute sich darauf, sie Silvie zurückzugeben, wenn die Gelegenheit sich bot.

Als er sein kleines Cognacglas geleert hatte, legte er ganz selbstverständlich den Arm um Dany und küßte sie, und Madame Chalon wäre über die Wärme entsetzt gewesen, mit der diese keusche junge Frau seinen Kuß erwiderte. Was sie über die Ereignisse gedacht hätte, die dann folgten, kann man sich nur ausmalen. Dany gab sich Marcels köstlichem Kuß ganz natürlich hin, und ihre Zungen umschlängelten sich. Und ebenso natürlich ließ sie sich von ihm sanft auf das Sofa zurückdrücken, bis er einen Arm unter ihre Beine schieben und sie auf die Kissen heben konnte.

Halb saß und halb lag sie, die Beine in ihren glatten Seidenstrümpfen auf dem Sofa ausgestreckt, und Marcel saß neben ihr, hatte einen Arm um ihre Taille gelegt, um sie an sich zu drücken, die andere Hand war eifrig mit den Knöpfen ihrer seidenen Kostümjacke beschäftigt. Wie Ovid in seinem Buch über die Liebe schrieb – ob eine schöne Frau ihre Gunst gewährt oder verweigert, sie ist immer erfreut, wenn man sie darum bittet.

Ein warmer Schimmer lag in Danys samtbraunen Augen, und ein verstohlenes Lächeln spielte um ihre Lippen, während sie den konzentrierten Ausdruck in Marcels Gesicht beobachtete, als er ihre Jacke weit aufschlug. Mit einer kleinen Geste half sie ihm, sie ihr über die Schulter zu ziehen. Im nächsten Augenblick hatte er sie ihr ganz abgestreift und über die Sofalehne drapiert, so daß nur noch ein dünnes, elfenbeinfarbenes Seidenhemdchen ihren Busen vor seinen Blicken schützte.

»Also wirklich, Marcel – du reißt mir die Kleider vom Leib, sobald du eine Gelegenheit findest!« sagte sie voll gespielten Vorwurfs. »Was für ein Satyr du bist!«

»Warum überrascht dich das so?« gab er zurück. »Du bist hinreißend, meine liebe Dany, und es wäre ein Verrat an meiner Zuneigung zu dir, wenn ich die zärtlichen Gefühle, die du in mir weckst, nicht zum Ausdruck bringe.«

Er schob die Träger ihres Hemdes über ihre Schultern, so daß er es ihr bis zum Rockbund hinunterziehen konnte. Seine Worte waren nicht unbedingt aufrichtig, es war die Art Worte, die er jeder jungen Frau sagte, die auszuziehen er das Vergnügen hatte. Aber Dany bot tatsächlich einen hinreißenden Anblick, wie sie da bis zur Taille entblößt auf dem Sofa lag, mit ihren jungen, runden Brüsten, einem Meisterwerk an Grazie und Symmetrie. Marcel küßte sie wieder und wieder, zehn, fünfzig, hundert Mal, bis er spürte, wie die kleinen Rosenknospen fest wurden.

Zärtlich legte er ihr die Hand aufs Knie und ließ sie langsam unter ihren seidenen Faltenrock, den Schenkel hinauf, gleiten. Noch ehe er seinem Ziel besonders nahekommen konnte, packte Dany, wie er erwartet hatte, sein Handgelenk und hielt ihn auf. Das tat sie jedesmal, wenn er versuchte, ihre köstlichen kleinen Intimitäten über einen bestimmten Punkt hinaus zu treiben. Sie erlaubte ihm, mit ihren Brüsten zu spielen und sich daran zu erregen, aber wenn seine Hände tiefer als bis zu ihrer Taille gingen, reagierte sie augenblicklich, um ihm ihr letztes Geheimnis vorzuenthalten.

Dieses Verbot erzeugte in Marcel ein seltsames, frustriertes Vergnügen. Keine der anderen Frauen, die er kannte, sei sie jung oder alt, hinderte ihn je daran, sein zärtliches Spiel bis zum Ende zu genießen. Statt dessen hatte sie ihm zu Beginn ihrer Freundschaft klar und deutlich gesagt, daß sie die Absicht habe, bis zu ihrer Hochzeitsnacht Jungfrau zu bleiben.

Warum er sich weiterhin mit einem so hoffnungslos altmodischen Mädchen abgab, war ihm nicht ganz klar. Seine Mama hätte es ihm erklären können, wenn es möglich gewesen wäre, ein so persönliches Thema mit ihr zu diskutieren – sein männlicher Stolz war herausgefordert, und er wollte Dany erobern. Und so hob er seine Hand wieder zu ihren süßen, nackten Brüsten, und er liebkoste und küßte sie, bis schnelle, kleine Schauder durch ihren schlanken Körper zuckten und sie sich erlöst an ihn kuschelte.

»Oh, Marcel – das war wirklich angenehm«, seufzte sie, »auch wenn ich weiß, daß ich es dir eigentlich nicht erlauben dürfte.«

Es war keineswegs das erste Mal, daß er sie zum Höhepunkt geführt hatte, indem er mit ihren Brüsten spielte. Am Anfang ihrer Freundschaft hatte er entdeckt, daß sie ihm zwar den Zugang zu dem *bijou* zwischen ihren Schenkeln streng untersagte, aber den auf andere Weise erzeugten Wonnen keineswegs abgeneigt war. Auch scheute sie sich nicht, ihn anzufassen – kaum war sie wieder zu Atem gekommen, da war sie auch schon bereit, das Kompliment zu erwidern. Mit Händen, die genau wußten, was sie taten, knöpfte sie seine Hose auf und faßte hinein, um sein stark angeschwollenes Glied herauszuholen und zwischen ihren Fingern zu massieren.

Zu Marcels Verdruß hatten die häufigen Begegnungen zu keiner Lockerung von Danys Verbot geführt – im Gegenteil, er hatte mit ihr bei der allerersten Gelegenheit, wo sie zusammen waren, weiter gehen können als je danach. Er hatte sie in eine romantische Komödie ins

Theater eingeladen und fast ständig ihre Hand gehalten, wenn auch nicht mehr, und da sie anschließend den Wunsch geäußert hatte, seine Mutter zu besuchen, hatte er sie mit nach Hause genommen.

Madame Chalon war erfreut gewesen, Mademoiselle Robineau zu sehen, von der sie eine hohe Meinung hatte. Sie gab ihr ein kleines Glas Pfirsichlikör und plauderte fünfzehn oder zwanzig Minuten lang mit ihr über Danys Eltern, bevor sie ihr eine gute Nacht wünschte und sich in ihr Schlafzimmer zurückzog, nicht ohne Marcel streng zu ermahnen, es für Dany nicht zu spät werden zu lassen. Es erübrigt sich zu sagen, daß Madame Chalon kaum das Wohnzimmer verlassen hatte, als Marcel Dany schon auf dem Sofa hatte, sie umarmt hielt und küßte.

Er sagte ihr, wie hinreißend sie sei und küßte sie wieder. Dany öffnete den Mund ein wenig und berührte seine Lippen mit der Zungenspitze, eine sinnliche Geste, aus der er schloß, sie sei für seine Annäherungen ganz und gar empfänglich. Er drückte sie fester an sich, und sie schob ihre nasse Zunge in seinen Mund und ließ sie hinein- und hinausgleiten, so als ob sie ihn ermutigen wolle, etwas Vergleichbares mit seinem schönsten Körperteil in der verborgensten Höhle ihres jungen Körpers zu vollziehen. Augenblicklich kroch seine Hand unter ihr Kleid, bis sie sich zwischen ihren Schenkeln befand.

»Weiter darfst du nicht gehen, *chérie*«, murmelte sie und drückte die Schenkel fest zusammen, um jeden weiteren Vorstoß aufzuhalten.

Noch immer in der Hoffnung, er könne sie stark genug erregen, um ihre jungfräulichen Bedenken zu überwinden, saugte Marcel langsam ihre Zunge in seinen Mund und lutschte daran. Er nahm seine Hand von ihren Schenkeln, um seine Hose aufzuknöpfen, faßte ihr Handgelenk und schob ihre Hand in seinen Hosenschlitz. Ohne zu zögern, schlossen sich ihre Finger um sein aufrechtes Glied, und er merkte, wie ihr Busen an seiner Brust heftig bebte.

Ihr hübsches Gesicht war rosig vor Erregung, als Marcels Hand wieder unter ihr Kleid schlüpfte – beglückt seufzend erwartete er, daß sich ihre Schenkel lockern und ein wenig auseinanderrücken würden. Sie stieß einen kleinen Schluchzer aus – ob vor Lust oder vor Kummer, vermochte er nicht zu unterscheiden – und ließ zu, daß seine Finger bis zu ihrem nackten Schenkel oberhalb der Strümpfe rückten, bis er sie schließlich in den losen Beinausschnitt ihres Höschens schob und ihre kurzen Löckchen berührte.

»Ich habe doch gesagt, du darfst nicht weitergehen, Marcel!« hauchte sie in seinen offenen Mund. »Ich meine es wirklich ernst.«

»Hinreißende Dany«, seufzte er und kitzelte mit seiner warmen Fingerspitze die sensible Beute, die er erreicht hatte. Der Griff um seinen männlichen Teil wurde fester, und etwa fünf Minuten lang spielten sie miteinander; Marcel hatte es jetzt nicht mehr eilig, unvorsichtig weit vorzudringen und damit Befürchtungen zu wecken, die dem Vergnügen ein Ende bereiten würden.

Als er aus ihrem Keuchen schloß, daß sie ihrem Höhepunkt nah war, hob er sie aufs Sofa, die Zunge noch immer tief in ihrem Mund, und zog ihr Kleid hoch. Er zerrte an seinem Hemd, um seinen Bauch zu entblößen, und rollte Danys Seidenhemd hoch, um das spitzenbesetzte Höschen freizulegen. »Du bist einfach hinreißend!« murmelte er wieder und zog den Bund ihres Höschens tiefer, um ihren süßen Bauch bloßzulegen. Mit vor Entzücken offenem Mund betrachtete er ihre schlanken, seidenhäutigen Schenkel, die zu tausend Küssen einluden.

Im nächsten Moment würde er ihr das zarte Höschen über die Schenkel gezogen und den brünetten Busch und die Schmollippen ihres *jou-jou* entblößt haben – und sein begeisterter Speer hüpfte so heftig in ihrer Hand, daß Marcel fürchtete, seine Leidenschaft würde sich zu früh in Danys Hand ergießen.

Doch leider zeigten ihm die folgenden Minuten, daß er Danys Entschlossenheit, bis zu ihrer Hochzeitsnacht Jungfrau zu bleiben, unterschätzt hatte, und daß ihre Skrupel mitnichten überwunden waren. Noch ehe er ihr das Höschen über die Schenkel ziehen konnte, rollte sie sich auf die Seite, um ihn anzuschauen, und befreite seinen pulsierenden Stengel aus seiner Hose.

»Ich habe gesagt, nicht weiter!« rief sie aus und starrte mit glänzenden Augen auf das, was sie so fest in der Hand hielt. »Wenn du nicht hören willst, dann gibt es nur ein Mittel!«

Und während sie das sagte, begann sie, sein Liebesinstrument heftig zu bearbeiten. Es bedurfte nur sehr wenig von dieser Art der Behandlung – Marcel befand sich schon in einem Zustand extremer Erregung. Fast augenblicklich schrie er auf und sprühte seine Essenz über Danys nackten Bauch und in ihren süßen Bauchnabel.

»So, damit ist das für heute erledigt«, erklärte sie befriedigt, während sie sehr schnell rieb, um das Werk zu vollenden. »Heute Abend wirst du mir keine Probleme mehr machen.«

Ihre Bereitschaft, ihn auf diese Weise zu entwaffnen, brachte Marcel zu der Überzeugung, daß Dany der Anblick und die Berührung jenes männlichen Körperteils keineswegs fremd waren, auch wenn sie tatsächlich in technischem Sinne noch jungfräulich sein mochte. Nicht, daß sie je irgendwelche Liebhaber erwähnt hätte, aber bei einer Gelegenheit hatte sie ihm mit verständlichem Stolz berichtet, daß die Männer sie seit ihrem vierzehnten Lebensjahr verfolgen. Sie hatte ihre Ehre sechs Jahre lang verteidigt, während attraktive Männer seufzend versucht hatten, sie zu küssen, ihre Brüste zu berühren und ihre Schenkel zu streicheln …

»Aber warum bloß?« hatte er amüsiert gefragt.

»Weil ich eines Tages einen wohlhabenden Mann in guter Position heiraten werde«, hatte sie geantwortet, »und ich mich ihm an jenem Tag intakt hinzugeben wünsche.«

Marcel erschien das ziemlich unsinnig, aber sie war eindeutig eine junge Dame mit Prinzipien und Entschlossenheit. Und so unheimlich hübsch! Seit jenem ersten Mal hatte sie ihm nie mehr als das Liebkosen ihres Busens gestattet. Vielleicht hatte sie ein bißchen Angst, weil er an jenem Abend so schnell so weit gegangen war – da war nur ein dünnes Seidenstöffchen zwischen ihrer Ehre und seinem aufragenden Schaft gewesen. Doch solange er seine Zärtlichkeiten auf den oberen Teil des Körpers beschränkte, war sie es zufrieden, daß er mit ihr spielte, so oft er wollte, und sie mit ihm.

Und auch dieser Nachmittag in ihrer Wohnung, in die er sie nach dem Essen gebracht hatte, war wieder ein gutes Beispiel für die Mischung aus Erlaubtem und Verbotenem. Sie hatte vor Wonne geseufzt, als er ihr das Jäckchen ausgezogen und die Träger ihres Hemdes heruntergestreift hatte, um ihre köstlichen Brüste zu entblößen und zu küssen, bis ihre rosigen Knöspchen hart wurden. Und sie selbst hatte seine Hose geöffnet und sein hart aufragendes Glied in die Hand genommen. Aber Dany hatte ihn sofort gezügelt, als er seine Hand auf ihr Knie gelegt und versucht hatte, sie unter ihren seidenen Faltenrock zu schieben.

»Es ist wirklich lächerlich dick«, sagte sie nachdenklich, als sie auf Marcels geliebtes Glied hinunterschaute. »Die Frauen, mit denen du zusammen warst, müssen Höllenqualen ausgestanden haben.«

»Ganz und gar nicht«, murmelte er, »die Organe der Liebe passen sich ohne Schwierigkeiten aneinander an –

wie du sofort feststellen könntest, wenn du mir erlaubtest, es dir zu demonstrieren.«

»Der Gedanke, daß sich dieses monströse Ding den Weg in den empfindlichsten Teil meines Körpers erzwingen würde, macht mir grausige Angst«, rief sie aus.

Marcel schaute stolz an seiner Hemdbrust hinunter zu seiner offenstehenden Hose, wo sein liebster Freund aus einem Nest brauner Locken hervorsah. Die purpurne Eichel glänzte vor Aufregung, und unter dem sanften Streicheln von Danys Hand waren Eichel und Schaft zu noch eindrucksvollerer Größe angeschwollen. Marcels Gesicht war brennend heiß, und sein Bauch bebte unter den Empfindungen.

»Aber wenn ich dein Ehemann wäre, und dies deine Hochzeitsnacht... Was dann?« keuchte er leise.

»Dann wäre ich dein, und du könntest mit mir machen, was du wolltest«, sagte sie. »Ich würde für dich auf dem Rücken liegen und die Beine so weit spreizen, wie ich könnte – und du würdest mir zeigen, wie mein unberührtes kleines Ding dort unten sich an dieses riesige Ding von dir anpassen würde, wie du behauptest. Würde dir das gefallen, Marcel?«

Das Gespräch bewegte sich in eine Richtung, die Marcel bedenklich fand – ihr jetzt zu sagen, er wolle sie haben, war gefährlich. Sie könnte glauben, er wollte sie heiraten... Und danach brauchte es nicht viel, daß Dany annahm, er hielte um ihre Hand an. Es war besser, das Thema zu wechseln...

»Oh, Dany... du weißt, was gleich geschehen wird!« murmelte er.

»Wirklich?« frage sie. »Nein, nein, dafür ist es noch zu früh.« Und das schreckliche Mädchen hörte mit ihrer unerträglich köstlichen Massage seines zuckenden Stengels auf, schob ihre Hand in seine offene Hose, um nach seinen strammen, haarigen *pompons* zu greifen.

Mit einem frustrierten Stöhnen beugte er den Kopf,

um sein Gesicht ihren Brüsten zu nähern, und leckte an dem nächstgelegenen rosigen Knopf.

»Wenn du so weitermachst, bringst du mich zur Raserei«, sagte sie anerkennend.

Das war natürlich, was er erhoffte, und nachdem seine nasse Zunge ein oder zwei Minuten lang an ihren Brustwarzen gelutscht hatte, nahm sie ihre höchst angenehme Beschäftigung an seinem zitternden Glied wieder auf, packte mit sicherem Griff seinen Ständer und rieb den dicken Schaft.

»Ah, ah, *chérie*!« ächzte Marcel, dessen Nerven bis zur äußersten Grenze wonnevoller Erregung angespannt waren.

Seine Lenden zuckten vor und zurück, um sie zu unterstützen, und er drückte ihren bebenden Körper fest an sich, während seine heiße Zunge eifrig an der nächstliegenden, geschwollenen Brustwarze leckte. Dany zupfte mit der freien Hand das kanariengelbe, seidene Taschentuch aus seiner Brusttasche und brachte ihn mit ein paar weiteren Bewegungen zu seinem Höhepunkt. Sie stieß ein langes, wonnevolles Stöhnen aus, im selben Augenblick, als seine Essenz in das vorsorglich bereitgehaltene Taschentuch sprudelte und ihr eigener Höhepunkt sie in schaudernde Ekstase versetzte.

Und genau in diesem erfüllenden, glücklichen Moment hörten sie beide, wie draußen vor dem Salon eine Tür ging, und eine Männerstimme ein paar unverständliche Worte äußerte.

»Mein Gott – das ist Papa!« keuchte Dany.

Sie sprang mit der atemberaubenden Geschwindigkeit eines gehetzten Rehs vom Sofa, zerrte ihr Hemd über den nackten Busen und schlängelte sich durch die Träger, während sie gleichzeitig nach ihrer Seidenjacke griff und sie sich mit bebenden Fingern überstreifte. Marcel kam es wie ein Alptraum vor – er stopfte sein noch immer spritzendes, in das durchweichte, seidene Taschentuch gewickeltes Glied in seine Hose und versuchte, die Knöpfe zu schließen, ehe die Salontüre aufging.

Von dort, wo er saß, sah er, wie der Türknauf sich drehte, und war sich seiner verzweifelten Lage grauenvoll bewußt, als die Tür aufschwang und er noch immer an seinen widerspenstigen Hosenknöpfen fingerte. Doch das Glück war ihm hold, denn Danys Vater sprach draußen mit der Hausangestellten, ehe er den Salon betrat. Marcels zitternde Hände knöpften den letzten Hosenknopf zu, er schloß sein Jackett, zupfte es glatt und war gerade dabei, seine Beine übereinanderzuschlagen, als Monsieur Robineau mit einer Zeitung in der einen Hand und einer ledernen Aktentasche in der anderen den Salon betrat.

Und bis dahin, denn das Glück war den beiden Beinah-Liebenden außergewöhnlich hold an diesem Tag, hatte Dany ihr niedliches, kleines Sommerjäckchen ordentlich zugeknöpft und saß auf einem Stuhl in sittsamer Entfernung von Marcel. Ihr hübsches Gesicht war rosig angehaucht vor Anstrengung oder Verlegenheit – oder beidem. Ihr Vater durchquerte den Salon und lächelte, als er Marcel dort sitzen sah, denn auch er hoffte, er würde sein zukünftiger Schwiegersohn sein.

Hätte er allerdings geahnt, daß seine geliebte Tochter gerade erst einen durch Marcels Aufmerksamkeiten ausgelösten überwältigenden Höhepunkt erlebt hatte, wäre ihm das freundliche Willkommenslächeln sogleich erfroren. Und wenn er, will man ihm eine so unwahrscheinliche Fähigkeit unterstellen, mit Röntgenblick durch Marcels Kleider hindurchsehen, und dessen steifes, in ein Taschentuch gewickeltes Glied erblicken zu können, und wenn er erfahren hätte, daß diese Emission von Danys jungfräulicher Hand ausgelöst worden war – dann hätte er mit absoluter Sicherheit Marcel Hals über Kopf hinausgeworfen.

Sei es, wie es sei, der Seelenfrieden von Eltern beruht

oft darauf, daß sie das, was ihre Sprößlinge treiben, lieber nicht so genau wahrnehmen – und dies gilt ganz besonders für Väter von heiratsfähigen Töchtern. Obwohl Monsieur Robineau nicht umhin konnte, die hübsche Röte in Danys Gesicht zu bemerken, lächelte er weiter, als er Marcel die Hand entgegenstreckte. Ein wenig umständlich erhob sich Marcel, um ihm die Hand zu schütteln, und war sich auf unangenehme Weise des nassen, klebrigen Taschentuchs in seiner Hose bewußt.

Während sie einander begrüßten, hatte Dany sich wieder gefaßt und drückte ihrem Vater einen Kuß auf die Wange.

»Wie angeregt du heute ausschaust, Dany«, sagte ihr Vater, der sie an den Handgelenken gefaßt hatte und ihr Gesicht mit väterlichem Stolz betrachtete.

»Marcel hat mich zum Essen ins *Bois de Boulogne* eingeladen«, sagte sie.

»Gut, gut«, sagte Robineau. »Ich bin sicher, ihr habt euch wundervoll unterhalten. Wie herrlich, jung zu sein und diese Sommertage zusammen genießen zu können! Sie haben Glück, Marcel, daß Sie nicht arbeiten müssen.«

»Die, für die ich nicht arbeiten muß, haben ebensoviel Glück«, erwiderte Marcel. »Ich bin sicher, ich würde einen miserablen Arbeitnehmer abgeben.«

»Wie kommt es, daß du schon so früh nach Hause gekommen bist, Papa?« fragte Dany. »Mama ist noch bei Madame Tissot und ihren Freundinnen.«

Robineau zuckte mit den Achseln und meinte, er habe an diesem Nachmittag die Nase voll gehabt und sei im Jardin du Luxembourg im Sonnenschein spazieren gegangen, um dann nach Hause zu kommen und vor dem Abendessen die Verträge durchzulesen, die er im Büro vernachlässigt habe. Für Marcel klang eine leise Spur von Unbehagen, wenn nicht gar Schuldgefühlen, in Robineaus Stimme mit. Seine Geschichte stimmte nicht

– eine Erfindung, hinter der er verbarg, was er nicht bekannt werden lassen wollte. Irgendwie war eine Frau darin verwickelt, davon war Marcel überzeugt.

Er musterte Robineau mit neuem Interesse. Danys Vater hatte sich auf einem der Sessel niedergelassen und seine Beine bequem von sich gestreckt. Er war ein Mann von Ende vierzig, mittlerer Größe und unscheinbarem Äußerem. Sein Anzug war korrekt geschnitten und stammte von einem guten Schneider, doch er war nicht modisch. Sein hellbraunes Haar hatte den gleichen Farbton wie Danys, doch er trug es sehr kurz; es wurde schon schütter. Trotz seines eher gewöhnlichen Aussehens war er ein Mann mit einer starken Persönlichkeit, wie Marcel in den Wochen, seit sie sich kannten, festgestellt hatte.

Hatte ihn nach dem Mittagessen die Geschäftsroutine gelangweilt, und war er in eines der besseren Häuser der Unterhaltung gegangen, überlegte Marcel, um sich von den Dienstleistungen eines jungen Mädchens amüsieren zu lassen? Oder hatte der werte Monsieur Robineau eine kleine Freundin in einer Wohnung, für die er bezahlte? Die meisten von Marcels verheirateten Freunden hatten eine liebe Freundin irgendwo in einer Wohnung untergebracht, wo sie sie besuchten, bevor sie abends zu ihren Gattinnen heimkehrten.

Aber es war noch nicht einmal fünf Uhr, und daher unwahrscheinlich, daß Robineau an diesem Nachmittag so beschäftigt gewesen war – er hätte eine kleine Freundin kaum so früh verlassen. Es sei denn, sie hätten sich gestritten, natürlich. Aber wenn das der Fall gewesen wäre, dann hätte er schlechter Laune sein müssen – und das war er eindeutig nicht. Abgesehen von einem flüchtigen Schuldbewußtsein war er in bester Stimmung.

Marcel schaute Danys Papa ein wenig genauer an und stellte fest, daß sein breiter, blauer Schlips unordentlich geknotet war, als habe er sich in Eile angekleidet. Ein

Westenknopf mitten über seinem kleinen Bäuchlein stand offen. Mit Sicherheit hatte er an jenem Morgen seine Wohnung nicht in einem so unordentlichen Zustand verlassen, um ins Geschäft zu gehen! Alle Zeichen deuteten darauf hin, daß Monsieur Robineau im Lauf des Tages irgendwo seine Kleider ausgezogen hatte, und da er sie so nachlässig wieder anzog, mußte er es eilig gehabt haben fortzukommen.

Marcel neigte zu der Ansicht, daß Robineau eine angenehme Stunde in einem der exklusiveren Etablissements verbracht hatte – dem *Chabanais* gleich hinter den Gärten des Palais Royal vielleicht, oder dem *Maison Junot*, in bequemer Entfernung von der Börse gelegen. Die Situation hatte etwas von einer schrägen Komödie an sich, denn Robineau hätte fraglos seinem vernichtenden väterlichen Zorn Luft gemacht, wäre er auch nur wenige Sekunden früher in den Salon gekommen und hätte dort seine junge Tochter, in den Krämpfen eines ekstatischen Höhepunkts, mit einem Verehrer entdeckt – auch wenn er – sofern Marcels Vermutungen richtig waren – selbst den Nachmittag nackt im Bett mit einem Mädchen, nicht älter als seine Tochter, verbracht hatte.

4

Bezaubernd moralische Ansichten

Marcel beschloß, sein Glück zu versuchen und sich unerwartet und ungeladen in Gabrielle de Michoux' Wohnung zu präsentieren. Er hielt es für mehr als wahrscheinlich, daß sie sich, wenn er sich telephonisch ankündigte, weigern würde, ihn zu empfangen. Er wartete in der kleinen Eingangsdiele mindestens fünf Minuten lang, während die Zofe sich vergewisserte, ob Madame ihn empfangen würde. Er überlegte, wie er sich herausreden würde, wenn sich herausstellte, daß Monsieur Lacoste bei seiner Verlobten weilte, doch um diese Tageszeit war es ziemlich unwahrscheinlich. Er stattete seinen Besuch um elf Uhr vormittags ab, weil Lacoste sich um diese Zeit mit größter Wahrscheinlichkeit um seine Geschäfte kümmern würde.

Schließlich kam die Zofe zurück und sagte ihm, Madame würde ihn empfangen. Marcel lächelte sie an und drückte ihr einen Geldschein in die Hand – er wußte genug über Dienstboten, um diese hier als Freundin und Verbündete bei seinen zukünftigen Aufmerksamkeiten für Gabrielle gewinnen zu wollen. Die Zofe zwinkerte ihm keß zu, während sie die *douceur* in den Ausschnitt ihres einfachen, schwarzen Kleides steckte. Dabei fesselte sie sofort seine Aufmerksamkeit, denn sie schob den zusammengefalteten Schein herausfordernd zwischen ein Paar angenehm pralle Brüste.

Marcel schenkte ihr noch ein verschwörerisches Lächeln und kniff ihr kräftig ins Hinterteil.

»Werden heute vormittag noch Besucher erwartet?« erkundigte er sich.

»Nein, Monsieur, niemand«, sagte die Zofe und grinste ihn an. »Ich werde dafür sorgen, daß Sie nicht gestört werden, verlassen Sie sich auf mich.«

»Wie bewundernswert diskret du bist!« lobte Marcel sie und legte ihr beide Hände auf den Po, um ihn durch ihr Kleid hindurch zu kneifen. Genau wie ihre Brüste, war auch ihre Kehrseite erfreulich drall und höchst angenehm anzufassen. Sie erhob keinen Einspruch gegen diese intime Behandlung, und Marcel schloß daraus, daß die meisten männlichen Besucher von Madame de Michoux sich das Vergnügen gönnten, das Hinterteil ihrer Zofe zu befingern.

»Sag mir, wie du heißt«, sagte er leise, während seine Finger den dünnen Stoff ihres schwarzen Kleides in die tiefe Furche zwischen ihren Hinterbacken drückten.

»Claudine«, gab sie zurück und grinste wieder wissend, »aber jetzt müssen Sie in den Salon gehen, sonst beginnt Madame, sich zu fragen, was hier draußen vorgeht.«

Sie entwand sich ihm und zupfte ihr Kleid und ihre Unterwäsche aus dem Spalt ihrer Kehrseite, bevor sie Marcel in den Salon führte und ihn anmeldete. Die kleine Eingangsdiele hatte Marcel nicht auf das modernistische Dekor des Zimmers vorbereitet, das er jetzt betrat; es verschlug ihm fast den Atem, als er auf der Schwelle stand und sich staunend umschaute, was ihm nicht zu verdenken war. Die Wände von Gabrielles Salon waren mattschwarz lackiert, mit dünnen, vertikalen Silberstreifen, so daß beinahe der Eindruck entstand, man befinde sich in einem exotischen Käfig. Es hingen keine Bilder an den Wänden, nur große, ebenholzgerahmte Kristallspiegel.

Während Marcel sich verzückt umschaute, konnte er mindestens sechs Gabrielles sehen, denn die Spiegel zeigten sie von allen Seiten, von vorn, von hinten und von den Seiten, eine kaleidoskopische Vision von Luxus. Schließlich richtete sich sein Blick auf die Dame selbst – sie lag, lässig auf einen Ellbogen gestützt, zwischen einem Dutzend oder mehr silbernen Kissen auf einem halbkreisförmigen, mit purpurnem Samt bezogenen Diwan.

Wenn das Zimmer schon hinreißend war – Gabrielle selbst war es noch mehr. Sie trug einen schwarzseidenen Hausanzug, der sich eng an ihren schlanken Leib schmiegte und ihn aufs vorteilhafteste zur Geltung brachte. Sie streckte ihm lässig die Hand entgegen, als er mit graziösen Schritten über einen dicken, schwarzen Teppich auf sie zuging. Ein mit Silberfäden gestickter chinesischer Drache mit langem Schwanz schmückte ihr Tunikaoberteil. Sein schuppiger Kopf ragte zwischen ihren kleinen, spitzen Brüsten empor, als wolle er sie gleichzeitig verteidigen und auf sie aufmerksam machen.

Marcel küßte ihr respektvoll die Hand. Sie trug nur einen schmalen goldenen Ring mit einem Topas. Ihr riesiger Verlobungsdiamant war an der anderen Hand, auf die sie ihren ordentlich frisierten, kleinen Kopf stützte.

»Was für eine prachtvolle Umgebung für eine so charmante Dame«, murmelte er. »Ich bin überwältigt! Wie hinreißend du bist, Gabrielle!«

Sie antwortete mit einem kleinen, anerkennenden Lächeln und ermutigte ihn mit einer Geste, neben ihr auf dem purpurnen Diwan Platz zu nehmen. Doch im nächsten Augenblick wurde er durch ihre Worte wieder entmutigt.

»Warum bist du hergekommen, Marcel? Was willst du hier?« fragte sie melancholisch.

»Ich bin gekommen, um dich wiederzusehen«, sagte er leichthin. »Unsere kurze, aber ergötzliche Begegnung in Cannes hat in mir warme Zuneigung zu dir erregt.«

»Du hast deine Gefühle für mich sehr klar zum Ausdruck gebracht, als du gewaltsam in mein Hotelzimmer eingedrungen bist«, sagte sie mit einer Nüchternheit, die Marcels Hoffnungen in keiner Weise beflügelte. »Zuneigung hatte nichts damit zu tun – es war nichts als eine ganz gewöhnliche, banale Angelegenheit körperlicher Leidenschaft.«

»Banal? Ich traue meinen Ohren nicht!« rief Marcel aus. »Die schönste Frau in ganz Paris tut die zärtlichsten aller Gefühle als banal ab!«

»Zärtliche Gefühle!« erwiderte sie mit einer verächtlichen, kleinen Geste, die ihre Brüste unter der Seide so zum Schwingen brachte, daß Marcels immer bereiter Mannesstolz steif wurde. »Wie kannst du behaupten, irgendwelche zärtlichen Gefühle für mich zu hegen? Du hast meine Reinheit in einem Augenblick gewaltsam verletzt, als ich nicht in der Lage war, mich zu wehren – ein bösartiger, verabscheuungswürdiger Trick!«

»Nicht doch, das ist doch gar nicht wahr!« sagte Marcel und hob ungläubig und erstaunt die Hände. »Du kannst doch nicht so schnell vergessen haben, wie du vor Ekstase gebebt hast, als ich dich in den Armen hielt und küßte.«

»Du schmeichelst dir!« gab sie zurück. »Ich habe vor Verzweiflung und Ekel gebebt, und du mußt wirklich sehr unsensibel sein, um dies anders zu interpretieren.«

»Du hast meinen Namen gemurmelt und mir gesagt, wie wundervoll unser Liebesspiel sei«, beharrte er. »Die bloße Erinnerung an jene zauberhaften Momente verfolgt mich noch immer Tag und Nacht – und deshalb bin ich heute hier, Gabrielle.«

Sie hob den Kopf von der stützenden Hand und setzte sich aufrecht hin. Die Schultern gerade, die in schwarze Seide gekleideten Beine und Knie fest zusammengepreßt, funkelte sie Marcel verachtungsvoll an. Der schmolz bei dem Anblick ihrer graziösen Schönheit völlig dahin. Sie hatte den Kopf leicht zurückgeworfen, und ihre eleganten Brüste schienen anklagend auf ihn zu zeigen.

»Du bist ungebeten hier erschienen, in der Erwartung, meinen Körper zu genießen?« rief sie aus, die Stimme erhoben angesichts so großer Unverfrorenheit.

»Ich bin hergekommen, um dir meine Bewunderung zu Füßen zu legen – ich kam aus demütiger Hingabe zu dir«, antwortete er und genoß seinen Ausflug in die hochtrabende Ausdrucksweise des Theaters. »Ich füge mich deinen Befehlen, Gabrielle.«

»Dann befehle ich dir, mich sofort zu verlassen und niemals wiederzukommen«, sagte sie sofort. Ihre wundervollen, blaugrünen Augen glänzten, und ihr makelloser kleiner Busen hüpfte unter der schwarzen Seide, als sie den Arm hob und ihm die Tür wies.

»Nun, dann werde ich gehorchen«, sagte er resigniert. »Du bist grausam, Gabrielle, grausamer als ich einer so schönen Frau je zugetraut hätte.«

»Verschone mich mit deiner Heuchelei«, sagte sie. »Wenigstens besitzt du die Höflichkeit, deine schändlichen Gründe für diesen Besuch ehrlich zuzugeben.«

»Wenn du es so genau weißt – welches sind denn meine Gründe?« fragte er.

»Nun, da wir offen miteinander reden – du bist hier, weil du willst, daß ich Adolphe mit dir betrüge«, beschuldigte sie ihn, »und nicht, weil du mir ehrlich ergeben bist, wie du behauptest. Adolphe ist es, der mir ergeben ist. Du hast keine erhabeneren Motive als deine eigene Befriedigung. Wie abstoßend!«

Die Vehemenz ihrer Anklage ließ ihren Körper zittern – oder war es noch etwas anderes, fragte sich Marcel und musterte sie, den Kopf leicht zur Seite geneigt, aufs äußerste fasziniert. Die Dame protestiert zu laut, sagte er sich, und experimentierfreudig legte er seine Hand auf ihr in Seide gekleidetes Knie und ließ sie langsam und zärtlich aufwärts gleiten. Sie schaute, ihr hübsches Gesicht hochmütig verzogen, auf seine Hand hinunter, als stünde sie so weit über den vulgären Possen geiler

Männer, daß sie sie ignorieren konnte. Sie tat nichts, um das Aufwärtsgleiten seiner Hand zu verhindern.

»Gott gebe, daß ich nie etwas gesagt oder getan habe, das dich veranlaßt hat, Adolphe untreu zu sein«, sagte Marcel scheinheilig mit einem beschwichtigenden Lächeln. »Er ist ein guter Mensch und ein hingebungsvoller Verlobter, darüber hege ich nicht den geringsten Zweifel.«

Wenn eine Frau zu einem Mann *nein* sagt, dann meinst sie *vielleicht,* so will es das alte Sprichwort, und wenn sie *vielleicht* sagt, dann meint sie *ja.* Marcel hatte diesen zynischen Spruch zum ersten Mal gehört, als er fünfzehn war, und seine inzwischen reichhaltigen Erfahrungen mit Frauen hatten ihn gelehrt, daß er im wesentlichen stimmte. Er lächelte Gabrielle charmant an, während seine Finger über die warme Haut unter ihrer Seidenhose strichen, und sein aufrechtes Glied zuckte eifrig.

»Du ahnst gar nicht, unter was für schrecklichen Gewissensbissen ich gelitten habe«, sagte sie, »welche qualvollen Schuldgefühle mich geplagt haben, nachdem du in Cannes meinen Körper mißbraucht hattest! Du wirst das nie, nie verstehen können, denn du bist von grober Natur, muß ich leider sagen. Ich hatte eine lange, schlaflose Nacht, weil ich vor Zweifeln und geistiger Qual ganz niedergeschmettert war. Aber dann habe ich erkannt, daß ich Adolphe gar nicht untreu war.«

»Natürlich warst du das nicht«, pflichtete Marcel sofort bei, verblüfft und amüsiert von dem Gedanken, daß Gabrielle ihr köstliches Liebesspiel nicht als Untreue bewertete.

Ihre schlanken Schenkel rückten ein winziges bißchen auseinander, als sie sich auf dem Diwan zurücklehnte – gerade genug, daß seine Fingerspitzen dazwischengleiten und ihren weichen Hügel durch die schwarze Seide hindurch zart streicheln konnten.

»Es war ein Akt der Anbetung«, sagte er mit einem Lächeln, »aber es war zu himmlisch, um als Untreue gegen irgendeine andere Person angesehen zu werden. Warum hast du die ganze Nacht gebraucht, um zu diesem logischen Schluß zu kommen?«

Gabrielles Gesicht war vor Erregung leicht rosig angehaucht, und ihr Busen hob und senkte sich etwas schneller als sonst, doch sie schien sich der Finger, die sie zwischen den Schenkeln streichelten, nicht bewußt zu sein. Und als sie sich auf dem Diwan ein wenig herumdrehte, um ihm offen ins Gesicht zu schauen, während sie ihn des Mangels an Moral bezichtigte, glitten ihre Beine noch ein bißchen weiter auseinander, und die dünne Seide spannte sich in äußerst verräterischer Weise über ihren Hügel.

»Im Gegensatz zu dir habe ich ein empfindsames Gewissen«, erklärte sie hochmütig. »Ich lag in größter Verzweiflung wach, weil mein Körper sexuell mißbraucht worden war. Doch nachdem ich mein Verhalten und meine Reaktionen untersucht hatte, war ich schließlich in der Lage zu sehen, daß dein ungehöriger Akt von mir weder gewünscht noch gebilligt wurde, die Frage der Treue also nicht gestellt werden mußte. Das Opfer teilt die Schuld des Verbrechers nicht.«

Marcel schob seine Hand unter die schwarze Tunika und suchte den Bund ihrer Hose. Auf Hüfthöhe fand er Knöpfe, und als er diese geöffnet hatte, konnte er seine Hand in ihr lockeres Seidenhöschen unter der Hose schieben und ihren Bauch streicheln.

»Endlich beginne ich, dich zu verstehen, Gabrielle«, sagte er lächelnd. »Das Opfer trägt nicht die Schuld – du klingst wie ein Jesuit. Du bist sicher in einer Klosterschule erzogen worden.«

»Ja«, sagte sie, »und ich schätze mich glücklich, von den Heiligen Schwestern eine gründliche Moralerziehung erhalten zu haben. Sie haben mich gelehrt, den flüchtigen und störenden Bedürfnissen des Leibes keine Bedeutung beizumessen und ihnen die Ziele und das Potential des Intellekts vorzuziehen.«

»Wie wahrhaft bewundernswert«, rief Marcel aus und klang durch und durch ehrlich. »Die Reinheit deines Herzens beschämt mich.«

»Dann verstehst du auch, warum es zwischen uns niemals etwas anderes als eine förmliche Freundschaft geben kann«, murmelte sie und lehnte sich gegen ihn, bis ihre Beine noch weiter auseinander zu gleiten schienen und es seiner Hand gestatteten, ihren warmen, gelockten Hügel ganz zu bedecken. Er drückte sie liebevoll und seufzte glücklich, als seine Finger zart die eleganten, dünnen Lippen unter den Löckchen spreizten und das Innere liebkosten.

»Aber natürlich verstehe ich das«, sagte er, »und ich bin glücklich, deine Freundschaft anzunehmen und dir die meine anzubieten, weil ich weiß, daß ich niemals mehr für dich sein kann.«

»Mein armer Freund«, sagte sie traurig, »ich fürchte, du wirst leiden müssen, da du gezwungen bist, die Exzesse deiner ungehobelten Natur zu unterdrücken. Aber man hat uns gelehrt, daß durch das Leiden die Seele gereinigt und veredelt wird.«

Sie befreite sich sanft von seiner liebkosenden Hand und zog sich die drachenbestickte Tunikajacke ihres Anzugs über den Kopf und enthüllte ein tiefschwarzes, seidenes Hemdchen. Marcel hielt beglückt den Atem an, als sie das Hemd aus der Hose zupfte und über ihren Kopf streifte, ohne ihrer eleganten Frisur ein Haar zu krümmen. Er starrte verzückt auf ihre spitzen Brüste, deren dunkelrosa Knöspchen sich vor Erregung deutlich versteift hatten.

»Was hältst du von meinen Spiegeln?« fragte sie und bog den Rücken ein wenig durch, um ihre Brüste hervorstehen zu lassen.

Marcel fragte sich, was sie meinte, schaute sich im Zimmer um und entdeckte überall Spiegelbilder von Gabrielle und sich selbst neben ihr. Es war zu köstlich, um es in Worte zu fassen – dort drüben sah er Gabrielle im rechten Profil, die bezaubernden, kleinen Brüste stolz gereckt, gegenüber konnte er ihr linkes Profil bewundern, und ihre Brüste hüpften ein wenig von einer plötzlichen Bewegung. Er schaute über ihre Schultern und genoß den Anblick ihres schlanken Rükkens, die blasse Haut so glatt wie feinster Satin, die eleganten, schmalen Schultern und die zierliche Taille direkt oberhalb ihrer aufgeknöpften schwarzen Anzugshose.

Er langte hinter sie, um die Hose nach unten zu ziehen und ihm im Spiegel die kleinen Backen ihrer Kehrseite zu offenbaren. Sie waren nicht vollständig sichtbar, Gabrielles Gewicht drückte sie in den Diwan, doch das obere Ende der delikaten Spalte dazwischen war zu sehen. Mit heftig klopfendem Herzen gab sich Marcel das stille Versprechen, daß seine Blicke, seine Hände und seine Zähne innerhalb der nächsten fünf Minuten freie Bahn haben würden, denn er verspürte den heftigen Wunsch, an diesen kleinen Bäckchen zu knabbern.

»Das Dekor deines Salons ist prachtvoll«, sagte er, »so schick, so originell – so ausgesprochen modern!«

Als sie so nebeneinander auf dem Diwan saßen, sah er in den gegenüber liegenden Spiegeln ein Bild, das sein eifriges Stück veranlaßte, wie ein Vogel im Käfig in seiner Hose zu hüpfen – Gabrielle legte die Hände hinter ihren Kopf und drückte die Ellbogen nach hinten, so daß er die volle, beglückende Sicht nicht nur auf ihre charmanten Brüste hatte, sondern auch auf ihren Bauch mit seinem kleinen, runden Grübchen. Den Mann, der in blaßblauem Anzug neben ihr saß, konnte er nur mit Mühe als sich selbst erkennen.

»Ich bin ja so froh, daß es dir gefällt«, sagte sie beiläufig. »Ich habe es selbst entworfen. Es ist nicht nach jedermanns Geschmack.«

»Es fällt mir schwer, das zu glauben«, sagte er und streckte die Hand aus, um ihre weichen, kleinen Brüste zu liebkosen und die aufrechtstehenden Spitzen zwischen den Fingern zu massieren. »Wer kann denn nur so töricht sein?«

»Adolphe gefällt es gar nicht«, seufzte sie und ließ ihre Hände in den Schoß sinken. »Es wird ihm äußerst unbehaglich zumute, wenn er länger als fünf oder zehn Minuten mit mir hier sitzt. Er sagt, das Zimmer flöße ihm Angst ein – macht es dir Angst, Marcel?«

»Es inspiriert mich«, erwiderte er und beugte sich über sie, um ihre Knospen mit der feuchten Zungenspitze zu berühren.

»Ach, diese elende Angewohnheit, den Körper anderer zu berühren, der sich Männer und Frauen hingeben!« rief sie mit leiser Stimme aus. »Was für eine betrübliche Mahnung an unsere animalische Natur das doch ist – ein böses Erbe aus ferner Vergangenheit.«

»Wie wahr, wie wahr«, seufzte Marcel, eine Hand zwischen ihren Beinen, um sie durch die dünne Seide ihrer Anzughose zu streicheln. »Wie du es so klar ausgedrückt hast, meine liebe Freundin, müssen wir die flüchtigen und abstoßenden Begierden des Leibes verachten.«

»Ja«, flüsterte Gabrielle, den Kopf auf seine Schulter gelehnt. »Ich stehe über der Niedrigkeit der menschlichen Natur – und auch du mußt versuchen, dich über dich selbst zu erheben, hinauf zu mir, in die klare, saubere Luft des Intellekts. Du hast den ersten entscheidenden Schritt auf dem Weg zur Erkenntnis getan – du wirst verstehen, wie wertlos dieses Gereibe von Haut an Haut ist, das die Leute Liebe nennen.«

Gabrielles kleine Hand erforschte die Knöpfe von Marcels Hose, während sie sich dem Ausdruck dieser erhabenen Gefühle hingab, und bald befand sie sich in seiner Unterwäsche und packte seinen harten, bebenden Liebespfeil. Er schauderte und schob seine Hand in ihre Hose, um ihr *jou-jou* erneut zu liebkosen.

»Was wir miteinander tun, ist bedeutungslos«, gab er ihr recht und ließ seine Fingerspitze über ihre verborgene, feuchte Knospe flitzen. »Wie der Blinddarm ist es nichts als ein Überbleibsel aus einem früheren Stadium der menschlichen Evolution. Jetzt, wo du mir das so klar verständlich gemacht hast, weiß ich, die grobschlächtigen Triebe als das zu nehmen, was sie sind, und ihnen keine Wichtigkeit beizumessen.«

»Halt, Marcel!« sagte sie atemlos. Einen Augenblick lang fürchtete er, er sei zu weit gegangen und habe das Spiel verdorben.

Aber alles war in Ordnung – sie setzte sich auf dem Diwan auf, und mit angehaltenem Atem beobachtete Marcel, wie sie ihre Daumen in den Bund ihrer schwarzen Hausanzughose und ihres Unterhöschens steckte und beides über die Beine bis zu den Knöcheln schob. Im nächsten Moment war er vom Diwan aufgesprungen und kniete auf dem dicken, schwarzen Teppich, um ihr zu helfen, Schuhe, Hose und Schlüpfer auszuziehen und auf den Boden fallen zu lassen.

Sie drückte ihre Knie zusammen, so daß Marcel nur ein kleines Lockenbüschel sehen konnte, wo ihre Beine zusammenliefen. Er legte eine Hand auf jedes Knie und bewegte sie sanft auseinander, um sie seinem begierigen Blick freizugeben. Dort zwischen ihren glatthäutigen Schenkeln waren die seidigen Löckchen, an die er sich aus Cannes erinnerte; ein dichtes, kleines Dreieck, das die eleganten Rosenblätter ihres *jou-jou* freiließ. Gabrielle hatte das hübscheste *bijou,* das er – soweit er sich erinnern konnte – je gesehen hatte. Er stieß einen langen, von Herzen kommenden Seufzer der Lust aus.

Seine Finger wanderten langsam über die Kurve ihres Bauches zu dem seidigen Haarbusch und hielten dort inne. »Schönheit ist wertlos«, murmelte sie, »sie hält den Unwissenden in einem Netz von Wahnvorstellungen gefangen!« Marcel seufzte seine Zustimmung, aber er war außerstande, das Wonnestöhnen, das ihm über die Lippen kam, zu unterdrücken, als Gabrielle ihre kleinen, nackten Füße auf dem dicken, schwarzen Teppich auseinanderrückte und mit den Fingern an der Innenseite ihrer Schenkel entlangstrich. Er glaubte, sein Herz würde vor Aufregung bersten, als sie jene eleganten, dünnen Lippen spreizte und ihr rosiges, feuchtes Inneres freilegte.

Er stand auf und riß sich die Kleider vom Leib, um so nackt zu sein wie sie. Gabrielles Fingerspitzen streichelten ihre Lenden, und sie starrte auf sein hartes Glied, als sei sie von seiner Größe und Stärke fasziniert.

»Oh, die verabscheuenswerte Macht des Fleisches über uns«, seufzte sie. »Dein einziger Gedanke ist es, mich mit diesem unnötig dicken Gerät aufzuspießen, und das für ein paar Augenblicke krampfähnlicher Empfindungen – du bist ein Tier! Und zu meiner ewigen Schande muß ich gestehen, daß auch in mir noch immer zu viel von dieser Primitivität steckt – mein verachtenswerter Leib wünscht sich zu erniedrigen, indem er dich dieses Ding in mich stecken läßt!«

Marcel umfing sie mit den Armen, hob sie in die Mitte des purpurnen Diwans und kniete sich zwischen ihre gespreizten Beine.

»Ich bin deiner nicht wert, verehrte Gabrielle«, sagte er und beugte sich nieder, um einen Kuß der Bewunderung auf ihr *jou-jou* zu drücken.

Ehe sie etwas erwidern konnte, lag er auf ihr, faßte zwischen ihre Beine und dirigierte seinen aufgeregten Freudenritter in ihr Lustschlößchen. Der schöne Körper, den sie als verachtenswert beschrieben hatte, war ganz und gar bereit für ihn – mit äußerst vorsichtigen Stößen drang er tief in sie hinein, bis sein Bauch flach auf dem ihren lag. Sie warf ihm einen Arm um den Hals und zog sein Gesicht an ihres, um warme Küsse auf seinen Lippen und Wangen zu verteilen, während er in gemessenem Trab in ihr ein und aus ritt.

»Es ist unerträglich«, ächzte sie, »von der Schwäche des Fleisches zu einer derart trivialen Sinnlichkeit verführt zu werden, während Geist und Bewußtsein sich über die verderblichen irdischen Gelüste zu erheben suchen!«

Wenn Marcel den Kopf drehte, konnte er sich in den großen Spiegeln bei der Liebe beobachten. Er sah seinen nackten Körper der Länge nach auf Gabrielle ausgestreckt, und das rhythmische Zucken, mit dem er in sie stieß. Ihr Gesicht war im Profil deutlich zu sehen; sie starrte mit weit aufgerissenen Augen an die Decke und machte schnelle, kleine Bewegungen unter ihm, um ihm mit ihrem heißen Becken entgegenzukommen.

Sie hatte ihre schlanken Arme um seinen Hals geschlungen und hielt ihn fest an sich gedrückt, und der riesige Diamant ihres Verlobungsringes glitzerte, wenn ein Lichtstrahl darauf fiel. Marcel sah, wie sich ihre grazilen Beine vom purpurnen Samt des Diwans hoben und um seine Taille klammerten.

»Es gibt einen Weg, den Begierden des Fleisches zu entkommen«, sagte er atemlos, die Hände unter ihr, um die strammen Backen ihres nackten, kleinen Hinterteils zu fassen.

»Sag's mir, sag's mir!« stöhnte sie, und ihre Lenden zuckten im Rhythmus seiner Stöße. »Wie können wir diesem schrecklichen Trieb entkommen – sag's mir, und ich werde für immer deine Freundin sein!«

»Durch Exzeß!« keuchte er, kaum fähig zu sprechen, weil die Lustgefühle ihn schüttelten. »Wir müssen es wieder und wieder und wieder tun – bis die lasterhaften Gelüste unserer Leiber vollständig ausgebrannt sind.«

»Oh, ja! Ja!« schrie Gabrielle wild. »Du hast recht –

wenn wir diese häßlichen Triebe erschöpfen, werden sie für immer verschwinden!«

Die Stärke ihrer Triebe, wenn auch nicht ihre Häßlichkeit, befreite sie von der körperlichen Belastung, und sie krümmte sich auf dem Diwan in ekstatischer Erlösung. Marcels Finger gruben sich tief in das magere Fleisch ihres Pos, und mit kurzen, scharfen Stößen entlud er sein Entzücken in sie.

Als sie ein wenig später nebeneinander lagen, nahm sie seine Hand in die ihre und drückte sie aus Dankbarkeit für seinen Rat, wie man die Dämonen der Fleischeslust austreiben konnte.

»Dein Plan ist so logisch«, sagte sie. »Ich verstehe gar nicht, warum mich bisher noch niemand darauf hingewiesen hat. Als ich ein junges Mädchen war, sagten mir die frommen Schwestern, daß der einzige Weg, diese Begierden abzutöten, darin bestünde, sie durch Abstinenz und Keuschheit zu Tode hungern zu lassen. Leider weiß ich aus eigener Erfahrung, daß es nicht wirkt. Du hast deinen Finger auf die Wahrheit gelegt – das einzige Mittel, den Appetit zu verlieren, ist, bis zum Exzeß zu essen, sich so zu übersättigen, daß der Magen alles weitere verweigert.«

Es war nicht nur diese Wahrheit, auf die Marcel jetzt, wo sie empfänglich für seine Bewunderung war, seinen Finger legen wollte – er hatte andere, bei weitem köstlichere Argumente im Sinn.

»Aber wegen Adolphe?« fragte er. »Da ist doch diese komplizierte Angelegenheit, ihm treu zu bleiben?«

Gabrielle dachte eine Weile tief nach.

»Das hat gar nichts mit Untreue zu tun«, sagte sie im Brustton der Überzeugung. »Mein Gewissen ist rein – es ist eine Angelegenheit von *force majeur.*«

»Was meinst du damit?« fragte Marcel und drehte sich um, um in ihr schönes, herzförmiges Gesicht zu schauen, gespannt darauf, wie sie ihre Liebeskur vor sich rechtfertigen würde. Ihr Ausdruck war angemessen ernst, als sie es erklärte.

»Nehmen wir an, ein Mann kommt in mein Schlafzimmer und sieht mich vollständig nackt«, begann sie, »und nehmen wir weiter an, daß ich nicht den geringsten Versuch mache, meinen Körper zu verhüllen, und zulasse, daß er mich in die Arme nimmt und meinen Körper berührt. Dann würde es in den Augen der Welt – und in Adolphes Augen – so scheinen, als ob ich einen Akt himmelschreiender Untreue ihm gegenüber beginge. Stimmst du mir zu?«

»Ich glaube, es würde ihm mißfallen und ihn eifersüchtig machen«, pflichtete Marcel ihr bei.

»Gut, mein lieber Freund, und nehmen wir jetzt mal an, das Gebäude steht in Flammen, und alle, die sich darin befinden, sind in Lebensgefahr. Die Treppen brennen, und es gibt keinen Ausweg. Durch das Fenster kommt ein tapferer Feuerwehrmann herein und findet mich nackt vor. Er hebt mich hoch, seine Hände berühren meine nackte Haut – ich lege ihm die Arme um den Hals – und er trägt mich die Leiter hinunter auf die Straße. Mein Leib ist exponiert, er kann kaum den Blick von mir wenden. Seine Hände ruhen auf mir – und dennoch versuche ich nicht, mich zu befreien oder vor seinem Blick zu verstecken. Und niemand macht mir einen Vorwurf oder betrachtet mich als meinem Verlobten untreu, wenn wir schließlich den Boden erreichen, nicht einmal Adolphe selbst.«

»Das kann ich absolut verstehen«, sagte Marcel, während seine Hand über die Kurve ihrer schlanken Hüfte strich, »und ich werde meinen Teil dazu beitragen. Ich werde dich aus den Flammen der Sinnlichkeit retten, was es mich auch kosten mag. Du kannst dich vertrauensvoll in meine Hände geben. Selbstverständlich wollen wir Adolphe nicht unnötig mit dem Wissen um diesen lebensrettenden, feuerbekämpfenden Notdienst belasten.«

»Natürlich nicht!« stimmte Gabrielle ernsthaft zu. »Ich will ihm eine gute Frau sein und ihn glücklich machen. Es wäre unrecht, ihn mit einer Angelegenheit zu betrüben, die ihn nicht betrifft.«

Sie drehte sich auf den Bauch und beugte sich über ihn, um seine Lippen und seine Augen zu küssen. Marcels Hände nahmen Besitz von ihren wunderbaren Brüsten, und er beschloß, daß dies der geeignetste Augenblick sei, eine gewisse Frage zu stellen.

»Wirst du ihn reinen Herzens heiraten, Gabrielle?«

»Auf diese Frage werde ich nicht antworten«, sagte sie.

»Seine Schwester haßt dich, wie du sicherlich weißt. Sie wird alles tun, um dein Leben mit ihm elend zu machen.«

»Wir sind übereingekommen, daß Silvie vor der Hochzeit in eine eigene Wohnung zieht. Ich mache mir keine Illusionen über meine zukünftige Schwägerin. Unsere Familienzusammenkünfte werden so selten sein, wie nur möglich.«

»Ich weiß, daß er sehr wohlhabend ist und dir alles geben wird, was du willst«, sagte Marcel, »aber ist es das wirklich wert?«

»Ich habe dir eben schon gesagt, daß ich auf solche Fragen nicht antworten werde. Laß es sein, sonst werden wir nicht lange Freunde bleiben.«

Als wollte sie ihn von diesen unmöglichen Fragen ablenken, stützte sie sich auf einen Ellbogen und wandte ihre Aufmerksamkeit seinem schlaffen Glied zu.

»Wie ungeheuer unschuldig es jetzt ausschaut«, sagte sie, als sie es zwischen die Finger nahm, »so harmlos, so unbedeutend! Ein unscheinbares, kleines, fleischiges Anhängsel, an das kein vernünftiger Mensch einen Gedanken verschwenden würde. Aber wie wir beide nur allzu gut wissen, kann es sich zu einem harten, unbarmherzigen Instrument brutaler Gewalt aufrichten, das uns aus den Gefilden des reinen Geistes hinabstößt, auf das Niveau von Wilden.«

»Wie wahr«, seufzte Marcel, während kleine Schauder der Lust ihn durchrieselten. »Wie gut, daß wir gemeinsam das Mittel gegen diesen Irrsinn des Fleisches entdeckt haben – denn du bist ebenso stark davon befallen wie ich. Mein Leben lang werde ich nicht vergessen, wie ich in Cannes in dein Hotelzimmer kam, um dir ein Buch zu bringen – und dich nackt vor einem Spiegel fand, die Finger zwischen den Beinen, um deinem überwältigenden Begehren Erleichterung zu verschaffen.«

»So ein beschämender Augenblick!« gestand Gabrielle mit einem kleinen Seufzer. »Die Erinnerung daran, wie du mich gefunden hast, als ich einer abscheulichen Charakterschwäche erlegen bin, wird mich mein Leben lang verfolgen. Die frommen Schwestern taten ihr Bestes, um mich die Tugend der Keuschheit zu lehren – und es gelang ihnen in großem Maße.«

»Es waren eindeutig äußerst heilige Frauen«, murmelte Marcel und beobachtete, wie sein männlicher Stolz in ihrer Hand lang und steif zu werden begann.

»Ah! Ich wußte doch, daß dieses verabscheuungswürdige Ding unfähig sein würde, längere Zeit friedlich zu bleiben«, rief Gabrielle aus und drückte den Schaft, um ihren Abscheu vor seiner Größe und Stärke zu demonstrieren.

»Was hat denn das gute Werk der Schwestern zunichte gemacht?« fragte Marcel.

»Mein Mann. Er war jung wie ich, aber im Gegensatz zu mir war er ein sehr sinnlicher Mensch. Er wollte jeden Tag von seinen niedrigen Begierden erlöst werden, und natürlich verleitete er mich, die tägliche Befriedigung meiner unterdrückten Triebe zu erwarten. Es war beschämend!«

»Zweifellos, meine liebe, arme, mißbrauchte Gabrielle«, sagte Marcel leise, beeindruckt, zu welcher

Größe sein Anhang unter der Stimulation ihrer geschickten Finger gewachsen war.

»Nachdem Michel im Krieg gefallen war, glaubte ich, für immer eine keusche Witwe zu bleiben«, sagte sie melancholisch, während sie ihn ganz in die Hand nahm und massierte, »aber bald stellte ich fest, daß es nicht sein sollte. Die ganze Zielstrebigkeit, die ich als junges Mädchen gelernt hatte, war in ein paar Jahren der Ehe mit einem Mann, der meinen Leib Nacht um Nacht besudelt hatte, zunichte gemacht worden.«

»Wie schrecklich«, seufzte Marcel, der vor Wonne über das, was sie mit ihm machte, am ganzen Leib bebte.

»Es ist so furchtbar leicht, vom Weg der Wahrheit abzukommen«, sagte sie. »Schau dich selbst an, mein irregeleiteter Freund – du bist derartig in deine trivialen Triebe verstrickt, daß es nicht mehr als fünf oder sechs weitere Bewegungen meiner Hand braucht, bis du dich mit einer Emission degradierst.«

»Zu meiner Schande und Beschämung muß ich gestehen, daß das, was du sagst, der Wahrheit entspricht«, keuchte er, »und es kommt überhaupt nicht in Frage, daß dergleichen geschieht! Meine Pflicht gilt dir, liebste Gabrielle – ich muß die Flammen löschen, die in dir brennen, und darf mich nicht selbstsüchtiger Befriedigung hingeben.«

Er rollte sie auf den Rücken; ihre eifrige Hand bearbeitete noch immer sein steifes Glied, während er über sie stieg. Es blieb keine Zeit mehr für Diskussionen, wie erniedrigend die Impulse waren, die sie beide dazu trieben, diese unwürdige, intime Stellung einzunehmen. »Durchbohre mich«, keuchte sie. »Befreie mich von dieser unaussprechlichen Versuchung!«

Wie könnte ein wohlmeinender Mann einen so herzzerreißenden Hilferuf unbeachtet lassen? Und gar erst ein Mann, der nichts lieber wollte, als eine Gelegenheit, ihrem schönen Leib zu huldigen, indem er sich auf sie legte! Und trotzdem, so begeistert er ihrem Gesuch nachkommen wollte, war es Gabrielle, die sein steifes Glied mit eifriger Hand in sich hineinlenkte.

»Oh!«, rief sie aus, als er bis zum Anschlag eindrang. »Oh, Marcel, mein lieber Freund! Dies ist...« Ihre Stimme versagte vor Erregung, ehe er entscheiden konnte, ob sie Ekel, Überraschung oder Lust zum Ausdruck bringen wollte, als sie sich so energisch von jener Lanze aufgespießt fühlte, die sie kurz zuvor als unbedeutend bezeichnet hatte. Das, was nun ihr schlüpfriges *jou-jou* heimsuchte, war sichtlich von bedeutsamen Ausmaßen – wie man dem kleinen Seufzen und Stöhnen entnehmen konnte, das über ihre Lippen kam.

Marcel starrte voller Bewunderung und Staunen auf das Gesicht unter ihm. Gabrielle hatte die Augen fest zugekniffen, aber ihr Mund stand weit offen, und sie keuchte; es war offensichtlich, daß sie kurz vor ihrem Höhepunkt war. Er unterdrückte ein Grinsen, hielt mit seinen heftigen Stößen inne und lag still auf ihrem bebenden Bauch.

»Was ist los? Warum hast du aufgehört?« rief sie aus und starrte ihn mit ihren weit aufgerissenen, blaugrünen Augen an.

»Meine Liebste – nimm mal an, wir irren uns«, sagte er. »Nimm mal an, daß wir mit unserem Treiben Öl ins Feuer gießen, daß wir, statt die Flammen zu löschen, sie noch heftiger auflodern lassen?«

Er konnte fühlen, wie sich ihr heißer Bauch an seinem rieb, während ihre Lenden nervös aufwärtszuckten, um eine leichte Bewegung seines steifen Gliedes in ihrem feuchten Eingang aufrechtzuerhalten.

»Nein, ich bin sicher, dies ist das beste Mittel«, keuchte sie, »überhaupt das einzige Mittel – Sättigung und Erschöpfung – kein anderes außer diesem wirkt!«

»Aber an jenem Tag, als ich dich dabei fand, dich selbst zu streicheln«, sagte er, und seine Lippen streiften leicht über ihren Mund und ihre Wangen, um ihren hohen Erregungsgrad zu erhalten, »das beweist doch sicherlich, daß die Versuchung nicht einfach ausgeschaltet werden kann, indem man ihr nachgibt.«

»Aber es ist so«, seufzte sie, und ihre Finger gruben sich fieberhaft in das Fleisch seiner Kehrseite.

»Adolphe ist also nicht in der Lage, dich vollständig von deinen Trieben zu befreien?« fragte Marcel. »Soll ich das so verstehen?«

»Es ist nötig, daß ich mich selbst befriedige, bevor Adolphe zu mir kommt«, gestand sie, ihre blaugrünen Augen fest auf Marcels Gesicht gerichtet, »denn sonst bin ich nach seiner schnellen, kleinen Aktion wahnsinnig unbefriedigt.«

»Ich meine, wir hätten schon klargestellt, daß diese sogenannte Befriedigung trivial und unwichtig ist – ein paar Augenblicke krampfartiger Empfindungen, die den Geist entwürdigen. Wenn dir dein Verlobter das erspart, solltest du ihm dankbar sein, scheint mir.«

»Ja, er ist ein guter Mensch«, keuchte sie und wußte sich kaum mehr zu helfen. Sie rieb ihren heißen Bauch verzweifelt an seinem, um ihn dazu zu bringen, seine Stöße fortzusetzen. »Marcel – ich flehe dich an, erlöse mich aus meiner Qual!«

»Aber natürlich«, versprach er, ohne sich zu rühren, »aber erst mußt du mir etwas sagen, meine Liebe...«

»Alles!« rief sie. Ihre schlanken Beine zitterten heftig unter der Macht ihrer Begierde.

»Wenn ich nicht so unerwartet in deinem Hotelzimmer in Cannes aufgetaucht wäre und die intime Aufgabe, dich zu befriedigen, übernommen hätte, wie oft hättest du dich mit deinen Fingern selbst befriedigt, ehe du für Adolphe bereit gewesen wärst?«

»Vier oder fünf Mal!« keuchte sie. »Wie soll ich wissen, wie lang es damals gedauert hätte, meine Gefühle zu erleichtern – vielleicht auch sechs oder sieben Mal.

Manchmal zehn oder zwölf Mal – was spielt das für eine Rolle?«

Bevor Marcel die Gelegenheit hatte, das Spiel weiter auszuspinnen, hatte sie sich mit für ihre schlanke Gestalt überraschender Kraft unter ihm hervorgeschlängelt und war über ihn gerollt. »Aber Gabrielle!« war alles, was er sagen konnte, ehe sie sich auf den Knien rittlings über ihm aufgerichtet hatte und sein nasses Glied wieder zwischen ihre eleganten, dünnen Lippen gelenkt hatte. Er streckte die Hände aus, um ihre kleinen, weichen Brüste mit ihren dunkelrosa Spitzen zu liebkosen, und sie ritt hart und schnell auf ihm, den Mund in einer Grimasse höchster Konzentration weit aufgerissen.

»Aber Gabrielle, liebe Freundin – du hast selber gesagt, diese Art körperlicher Empfindungen sei wertlos und trivial!« keuchte er, während er rhythmisch aufwärtsstieß.

Trivial oder nicht, sie hüpfte kräftig weiter. Sie erreichte ihren Höhepunkt schnell – ihr hübsches Gesicht verzerrte sich zu einer Grimasse, und ihr Mund stand so weit offen, daß all ihre Zähne zu sehen waren. Ihr schmaler Rücken bog sich, und sie packte seine Hände, damit er ihre Brüste fester drückte. Ihr Diamantring glitzerte, während sie sich wild aufbäumte und einen langgezogenen Wimmerton der Lust ausstieß.

»Gabrielle – ich bete dich an!« ächzte Marcel, der außerstande war, seine gespielte Indifferenz weiter aufrechtzuerhalten.

Ihre blaugrünen Augen schauten ins Leere, die Augäpfel rollten so weit nach oben, daß nur noch das Weiße zu sehen war, und ihr leidenschaftliches Auf und Ab auf seinem eingebetteten Schaft zwang Marcel in ihre alleräußerste Tiefe. Dieses Gefühl war so aufregend, daß er seine Lust auf der Stelle in sie sprudelte und dabei ihren Namen wieder und wieder keuchte.

5

Ein Abendessen im Restaurant

Auch wenn Marcel bei seiner Mutter wohnte und mit ihr verreiste, verbrachten sie in Paris nur wenige Abende zusammen, und wenn, dann handelte es sich in den meisten Fällen um förmliche Angelegenheiten. Ungefähr zweimal im Monat begleitete er sie in die Oper oder das Ballett. Er interessierte sich ja nicht dafür, aber seine Mama war immer begeistert. Sie speisten zuhause, wenn Familienmitglieder oder Freunde wie Monsieur und Madame Robineau und Dany eingeladen waren.

Tagsüber ging Madame Chalon einkaufen oder besuchte Freundinnen, mit denen sie dann zu Abend aß. Marcel verbrachte seine Nachmittage häufig damit, schöne junge Frauen zu lieben, und abends führte er sie ins Theater, ins Restaurant oder zum Tanzen aus – und im allgemeinen kehrte er erst in den frühen Morgenstunden heim. Natürlich schlief er lange und verpaßte das Frühstück mit seiner Mama.

Sie war viel zu diskret, um ihn nach seinen gesellschaftlichen Aktivitäten zu fragen – oder vielleicht wollte sie es sich auch nur ersparen, sich Sorgen über höchst unpassende Freundschaften machen zu müssen. Und wenn Marcel sich nicht danach erkundigte, mit wem sie ihre Zeit verbrachte, ließ sie darüber nichts verlauten, weil sie zu Recht annahm, daß ihn Geschichten über ihre alten Freunde langweilen würden.

Eines Tages aber stand Marcel ein Treffen bevor, über das er seine Mutter vorher informierte. Sie sprachen nicht nur darüber, sondern Marcel ging so weit, seine Mutter um Rat zu fragen. Die Abweichung von ihrer üblichen, freundlichen Indifferenz gegenüber den gesellschaftlichen Verpflichtungen des anderen hatte ihre Ursache in einer unerwarteten und leicht beunruhigenden Botschaft Lacostes. Er lud Marcel ein, an jenem Abend mit ihm zu speisen.

Es war eine einfache, handschriftliche Notiz auf sehr gutem Papier in einem dicken, quadratischen Umschlag. Sie befand sich auf dem Frühstückstablett mit Kaffee und Croissants, das Marcel gegen Mittag gebracht wurde. Er las die wenigen Zeilen zweimal und konnte kaum glauben, was er sah; dann warf er sich den pflaumenblauen, seidenen Morgenrock über, und suchte, die Notiz in der Hand, eilig nach seiner Mutter.

Madame Chalon saß im Salon und blätterte in einer Zeitschrift. Sie war zum Ausgehen gekleidet und trug ein elegantes, kleines, schwarzes Shantung-Kleid mit Spitzenkragen und einem Gürtel mit einer großen, diamantenbesetzten Schnalle.

»Schau dir das an, Mama!«, sagte Marcel atemlos und hielt ihr die Einladung hin.

»Guten Morgen, Marcel«, antwortete sie, ohne Anstalten zu machen, sie entgegenzunehmen. »Hast du gut geschlafen? Ich muß in ein paar Minuten fort; was immer es ist, es muß bis heute abend warten.«

»Es kann nicht so lange warten«, widersprach er. »Lies es.«

Sie legte die Zeitschrift nieder, um die Einladung in die Hand zu nehmen, und überflog sie.

»Nun, ich kann nicht behaupten, daß es mich sonderlich überrascht«, seufzte sie. »Ich habe dich schon in Cannes gewarnt, daß Monsieur Lacostes Schwester kein passender Umgang für dich ist. Ich wußte, daß du hinter ihr her warst, so wie du dich mit ihr bei jenem Mittagessen am ersten Tag betragen hast. Du hast mir dein Wort gegeben, daß du ihr nicht unter dem Tisch die Hand aufs Knie gelegt hast – aber ich muß sagen, daß ich dir damals nicht ganz geglaubt habe –, und diese Einladung bestätigt, daß ich recht hatte und du mich absichtlich in die Irre geleitet hast.«

»Mama – ich habe dir nie wissentlich die Unwahrheit gesagt«, widersprach Marcel. »Ich wiederhole es jetzt noch einmal – ich habe *nicht* unter dem Tisch die Hand auf Silvie Tournets Knie gelegt. Woher nimmst du die Gewißheit, daß Monsieur Lacoste mit mir über seine Schwester sprechen möchte?«

Madame Chalon schürzte die Lippen in einer Weise, die Marcel nur zu gut kannte – sie zeigte ihm damit, daß sie seinen Lebenswandel mißbilligte. Sie faltete Lacostes Brief und gab ihn ihrem Sohn zurück.

»Falls du nicht bekennst, daß du deine Hand auf Madame de Michoux' Knie hattest – aus welchem Grund sollte er sonst mit dir allein sprechen wollen?« fragte sie mit dem ihm wohlbekannten höflichen Sarkasmus in der Stimme. »Aber es scheint mir äußerst unwahrscheinlich, daß Madame de Michoux wegen dir ihre Verlobung mit Adolphe aufs Spiel setzt. Dazu ist sie viel zu gescheit.«

»Ich bin sicher, daß sie es nicht einen Augenblick lang in Betracht ziehen würde, ihrem Verlobten untreu zu sein«, sagte Marcel mit absoluter Ernsthaftigkeit.

»Damit kommen wir also wieder auf Madame Tournet zurück«, sagte seine Mutter. »Knie oder nicht Knie, du weißt, daß ich nicht prüde bin, Marcel, ich mache mir auch keinerlei Illusionen über deinen Lebenswandel. Du bist ein Mann, gutaussehend, stark, gesund, männlich und anziehend für Frauen. Deine zahllosen Affären sind deine Sache. Aber Madame Tournet ist nicht nur viel zu alt für dich, sie ist auch so verdorben wie du. Sie wird dir Probleme machen, laß es dir sagen.«

»Ich schwöre dir, daß ich sie, seit wir aus Cannes zurück sind, weder gesehen noch irgendeinen Kontakt mit ihr gehabt habe«, sagte Marcel ernst und setzte sich seiner Mutter gegenüber.

»Das glaube ich dir«, sagte Madame Chalon achselzuckend. »Aber das ist nicht einmal eine Woche her, und Adolphe mag etwas über das erfahren haben, was ihr im Hotel getrieben habt – was immer das auch war. Es war doch im Hotel, oder? Aber jetzt muß ich wirklich gehen.«

»Liebe Mama, ich versichere dir, daß du nicht hören willst, was Silvie sich in Cannes geleistet hat. Sie warf sich über mich, wie du selbst hast beobachten können, und es ist mir ungeheuer schwer gefallen, die Situation unter Kontrolle zu behalten, ohne sie zu beleidigen.«

»Ungeheuer schwer? Unmöglich, nehme ich an«, erwiderte seine Mutter mit einem spöttischen Lächeln, das ihre Mundwinkel nach unten zog. »Eine geschiedene Frau, die ein Auge auf einen gutaussehenden Jungen geworfen hat, ist wie eine Katze mit einer Maus zwischen den Pfoten.«

»Ich bin kein Junge«, beeilte sich Marcel zu widersprechen. »Ich bin dreißig Jahre alt, Mama, und habe schon einiges über Frauen gelernt. Außerdem ist Silvie Tournet nicht geschieden – sie hat sich nur von ihrem Mann getrennt. Das ist nicht das gleiche, was immer du denken magst.«

»Dem Himmel sei Dank!« rief seine Mutter aus. »Sie mag dich zum Ehebruch ins Bett zerren, nicht aber in eine katastrophale Heirat, solange sie einen Ehemann hat.«

»Ich kann dir versichern, daß eine Heirat nicht Teil meiner Pläne ist«, sagte Marcel und erhob sich. »Entschuldige, daß ich dich aufgehalten habe, Mama – ich wünsche dir ein angenehmes Mittagessen.«

»Setz dich noch mal eine Minute hin, Marcel«, antwortete sie. »Meine Freundinnen können ein bißchen warten. Eine Heirat mit jemandem wie Madame Tournet ist undenkbar, selbst wenn es gesetzlich möglich wäre. Aber den Gedanken an die Ehe überhaupt solltest du nicht so hastig abtun. Wie du gesagt hast, bist du dreißig Jahre alt, mein lieber Junge – du hast die Blüte des Lebens erreicht. Du hast das ideale Alter, um ein passendes junges Mädchen zu heiraten.«

»Dany Robineau, meinst du?«

»Warum nicht?« fragte Madame Chalon und zog die Schultern ein bißchen in die Höhe. »Sie ist sehr hübsch, kommt aus einer netten Familie und wäre eine ausgezeichnete Ehefrau für dich. Eure Kinder werden hinreißend sein, davon bin ich überzeugt.«

Dieser Hinweis auf Kinder verursachte Marcel größtes Unbehagen, und zwar aus gutem Grund: Kaum zwölf Monate waren verstrichen, seit ihm das Mißgeschick widerfuhr, eines der Dienstmädchen seiner Mutter zu schwängern. Um die Angelegenheit zu vertuschen, hatte er Annette ein kleines Haus auf dem Land gekauft. Er ließ ihr über einen Rechtsanwalt ein monatliches Einkommen zusenden, unter der Bedingung, daß sie keinen Versuch unternahm, mit ihm Kontakt aufzunehmen. Sie hatte die Dienste von Madame Chalon unter dem verlogenen Vorwand verlassen, ein Verwandter habe ihr Geld hinterlassen, und nun wolle sie mit diesem Erbe einem Mann aus ihrer Gegend ein Heim bieten.

So oder so hatte Marcel, obwohl Madame Chalon niemals ein Wort über die Angelegenheit verloren hatte, das unbehagliche Gefühl, daß sie sehr wohl wußte, was geschehen war. Ein eindeutiger Hinweis darauf war, daß Annette durch eine ausgesprochen häßliche Frau von fünfzig Jahren ersetzt worden war, der sich kein Mann im Vollbesitz seiner geistigen Fähigkeiten zu nähern versuchen würde. Marcel beschloß, das Gespräch mit der Bemerkung seiner Mutter, er könnte hinreißende Kinder haben, wenn er Dany heiratete, enden zu lassen – es wurde zu gefährlich. Er erhob sich mit einem höflichen

Lächeln und beugte sich vor, um seiner Mutter die Wange zu küssen.

»Es ist noch zu früh am Tag für die Heiratsvermittlung, liebste Mama«, sagte er, »aber wenn es dich freut – ich gestehe eine gewisse, seltsame Zuneigung zu der tugendhaften kleinen Mademoiselle Robineau ein. Sag mir doch bitte noch, bevor du gehst, was ich mit Lacostes Einladung machen soll.«

»Du mußt sie natürlich annehmen«, antwortete sie. »Und wenn es sich, wie ich fürchte, um das handelt, was du mit seiner Schwester gemacht hast, dann mußt du ihn daran erinnern, daß sie alt genug ist, die Verantwortung für ihre Eskapaden selber zu tragen. Ihre schamlosen Ehebrüche gehen ihn nichts an.«

»Das sind harte Worte, Mama«, sagte Marcel, überrascht über die scharfe Mißbilligung, die er im Tonfall seiner Mutter entdeckte. »Es mag sein, daß Silvie die Zärtlichkeiten ihrer Bewunderer hin und wieder genießt, aber welche Frau tut das nicht?«

»Ich bin deinem lieben Vater während unserer ganzen Ehe nicht ein einziges Mal untreu gewesen«, gab Madame Chalon steif zurück.

»Das versteht sich von selbst«, sagte Marcel sofort, erstaunt darüber, daß sie es für angemessen hielt, sich selbst auf diese Weise ins Gespräch zu bringen. »Du rätst mir also, nichts einzugestehen?«

»Das will ich damit ganz und gar nicht sagen«, erwiderte sie. »Du kannst eingestehen, was du willst – Adolphe Lacoste ist sich der Schande, die das Verhalten seiner Schwester über die Familie bringt, voll bewußt. Es ist sinnlos, das Offensichtliche abzuleugnen. Ich rate dir vielmehr, die Verantwortung für das Benehmen deiner Komplizin von dir zu weisen, ganz egal, was ihr getrieben habt.«

Lacoste lud ihn ein, gegen sieben Uhr abends auf ein oder zwei Gläschen Champagner zu ihm in die Avenue

Carnot zu kommen, um anschließend zum Abendessen auszugehen. Doch als Marcel eintraf, erklärte ihm der schwarzgekleidete Diener, der ihm die Tür öffnete und ihn in den Salon führte, würdevoll, Monsieur Lacoste habe angerufen, und lasse ausrichten, er sei wegen einer Geschäftsangelegenheit ein wenig verspätet und bitte Monsieur Chalon tausendmal um Verzeihung und hoffe, noch vor sieben Uhr dreißig bei ihm zu sein.

»Wird Monsieur Lacoste oft aufgehalten?« fragte Marcel, während der Diener eine Flasche feinsten Champagner aus dem silbernen Eiskübel zog, sie geschickt entkorkte, und ihm sorgfältig ein Glas einschenkte.

»Sehr oft, Monsieur«, sagte der Mann und reichte ihm das große Glas auf einem silbernen Tablett. »Die wichtigen Geschäfte füllen Monsieur Lacostes Tage, und häufig auch seine Abende.«

Marcel nippte an dem Glas und nahm dann einen großen Schluck.

»Während ich auf ihn warte«, sagte Marcel, »würde ich gern ein Wort mit Madame Tournet wechseln, wenn das möglich ist. Ich habe etwas für sie.«

»Ich fürchte, das wird nicht möglich sein«, erwiderte der Mann mit einer kleinen Verbeugung und wollte hinausgehen.

In der Höflichkeit seines Tonfalls lag etwas Ausweichendes. Marcel beschloß, ihn noch etwas auszufragen.

»Madame ist nicht zuhause?« fragte er.

»Madame ist nicht zuhause«, antwortete der Diener, doch gab er sich so gelassen und verschwand dann so schnell, daß Marcel überzeugt davon war, daß er log. Silvie war in der Wohnung, aber sie empfing keine Besucher – war es möglich, daß sie schon einen da hatte und angeordnet hatte, nicht gestört zu werden? Und Lacostes Entschuldigung, durch eine Geschäftsbesprechung aufgehalten worden zu sein, schien ihm ebenfalls äußerst suspekt. Während Marcel sein Glas leerte, kam er zu dem Schluß, daß Lacoste bei Gabrielle sein und das Privileg eines Verlobten ausnutzen mußte, sich im Bett an ihrer Schönheit zu erfreuen.

In der Tat, sagte sich Marcel, genießen Lacoste und seine Schwester in vollen Zügen die Freuden der Liebe, während ich hier wie ein Trottel allein herumsitze! Das werden wir mal sehen! Und ermutigt von der vagen Aussicht, sein hartes Los irgendwie verbessern zu können, verließ er den überladenen Salon und begann, hoffnungsfroh durch die Wohnung zu schleichen. Von dem Diener war keine Spur zu sehen, und auch von keinem anderen Bediensteten – mit größter Wahrscheinlichkeit waren sie um diese Tageszeit in der Küche beim Essen, dachte Marcel.

Er öffnete Türen – ein Speisezimmer mit Kristallüstern, ein Arbeitszimmer voller Bücher, ein kleines Wohnzimmer, fünf oder sechs unbewohnte Schlafzimmer – und schließlich, wie er erhofft hatte, fand er Silvie. Sie befand sich in einem im Stil von Madame Pompadour möblierten Schlafzimmer, doch sie lag nicht in dem Himmelbett, und es war auch niemand bei ihr. Zu seiner Verwunderung fand Marcel sie auf einer mit Brokat bezogenen *chaise longue* neben einem mit seidenen Vorhängen drapierten Fenster.

Sie hatte ein Bein auf der *chaise longue* ausgestreckt, das andere hing über den Rand, und ihr Rock spannte sich zwischen den gespreizten Beinen. Sie hatte den Kopf zurückgelehnt und die Augen geschlossen – ihr regelmäßiger Atem war durch das ganze Zimmer hörbar. Neben ihr stand ein kleines Tischchen aus Satinholz, und darauf eine halbleere Flasche Cognac und ein Glas. Man soll eine unerfreuliche Sache nicht unnötig bemänteln – Silvie war betrunken und schlief. Es sah so aus, als habe sie sich zum Ausgehen für den Abend angekleidet, denn sie trug ein eisblaues, tief ausgeschnittenes Tanzkleid, unter dem ihre üppigen Brüste halb zu sehen waren.

Marcel stand in der Tür und betrachtete sie, während er sich fragte, welcher Schicksalsschlag diese seltsame Situation verursacht haben mochte. Hatte ein Liebhaber angerufen, um ihr zu sagen, daß er sie nun leider doch nicht ausführen könne? Irgendetwas dieser Art hatte sie offensichtlich in eine so unerträgliche, verzweifelte Wut versetzt, daß sie Trost im Alkohol suchen mußte, um ihm dann einen lächerlichen Anblick zu bieten. Wenigstens war jetzt klar, warum der Diener behauptet hatte, sie sei ausgegangen.

An diesem Abend trug sie ihre Perlenkette nicht – die war zweifellos nach dem kleinen Unfall in Marcels Hotelbett in Cannes zum Auffädeln weggegeben worden. Sie trug eine Halskette aus roten und grünen Perlen – die er für Rubine und Smaragde hielt –, aber im Geiste sah er sie mit ihren schimmernden Perlen. Sein immer bereites Glied stand in Habachtstellung bei der Erinnerung, wie sie über die Sessellehne gebeugt stand, und die lange Perlenschnur auf ihrem nackten Rücken lag, während er ihr das schwarze Spitzenhöschen halbwegs über die stämmigen Schenkel zog, um ihre Kehrseite zu befühlen.

Und wie leicht er in sie geschlüpft war, als er dort stand, die Hände auf ihren Schultern, um sie bei seinem Stoß festzuhalten. Die lange Schnur aus schimmernden Perlen hatte auf ihrer nackten Haut gehüpft und getanzt, während er mit solcher Heftigkeit in sie eindrang, daß ihr latenter Masochismus erwachte. Marcel grinste, als er sich erinnerte, wie sie im Augenblick ihres Höhepunktes geschrien hatte wie eine Katze um Mitternacht auf dem Dach.

Williges Opfer oder nicht, Silvie entbehrte nicht eines bizarren Sinns für Humor, wie er hatte feststellen können, als er am nächsten Morgen allein erwacht war, eine

Perle der zerrissenen Kette zwischen seinen Hinterbakken eingeklemmt, das Wort »Wüstling« mit rotem Lippenstift auf seinen Bauch geschrieben. Sie war ein Spaßvogel, diese Silvie, und ihm kam eine Idee, wie er ihr diesen Streich heimzahlen konnte.

Er machte leise die Tür hinter sich zu und durchquerte den Raum mit einem halben Dutzend Schritten. Er kniete sich vor die tief schlafende Frau auf der *chaise longue* und hob das Kleid hoch, bis ihre Beine und Schenkel in den glänzenden Seidenstrümpfen ganz zu sehen waren. Unter dem Tanzkleid trug sie ein nilblaues Hemdhöschen. Es war ganz leicht – um nicht zu sagen amüsant –, seine Hand unter den lockeren Saum zu schieben und den dichten Busch dunkler Locken zwischen ihren gespreizten Schenkeln zu berühren.

Einen Augenblick lang stieg Marcel ihr cognacgeschwängerter Atem in die Nase, als sie geräuschvoll durch den Mund schnaufte, aber sie wachte nicht auf. Er hatte ihre Perle mitgebracht, weil er dachte, es würde sich eine Gelegenheit bieten, sie ihr diskret zurückzugeben – und was er jetzt im Sinn hatte, war der Gipfel an Diskretion, wenn auch von einer unerhörten Art! Er angelte die Perle aus seiner Tasche und hielt sie zwischen Zeigefinger und Daumen bereit, während er mit dem lüsternen Mittelfinger der anderen Hand Silvies dunkelhaarige Lippen kitzelte, bis sie sich zu öffnen begannen.

»Madame«, wisperte er mit einem breiten Grinsen, »ich habe die Ehre, Ihnen diese wertvolle Perle zurückzugeben, die Sie mir zur Aufbewahrung überlassen haben«, und drückte sie vorsichtig zwischen die fleischigen Blütenblätter, die sich ihm erwartungsvoll darboten.

Somit wäre diese ungewöhnliche kleine Zeremonie abgeschlossen gewesen. Silvie würde, wenn sie aufwachte, die Perle an einer äußerst seltsamen Stelle finden – so wie er sie in Cannes gefunden hatte. Aber Marcel hatte nicht mit seiner eigenen feurigen Natur gerechnet.

Der Anblick von Silvies *jou-jou* – und mehr noch das Befühlen dieser weichen Wärme – erregte ihn wahnsinnig. So hoffnungslos gefährlich die Situation auch sein mochte, er war absolut unfähig, der Versuchung zu widerstehen, die die schlafende Frau ihm bot. Er holte ihre üppigen Brüste aus dem tiefen Ausschnitt ihres Kleides. Sie seufzte und brabbelte etwas, und er berührte ihre rotbraunen Brustspitzen mutig mit der Zungenspitze.

Da wußte er, daß er sie haben mußte, komme, was da wolle, denn sein allzeit bereiter Freund pulsierte schmerzhaft in seiner Hose. Silvie schlief weiterhin ganz tief, und, fiebernd vor wachsender Begierde, zog er ihr Kleid noch höher und arrangierte ihre Beine nach seinem Geschmack – weit genug auseinander und ausgestreckt. Seine Finger suchten zwischen ihren Schenkeln nach den zwei kleinen Perlmuttknöpfen ihres Hemdhöschens, um sie zu öffnen. Dann war alles bereit und stand zu seiner Verfügung. Er schob die nilblaue Seide in die Höhe, um ihren Bauch und die Schönheit ihres drallen Hügels zu entblößen.

Er hätte gerne Silvies Bauch geküßt und langsam und sorgfältig abgeleckt, von dem tiefliegenden Bauchnabel bis dorthin, wo die dunklen Locken wuchsen, aber dafür war keine Zeit – es bestand die erschreckende Aussicht, daß Lacoste heimkehrte und den Diener nach dem verlorengegangenen Gast suchen ließ, oder daß Silvies Zofe ins Zimmer kam, um sie ins Bett zu bringen. Es wäre in der Tat äußerst schwierig, eine überzeugende Erklärung dafür zu finden, wie er in diese kompromittierende Situation geraten war! Eilig befeuchtete er seinen Finger und drückte ihn sanft zwischen die weichen Lippen, die er freigelegt hatte, bis er die empfindliche Knospe fand, und kitzelte sie.

Silvie wachte nicht auf, aber die Tätigkeit seiner Fingerspitze ließ sie reagieren, als habe sie einen wollüstigen

Traum. Ihr Atem ging schneller und wurde flach, sie rutschte auf der *chaise longue* ein Stückchen tiefer, und ihre Beine zitterten. Während Marcel sein zärtliches Spiel fortsetzte, begann sich ihr Bauch auf und ab zu heben, und ihr entblößter Busen wogte in köstlich erregender Weise.

Ihr *jou-jou* war mit lobenswerter Geschwindigkeit naß und schlüpfrig geworden. Marcel riß seine Hosenknöpfe auf, um seinem zitternden Glied zu erlauben, herauszuhüpfen – dann faßte er Silvie bei den Hüften und drehte sie vorsichtig um, bis sie ihm fast gegenüber lag, einen Fuß noch immer auf dem Boden, und ein Bein auf der *chaise longue*. Es war fraglos eine ungünstige Position, aber er war sicher, daß sie erwachen würde, wenn er versuchte, sich auf sie zu legen.

Mit Daumen und Zeigefinger spreizte er Silvies rosige Blütenblätter und präsentierte ihnen den glänzenden Kopf seines steifen Glieds. Welch ein irrer Gedanke ihm im Augenblick höchster Vorfreude durch den Kopf schoß! Eine vage Vorstellung von der großen Zahl harter, männlicher Schäfte, die diesen Weg der Ekstase genommen hatten, eine undeutliche Ahnung von dem machtvollen Sehnen, das Silvie dazu brachte, ihre Beine bei jeder Gelegenheit, die sich ihr bot, breit zu machen!

Er begann, den Blick fest auf sein glattes, steifes Glied gerichtet, langsam in den feuchten Spalt in dem prallen, dunkelhaarigen Hügel, den er bloßgelegt hatte, Millimeter um Millimeter einzudringen. Sie stöhnte im Schlaf, und ihre Augenlider flatterten, aber sie blieben geschlossen, und Marcels langsamer, aber stetiger Druck führte ihn schließlich bis zu seinen *pompons* in sie hinein. Trotz der schrecklichen Gefahr der Situation, die höchste Eile verlangte, glitt Marcel in kurzen Stößen ein und aus, so daß die *chaise longue* leise knarrte.

»Ein Wüstling bin ich, liebe Silvie?« murmelte er. »Das Wort hast du mir auf den Bauch geschrieben, als ich schlief – dann soll es auch so sein! Diesmal bist du es, die mir im Schlaf ausgeliefert ist!« Er hatte die Absicht, den Genuß dieses unerwarteten Zusammenseins lange Zeit auszukosten – oder wenigstens so lange, wie er es wagte, und das war nicht allzulang. Aber die unglaubliche Schamlosigkeit, mit der er sich ihrer bediente, ohne daß sie sich dessen bewußt war, war so ungeheuer erregend, daß er seinen Höhepunkt ausgesprochen schnell erreichte.

Beim ersten Spritzer heißen Begehrens aus seinem zuckenden Schaft wachte Silvie schließlich auf. Ihre wunderschönen braunen Augen öffneten sich verwirrt und benebelt vom berauschten Schlaf. Sie war überrascht, sich bei dem Akt zu finden, von dem sie ohne jeden Zweifel geträumt hatte. Sie gurgelte etwas Zusammenhangloses, und ihr Gesichtsausdruck war auch dann noch verständnislos, als sie an sich heruntergeschaut und Marcel in ihre Pfirsichhöhle stoßen gesehen hatte.

Nüchtern oder betrunken, Silvies Körper wußte besser als ihr Verstand, wie er auf das, was mit ihm geschah, zu reagieren hatte. Aus eigenem Antrieb rutschte ihre Kehrseite auf der *chaise longue* weiter nach vorn, um ihren Hügel gegen ihn zu drücken.

»Marcel?« blubberte sie verschwommen. »Wo sind wir denn? Hör nicht auf«, und ihr Rücken wand sich automatisch auf dem Polster, während sie sein sprudelndes Tribut empfing.

»Silvie, Silvie!« keuchte er, um sie zu beruhigen – seine orgiastischen Gefühle setzten ihn außerstande, vernünftig zu reden.

Zwei Augenblicke später erreichte Silvies wohltrainierter Körper – so verstört ihr Verstand auch sein mochte – den Höhepunkt. Mit einem leisen Schrei zuckte sie auf und ab, wie ein Wecker auf dem Nachttisch, der sich einschaltet. Der Höhepunkt war kurz – sie gab einen langen Seufzer der Genugtuung von sich, ihre Augen rollten nach oben, und sie sackte schlaff auf die *chaise longue* zurück, wo sie auf der Stelle erneut in tiefen Schlaf versank.

Marcel zog sich aus ihr zurück, zupfte ihre und seine Kleider anständig zurecht, und eilte in den Salon zurück, um sich noch ein Glas Champagner einzuschenken und auf Lacoste zu warten. In der Tat war es auf der vergoldeten Bronzeuhr auf einem Beistelltischchen im Salon bereits fünf Minuten vor acht, als die große Doppeltür aufschwang und sein Gastgeber mit ausgestreckter Hand und endlosen Worten der Entschuldigung auf den Lippen eilig hereinstürmte. Er hatte die Absicht gehabt, die elende Versammlung mit Geschäftskollegen um fünf Uhr zu beenden, erklärte er, um Zeit genug zu haben, nach Hause zu kommen und sich vor dem Abendessen umzuziehen.

Lacoste trug einen nüchternen, schwarzen Anzug, dazu ein Hemd mit eckigem Kragen und eine grau gestreifte Krawatte, ganz und gar Finanzier. Er füllte Marcels Glas wieder auf und goß sich auch eins ein, während er fortfuhr, sich zu entschuldigen. Da waren gewisse Einzelheiten, über die sie sich zu einigen hatten, sagte er, und die unvernünftige Einstellung von einem der Anwesenden ließ die Diskussion bis fast sieben Uhr dauern, als er die telefonische Nachricht durchgegeben hatte. Und selbst dann hatten die Verhandlungen sich weiterhin in die Länge gezogen und ihn bis jetzt aufgehalten. Er beglückwünschte Marcel, finanziell unabhängig zu sein und nicht das lästige Leben eines Geschäftsmannes ertragen zu müssen.

Um sich ihm erkenntlich zu zeigen, machte Lacoste Marcels Wartezeit wieder gut, indem er ihn zum Abendessen ins *Laperouse*, einen gefeierten Tempel der Gastronomie, einlud. Das Essen war weit über die irdischen Vorstellungen von guter und gesunder Ernährung erhaben – es war ein Kunstgenuß ersten Ranges. Der *Saumon de Loire Daumont* war ein Gedicht, eine Rhapsodie, das darauffolgende *Filet de boeuf Charolais* nichts Geringeres als ein Epos.

Bei all seinem altmodischen Gehabe erwies sich Lacoste als charmanter und vollkommener Gastgeber, wie Marcel zu seiner Überraschung schon in Cannes erfahren hatte. Beim Thema Wirtschaft war er wie erwartet langweilig, aber wenn er einmal davon loskam, war er ein lebhafter und amüsanter Gesprächspartner. Marcel fand ihn besonders unterhaltsam, wenn er über die Unzulänglichkeiten der Regierung sprach, wobei er aus erster Quelle zu wissen schien, welche Minister sich bestechen ließen und welche einfach inkompetent waren.

So verlief das Mahl in einer herzlichen und angenehmen Atmosphäre, und erst als sie bei den langen Kubanischen Zigarren und dem feinsten Armagnac, den Marcel je gekostet hatte, angelangt waren, begann Lacoste das Gespräch auf sein persönliches Anliegen zu bringen.

»Sie werden sich gefragt haben, nehme ich an, warum ich Sie gebeten habe, mit mir zu speisen, Marcel«, sagte er, nicht nur vertraulich, sondern plötzlich auch zaghaft und ganz anders als der selbstsichere Mann, als der er sonst auftrat.

»Ich muß zugeben, ich habe mich etwas über diese Einladung gewundert«, sagte Marcel und wappnete sich mit einem weiteren Schlückchen Armagnac gegen den brüderlichen Vorwurf, Silvie zu ihren lasterhaften, beschämenden Taten ermutigt zu haben. Wenn der Mann wüßte, daß er seine Schwester vor weniger als zwei Stunden vergewaltigt hatte, in ihrem eigenen Zimmer! Bei dem Gedanken mußte Marcel lächeln, und Lacoste wurde, als er dies sah, ein wenig unruhig.

»Sie haben durchschaut, was mir auf dem Herzen liegt«, sagte er unglücklich.

»Mein lieber Adolphe«, sagte Marcel, seinerseits nun

auch vertraulich, »ich kann keine Gedanken lesen, aber ich habe angenommen, daß Sie die Absicht haben, mit mir über eine gewisse Dame zu sprechen, die wir beide kennen und respektieren.«

Respektieren. Das war ein gutes Wort, dachte Marcel, obwohl es den guten Willen eines jeden Mannes auf eine harte Probe gestellt hätte, großen Respekt für Silvie zu entfalten, wenn er sie betrunken auf ihrer *chaise longue* gesehen hätte, die Beine gespreizt und ihr dunkelhaariges *jou-jou*, zum Genuß entblößt. Begehren, ja, aber Respekt? Nein. Aber Männer erwarten, daß andere Männer ihre Schwestern respektieren, und daher war es ein äußerst nützliches Wort, das er da vor Lacostes Nase baumeln ließ. Mit ein bißchen Glück konnte er damit jeglichen Vorwurf, den Lacoste ihm zu machen gedachte, von sich abwenden.

»Ich habe sie natürlich sehr lieb«, sagte Lacoste mit einem kleinen, anerkennenden Nicken für Marcels elegantes Kompliment. »Aber es gibt Momente, wo ich unter fürchterlichen Zweifeln leide, was die Zukunft angeht. Sie sind ein äußerst feinfühliger Mann, das weiß ich, und daher bin ich sicher, daß Sie meine Gefühle verstehen können.«

Marcel paffte an der exzellenten Zigarre und gab sich Mühe, weise und feinfühlig zugleich auszusehen, was keine leichte Aufgabe für ihn war. Er war kurz davor, die gewagte Meinung zu äußern, daß Tournet nicht ganz unschuldig an den Exzessen seiner ihm entfremdeten Frau war, denn wenn er während ihrer Ehe die nötige Autorität aufgebracht hätte, wären diese unglücklichen Dinge nie geschehen.

»Meine eigene Familie und meine Freunde beharren darauf, daß sie nur auf das Geld aus sei«, sagte Lacoste. »Ich dachte, daß Sie, als ein junger Mann von großer Intelligenz und einiger Welterfahrung, eher in der Lage wären, mir das zu geben, was sonst keiner kann – eine vorurteilslose Meinung. Was glauben Sie, mein lieber Freund – ist es allein das Geld, das sie interessiert?«

Marcel hegte keinen Zweifel daran, daß Silvie an Geld interessiert war und ihren Bruder eine Menge kostete, seit ihr Ehemann aufgehört hatte, sie in dem ihr angemessenen Stil zu unterhalten. Aber sie war ihm nicht als eine besonders geldgierige Frau erschienen. Genauer gesagt – er war zu der Einsicht gekommen, daß sie und er genau dasselbe vom Leben erwarteten: Genuß. Genüsse jeder Art – Kleider, Tanzen, Essen und Trinken, Reisen – und der köstlichste Genuß von allen: der, dem man sich im Bett hingab. Oder auf einer antiken *chaise longue* ausgestreckt, dachte er grinsend.

»Geld?« sagte er und zog die Augenbrauen hoch. »Ich glaube nicht, daß Geld für sie überhaupt eine Rolle spielt.«

»Was, glauben Sie, ist es dann?« fragte Lacoste sofort.

Marcel dachte ein Weilchen sorgfältig nach. Es kam absolut nicht in Frage, Lacoste seine wahre Meinung kundzutun – daß sich die Interessen seiner Schwester weitgehend darauf beschränkten, ihren Körper zu schmücken und zu befriedigen. Das klang zu frivol, um für einen seriösen Geschäftsmann akzeptabel zu sein.

»Die Gefühle ihres Herzens«, sagte er und blieb so vage, wie es ging. »Das ist es, worin meiner Meinung nach die Gründe für ihr Handeln liegen.«

»Ich bin ja so glücklich, daß Sie das sagen, Marcel«, erklärte Lacoste mit einem erleichterten, befriedigten Lächeln. »Wie könnte ich sie heiraten, wenn ich der Meinung wäre, sie wollte mich nur um meines Geldes willen? Es wäre eine große Dummheit! Aber Sie haben mich bestärkt – und da Sie in dieser Angelegenheit unparteiisch sind, kann ich Ihnen trauen. Und ohne es zu wissen, haben Sie meinen Verdacht bestätigt, daß der Vorwurf, Gabrielle habe aus finsteren, finanziellen

Gründen eingewilligt, meine Frau zu werden, nur der Eifersucht entspringt!«

Um seine Verwirrung zu verbergen, ergriff Marcel sein Glas und leerte es in einem Schluck, fast ohne das kostbare Getränk zu schmecken. Wie haarscharf er daran gewesen war, sich zum Narren zu machen! Die ganze Zeit hatte er Lacoste mißverstanden – er sprach von Silvie, und der andere von Gabrielle!

»Es freut mich, wenn ich Ihnen helfen konnte, Adolphe«, sagte er schwach, während er überlegte, welche Torheiten er begangen hatte, weil er zu viel als selbstverständlich vorausgesetzt hatte. Er dachte an das, was er gesagt hatte, und wie es sich auf Gabrielle anwenden ließ, aber als er sah, daß Lacoste vor sich hinlächelte, entschied er, daß alles in Ordnung sein mußte.

»Natürlich bin ich um einiges älter als sie«, sagte der glückliche Bräutigam, »und im Lauf der Zeit mag dies gewisse heikle Probleme aufwerfen. Verstehen Sie, was ich meine?«

»Nein«, erwiderte Marcel, entschlossen, das Risiko weiterer Mißverständnisse auszuschalten, für den Fall, daß das Glück ihn verließ.

»Ah, das göttliche Vertrauen der Jugend, für die es keine Probleme gibt!« rief Lacoste aus und schnippte einen Kellner herbei, damit er Marcels Glas nachfüllte. »Was ich meine, ist, daß ein Mann meines Alters bei seinen Aufmerksamkeiten den Damen gegenüber nicht mehr so glühend sein kann, wie Sie es sind. Können Sie mir jetzt folgen?«

»Sie befürchten, daß Sie die Erwartungen Ihrer zukünftigen Gattin enttäuschen könnten, ist es das?« fragte Marcel mit einem verständnisvollen Lächeln.

»Glücklicherweise nicht«, gab Lacoste selbstgefällig zurück. »Wäre sie eine andere Frau, wäre ich in dieser Hinsicht vielleicht besorgt. Aber meine geliebte Gabrielle wurde so erzogen, daß sie die Dinge des Geistes denen des Fleisches vorzieht. Sie betrachtet die Befriedigung normaler menschlicher Gelüste als eine Schwäche, die unsere höheren Ziele nicht untergraben darf.«

»Wirklich?« rief Marcel aus. »Bei einer so schönen Frau ist das eine außergewöhnliche Einstellung. Ich muß Ihnen gratulieren, Adolphe, daß Sie eine so lobenswerte Braut haben!«

»Danke«, meinte Lacoste und blies einen blauen Rauchring in Marcels Richtung. »Aus Ihrem Munde bedeutet mir das sehr viel.«

Nach einem so fabelhaften Essen und Marcels bereitwilliger Bestätigung, daß Gabrielle ihn um seiner selbst willen liebte und nicht wegen seines Wohlstandes, wurde Adolphe mitteilsam. Er zwirbelte die Enden seines dikken Schnurrbarts in die Höhe und beugte sich vertraulich über den Tisch.

»Es mag Sie überraschen, mein lieber Marcel, aber obwohl ich meinen sechsundfünfzigsten Geburtstag hinter mir habe und Gabrielle erst so alt ist wie Sie, ist mein Begehren stärker als ihres! Sie ist eine extrem keusche Frau – in solchem Maße, daß ich sie manchmal zu jener charmanten Entfaltung intimer Zärtlichkeiten überreden muß, auf denen eine glückliche Ehe beruht. Und falls Sie diese Empfindsamkeit als bloße Kälte mißverstehen – sie hat mir ihr Wort gegeben, daß sie ihre Pflichten als Gattin diesbezüglich niemals vernachlässigen wird.«

»Das ist ja wundervoll!« sagte Marcel, schwindelig angesichts dieser Heuchelei. Gabys Behauptungen über die Wertlosigkeit der körperlichen Liebe wurden von einem so erfahrenen Mann wie Adolphe Lacoste für bare Münze genommen! Und um die Wahrheit herauszufinden, brauchte man nichts anderes zu tun, als das, was Marcel getan hatte – eine Hand zwischen ihre Schenkel zu schieben, während sie ihren Sermon über die Tugend predigte, und ihr zuzuschauen, wie sie sich auf den Rükken legte.

»Ich habe wirklich Glück«, stimmte Lacoste zu. »Haben Sie sich eigentlich einmal überlegt, warum ich so lange Junggeselle geblieben bin?«

»Nein«, sagte Marcel, »warum sollte ich?«

»Ich werde es Ihnen sagen. Als ich ein junger Mann war und mir meinen Weg erkämpfen mußte, verliebte ich mich in Ihre Mama. Sie war so wunderschön, in jeder Hinsicht so elegant, so charmant! Der Sommer 1895 – welch zauberhafte Zeit das war. Natürlich war ich nicht der einzige Verehrer der hinreißenden Mademoiselle Lombard – mein enger Freund Jean-Jacques Chalon war mein Rivale um ihre Gunst. Aber wie auch immer – ich war bis über beide Ohren in sie verliebt und wußte mit der ganzen Überzeugung, die ein törichter, verliebter junger Mann tief in seiner Seele fühlt, daß Valerie vom Schicksal für mich bestimmt sei. Und sie erwiderte meine Zuneigung – ausreichend jedenfalls, um mich darin zu bestärken, daß sie meinen Heiratsantrag annehmen würde, wenn ich einen finanziellen Status erreicht hätte, der dies möglich machte.«

»Was ist denn dann schiefgegangen?« fragte Marcel, erstaunt über die Gefühlsregungen eines Mannes, den er für kaum mehr als einen berechnenden Bankier ohne Herz gehalten hatte.

»Leider ergab sich durch einen Onkel von mir die Gelegenheit, in Madagaskar ein Vermögen zu machen – es war in dem Jahr, als die Insel unter französisches Protektorat kam. Valerie flehte mich an, nicht hinzugehen, doch ich hörte nicht auf sie. Ich war sicher, daß ich in weniger als zwei Jahren nach Paris zurückkommen würde, mit genug Geld, um mir den luxuriösen Lebensstil leisten zu können, den sie verdient hatte.«

»Das ist wirklich eine tragische Geschichte«, sagte Marcel, zutiefst gerührt.

»Und es ist eine sehr alte, bekannte Geschichte«, sagte Lacoste. »Was hätten Sie getan? Noch ehe ein Jahr um war, erhielt ich die Nachricht, daß sie Jean-Jacques Chalon geheiratet hatte, ihren Papa. Mir brach es natürlich das Herz, und als ich mich erholt hatte, schwor ich, mich nie wieder zu verlieben, und wenn eine Frau sich als untreu erweisen würde, nie mehr derart zu leiden. Diesen Schwur hielt ich treu bis vor zwei Monaten, als ich das große Glück hatte, die Bekanntschaft von Madame de Michoux zu machen.«

»Ich bin zutiefst geehrt durch ihr Bekenntnis«, sagte Marcel. »Aber sagen Sie mir eines, Adolphe, wenn Sie so nett sein wollen. Wie waren die Frauen in Madagaskar? Man hört so interessante Geschichten über sie – ich frage mich, ob sie wohl der Wahrheit entsprechen.«

»Ich weiß ja nicht, was man Ihnen erzählt hat«, antwortete Adolphe, »aber es ist alles wahr, Ehrenwort. Die Bekanntschaft mit den dunkelhäutigen jungen Frauen jenes exotischen Landes gemacht zu haben, heißt, eine Schule der Liebeskunst absolviert zu haben.«

»Waren Sie lange dort?«

»Fünf Jahre. Um mich über die Enttäuschung hinwegzutrösten, die Ihre liebe Mutter mir bereitete. Lassen Sie uns jetzt an diesem schönen Sommerabend einen kleinen Verdauungsspaziergang machen, und dann setzen wir uns für ein halbes Stündchen auf die Terrasse eines Cafés, um den Cognac dort zu probieren und die jungen Mädchen zu beobachten.«

»Unbedingt«, sagte Marcel ein wenig zerstreut. Ein beunruhigender Gedanke war ihm plötzlich durch den Kopf geschossen – Silvies Perle! Sie sollte sie eigentlich finden, wenn sie erwachte, aber die nachfolgende Vergewaltigung ihres schlafenden Körpers mußte sie so tief hineingedrückt haben, daß es Ewigkeiten dauern konnte, bis sie wieder zum Vorschein kam!

6

Die Qualen der Eifersucht

Es war reiner Zufall, daß die zwei Frauen, für die Marcel sich lebhaft interessierte – Gabrielle de Michoux und Dany Robineau – einander kennenlernten. Marcel hatte an jenem Nachmittag wegen einer nichtigen Angelegenheit seinen Freund, den Rechtsanwalt Pierre Martin, aufgesucht: Madame Chalons ehemalige Hausangestellte Annette, die behauptete, Marcel sei der Vater ihres Kindes, hatte Schwierigkeiten, in ihrem abgelegenen Dorf den monatlichen Scheck einzulösen. Marcel wollte, daß Annette ihre Alimente am Ersten eines jeden Monats in bar ausgezahlt bekäme. Dies sollte sein Anwalt für ihn organisieren. Gegen fünf schlug Pierre vor, daß sie, nachdem sie das Problem des Dienstmädchens ja geregelt hätten, zusammen etwas trinken gehen sollten. Sie saßen draußen vor einem Café am Boulevard Haussmann, als eine Frauenstimme Marcels Namen rief. Einen Augenblick später stand Dany vor ihnen, beladen mit ihren Einkäufen aus den umliegenden Geschäften.

Sie sah sehr jung und hübsch aus in dem kleinen Topfhütchen mit grünem Band und einem tabakbraunen Mantelkleid, das vom Hals bis zum Saum geknöpft wurde. Pierre war offensichtlich sehr von ihr angetan und gab sich umwerfend charmant, eine Leistung, die Marcel insgeheim grinsen ließ, weil er wußte, wie unmöglich die von seinem Freund unternommene Eroberung war.

Es waren kaum zehn Minuten vergangen, da tauchte

Gabrielle ebenfalls auf der Terrasse auf, sah sich nach einem Platz um und entdeckte Marcel. Er erhob sich, als sie sich dem Tisch näherte. Sie trug ein strenges, zweiteiliges, schlüsselblumengelbes Leinenkostüm und wirkte zugleich ungeheuer elegant und lässig. Marcel stellte sie einander vor und dachte bei sich, daß er das eine Café in ganz Paris ausgewählt hatte, wo er früher oder später jede Dame von Welt treffen würde. Er machte die beiden Damen miteinander bekannt und amüsierte sich über die prüfenden Blicke, die sie sich gegenseitig zuwarfen.

Gabrielle war sehr freundlich, doch sie hatte höchstens die Hälfte ihres Getränks geleert und war nicht länger als zehn Minuten am Tisch gesessen, als sie auf ihre winzige, mit Diamanten besetzte Uhr schaute und erklärte, sie müsse sich sputen. Marcel nahm sofort das Paket auf, das sie getragen hatte, und sagte, es sei ihm ein Vergnügen, ihr beim Heimtransport behilflich zu sein. Dany funkelte ihn an, denn sie hatte weit mehr zu tragen und einen größeren Anspruch auf seine Aufmerksamkeit als diese Frau da, die dazu den kostbaren Verlobungsring eines anderen Mannes trug – das jedenfalls war ihre Meinung.

Marcel lächelte sie süß an und sagte, daß Pierre gewiß glücklich sei, ihr zu helfen. Pierre versicherte ihr sofort, daß es ihm eine Ehre sei, ihr zu Diensten zu stehen, und, um Marcel so schnell wie möglich loszuwerden, bestand er darauf, die Rechnung zu begleichen, wenn der Kellner sie bringe. Dany unternahm einen letzten Versuch, ihre vermeintlichen Rechte geltend zu machen – sie informierte Marcel, daß an diesem Abend der neueste Film mit Clara Bow gezeigt würde, und da sie wußte, wie sehr ihn die gefeierte amerikanische Verführerin faszinierte, hoffte sie, daß er sie nach dem Abendessen dorthin begleiten würde.

Mit unendlichem Bedauern sagte Marcel, es sei an diesem Abend leider nicht möglich, aber an einem anderen Abend würde er sich mit ihr die bezaubernde Mademoiselle Bow in ihrer neuesten Rolle mit dem größten Vergnügen ansehen. Bevor das Gespräch für Dany noch unangenehmer wurde, nahm er Gabrielle am Ellbogen und führte sie eilig zum nächstgelegenen Taxistand.

»Du hast deine kleine Freundin gekränkt«, sagte Gabrielle und schaute zur Caféterrasse zurück, während Marcel ihr ins Taxi half.

»Sie ist nicht meine kleine Freundin – jedenfalls nicht so, wie du meinst«, sagte er. »Sie ist die Tochter von Freunden meiner Mutter.«

»Sie ist mehr als das«, widersprach Gabrielle lächelnd. »Daß du sie da so hast sitzen lassen, hat sie verletzt – heißt das, daß sie in dich verliebt ist, oder nur, daß du ihr Liebhaber bist?«

»Eigentlich keines von beiden«, beharrte Marcel. »Die mißliche Wahrheit ist, daß Mama mich mit ihr verheiraten will und ihre Eltern der gleichen Meinung sind. Mag sein, daß ihre Gedanken inzwischen in dieselbe Richtung gehen, obwohl ich ihr keinerlei Anlaß gegeben habe, einen Heiratsantrag von mir zu erwarten.«

»Aber du hast mit ihr geschlafen«, sagte Gabrielle. »Jung wie sie ist, hält sie das wahrscheinlich für eine Erklärung unsterblicher Leidenschaft und erwartet die Hochzeit in Kürze.«

»Es mag dir schwer fallen, es zu glauben«, sagte Marcel, »aber ich habe *nicht* mit ihr geschlafen«, und als er sah, daß Gabrielle ihn zweifelnd musterte, wiederholte er es nachdrücklich.

»Ich glaube es dir«, sagte sie lächelnd. »Schließlich ist es für mich ohne Bedeutung, wen du dir als Objekt deiner niedrigen Instinkte auswählst. Aber warum hast du darauf bestanden, mich nach Hause zu begleiten?«

»Ich habe etwas Wichtiges mit dir zu besprechen«, erwiderte er mit großem Ernst. »Es ist eine Angelegenheit von delikater Natur, über die man nicht in Gegenwart Dritter sprechen kann.«

»Wirklich?« sagte sie mit unverhohlenem Unglauben. »Ich glaube kaum, daß wir dazu Zeit haben werden – Adolphe wird um acht Uhr vorbeikommen, um mich zu einer sehr großen Gesellschaft mitzunehmen. Und vorher muß ich baden und mich ankleiden und schminken – ich kann dir allerhöchstens fünfzehn Minuten gewähren.«

Die Zofe Claudine mußte auf Gabrielles Rückkehr gewartet haben, denn sie kam in die Eingangsdiele der Wohnung geeilt und schien überrascht, Marcel zu sehen. Sie nahm ihm das Paket ab und fragte, ob sie etwas servieren solle. Sie verschwand diskret, als Gabrielle verneinte und Marcel in ihren exotischen Salon führte.

»Wo findet die großartige Gesellschaft statt, zu der du gehst?« fragte er. »Wer gibt sie?«

»Der Botschafter von Bolivien«, antwortete Gabrielle. »Adolphe hat an diesem Land ein geschäftliches Interesse; er hat dort in Zinnbergwerke investiert.«

Sie legte Hut und Handschuhe ab und setzte sich auf den purpurfarbenen Diwan, nicht entspannt, sondern mit steifem Rücken, die Knie zusammengedrückt und die Hände im Schoß. Marcel verstand die stille Botschaft vollkommen, er lächelte und wurde charmanter denn je.

»Adolphes Investitionen sind weitreichender als ich geahnt habe«, sagte er. »Er macht auch in Madagaskar Geschäfte, wie er mir gestern sagte.«

Sie wollte eindeutig, daß Marcel sich auf einen der purpurnen Stühle ohne Lehne weit weg vom Diwan setzte. Statt dessen schlenderte er ans Fenster und stützte sich elegant mit einem Ellbogen auf die Fensterbank.

»Du hast gestern mit ihm gesprochen?« fragte sie.

»Wir haben zusammen zu Abend gegessen. Er kam eine halbe Stunde zu spät zu unserem *rendez-vous* – er war bei dir, nehme ich an.«

»Er kam nach der Arbeit gegen halb sechs hier vorbei«, sagte Gabrielle, ihr hübsches Gesicht rosig angelaufen. »Ich hatte ihn nicht erwartet. Er hat nichts davon gesagt, daß er dich treffen würde.«

»Ich bin überzeugt, daß er zu sehr mit den liebevollen Aufmerksamkeiten dir gegenüber beschäftigt war, um sich daran zu erinnern, daß ich ihn erwartete«, sagte Marcel mit einem winzigen Grinsen. »Er hat auch beim Abendessen ständig über dich gesprochen.«

»Was hat er über mich gesagt?« fragte sie sofort.

»Verstehe mich recht, liebste Gabrielle – falls ich dir etwas über mein Gespräch mit Adolphe erzählen soll, dann mußt du versprechen, es vertraulich zu behandeln. Sonst sage ich gar nichts.«

»Komm und setz dich neben mich«, sagte sie und klopfte leicht auf die silbrigen Kissen auf dem Diwan. »Ich gebe dir mein Wort, daß alles, was du mir sagst, unser Geheimnis bleiben wird.«

Marcel setzte sich neben sie und nahm ihre elegante, kleine Hand, um sie an seine Lippen zu führen.

»Was wirst du heute abend für die Gesellschaft beim Botschafter anziehen, um unserem lieben Freund Adolphe Ehre zu machen?« fragte er.

»Ich habe ein neues Ballkleid«, antwortete sie mit einer Spur Ungeduld in der Stimme. »Es ist seegrün, rückenfrei und mit einer kleinen Schleppe, die hinten mit einer Schleife befestigt ist.«

»Das klingt hinreißend«, sagte Marcel. »Ich wünschte, ich könnte dort sein und dich darin sehen. Adolphe wird sehr stolz auf dich sein.«

»Was hat er gestern über mich gesagt?« bohrte sie.

»Da wir also streng vertraulich miteinander sprechen, du und ich, sollst du erfahren, daß gewisse Personen versucht haben, Adolphe gegen dich aufzustacheln, indem sie behaupteten, du wolltest ihn nur um seines Geldes willen heiraten.«

»Das ist eine Lüge!« erklärte Gabrielle nachdrücklich. »Und wer immer das sagt, ist ein Lügner, selbst wenn es seine Schwester ist. Du weißt selbst, daß ich für Adolphe größte Zuneigung empfinde – du hast es mich mehr als einmal sagen gehört.«

»Allerdings«, bestätigte er.

Die Tatsache, daß es in Momenten intimster Zärtlichkeit mit Marcel gewesen war, als sie versicherte, tiefste Zuneigung für Adolphe zu empfinden, entwertete ihre Aufrichtigkeit in keiner Weise. Sie hatte deutlich klargestellt, daß für sie die Triebe des Fleisches so unbedeutend waren, daß Marcels Hand auf ihrem *bijou* ihre Gefühle für Adolphe nicht im geringsten berührte.

»Warum haßt mich diese Frau so sehr?« seufzte Gabrielle. »Ich habe ihr nichts getan.«

»Silvie ist natürlich eifersüchtig auf dich«, sagte Marcel und küßte dabei zärtlich ihre Hand. »Aber laß dich dadurch nicht stören – es ist mir gelungen, Adolphe zu beruhigen. Ich habe ihm gesagt, daß deine Gründe, seine Frau werden zu wollen, nichts mit dem Geldbeutel zu tun hätten, sondern einzig und allein mit dem Herzen.«

»Ist das wahr? Was für ein guter Freund du bist, liebster Marcel. Warum kommst du mich nicht morgen nachmittag besuchen – sagen wir gegen drei –, wenn ich mich von dem bolivianischen Ball erholt habe? Dann kannst du mir die Einzelheiten deines Gesprächs mit Adolphe erzählen.«

»Aber gern«, sagte er und erkannte, daß er entlassen war. »Ich mache mich gleich auf den Weg, damit du dich für diese große Angelegenheit vorbereiten kannst.«

Er stand auf, als wollte er gehen, hob noch einmal ihre Hand an die Lippen und bat sie mit seinem charmantesten Lächeln, nur einen ganz kurzen Blick auf ihr neues Ballkleid werfen zu dürfen. Geschmeichelt von so viel Interesse willigte sie ein und führte ihn in ihr Schlafzimmer. Mit stolzer Geste zeigte sie auf eine exquisite, zartgrüne Kreation auf ihrem breiten Bett.

»Das ist wirklich hinreißend«, sagte Marcel und setzte

sich einen Augenblick auf die Bettkante, um seine Finger leicht über die dünne Georgetteseide des Gewandes streichen zu lassen. »Dieser Schnitt kann nur von Vionnet stammen. Wieviel von deinem hinreißenden Rücken enthüllt es – gewiß nicht so viel wie Silvies Kleid an dem Casinoabend in Cannes, oder?«

»Das Tanzkleid, das sie an jenem Abend anhatte, war schamlos«, sagte Gabrielle mit mißbilligendem Ernst. »Es war vorne so tief ausgeschnitten, daß jedesmal, wenn sie sich bewegte, ihr Busen zu sehen war – Frauen mit solchen Brüsten sollten sie gut verhüllen! Und was den Rücken angeht – nun! Sie ließ nicht nur ihr Rückgrat sehen – sondern auch ihre Unterwäsche. Ich bin ziemlich sicher, daß du deine Hand auf ihrem Hinterteil hattest, als du mit ihr getanzt hast. Und was diese alberne Kette angeht, die ihr über den Rücken baumelte – das war eine schändliche Darbietung!«

»Es waren kostbare Perlen, würde ich sagen«, beschwichtigte Marcel sie.

Während dieses Wortwechsels nahm er Gabrielle freundlich bei der Hand und zog sie neben sich auf die Bettkante. Sie wirkte angeregt, und eine äußerst hübsche, zarte Röte hatte ihre Wangen überzogen, als sie so gegen Silvies Benehmen wetterte.

»Und was das Befingern ihrer Kehrseite angeht«, sagte Marcel, »war es offensichtlich, daß sie von mir erwartet hat, daß ich es versuche – und ich hege keinerlei Zweifel, daß sie meine Hand in ihrem Höschen willkommen geheißen hätte. Aber du weißt ganz genau, daß ich dergleichen nie tun würde.«

»Ich? Wie soll *ich* wissen, zu welchen Schamlosigkeiten du dich von dieser Frau verleiten lassen würdest? Ich kann mir durchaus vorstellen, daß du sie auf den Balkon geführt hast, sie sich über das Geländer gebeugt hat – und ihr euch in einem Akt der Leidenschaft erniedrigt habt.«

Während sie sprach, legte Marcel seine Hände auf ihre Schultern und drückte sie sanft aufs Bett. Die Veränderung ihrer Position unterbrach ihre vorwurfsvolle Ansprache keineswegs, und sie war gerade dabei zu verkünden, daß Silvie an jenem Abend im Casino keine Unterwäsche getragen habe, als Marcel ihren schlüsselblumengelben Rock hochzog und ihren weißen Seidenschlüpfer freilegte.

»Du weißt ganz genau, daß ich Silvie nicht mit nach draußen genommen habe, um mit ihr irgendwelche schamlosen Dinge zu tun«, sagte er, »aus dem einfachen Grund, weil du mich den ganzen Abend beobachtet hast.«

»Das ist absurd!« rief Gabrielle aus. »Du bildest dir viel zu viel ein. Warum sollte ich dich beobachten, während ich mit Adolphe zusammen bin?«

Marcel schob seine Finger in den Bund ihres Höschens und zog es herunter, während er ihr antwortete.

»Weil du und ich an jenem Abend die beiden schönsten Menschen im Casino waren«, erklärte er. »Es war für jedermann offensichtlich, daß wir ein ideales Paar abgeben würden. Statt dessen aber warst du mit einem Mann zusammen, der dein Vater sein könnte, und ich mit meiner Mutter.«

Gabrielle stieß einen kleinen Schrei aus, als seine Finger ihr hübsches *jou-jou* berührten, auch wenn es kaum vor Überraschung sein konnte. »Wir haben jetzt keine Zeit für diese Dummheiten«, murmelte sie, »selbst wenn ich bereit wäre, solche Verderbtheit zu gestatten, was überhaupt nicht in Frage kommt.« Ihre Beine zitterten nervös. Marcel lächelte sie beruhigend an und fuhr fort, die zarten Lippen zwischen ihren Schenkeln zu streicheln, bis sich ihr Körper entspannte.

»Als wir zum allerersten Mal zusammen waren«, sagte er, »in dem Hotelzimmer, da hast du mir dasselbe gesagt

– dafür ist keine Zeit, oder so ähnlich – weil du Adolphe erwartet hast, so wie jetzt. Aber damals war jede Menge Zeit, liebe Gabrielle, und jetzt ist ebenfalls genug Zeit. Und was soll das Gerede von Dummheiten und Verderbtheit? Du unterstellst mir da etwas, meine Liebe – ich tue nichts anderes, als dir zu helfen, deine Kleider auszuziehen, bevor du dein Bad nimmst und dich für den Abend ankleidest.«

»Normalerweise fange ich beim Auskleiden nicht mit der Unterwäsche an«, informierte sie ihn.

»Ich habe nicht viel Erfahrung als Kammerzofe«, antwortete er fröhlich, »aber ich lerne schnell.«

Er knöpfte ihre kleine Jacke auf und schlug sie zurück. Darunter kam die Bluse aus blaß zitronengelber Seide zum Vorschein, die er mit vor Erregung zitternden Fingern öffnete. Ihr Hemd war ein zartes Gebilde aus Chiffon mit einem tiefen, spitzenbesetzten Ausschnitt, das er aus dem Bund ihres Rockes zog und bis unter ihr Kinn hochschob, um ihre eleganten, kleinen Brüste freizulegen. Er küßte die dunkelrosa Knospen, und seine Hand fand die Blütenblätter zwischen ihren Beinen wieder.

Für die Dauer von zwei oder drei Herzschlägen errötete Gabrielle, als erschütterten sie widersprüchliche Gefühle, dann überließ sie sich den Empfindungen des Augenblicks. Ihr Atem ging schneller, und sie schloß die Augen, denn sie brauchte nicht hinzuschauen, um zu wissen, daß Marcel die Lippen ihres *jou-jou* gespreizt hatte, um die darunter verborgene Perle zu liebkosen. Dennoch hielt sie es aus Gründen einer nur Frauen bekannten Logik für nötig, Marcel zu fragen, was er vorhabe.

»Was machst du da?«

»Ich bereite dich darauf vor, den Versuchungen des Abends zu widerstehen«, gab er zurück. »Auf dem Bett des Botschafters, umgeben vom Luxus des Wohlstands und der Macht, werden jene häßlichen Instinkte, von denen auch die Besten unter uns niemals frei sind, in dir erweckt werden und dich behelligen. Es ist nötig, dich zu beruhigen, *chérie.*«

»Aber indem du mich dort berührst, machst du mich ganz und gar nicht ruhig«, protestierte sie und schlug ihre blaugrünen Augen auf, um ihn anzusehen.

»Dann werde ich sofort damit aufhören«, versprach Marcel und fühlte, wie ihre Beine vor Erregung bebten.

»Nein – tu das nicht! Du hast völlig recht, mein Lieber, das einzige Mittel, das Feuer endgültig zu löschen, besteht nicht darin, Wasser darauf zu gießen, sondern es ausbrennen zu lassen.«

Sie bot einen zerzausten, jedoch erregenden Anblick, wie sie dort halb auf dem Bett lag, den Rock um die Taille gewickelt und das Hemd um den Hals, so daß ihre kleinen, spitzen Brüste und ihr blaßhäutiger Bauch entblößt waren. Marcel lag halb über ihr, seine Zunge leckte die festen Spitzen ihrer Brüste, während seine Finger ihr *bijou* liebkosten. Sie schaute mit einer gewissen hochmütigen Verachtung zu ihm auf, während ihre Hand sich blind über seinen Körper bis zu den Hosenknöpfen tastete, hinter denen sein steifes Glied pochte.

»Oh, es ist riesig!« rief sie aus und befühlte die lange Beule durch den Hosenstoff hindurch. »Wie hoffnungslos du in deine entwürdigende Sinnlichkeit verstrickt bist, mein armer Freund!«

Trotz ihres Entsetzens riß sie die Hose auf, steckte ihre Hand hinein und packte seinen harten Schaft. Sie war zu Recht von seiner Größe beeindruckt, denn das Spiel mit ihr, so halb ausgezogen, hatte ihn derart erregt, daß er dem Höhepunkt entgegenfieberte, und seine Männlichkeit war zu voller Größe aufgerichtet.

»Es ist grauenvoll«, jammerte sie, und ihre Hand rieb an dem steifen Glied, das sie aus der Hose gezerrt hatte, hastig auf und ab. »Es gibt keinerlei Rechtfertigung dafür, daß wir auf so schockierende Weise die allerprivatesten Körperteile des anderen behelligen!«

»Keine«, murmelte Marcel beglückt. »Es ist bejammernswert!«

»Wir sind zwei zivilisierte Menschen«, seufzte Gabrielle, »und dennoch erliegen wir dieser zügellosen Verderbtheit wie zwei Wilde! Ach, mein liebster Marcel, was soll nur aus uns werden?«

»Füge dich drein«, riet er ihr. »Wir wissen, daß es nicht leicht ist, den Gelüsten des Fleisches zu entkommen – wir haben den schwierigen Weg gewählt, du und ich, aber wenn wir ihm treu und entschlossen folgen, wird er uns schließlich zum Glück führen.«

Sein Körper schauderte unter der Wirkung ihrer emsigen Hand, und sie wand sich unter den Aufmerksamkeiten seiner Finger an ihrem *jou-jou*.

»Es ist wahr«, flüsterte sie, »es gibt kein anderes Mittel, den Geist von den Fesseln des Körpers zu befreien, als hier mit gespreizten Beinen auf dem Rücken zu liegen, während du mich besudelst. Denn so soll es sein – mach es mir und setze meinen Geist frei«, bettelte sie.

Gabrielles Leib wölbte sich über das Bett, um ihr *bijou* heftig gegen seine Fingerspitzen zu drücken, die über ihren schlüpfrigen Knopf glitten. Sie gab ein Keuchen von sich, beschleunigte die Massage seines Schaftes, und Marcel konnte sehen, daß sie sich auf der Schwelle zum Höhepunkt befand. Er warf seine Beine über sie, aber er hatte sie schon zu weit kommen lassen, denn noch ehe er in ihren benetzten Alkoven eindringen konnte, riß sie ihren geschminkten Mund zu einem tonlosen Schrei auf, und ihr Leib bäumte sich unter ihm im Orgasmus.

»Warte auf mich, Gabrielle!« ächzte er, und seine Hand fummelte zwischen ihren Schenkeln herum, um sich in die richtige Stellung zu bringen, aber sie hörte seine Worte schon nicht mehr. Und auch er war unfähig, seine Gefühle noch länger zurückzuhalten – er rutschte auf sie und stieß mit seinem geschwollenen Schaft blindlings zwischen ihre Schenkel, um in sie einzudringen.

Gabrielle jedoch war in den Klauen eines gewaltigen Höhepunkts, und ihre eleganten, seidenbestrumpften Beine trommelten auf das Bett, während ihr schweißnasser Körper sich in so wilden Krämpfen wand, daß es Marcel nicht gelang, den Kopf seines verzweifelten Kriegers in sie zu stecken. Und während er keuchte und kämpfte, um sein Ziel zu erreichen, löste Gabrielles nackter Bauch unter ihm seinen Orgasmus aus – und mit einem langgezogenen Wimmern der Frustration sprudelte er seine Essenz auf ihre zitternden Schenkel.

Als sie beide wieder einigermaßen ruhig geworden waren, rollte Marcel von ihr herunter aufs Bett und kicherte über das Mißgeschick. Gabrielle war nicht so leicht zu amüsieren und verlangte nach dem seidenen Taschentuch aus seiner Brusttasche, um ihre Schenkel und den Kraushaarbüschel zu trocknen, die er besudelt hatte. Sie erhob sich vom Bett und entledigte sich des verknautschten Sommerkostüms und der Bluse und stand im Hemdchen und Strümpfen vor ihm und schaute ihn an.

»Du mußt jetzt gehen, Marcel«, sagte sie. »Komm morgen nachmittag um drei her – ich muß dir ein paar Fragen über das stellen, was Adolphe dir anvertraut hat.«

Ehe er etwas erwidern konnte, klopfte es diskret an der Tür, und man hörte die Stimme der Zofe, die Madame daran erinnerte, daß es schon nach sechs sei, und die wissen wollte, ob sie das Bad für Madame einlaufen lassen solle.

»Komm rein, Claudine«, antwortete Gabrielle, und Marcel sprang hastig vom Bett auf, als die Zofe eintrat.

»Monsieur Chalon wollte gerade gehen«, sagte Gabrielle lässig, »aber er hat einen kleinen Unfall mit seiner Hose gehabt. Wie du siehst, sind drei Knöpfe abgerissen. Näh sie ihm wieder an, ich kümmere mich selbst um mein Bad.«

»Ja, Madame«, sagte Claudine mit ausdruckslosem Gesicht. »Wenn Monsieur so nett sein würde, die Hose auszuziehen... aber wo sind denn die abgerissenen Knöpfe?«

»Schau auf dem Boden nach«, sagte Gabrielle. »*Au revoir,* Marcel.«

Sie zog sich einen langen Morgenrock über, ging hinaus und ließ Marcel seine Hose für das Mädchen ausziehen und sie beide nach den Knöpfen suchen, die sie in ihrem Eifer abgerissen hatte.

Er würde noch einiges zu hören bekommen, weil er Dany so flott an Pierre Martin weitergereicht hatte – tatsächlich hatte er bis jetzt noch gar nichts darüber gehört! Aber das geschah, gleich am nächsten Morgen. Zufälligerweise war er schon aufgestanden und angekleidet, als die neue, schrecklich häßliche Bedienstete seiner Mutter ihm mitteilte, daß Mademoiselle Robineau gekommen sei, und ihn im Salon erwarte. Er begrüßte sie mit einem herzlichen Lächeln auf den Lippen, zuversichtlich, jeglichen Ärger, den sie wegen seines Benehmens am Vortag empfand, ohne allzu große Schwierigkeiten beschwichtigen zu können.

Aber es war bei weitem nicht so einfach, wie er gedacht hatte. Dany saß auf einem Sessel und sah schrecklich unglücklich aus. Als er ihr die Hand küssen wollte, brach sie augenblicklich in Tränen aus, stand auf, warf sich ihm in die Arme und schluchzte geräuschvoll an seiner Schulter. Er war froh, daß seine Mama schon zum Einkaufen ausgegangen war – es wäre peinlich gewesen, ihr Danys Ausbruch erklären zu müssen.

»Oh, Marcel – es war grauenhaft!« jammerte sie. »Wie konntest du mir das antun?«

»Nun, nun«, sagte er und klopfte ihr auf den Rücken,

um sie zu beruhigen, »was war denn so grauenhaft – erzähl mir, was passiert ist.«

»Dein Freund Pierre«, schluchzte sie, »er hat versucht, mich zu vergewaltigen! Warum bist du weggegangen und hast mich mit ihm allein gelassen? Du mußt doch wissen, wie er ist. Warum hast du mir das angetan?«

Gott im Himmel, dachte Marcel, was meint sie denn bloß? So irritierend ihr ewiges Getue um ihre Jungfräulichkeit auch war, der Gedanke, daß Pierre versuchen könnte, sie mit Gewalt zu nehmen, war absurd. Aber Dany war ziemlich verstört, darüber bestand kein Zweifel, und es war nötig, ihren Anschuldigungen auf den Grund zu gehen. Marcel zog sie neben sich auf eines der grauen Samtsofas seiner Mutter und legte ihr tröstend den Arm um die Schultern, während er ihr mit seinem weißen Leinentaschentuch sanft die Augen trocknete.

»Der Mann ist ein perverser Verbrecher, dich so zu erschrecken«, sagte er und versuchte, überzeugend zu klingen. »Trockne dir deine hübschen Augen und berichte mir, was geschehen ist.«

»Ich kann nicht. Es ist zu schrecklich«, sagte sie ein wenig ruhiger.

»Du mußt es mir aber erzählen, damit entsprechende Maßnahmen gegen ihn ergriffen werden können. Fang ganz von vorne an – wie lange seid ihr noch in dem Café geblieben?«

»Vielleicht noch eine halbe Stunde, nachdem du mich hast sitzenlassen«, sagte Dany und schniefte. »Er zwang mich, noch einen Drink zu nehmen – ich bin sicher, er versuchte, mich betrunken zu machen.«

»Himmel – das ist infam!« rief Marcel aus und verbarg ein Grinsen. »Und dann?«

»Wir haben uns über das Kino unterhalten. Er sagte, er würde mich gern in den Film einladen, von dem ich eigentlich dachte, daß wir beide ihn zusammen anschauen würden, aber ich willigte ein. Woher sollte ich wissen, daß er ein Monster ist?«

»Du bist mit ihm die hinreißende Mademoiselle Clara Bow anschauen gegangen?« fragte Marcel. »Warum auch nicht? Falls Pierre ein Monster ist, dann ist mir das bis jetzt noch nicht aufgefallen, glaub mir. Seid ihr zu Fuß hingegangen oder habt ihr ein Taxi genommen?«

»Nun, er hat vorgeschlagen, erst essen zu gehen, weil es noch früh war. Er sagte, er kenne ein kleines Restaurant mit gutem Essen am Boulevard des Italiens, also sind wir dorthin gegangen.«

»Ich kenne das Lokal, von dem du sprichst«, sagte Marcel, »ich war ein oder zwei Mal mit Pierre dort zum Mittagessen. Das Kalbfleisch ist wirklich gut dort – hast du das gegessen?«

»Ich weiß nicht mehr, was ich gegessen habe«, erwiderte Dany, erzürnt darüber, daß er nur Essen im Kopf hatte, während sie ihm von ihrem qualvollen Erlebnis berichten wollte. »Er trank sehr viel Wein zum Essen und versuchte, mich zu verleiten, mitzuhalten, aber ich hatte nur ein oder zwei Gläser. Irgendetwas warnte mich, ihm nicht zu trauen.«

»Wirklich? Warum bist du denn dann mit ihm ins Kino gegangen?« fragte Marcel, amüsiert über die Scheinheiligkeit, die in Danys Bericht zum Vorschein zu kommen begann.

»Ich sagte mir, daß er ein Freund von dir sei und sich daher anständig benehmen würde«, sagte sie entrüstet. »Wäre ich doch nur meiner eigenen Eingebung gefolgt!«

»Ah, ja – die berühmte weibliche Eingebung!« meinte Marcel. »Höchstwahrscheinlich wäre die Welt unendlich viel sicherer, weiser und angenehmer, wenn die Männer nur auf die Eingebungen ihrer Freundinnen hören würden.«

»Du machst dich über mich lustig!« rief Dany und

brach wieder geräuschvoll in Tränen aus. »Du hältst mich zum Narren!«

»Nein, nein«, murmelte er und wiegte sie in den Armen, bis sie zu schluchzen aufhörte und sich die Augen mit ihrem nassen Taschentuch abwischte. »So, liebste Dany, jetzt erzähl mir mal der Reihe nach, welche Ungeheuerlichkeiten dieser üble Pierre sich dir gegenüber im Kino erlaubt hat – hat er dich geküßt?«

»Im Dunkeln legte er mir eine Hand aufs Knie«, klagte sie fast wie Gabrielle de Michoux, wenn sie gegen die niedrigen Triebe zu Felde zog.

»Schändlich!« sagte Marcel, dem es fast unmöglich war, schockiert zu klingen, wo er doch aus eigener Erfahrung wußte, daß Dany zwar jeglichen Zugang zu dem *bijou* zwischen ihren Schenkeln verweigerte, aber begierig darauf war, daß man mit ihren Brüsten spielte und sie so zum Höhepunkt brachte. Und ihre Geschicklichkeit im Umgang mit seinem steifen Glied überzeugte ihn, daß sie diese Wonnen mit mehr als einem Mann geteilt hatte, ehe sie ihn kennenlernte. Pierre mußte sich ungeschickt benommen haben.

»Er schob seine Hand gewaltsam unter meine Kleider!« erklärte Dany äußerst indigniert. »Und ehe ich ihn aufhalten konnte, berührte er mich doch tatsächlich! Mehr als das sogar – er steckte seinen Finger gewaltsam in mich hinein!«

»Nein!« rief Marcel aus, verwirrt durch die Nachricht, daß es Pierre gelungen war, Danys verbotenes *joujou* zu berühren. Er würde ihn anrufen und über die Erfahrung befragen, denn das Höchste, das er selbst je erreicht hatte, war, die äußeren Lippen von Danys Schatz mit einer Fingerspitze zu kitzeln – und das nur ein einziges Mal!

»Natürlich habe ich ihn auf der Stelle daran gehindert und ihm gesagt, daß ich ihm eine Ohrfeige geben und fortgehen würde, wenn er das noch einmal täte. Das setzte seinem scheußlichen Benehmen zunächst ein Ende, und wir schauten uns wieder Clara Bow auf der Leinwand an.«

Marcel wollte schon fragen, ob der Film gut gewesen sei und die unvergleichliche Mademoiselle Bow ihre Talente voll zur Geltung gebracht habe, aber er erinnerte sich daran, daß Dany über seine Frage nach dem Essen verärgert gewesen war, und hielt es für besser, die Sache auf sich beruhen zu lassen. Statt dessen fragte er, was nach dem Kino geschehen sei.

»Er bestand darauf, daß wir in ein anderes Café gingen, um noch etwas zu trinken«, berichtete sie. »Er hat zwei Cognac getrunken, während wir uns über den Film unterhalten haben, und ich habe nur eine Eiscreme bestellt. Nach dem, was er im Kino getan hatte, war ich wachsam geworden, das kannst du mir glauben.«

»Aber natürlich«, versicherte ihr Marcel. »Und dann hat er dich nach Hause gebracht.«

»Nicht sofort«, sagte Dany. »Er wollte tanzen gehen. Ich war dafür nicht richtig angezogen – du hast ja gesehen, was ich trug, als du mich mit ihm allein gelassen hast – aber er hat gesagt, das spiele keine Rolle, wir könnten in ein kleines *bar dansant* am Montmartre gehen. Also ließ ich mich überreden – was war ich doch für eine Idiotin!«

»Na sowas«, sagte Marcel nachdenklich. »Aus dieser zufälligen Begegnung im Café am Boulevard Haussmann ist offensichtlich eine ausgedehnte Abendunterhaltung geworden – erst Abendessen, dann Kino, und nun auch noch ein Tanzvergnügen. Was dann?«

»Nichts«, sagte sie ein wenig defensiv. »Das heißt nichts, bis er mich um Mitternacht in seine Wohnung mitgeschleppt hat.«

Marcel war sprachlos – er starrte in Danys hübsches Gesicht und hob die Augenbrauen.

»Ich habe eingewilligt, mich für einen Augenblick

hinzusetzen«, fuhr sie fort, »weil er mir fest versprochen hat, mich sehr bald nach Hause zu bringen. Ich war zu vertrauensvoll – er hat mir den Arm um die Taille gelegt und mich geküßt!«

»Du hast dich gegen diesen Annäherungsversuch natürlich gewehrt, oder?« fragte Marcel.

»Es war eine leichte und freundliche Umarmung«, sagte sie, ohne auf seine Frage einzugehen. »Das heißt zu Anfang. Aber bald wurde er leidenschaftlich und zog mich nach unten, bis wir einander gegenüber auf dem Sofa lagen. Aber als er anfing, mich am ganzen Körper zu befingern, habe ich ihm natürlich sofort gesagt, er solle damit aufhören, denn ich sei noch Jungfrau und wolle es auch bleiben.«

»Natürlich«, sagte Marcel und entdeckte zu seiner Überraschung, daß seine Männlichkeit aufrecht stand und pochte. Dany trug einen grün und orange gemusterten, langen Pullover, und da er die Arme um sie gelegt hatte, um sie zu trösten, war es ein leichtes, eine Hand hinein zu schieben und ihre Brüste unter dem dünnen Hemdchen zu streicheln. Bei der Berührung entspannte sich ihr verkrampfter Körper, und sie lehnte sich gemütlicher an ihn.

»Er wollte nicht auf mich hören«, seufzte sie. »Ich hatte mein Mantelkleid an, in dem du mich im Café gesehen hast. Es wird vorne vom Hals bis zum Saum geknöpft, und ehe ich ihn daran hindern konnte, hatte er es vollständig aufgeknöpft und seine Hand unter meinem Hemd, um an meinem Busen zu fummeln.«

»Das ist wirklich ungeheuerlich!« rief Marcel aus, der in diesem Augenblick genau das gleiche tat, auch wenn seine Hand von oben in ihrem Hemd steckte, statt von unten. Aber aus welcher Richtung man sich ihnen auch immer näherte, Danys weiche, runde, junge Brüste waren köstlich anzufassen.

»Ich bat ihn, mich nach Hause zu bringen«, murmelte

sie, »aber statt dessen riß er seine Hose auf und ließ sein *Ding* rausragen. Dann flehte ich ihn an, er möge meine Jungfräulichkeit respektieren, und alles, was er dazu sagte, war, daß ich zu schön sei! Seine Hände faßten mich unter dem Hemd überall an – ich bin sicher, ich habe geschrien, als er in mein Höschen langte und mich *dort* berührte!«

Marcel war von seinem Spiel mit ihrem Busen so erregt, daß er heftig atmete. Und die liebe kleine Dany war ebenfalls von der geschickten Stimulierung ihrer zarten Brustwarzen angeregt; sie seufzte laut, während sie von den beängstigenden Qualen berichtete, die sie unter den Händen des berüchtigten Vergewaltigers keuscher, junger Mädchen, Pierre Martin, erdulden mußte. Die Erinnerung daran war offensichtlich so entsetzlich, daß sie Marcels steifes Glied durch die Hose hindurch umklammerte, als hinge ihr Leben davon ab.

»Sag mir, was er dir angetan hat, dieser elende Schurke!« keuchte Marcel und spürte, wie ihr Körper bebte.

Obgleich ihre Hand seine Männlichkeit fest umklammerte, tat sie nichts, um ihn zusätzlich zu erregen. Nicht, daß das nötig gewesen wäre – seine Gefühle waren bei ihren Worten und der Berührung ihrer hinreißenden Brüste in einem berauschten Aufruhr.

»Er zitterte«, seufzte sie, »und dieses Ding zuckte gegen mein Bein, und ich flehte ihn an, aufzuhören, ehe er etwas täte, das wir beide bereuen würden. Aber er achtete nicht auf mich – er war wie rasend und zerrte mein Höschen herunter und versuchte, meine Beine auseinanderzudrücken. Und die ganze Zeit sagte er *Dany, je t'adore*.«

Auch Marcel zitterte vor Begierde, während er auf das Ende ihrer Geschichte wartete – ob dieser tierische Pierre Danys süßen jungen Leib entehrt hatte, denn dafür würde er büßen müssen. Zunächst aber wollte

Marcel sie selbst haben, um seine älteren Rechte geltend zu machen! Seine Fingerspitzen flitzten über ihre festen, kleinen Brustwarzen, und ihr Atem wurde unregelmäßig.

»Hat er?« fragte er. »Sag's mir, hat er?«

»Er zwang meine Beine auseinander und versuchte, sich auf mich zu legen«, rief sie mit gebrochener Stimme aus. »Im nächsten Augenblick hätte er sein *Ding* in mich gestoßen und meine Tugend zerstört! Aber im letzten Moment habe ich mich von ihm weg zur Seite gerollt und meine Schenkel zusammengekniffen.«

»Gott sei Dank!« keuchte Marcel, und sein eifriges Glied zuckte in Danys Griff.

»Selbst dann war ich fast verloren!« fuhr sie fort. »Er stöhnte fünf oder sechs Mal *Nein, nein, nein* und warf sich wütend gegen meinen nackten Po. Und im nächsten Augenblick fühlte ich eine Flut von Nässe auf meiner Haut. Er drückte sich ganz fest an mich während seiner Krise, und ich konnte ihn meinen Namen wieder und wieder seufzen hören ... *Ah, ah, ah!*«

Dieser letzte kleine Ausruf war nicht Teil ihrer Geschichte – es war ihr eigener Lustschrei, und Wellen ekstatischer Gefühle überliefen ihren schlanken Leib, und sie wand sich krampfartig neben Marcel in sexueller Erlösung. Seine Sinne waren in Aufruhr – er war unaussprechlich erleichtert, daß es Pierre nicht gelungen war, Danys jungfräuliches kleines *bijou* zu besitzen – er war wild entschlossen, es für sich selbst zu erobern. Er empfand eine äußerst unangenehme Eifersucht auf Pierre, der Danys Körper dort berührt hatte, wo seine eigene Hand nicht umherschweifen durfte.

Was Dany betraf, so waren ihre Gefühle bei weitem nicht so kompliziert. Sie setzte sich mit einem kleinen Seufzer auf, als sie ihre Ruhe wiedergefunden hatte, und schob Marcels Hand aus ihrem Pullover.

»Jetzt hast du alles gehört«, sagte sie beiläufig, als sei

nichts besonders Interessantes geschehen. »Dir habe ich es zu verdanken, daß ich von einem deiner sogenannten Freunde äußerst unangenehme Quälereien erdulden mußte. Das werde ich dir nie verzeihen, Marcel.«

Sie hatte sein steifes Glied losgelassen, doch es fuhr fort, rhythmisch zu zucken, die Bewegung war durch die Hose hindurch zu sehen. Die Überzeugung, daß sie ihm nicht die ganze Wahrheit gesagt hatte, schürte das Feuer von Marcels Eifersucht noch zusätzlich – er weigerte sich, ihre Behauptung zu glauben, sie sei gezwungen worden, mit Pierre zu Abend zu essen, mit ihm tanzen zu gehen und ihm nachher in seine Wohnung zu folgen. Genausowenig glaubte er, daß sie Pierre nicht ermutigt hatte, als sie auf seinem Sofa lag – sie hatte vermutlich begeistert mitgespielt, haarscharf bis an die Grenze, und dann natürlich nicht zugelassen, daß er in sie eindrang.

»Ich muß jetzt gehen«, sagte sie und zog sich ihre weißen Handschuhe an.

»Aber du kannst jetzt noch nicht fort, Dany!« rief er. »Schau doch!«

Mit einer schnellen Bewegung des Handgelenks riß er seine Hose auf und ließ sein liebstes Stück heraushüpfen, genauso, wie sie es von Pierre berichtet hatte. Dany starrte ohne jegliches Interesse auf den hart angeschwollenen Schaft, der vor Lust zuckte.

»Wenn du glaubst, daß ich dir in irgendeiner Weise entgegenkommen werde, dann hast du dich getäuscht«, erklärte sie. »Du und dein Freund seid euch gleich – ihr könnt mich nur für eure eigene, selbsttüchtige Befriedigung brauchen.«

Damit stand sie auf, ging hinaus und hinterließ Marcel auf dem Sofa ausgestreckt – seine Hose stand weit offen, und sein bloßgestelltes Glied zitterte vor frustrierter Leidenschaft. Sie sagte nicht einmal *au revoir.*

7

Ein Heilmittel für die Liebe

Nachdem Marcel Silvie Tournet ihre Perle auf so äußerst intime Weise zurückgegeben hatte, verging eine Woche ohne ein Lebenszeichen von ihr, und er hatte seinen kleinen Scherz beinahe vergessen. Er war dieser Tage sehr mit Gabrielle beschäftigt, die er zwischen ihren Unternehmungen mit Adolphe so häufig besuchte, wie es die Vorsicht erlaubte. Er bemühte sich mit großem Eifer, ihre sinnliche Natur zu besiegen, indem er sie bis zur Übersättigung darin schwelgen ließ. Es war ein höchst erfreulicher Akt der Barmherzigkeit, denn Gabrielle war unendlich erfinderisch bei der Ausführung ihres Gemeinschaftsunternehmens.

Doch nachdem eine Woche verstrichen war, und Silvie noch immer nicht angerufen hatte, begann er, sich Sorgen zu machen. Hatte er durch außergewöhnliches Pech die Perle so fest eingepflanzt, daß sie möglicherweise nie wieder ans Tageslicht kommen würde? Seine Sorge wuchs mit jedem Tag, und er geriet beinahe in Panik, als Adolphe ihn am Samstagmorgen anrief und ihm sagte, daß Silvie unwohl sei und ihn zu sehen wünschte.

Schweren Herzens begab sich Marcel nach dem Mittagessen zu Lacostes großer Wohnung in der Avenue Carnot, mit Blick auf den Arc de Triomphe. Der ehrerbietige Diener nahm ihm Hut und Handschuhe ab und geleitete ihn in die Bibliothek. Adolphe Lacoste erhob sich von einem roten Ledersessel und streckte ihm mit düsterer Miene die Hand entgegen. Marcel begrüßte ihn und machte sich auf schlechte Nachrichten gefaßt.

»Meine arme Schwester«, sagte Adolphe und wiegte ernst den Kopf. »Es ist nett von Ihnen, daß Sie hergekommen sind.«

»Wie ernst ist es?« fragte Marcel bange und setzte sich hin. »Seit wann ist sie krank?«

»Nun, es fing an jenem Abend an, als Sie und ich zusammen gespeist haben«, berichtete Adolphe und bestätigte Marcels schlimmste Befürchtungen.

»Der Arzt kommt täglich, aber er kann nicht viel tun.«

»Mein Gott!« rief Marcel aus. »Worauf führt er die Krankheit zurück? Kann er sagen, wo die Ursache liegt?«

Adolphe schaute ihn seltsam an.

»Wir brauchen keinen Arzt, um die Ursache von Silvies Krankheit zu erkennen«, erklärte er. »Die Ursache ist allen leider nur allzu gut bekannt.«

»Ich verstehe nicht, was Sie damit sagen wollen«, murmelte Marcel beschämt und unfähig, Adolphes starrem Blick standzuhalten. »Es war niemandes Absicht, ihr weh zu tun, das müssen Sie mir glauben.«

»Da bin ich anderer Meinung«, widersprach Adolphe und schürzte seine Lippen in einer Weise, daß sich sein üppiger Schnurrbart heftig sträubte. »Der verfluchte Kerl wußte ganz genau, was er tat.«

»Welcher verdammte Kerl?« fragte Marcel, der plötzlich Hoffnung schöpfte – vielleicht war Silvie damals, als er ihr die Perle zurückgab, so betrunken gewesen, daß sie ihn mit jemand anderem verwechselt hatte.

»Claude Belanger«, sagte Adolphe. »Kennen Sie ihn?«

»Nein«, gab Marcel erleichtert zurück, »was hat er ihr denn getan?«

»Getan? Der elende Schuft ist weggelaufen und hat Silvie mit gebrochenem Herzen zurückgelassen. Als sie von seiner Treulosigkeit erfuhr, hat sie sich ins Bett gelegt, und dort befindet sie sich seither und leidet unter schwersten Depressionen. Kein Arzt hat ein Mittel gegen ein gebrochenes Herz – das weiß ich aus eigener Erfahrung.«

»Wollte Silvie sich denn von Tournet scheiden lassen, um diesen Belanger heiraten zu können?« erkundigte sich Marcel, der endlich verstand, warum er Silvie völlig betrunken in ihrem Zimmer vorgefunden hatte, als er, um sich die Wartezeit zu verkürzen, durch die Wohnung geschlichen war.

»Darüber ist gesprochen worden. Sie war fast ein Jahr lang glücklich mit Belanger, und er sollte mit uns nach Cannes kommen – es war alles arrangiert. Ich hätte erkennen müssen, daß er meine arme Schwester im Stich lassen würde, als er zwei Tage vor unserer Abreise bekanntgab, er müsse wegen einer wichtigen Geschäftsangelegenheit nach Brüssel reisen.«

»Und das war eine Ausrede, um nicht mit ihnen verreisen zu müssen, glauben Sie?«

» Das war es«, bestätigte Adolphe kummervoll. »Während der ganzen Ferien hat er Silvie nicht ein einziges Mal angerufen, und als sie anfing, sich Sorgen zu machen und im *Grand Hotel* in Brüssel anrief, wurde ihr mitgeteilt, er habe dort gar kein Zimmer. Sie versuchte es in seiner Wohnung in Paris, aber dort war nur ein Diener, der sagte, Belanger sei im Ausland.«

»Das ist eine traurige Geschichte«, sagte Marcel, nicht ganz ohne Verständnis für den treulosen Liebhaber. »Ist er immer noch nicht aufgetaucht?«

»Seit wir wieder in Paris sind, habe ich Nachforschungen in die Wege geleitet«, berichtete Adolphe. »Das letzte Mal ist er in Paris gesehen worden, als er den Orient-Expreß bestieg – inzwischen ist er in Istanbul oder gar noch weiter weg. Ich vermute, wir werden ihn nie wieder zu Gesicht bekommen.«

»Silvie hat mein tiefes Mitgefühl«, sagte Marcel. »Kein Mann sollte sie so respektlos behandeln dürfen. Wenn er ihrer Freundschaft ein Ende setzen wollte, wäre er höflicherweise verpflichtet gewesen, es ihr ins Gesicht zu sagen.«

»Das Seltsame an der Sache ist«, sagte Adolphe, »daß ich, als Silvie mich gefragt hat, ob ich es für vernünftig hielte, wenn sie sich von Tournet scheiden lassen und ihren neuen Freund heiraten würde, ein ernstes Gespräch mit ihm hatte – nur wenige Tage vor unserer Abreise nach Cannes. Ich versprach ihm, daß die Heirat mit meiner geliebten Schwester ein großer Gewinn für ihn sein würde – ich hatte die Absicht, sie mit einer großen Mitgift auszustatten, um sicher zu sein, daß sie ihren gewohnten Lebensstil aufrecht erhalten kann. Nun ist Belanger zwar kein armer Mann, aber auch nicht schrecklich wohlhabend, und ich war sicher, daß mein Angebot die Sache in Gang bringen würde. Offensichtlich habe ich mich geirrt.«

»Adolphe, es schmeichelt mir, daß Sie mich ins Vertrauen ziehen und mir ihre privaten Familienangelegenheiten offenbaren«, sagte Marcel mit der vagen Befürchtung, daß ihn das alles in eine unmögliche Lage bringen würde, »aber ich bin eines solchen Vertrauens nicht würdig – wir kennen uns doch erst seit knapp einem Monat.«

»Sie sind der Sohn einer von mir hochgeschätzten Dame, die ich einst bis zum Wahnsinn geliebt habe«, erwiderte Adolphe und strich sich seinen Schnurrbart schwungvoll nach oben. »Selbst wenn Ihnen das albern erscheinen mag, habe ich das Gefühl, Ihnen trauen zu können – insbesondere, seit Sie mir so ausgezeichneten Rat in bezug auf meine Braut gegeben haben. Ich habe ihr berichtet, was Sie über die Beweggründe ihres Herzens gesagt haben, und sie war zutiefst gerührt.«

»Ganz zu Diensten«, murmelte Marcel ausweichend,

weil ihm sonst nichts zu diesem umwerfenden Mißverständnis einfiel.

»Nun, ich hatte am Telefon erwähnt, daß Silvie sie gerne sehen wolle«, verkündete Adolphe strahlend. »Obwohl Sie sich in Cannes nur kurz getroffen haben, haben Sie auf sie einen ebenso guten Eindruck gemacht wie auf mich. Sie hat einen ungewöhnlichen Respekt für ihr Urteilsvermögen und Verständnis gewonnen – ich sage *ungewöhnlich*, weil Silvie bislang keinem Mann Respekt gezollt hat. Im Gegenteil.«

»Das ist zu liebenswert von ihr«, murmelte Marcel, entschlossen, nicht zu lachen, um den armen, betrogenen Adolphe nicht zu beleidigen. »Was kann ich für sie tun?«

Adolphe zuckte mit den Achseln und legte kameradschaftlich seine Hand auf Marcels Arm.

»Vielleicht gar nichts«, meinte er. »Aber, wer weiß? Vielleicht können Sie meiner armen Schwester in ihrer tiefen Verzweiflung ein paar tröstende Worte sagen. Ich würde das sehr zu schätzen wissen.«

»Aber gern«, willigte Marcel ein und versuchte, begeistert zu klingen, was ihm nur halbwegs gelang. Adolphe schien die gewisse Reserviertheit in seiner Stimme nicht wahrzunehmen, denn ohne weitere Umstände führte er ihn durch die Wohnung zu einer Schlafzimmertür, an die Marcel sich nur allzugut erinnerte.

»Falls sie schläft, werden wir sie nicht stören«, sagte Adolphe und klopfte an. Silvie antwortete sofort. »Was gibt's?« fragte sie mit trüber Stimme.

»Ich habe dir unseren jungen Freund Marcel mitgebracht, der dich besuchen kommt«, sagte Adolphe. »Dürfen wir eintreten?«

»Ja, kommt rein«, rief sie zurück, und ihre Stimme klang bei dieser Nachricht deutlich lebhafter.

Adolphe öffnete die Tür und winkte Marcel in das schmucke Madame-Pompadour-Schlafzimmer, wo eine

Zofe Silvies spitzenbesetzte Kopfkissen zurechtrückte, um ihr den Rücken zu stützen. Gemeinsam traten die beiden Männer an das Himmelbett und lächelten auf die Kranke hinunter. Marcel sah, daß ihr Gesicht bleich war und daß sie dunkle Ringe unter den Augen hatte – vor Weinen oder vor Schlaflosigkeit. Er küßte die schlaffe Hand, die sie ihm hinstreckte, und murmelte ein paar höfliche Worte, um zu versuchen, ihre unglückliche Stimmung ein wenig zu heben. Silvie lächelte ihn tapfer an und bedankte sich für seinen Besuch.

Die Zofe brachte eifrig zwei vergoldete Stühle ans Bett. Marcel setzte sich hin, doch Adolphe entschuldigte sich, da er noch einige Briefe zu schreiben hatte. Als er das Zimmer verlassen hatte, sagte Silvie ihre Zofe, sie würde klingeln, wenn sie etwas brauchte. Die Tür hatte sich kaum hinter dem Mädchen geschlossen, als Silvie von ihrer Depression zu sprechen begann.

»Ich nehme an, Adolphe hat dir von der Demütigung erzählt, die mir der Mann, dem ich vertraute und den ich schätzte, zugefügt hat?« fragte sie höchst dramatisch.

»Er erwähnte gewisse Schwierigkeiten mit einem Mann namens Belanger, aber ich dachte, ich sei es, dem dein Herz gehört«, lächelte Marcel in der Hoffnung, sie etwas aufzuheitern.

So verzweifelt und gebrochenen Herzens sie auch sein mochte – die Zofe hatte Silvies Gesicht leicht geschminkt und ihr Haar gebürstet, bis es schimmerte. Sie lehnte graziös in den Kissen, und die Bettdecke war durch einen seltsamen Zufall von ihrer Brust gerutscht und entblößte ihre nackten Schultern und die prallen, runden Brüste unter einem Nachthemd aus weißem Satin.

»Das war in Cannes«, sagte sie mit einem leichten Lächeln auf ihren rotgeschminkten Lippen. »Solche Sachen kommen im Urlaub eben vor.« Doch dann errötete sie und senkte schamhaft den Blick. »Meine Perle ...«, murmelte sie.

»Was ist damit?« fragte er grinsend. »Du hast sie zurückbekommen.«

»Du hast mich unglücklich und betrunken vorgefunden«, sagte Silvie und versuchte, sein Grinsen zu erwidern, aber es gelang ihr nicht besonders gut. »Ich schäme mich.«

»Dazu besteht keinerlei Anlaß«, beruhigte sie Marcel, der Schwierigkeiten hatte, den Blick von ihrem weichen Busen abzuwenden, der das dünne Nachthemd ganz ausfüllte. »Wir alle waren schon einmal unglücklich verliebt und haben die daraus folgenden Verrücktheiten durchgemacht. Wenn du in deiner Verzweiflung ein wenig zuviel getrunken hast, so verringert das meine Wertschätzung für dich um keinen Deut. Der Fehler lag bei mir, weil ich ungebeten in dein Zimmer eingedrungen bin, obwohl mich der Diener hatte wissen lassen, daß du außer Haus seist.«

»Gustav wollte mich beschützen«, sagte sie traurig.

»Ich habe es gut gemeint – es sollte eine freundliche Geste sein«, sagte Marcel in dem Versuch, einen leichteren Tonfall anzuschlagen.

»Natürlich wußte ich damals nichts von deinem Kummer. Ich hoffe, du wirst mir verzeihen.«

Hatte schon jemals ein Mann sich bei einer Frau dafür entschuldigt, eine Perle in ihr *jou-jou* gesteckt zu haben, fragte sich Marcel, oder war das ein einmaliges Ereignis in der Geschichte der menschlichen Zivilisation? Silvie schenkte ihm ein trauriges, kleines Lächeln und sagte, ihm sei verziehen, und zu einem anderen Zeitpunkt hätte sein Streich sie vielleicht auch amüsiert.

Es war ein heißer Julinachmittag, und Silvie hatte gedankenlos das pfirsichfarbene Satinlaken bis zu ihrer Taille heruntergeschoben, um sich Kühlung zu verschaffen. Marcel betrachtete die kleinen, zarten Rosenknospen, die quer über das gerade geschnittene Oberteil ihres Nachthemdes gestickt waren, und die warme Fleischfarbe ihrer Schultern mit Kennermiene.

»Adolphe sagte, du wolltest mich wegen irgendeiner Angelegenheit sehen«, sagte Marcel und schlug die Beine übereinander, um die Kontrolle über sein immer eifriges Glied zu behalten.

»Wirklich?« sagte sie leichthin. »Mag sein, aber was immer es gewesen sein mag, es ist mir entfallen. Ich bin die ganze Zeit so zerstreut – ich leide grauenvoll wegen dieses verräterischen Mannes. Ich glaube, ich werde vor Kummer noch wahnsinnig.«

»Blödsinn«, sagte Marcel sofort. »Wie ist es möglich, daß eine so schöne, begehrenswerte Frau wie du hier elend herumliegt – nur weil ein Idiot es nicht zu schätzen weiß, daß er deine Zuneigung gewonnen hat? Vergiß diesen unmöglichen Mistkerl, liebe Silvie – er ist deiner Tränen nicht würdig.«

»Du willst mich nur trösten«, sagte sie. »Ich brauche dein Mitleid nicht. Aber sag mir, wenn du das kannst, sag mir ehrlich – wie kommt es, daß Männer mich immer betrügen und sitzenlassen? Erst mein Ehemann und nun dieser Claude Belanger ... Das geht über meine Kräfte ...«

Tränen standen in ihren schönen braunen Augen, als sie Marcel die Hand entgegenstreckte. Er nahm sie in beide Hände und streichelte sie freundlich, wobei er sinnlose Worte des Trostes murmelte.

»Diese Frage kann ich dir leider nicht beantworten«, sagte er. »Warum ein Mann eine so attraktive, intelligente Frau sitzenlassen kann, entzieht sich meinem Verständnis.«

Er war natürlich keineswegs ehrlich, denn er hegte keinerlei Zweifel darüber, daß die Männer Silvie einfach anstrengend fanden – nach der anfänglichen Begeisterung wurde der Umgang mit ihr sicher bald schwierig.

»Zu Anfang dachte ich, es war meine Schuld, daß Tournet mich verließ«, sagte sie fiebrig. »Aber ich habe wieder und wieder darüber nachgedacht, und als dann

Belanger wortlos verschwand, da wußte ich, daß es nicht an mir lag – ich habe beide angebetet und habe alles in meiner Macht Stehende getan, um sie glücklich zu machen – keine andere Frau hätte mehr tun können, glaub mir – aber ohne Erfolg. Es ist offenbar mein Schicksal, Männer zu lieben, die meiner nicht wert sind!«

»Damit hast du vielleicht den Nagel auf den Kopf getroffen«, sagte Marcel und brachte es fertig, keine Miene zu verziehen, obwohl er am liebsten gelacht hätte über dieses Jammerlied.

Offensichtlich machte ihre eigene Diagnose sie sehr unglücklich, denn sie zappelte unruhig im Bett herum, wobei sie noch immer seine Hand umklammert hielt. Und im nächsten Augenblick hatte sie sie unter das Satinlaken über ihren Schoß und unter ihr Nachthemd gezogen und rieb sie sich über ihren heißen Bauch.

»Ach, Marcel – ich bin ja so unglücklich!« jammerte sie und lenkte seine Hand hinunter zwischen ihre Schenkel.

»Wenn es doch etwas gäbe, womit ich dich trösten könnte«, murmelte er leise und legte seine Handfläche auf ihr dralles *jou-jou.*

»Es gibt etwas«, flüsterte sie. »Komm, setz dich aufs Bett.«

Sie rollte herum, um sich ihm zuzuwenden, und winkelte unter dem Laken ein Knie an, um ihm vollen Zugang zu ihrem *bijou* zu gewähren, während sie nach seinen Hosenknöpfen faßte und sie im Handumdrehen aufgeknöpft hatte. Ohne zu zögern griff sie hinein und holte sein steifes Glied heraus. Er stieß einen kleinen Ächzer aus, denn ihre Hand war trocken und heiß und zitterte nervös. Mit viel Zartgefühl glättete er das dichte Kraushaar zwischen ihren Beinen und spreizte die prallen Lippen ihres *jou-jou,* um ihre verborgene Knospe zu finden und zu liebkosen. Mit einer schnellen Bewegung ihrer freien Hand schlug sie das Laken beiseite und zeigte ihm, daß ihr knielanges Nachthemd bis an die Hüften hochgerutscht war und ihm alles zur Verfügung stand. Mit der anderen Hand faßte sie seinen harten Schaft und rieb schnell daran auf und ab.

»Silvie – ist es denn nicht gefährlich, es hier zu machen?« fragte Marcel. »Wenn das Mädchen hereinkommen würde!«

»Das wird sie nicht, nicht bevor ich nach ihr klingele«, murmelte Silvie hastig und schob ihren Leib näher zu ihm heran, und im nächsten Moment hatte sie seinen bebenden Schaft im Mund.

»Aber Adolphe kann wieder hereinkommen«, protestierte Marcel, wenn auch schwach, denn sein Interesse war geweckt. »Was würde er denken, wenn er mich über seiner leidenden Schwester auf ihrem Krankenbett finden würde?«

Silvie gurgelte etwas Unverständliches, da ihre Zunge und ihre Lippen aufregenderes zu tun hatten, als Worte zu formulieren. Marcel streifte ihr die schmalen Träger ihres Nachthemds von den Schultern und entblößte ihre dicken, runden Brüste, um damit genüßlich herumzuspielen. Inzwischen hatte ihn Silvies nasse Zunge, die sich eifrig mit der Eichel seines pulsierenden Schaftes beschäftigte, fast an den kritischen Augenblick gebracht, wo sein Bauch zucken und seine Lustfontäne in ihren Mund sprudeln würde.

»Leg dich hin, leg dich hin«, keuchte er und entzog sich ihrem köstlichen Lecken, legte ihr die Hände auf die Schultern und drückte sie aufs Bett. Sie lag sofort mit weit gespreizten Beinen auf dem Rücken. »Nimm mich, nimm mich, Marcel!« schrie sie. Er starrte trunken vor Begierde auf ihren Leib hinunter – es war alles sein – die zarten Innenseiten ihrer Schenkel, ihr bebender Bauch, ihre runden Brüste, und die braungelockten Schmollippen zwischen ihren Beinen – und in diesem Augenblick erschien es ihm, als sei Silvies ganzer Körper nichts als ein riesiger, weicher, fleischiger Spalt, in den er sich wild hineinrammen konnte.

Mit einem verzückten Stöhnen warf er sich voll angekleidet auf sie – sein doppelreihiges Jackett war noch immer zugeknöpft. Seine Erregung war so überwältigend, daß es ihm inzwischen einerlei war, ob ihre Zofe oder ihr Bruder ins Zimmer kämen und ihn dabei ertappten, wie er sich an ihr gütlich tat. Mit kräftigen, schwingenden Stößen drang er bis in die äußersten Tiefen ihrer heißen, glitschigen Lustgrotte vor. Er gab kleine Wonneseufzer von sich, als er den kraftvollen Schwung ihrer Hüfte fühlte, die seinen Stößen entgegenkamen und mithalfen, ihre samtene Nässe an seinem zuckenden Schaft entlang gleiten zu lassen.

Silvie atmete heftig, und ihr lautes Stöhnen paßte sich dem Rhythmus ihres Liebesaktes an, während sie sich an seine Schultern klammerte. Sie hatte die wundervollen braunen Augen weit aufgerissen und starrte ihm mit der Entschlossenheit eines Besessenen ins Gesicht.

»Jetzt hab' ich dich«, keuchte sie, »und ich lasse dich nicht mehr weg, bis ich alles bekommen habe, was du mir geben kannst!«

Sehr bald war der Augenblick gekommen, wo ein mächtiger Höhepunkt ihn überwältigte, und seine Lenden bäumten sich wild auf, während er seine Leidenschaft in sie hineinströmen ließ. Silvies heißes, klammerndes *jou-jou* saugte so gierig an ihm, wie es ihr Mund getan hatte, bevor er in sie eingedrungen war, und selbst als er nichts mehr übrig hatte, fuhr sie fort, sich mit ihrem Bauch in wilder, atemloser Ekstase gegen in zu rammen.

Als er allmählich wieder zu Sinnen kam, erkannte Marcel die Gefahren dieser heiklen Situation, und sobald es der Anstand erlaubte – als das Zucken von Silvies Höhepunkt langsam abebbte und sich zu einem leichten

Zittern der Gliedmaßen beruhigt hatte –, ließ er sich von ihr heruntergleiten und setzte sich wieder auf den vergoldeten Stuhl, um hastig seine Hose zuzuknöpfen. Silvie lag in verträumter Zufriedenheit auf dem Rücken; sie hatte die Augen geschlossen, und ihr dünnes Nachthemd war unter ihren Achselhöhlen zusammengeknautscht. Ihr ganzer Körper war entblößt, von den üppigen Brüsten bis zu den fleischigen Lippen ihres *jou-jou*, die, naß vom Tau der Leidenschaft, entspannt schmollten.

»Liebste Silvie«, sagte Marcel, während er sich das Jackett glattstrich und den Knoten seiner roten Seidenkrawatte zurechtrückte, »das war vielleicht nervenaufreibend – dauernd fragte ich mich, ob sich hinter mir die Tür öffnen würde! Aber in Anbetracht der Eile war es gar nicht so schlecht.«

Sie schlug die samtbraunen Augen auf und drehte den Kopf auf dem spitzenbesetzten Kopfkissen, um ihn ruhig anzuschauen.

»Ich fühle mich so viel besser«, sagte sie, und ein Lächeln breitete sich über ihr blasses Gesicht. »Ich danke dir, lieber Marcel. Du hast mir das Leben – und den Verstand! – gerettet.«

Und keine fünf Minuten später verkündete sie, daß sie sich wohl genug fühle, um endlich aufstehen und ihr Leben wieder aufnehmen zu können. Nichts weniger als ein Spaziergang im Sonnenschein würde ihr Bedürfnis, ins Reich der Lebendigen zurückzukehren, befriedigen, erklärte sie und überredete Marcel, sie bei diesem kurzen Unternehmen zu begleiten.

»Geh und unterhalte dich derweil mit Adolphe, während ich mich ankleide«, sagte sie, und hüpfte aus dem Bett, den Finger auf der Klingel, um ihre Zofe herbeizurufen. »Ich brauche nur ein paar Minuten, das versprech' ich dir.«

Er lächelte über ihren plötzlichen Eifer, tätschelte ihre pausbackige Kehrseite und verließ das Zimmer. Adolphe saß in seinem Arbeitszimmer, wenn er auch keine Briefe schrieb, wie er vorgegeben hatte. Noch las er in einem der vielen hundert ledergebundenen Bücher, die die Regale füllten. Das wäre auch kaum möglich gewesen – es waren nämlich keine echten Bücher, sondern Attrappen, falsche, auf Paneele geklebte Buchrücken, die den Anschein von Kultur vermitteln sollten, ohne es damit ernst meinen zu müssen.

Er winkte Marcel auf einen Sessel und goß ihm ohne zu fragen ein Glas Cognac ein.

»Wie geht es meiner armen Schwester jetzt?« erkundigte er sich. »Ich hoffe, sie hat sich ein wenig beruhigt.«

»Ich freue mich, Ihnen mitteilen zu können, daß sie sich ein bißchen besser fühlt«, erwiderte Marcel und nippte an seinem Glas. »Tatsächlich ist sie im Augenblick dabei, sich anzukleiden, und ich habe ihr versprochen, sie zu einem kleinen Spaziergang in den Bois de Boulogne zu begleiten.«

Adolphe sprang von seinem Sessel auf und ergriff Marcels Hand, um sie herzlich zu schütteln.

»Mein lieber Freund, was für eine wundervolle Nachricht Sie mir da bringen!« rief er aus. »Ich wußte, daß es nur Ihnen gelingen würde, Silvie aus dieser entsetzlichen Verzweiflung zu helfen, in die sie durch den Treuebruch dieses monströsen Betrügers Belanger verfallen ist. Lassen Sie mich Ihnen noch ein wenig Cognac nachschenken.«

Inzwischen war es Marcel völlig klar geworden, daß er aus dem simplen Grund in das Heim der Lacostes geladen und mit Silvie im Schlafzimmer allein gelassen worden war, um sie mit den Freuden der Liebe zu trösten. Adolphe hatte diese ganze Intrige eingefädelt – und deren unausgesprochene Bedeutung war ganz und gar nicht nach Marcels Geschmack. Zweifellos hatte Adolphe vermutet, daß zwischen ihnen in Cannes eine gewissen Intimität entstanden war, – oder war darüber unterrichtet worden. Das war an und für sich nicht weiter störend – aber in Verbindung mit der Information, Silvie bekäme eine große Mitgift, kam Marcel der einigermaßen unangenehme Gedanke, Adolphe habe ihn im Geiste bereits als Ersatz für den verschwundenen Claude Belanger erkoren.

»Sie ist eine feine Frau, Ihre Schwester«, sagte Marcel vorsichtig. »Besteht denn irgendeine Hoffnung, daß sie sich mit ihrem Ehemann wieder aussöhnt?«

»Leider nicht die geringste«, gab Adolphe zurück und schüttelte traurig den Kopf. »Nicht, daß ich es nicht versucht hätte, glauben Sie mir. Gleich nach ihrer Trennung habe ich ihn nicht weniger als dreimal zu Privatgesprächen aufgesucht. Ich machte ihm beträchtliche Angebote. Ich habe Silvie stundenlang dabei beraten, wie sie ihre Differenzen mit ihm beilegen könnte, und auch ihr machte ich umfangreiche Angebote. Aber da war einfach nichts zu machen – der Bruch ist endgültig.«

Die Unterhaltung wurde allmählich zu einer gefährlichen Gratwanderung. Marcel versuchte deutlich zu machen, daß er, ganz gleich wie groß die Mitgift auch sei, Silvie nicht heiraten wolle, ohne dabei beleidigend zu sein, und Adolphe versuchte, ihn indirekt zu überreden, sein Angebot ernsthaft zu prüfen. Es war eine ungeheure Erleichterung für Marcel, als Silvie endlich erschien; sie hatte weit länger als versprochen gebraucht.

Für eine Frau, die soeben von ihrem Totenbett auferstanden war, sah sie bemerkenswert schick aus. Ihr Gesicht war frisch geschminkt, ihr kurzes braunes Haar erneut gekämmt, und sie trug ein äußerst elegantes Sommerkleid aus honigfarbenem Seidengeorgette. Die dazugehörige Jacke wurde nicht geknöpft, sondern in der Taille mit einem langen Band zusammengehalten. Sie hatte einen breitrandigen Strohhut aufgesetzt und hielt ein kleines, seidenes Täschchen in der Hand.

»Meine Liebe, du siehst hinreißend aus!« rief ihr Bruder und erhob sich, um ihr die Wange zu küssen. »Genieße den Sonnenschein, aber überanstrenge dich nicht, ich flehe dich an. Lauf ein wenig auf und ab, und dann setz dich irgendwo hin und nimm ein Täßchen Kaffee oder eine Erfrischung zu dir, und sobald du die geringste Ermüdung fühlst, nimm dir ein Taxi und komm sofort wieder heim.«

»Ich werde mich bei einem Spaziergang nicht überanstrengen, Adolphe, ich versprech's dir«, sagte sie und erwiderte seinen Kuß auf die Wange.

In der Tat vermied sie jegliches Risiko – sie wollte überhaupt nicht weit gehen, nur gerade bis zum Ende der Avenue Carnot, um dort ein Taxi zu finden. Marcel wies den Chauffeur an, sie in den Bois zu fahren, weil er annahm, sie würden beim See aussteigen und dort zehn oder fünfzehn Minuten herumschlendern. Aber Silvie hatte andere Pläne, und kaum hatten sie die Porte Maillot passiert, packte sie Marcels Schenkel und bat ihn, sie in ein Hotel zu führen.

»Auf einen Drink?« fragte er, denn er verstand nicht gleich, was sie meinte. »Wie wär's mit dem Ritz? Nein, da sind zu viele amerikanische Touristen. Warum nicht das Lotti?«

»Marcel – sei kein Idiot«, sagte sie, und ihre Hand glitt seinen Schenkel entlang nach oben, bis ihre Handfläche schwer auf den Weichteilen an der Gabelung seiner Hose lag. »Ich möchte in ein schmutziges kleines Hotel, wo Straßenmädchen ihre Kunden hinführen. Ich kenne keins, aber ich bin sicher, daß du eins weißt.«

»Aha, so meinst du das«, sagte er achselzuckend und grinste, »aber dann gehen wir in ein anständiges Hotel, nicht in eine verflohte Absteige.«

»Nein, mir ist nicht nach einem *anständigen* Hotel zumute«, beharrte sie. »Ich fühle mich höchst unanständig – ich möchte in das greulichste Hotel, das du finden kannst.«

»Boulevard Montparnasse«, wies Marcel den Taxifahrer an, und der Mann wendete, ohne auch nur mit der Wimper zu zucken, und fuhr zurück zum Arc de Triomphe und die ganzen Champs Elysées hinunter, wo zwar wenig Samstagsverkehr war, die Trottoirs und Cafés jedoch voller Leute waren, die den Nachmittag genossen. Das Taxi überquerte die Seine und raste am Invalidendom vorbei, und als sie schließlich in den Boulevard Montparnasse einbogen, schaute der Fahrer über die Schulter und fragte Marcel, welche Nummer er wünsche.

»Hier ist es recht«, antwortete er, da er sich schämte, dem Mann ganz genau zu sagen, wohin er seine teuer gekleidete, parfümierte Begleiterin führen wollte. Während der ganzen Fahrt hatte Silvies Hand zwischen seinen Beinen geruht und eine verheerende Wirkung auf seine Gefühle ausgeübt – ihr langsames und sinnliches Streicheln hatte seine Männlichkeit so hart werden lassen, wie einen Besenstiel, und nun hüpfte sie vor Begierde.

Beim Gehen ein wenig behindert, nahm er Silvies Arm und führte sie den Boulevard entlang bis zur Rue Delambre, die zum Friedhof führt. Diese schäbige, kleine Straße bestand fast nur aus billigen Hotels, und Marcel wählte aufs Geratewohl eines aus und steuerte Silvie, die vor Staunen kugelrunde Augen machte, in das verflohte Innere. Drei Minuten später waren sie oben in einem Fünf-Franc-Zimmer.

»Aber das ist noch herrlicher, als ich mir je vorgestellt hätte!« rief Silvie aus und warf ihre Arme um Marcels Hals, als sie beide vor dem Bett standen.

In Wirklichkeit war das Zimmer klein, heiß und stikkig, die Decke war rissig, die elektrische Glühbirne hatte keinen Schirm, und die Tapeten an den Wänden trugen ein altersgebleichtes Muster aus riesigen rosa und gelben Rosen. Es gab einen Stuhl – ein billiges und wackeliges Stück vom Flohmarkt, und ein breites, hohes, mit einer fadenscheinigen rosa Decke bedecktes Bett.

»Ja, herrlich«, sagte Marcel, verblüfft über die Stimmung, die Silvie gepackt hatte, seit sie sich von ihrer Depression erholt hatte. »Schau mal.« Er führte sie an das schmierige Fenster. Der Blick reichte über eine Reihe baufälliger, alter Häuser bis zum Montparnasse-Bahnhof, wo Dampflokomotiven fauchten und pufften und quietschten und ratterten.

Als sie dort nebeneinander standen und das verwahrloste Bild betrachteten, ließ er ihre Taille los und begann, ihre Kehrseite durch den dünnen Georgette ihres Kleides hindurch zu streicheln. Sie entschlüpfte ihm und zeigte auf das durchgelegene Bett.

»Setz dich hin, Marcel«, sagte sie. »Ich muß dir etwas von größter Wichtigkeit mitteilen. Ich habe einen bedeutsamen Entschluß gefaßt.«

»Wir sind in dieses Dreckloch hier gekommen, nur damit du mir deinen großen Entschluß mitteilst?« fragte er. »Warum nicht in einem angenehmen Café?«

»Du wirst verstehen, warum wir hier sind, sobald ich dir erkläre, was ich beschlossen habe«, gab sie zurück. »Setz dich bitte hin und höre mir zu.«

Er setzte sich auf die Bettkante und schaute sie erwartungsvoll an. Sein Glied war noch immer eisenhart, und er hoffte, daß die Erklärung nicht allzuviel Zeit in Anspruch nehmen würde.

»Ich habe endlich begriffen, warum die Männer mich immer betrügen und sitzenlassen«, sagte Silvie. »Es liegt daran, daß sie meiner nicht wert sind – so einfach ist das, auch wenn ich fünfunddreißig Jahre alt werden mußte, um es zu erkennen.«

»Wir alle?« fragte Marcel mit charmantem Lächeln.

»Jeder einzelne von euch«, erwiderte sie mit Bestimmtheit, »und da ich das jetzt weiß, weigere ich mich, weiterhin das Opfer männlicher Niedertracht zu sein.«

»Und wie willst du das anstellen, meine arme Silvie?« fragte Marcel und versuchte, nicht zu lachen. »Wirst du ins Kloster gehen und überhaupt keinen Mann mehr lieben, oder nimmst du dir Frauen als Liebhaberinnen?«

»Weder noch«, antwortete sie. »Ich werde tun, was eine berühmte Schriftstellerin, die ich immer bewundert habe – Madame George Sand –, getan hat. Kurzum, ich werde mich nicht mehr wie eine Frau verhalten und darauf warten, daß die Männer mit mir machen, was sie wollen. Sie nahm sich die Liebhaber, die sie wollte – Schriftsteller, Dichter, Musiker und Maler – Prosper Merimée, Alfred de Musset, Frederic Chopin, Alexandre Manceau und all die anderen! Von nun an werde ich mich als Mann betrachten und mich vergnügen, wie und wann und mit wem ich will.«

Während sie ihm, mit dem Rücken zu dem schmutzigen Fenster, ihren Entschluß mitteilte, löste sie das Band um ihre Taille und entledigte sich der kleinen Jacke. Dann zog sie das honigfarbene Kleid aus und drapierte es zusammen mit der Jacke über den ramponierten Stuhl. Marcels hartes Glied wippte fröhlich in seiner Unterhose beim Anblick von Silvie in Hemd und Höschen und dem breitrandigen Strohhut. Ihm schoß der Gedanke durch den Kopf, daß sie ihr Leben lang ihr Vergnügen, mit wem sie wollte, ausgelebt hatte, aber es wäre unhöflich gewesen, dies auszusprechen. Statt dessen fragte er mit seinem charmanten Lächeln, ob sie vorhabe, Männerkleider zu tragen wie Madame Sand.

»Ja«, gab sie sofort zurück. »Gib mir deine Hose.«

»Das meinst du doch nicht ernst?«

»Doch«, sagte sie mit großer Bestimmtheit. »Verstehst du jetzt, warum wir hier in diesem elenden Hotel sind?«

»Nein«, gab er zu, während er die Jacke seines dunkelbraunen Anzugs auszog.

»Männer, die Frauen in schäbigen Bars auflesen, bringen sie in billige Hotels wie dieses hier«, sagte sie. »Nun gut, ich habe dich hergebracht, weil ich die Absicht habe, mich ganz wie ein Mann zu benehmen. Gib mir deine Hose.«

»Langsam fange ich an zu verstehen«, sagte Marcel, knöpfte seine Hose auf, zog sie über die Füße und reichte sie Silvie. Sie legte ihr cremefarbenes Höschen ab und erlaubte ihm nur einen winzigen Blick auf ihr dunkelbraunes Kraushaar, bevor sie in die Hose stieg. Der Gürtel ließ sich enger schnallen, so daß er um ihre Taille paßte, aber die Beine waren zu lang und verdeckten ihre Schuhe. Marcel, nun im Hemd, saß grinsend auf dem Bett, und sein steifes Glied ragte aus dem Schlitz seiner Unterhose. Silvie zog sein Jackett an und befahl ihm, *das* da sofort verschwinden zu lassen. Er gehorchte und wartete amüsiert, was sie als nächstes vorschlagen würde.

»Gestatte mir, mich vorzustellen«, sagte Silvie und knöpfte sich das Jackett über den prallen Brüsten in dem Seidenhemdchen zu. »Ich heiße Silvain, und du bist ein hübsches Mädchen, das ich in einem Café weiter unten an der Straße aufgelesen habe – du heißt Marceline, nicht wahr?«

Marcel nickte und grinste über das ganze Gesicht, weil er mit der weiblichen Form seines Vornamens angesprochen wurde.

»Nun, *chérie«*, fuhr Silvie fort, »Du weißt ganz genau, warum ich dich in dieses Hotel gebracht habe – ich will dich haben. Wird dir das gefallen?«

»Gewiß, Silvain«, antwortete Marcel, und Silvie setzte sich neben ihn aufs Bett. Ihre Hand wanderte leichthin über sein Hemd, bis ihre Finger seine platten Brustwarzen fanden und zwickten, während ihre Lippen über seinen Mund streiften, bevor sie sich zu einem langen Kuß niederließen. Marcel blieb passiv, weil er wußte, daß es das war, was sie wollte, und es war ihre Zunge, die sich in seinen Mund schob. Der Kuß währte lange und wurde leidenschaftlich, ihre Hand glitt zu seinem Schoß hinunter und dann auf seine Schenkel und streichelte die Innenseite, bis hinauf zu seinem verborgenen und zitternden Stachel.

Bald griff sie unter sein Hemd, und Marcel seufzte auf, als ihre tastende Hand sich flink an den Bund seiner Unterhose und über seinen heißen Bauch schob. Als sie sein Kraushaar erreichte, hielt sie inne, ließ ihre Finger damit spielen und dann um sein zitterndes Glied herumschleichen, ohne es zu berühren.

Als sie es endlich berührte, stöhnte Marcel laut auf vor Wonne. Ihre Fingerspitzen glitten zart den Schaft entlang, und zwei Herzschläge lang über die pralle Eichel. Dann schlossen sich ihre Finger endlich um die sprungbereite Lanze, und Marcels Empfindungen waren so intensiv, daß sich sein Bauch verkrampfte und er glaubte, der entscheidende Augenblick sei gekommen.

»Langsam, ganz langsam«, murmelte Silvie und ließ ihre Hand mit großer Sanftheit auf und ab streichen. »Du hast einen zauberhaften kleinen Spalt zwischen deinen Beinen, mein Liebes, ich will, daß er heiß und naß ist, wenn ich darin bohre – lehn dich gegen mich, während ich dir eine wonnige Freude mache, kleines Mädchen.«

Marcel fummelte blindlings an den Knöpfen der Hose, die Silvie trug, weil er dringend ihr *jou-jou* anfassen wollte, aber sie stellte das Knie auf, um ihm den Weg zu versperren. »Halt still«, flüsterte sie ihm ins Ohr. Das zarte Gleiten ihrer Fingerspitzen über sein hartes Glied brachte ihn fast um den Verstand, und er begann, mit verhaltenem Atem zu wimmern.

»So!« rief Silvie, erfreut über den Zustand, in den sie ihn versetzt hatte. »Jetzt bist du bereit.«

Sie stieß ihn rücklings aufs Bett und befahl ihm, die Beine zu spreizen. Wie in einem wollüstigen Traum kam

Marcel ihrem Befehl nach und schaute zu, wie sie sich rittlings über seinen Bauch kniete und die Hose aufknöpfte. Sie zog ihr Seidenhemdchen bis an die Taille hinauf und erlaubte ihm einen kurzen Blick auf ihren runden Bauch und den dichten Busch darunter – dann hatte sie seinen strammen Krieger aus dem Schlitz seiner Unterhose geholt und führte ihn in ihre offene Hose und dorthin, wo sie ihn haben wollte.

»Wappne dich!« schrie sie mit vor Erregung hochrotem Gesicht. »Ich werde ganz und gar in dich eindringen!« Und mit einem heftigen Ruck ihrer behosten Lenden spießte sie sich auf seinen Pfahl. Er keuchte vor Lust.

»Ah!« rief er aus und ging auf ihr kleines Spiel ein. »So hart und so dick, Silvain. Du spaltest mich in zwei Hälften!«

»Mädchen wie du sind dazu geboren, auf dem Rücken zu liegen und zum Vergnügen der Männer die Beine breit zu machen«, gab sie grob zurück. »Zeig mir deine Brüste! Und hör auf vorzugeben, noch Jungfrau zu sein – mach die Beine weiter auseinander und laß mich ganz rein!«

Marcel riß sein Hemd bis zum Hals in die Höhe, und Silvie kratzte mit ihren scharlachroten Fingernägeln über seine Brustwarzen und seinen Bauch. Sie ritt auf seinem eingebetteten steifen Glied in kurzen, schnellen Bewegungen auf und ab, und ihr üppiger Busen hüpfte rhythmisch unter dem braunen Jackett.

»Glaub ja nicht, daß ich dich mit einem kleinen Höhepunkt davonkommen lasse«, keuchte sie. »Ich werde dich hernehmen, bis du völlig ausgepumpt bist, *petite Marceline*!«

»Oh ja, ja bitte«, seufzte er, und himmlische Gefühle durchrieselten ihn, während Silvie noch heftiger und noch schneller auf ihm ritt und vor Lust stöhnte.

8

Eine Dame setzt sich durch

Dieser Claude Belanger, was immer für eine Sorte Dummkopf er auch sein mochte, hatte einiges zu verantworten, dachte Marcel, als er den Telefonhörer auflegte. Der Anruf war von Silvie Tournet gewesen, und ihr neuester Plan, ihre Unabhängigkeit unter Beweis zu stellen, hatte ihn erstaunt und gleichzeitig amüsiert. Seit sie in der Rue Delambre ihre kleine Komödie gespielt hatte, schien sie so lüsterner Stimmung zu sein, daß sie darüber alle Nüchternheit und Vorsicht, vom normalen Anstand ganz zu schweigen, vergaß.

»Mein lieber Marcel, ich möchte, daß du mich heute abend in ein Bordell führst«, hatte sie am Telefon erklärt; er protestierte und behauptete, das sei unmöglich. »Wieso denn?« wollte sie wissen. »Männer gehen dorthin, um sich zu amüsieren, ohne sich deswegen den Kopf zu zerbrechen. Jetzt, wo ich die weibliche Unterwürfigkeit abgestreift habe und mir sämtliche Freiheiten der Männer erlaube, habe ich auch das Recht, Etablissements dieser Art aufzusuchen. Du darfst mich um neun Uhr abholen.«

»Silvie – ich bitte dich! Überleg dir doch mal, was du da vorschlägst! Es wird den Männern peinlich sein, unter all den Mädchen des Hauses eine Dame zu entdekken – sie werden sich in ihrem Stolz verletzt fühlen – und das kann katastrophal sein!«

»Wieso denn?« fragte sie, nicht sonderlich freundlich.

»In einem Freudenhaus will kein Mann von einer

Dame dabei beobachtet werden, wie er in seiner männlichen Herrlichkeit vor den Mädchen auf und ab stolziert. Deine Anwesenheit wird sie völlig verstören. Sie werden davonschleichen, ohne den Mädchen die Chance zu geben, an diesem Abend ihren Unterhalt zu verdienen. Und die Besitzerin wird wütend sein.«

»Was für ein Unsinn!« behauptete Silvie. »Du willst mir doch nicht weismachen, daß Männer, die Huren für ihre Liebesdienste bezahlen, so feinfühlig sind, daß sie die Anwesenheit einer anderen Frau völlig aus dem Konzept bringt! In Wirklichkeit fürchtest du, wenn du es nur ehrlich zugeben würdest, daß ich ein paar der Männer wiedererkennen könnte und sie mich – es wäre eine gesellschaftliche Schande, keine sexuelle.«

»Ich würde dir dennoch dringend raten, diese verrückte Idee fallen zu lassen«, sagte Marcel, ohne auf ihren Einwurf einzugehen. »Ich lade dich heute abend in die *Folies Bergères* ein – Männer schätzen diesen Ort, weil sie dort auf der Bühne hübsche Mädchen ohne Kleider zu sehen bekommen.«

Aber Silvie ließ sich von ihrem einmal gefaßten Plan nicht mehr abbringen.

»Der einfachste Weg, deine Bedenken zu überwinden«, sagte sie, »besteht darin, in ein drittklassiges Bordell zu gehen, nicht in eins *de luxe*, wo Männer, die ich kenne, Kunden sein könnten. Kennst du ein angemessenes Haus, wo du mich hinführen kannst, oder bist du nur in den teuren gewesen?«

»Natürlich kenne ich kein angemessenes Bordell, in das ich dich führen könnte«, gab er zurück. »Denn es gibt kein angemessenes.«

»So, so, jetzt begreife ich, was du unter männlichem Stolz verstehst«, kicherte Silvie. »Wenn ich dabei bin, dann schämst du dich, in ein Freudenhaus zu gehen, obwohl du es allein ohne zu zögern aufsuchen würdest. Aber, sag mir doch, vor wem schämst du dich denn? Vor mir? Vor den Mädchen dort? Vor dir selbst?«

»Manche Seiten des Lebens sind ausschließlich uns Männern vorbehalten«, antwortete er nicht sonderlich selbstsicher. »So ist es immer gewesen.«

»Dann ist es allerhöchste Zeit, das zu ändern«, erklärte Silvie bestimmt.

»Mag sein, aber ich halte es nicht für möglich, jahrhundertealte Traditionen an einem Abend zu verändern«, meinte er.

»Traditionen! Du meinst jahrhundertealte Vorurteile. Wovor hast du denn nur Angst? Daß du zu verlegen sein wirst, um hart zu werden? Keine Angst, mein Lieber, dafür werde ich schon sorgen.«

»Davon bin ich überzeugt«, sagte er mit einem Grinsen, weil er sich erinnerte, wie groß seine Erregung gewesen war, als sie ihn auf dem durchgelegenen Bett in jener verflohten Absteige genommen hatte, »aber es gibt viele interessante Orte, die wir aufsuchen könnten, um dir Gelegenheit zu geben, deinen zweifelhaften Charme und deine Kunstfertigkeit einzusetzen, um ihn steif zu machen. Dafür brauchen wir nicht in ein billiges Bordell zu gehen.«

»Eine Absage lasse ich nicht gelten, Marcel – komm mich um neun Uhr abholen und erkundige dich vorher, wo wir hingehen. Und da wir in eine anrüchige, kleine Lasterhöhle gehen werden, zieh dich entsprechend dafür an.«

»Was meinst du damit? Soll ich Lumpen anziehen und ein Halstuch anstelle einer Krawatte? Das ist absurd!« protestierte er.

»Natürlich wäre das absurd«, gab sie ihm recht. »Ich meine, du solltest einen Smoking mit schwarzem Schlips tragen. In einer Räuberhöhle mag es nützlich sein, die Huren und Verbrecher sehen zu lassen, daß wir besser gestellt sind.«

»Aber das ist absoluter Wahnsinn – man wird uns die Kehle durchschneiden, wenn man sieht, daß wir Geld haben!«

»Unsinn! Es geht nur darum, unsere gesellschaftliche Überlegenheit zu demonstrieren. Punkt neun, verstanden?«

Nachdem Silvie ihre Wünsche klargemacht hatte, warf sie den Hörer auf die Gabel. Marcel sann über die außergewöhnliche Wirkung nach, die Claude Belanger auf sie gehabt hatte – oder besser gesagt, die triste Enttäuschung, die der verschwundene Liebhaber ihr bereitet hatte. Nicht, daß Marcel auch nur einen Augenblick lang glaubte, daß Belanger je die Absicht gehabt hatte, Silvie zu heiraten. Er war davon überzeugt, daß dies allein ihre Idee gewesen war, und der arme Belanger mußte einen Schock erlitten haben, als Adolphe ihn zu einem freundlichen Gespräch unter vier Augen einlud und ihm eine beträchtliche Summe anbot, falls er Silvie heiratete.

Kein Wunder, daß der Mann aus Frankreich geflüchtet war, um sich im vorderen Orient in Sicherheit zu bringen. Und was Silvie betraf, so war ihr Abstieg von den Freuden zivilisierter Liebe in die verbotenen Abgründe eindeutig ihren verletzten Gefühlen zuzuschreiben. Wenn sie einmal genug von den anrüchigen Abenteuern gekostet hätte, würde sie wieder normal werden. Da Marcel eine gewisse ironische Zuneigung zu ihr hatte und ihr Hunger nach erotischen Genüssen so groß wie seiner war, war er bereit, im Augenblick ihren Launen nachzugeben – allerdings in der Hoffnung, es würde nicht allzulange dauern.

Fünf Minuten nach neun – zum Beweis seiner eigenen Überlegenheit – erschien er in eleganter Abendgarderobe in der Wohnung der Lacostes. Die Tür wurde ihm nicht von dem zuvorkommenden Diener geöffnet, sondern von Silvies Zofe – der gleichen, die aus dem Schlafzimmer geschickt worden war, damit er ihre Arbeitgeberin befriedigen konnte. Sie sagte *Bon soir, Monsieur* und schenkte ihm ein Grinsen, so daß ihm ziemlich unbehaglich zumute war. Als er in den Salon trat, entdeckte er den Grund für die Heiterkeit der Bediensteten – da stand Silvie mit einem Glas Champagner in der Hand und lächelte ihm entgegen, angetan mit einer gut sitzenden Herren-Abendgarderobe – gestärktes weißes Hemd, schwarze Fliege, Smokingjacke und eine schwarze Nadelstreifenhose.

Sie hielt ihm die Hand entgegen, und ohne nachzudenken, beugte er sich darüber, um sie zu küssen, doch statt dessen wurde seine Hand heftig geschüttelt.

»Mach keinen Fehler«, sagte Silvie, »heute abend bin ich ebensosehr ein Mann wie du es bist, mein Lieber.«

Die grinsende Zofe brachte Marcel ein Glas gut gekühlten Champagner, und er gratulierte Silvie dazu, wie gut der Anzug saß.

»Er gehört Adolphe«, sagte sie und drehte sich auf höchst unmännliche Weise herum, um ihm zu zeigen, wie gut ihr das Jackett an Schultern und Gesäß paßte. »Er weiß natürlich nicht, daß ich ihn genommen habe, sonst würde er sich aufregen. Ich habe ihn aus seinem Schrank stibitzt, während er im Büro war, und zu meinem Schneider gebracht, der es für mich abänderte. Wie findest du ihn?«

»Fabelhaft«, gratulierte er. »Manch ein Mann wäre stolz, eine so stark entwickelte Brust zu besitzen. Dein Bruder hat dich also nicht so gekleidet gesehen?«

»Ich habe gewartet, bis er weg war, ehe ich mich umgezogen habe. Er hat Gabrielle zum Abendessen ausgeführt. Wußtest du, daß sie einen Termin für die Hochzeit festgelegt haben? Am 16. September – ein Donnerstag, glaube ich. Sie sprechen davon, ihre Hochzeitsreise nach Ägypten zu machen.«

Marcel war zwar nicht in Gabrielle verliebt, aber es ließ sich nicht abstreiten, daß er starke Gefühle für sie hegte. Er konnte die Vorstellung, daß Adolphe sie besuchte und mit ihr spielte, nur deshalb ertragen, weil er es vorzog, nicht darüber nachzudenken, wenn er nicht bei ihr war, und wenn er sie besuchen ging, war er mit angenehmeren Angelegenheiten beschäftigt und verschwendete keinen Gedanken daran. Dennoch hatte er tief im Innern das unbestimmte Gefühl, daß er, falls er sich jemals die Zeit nahm, seine intime Beziehung mit Gabrielle ernsthaft zu betrachten, zu einem äußerst unerfreulichen Ergebnis kommen könnte.

»Was hast du denn?« fragte Silvie. »Du bist ja ganz blaß geworden – geht's dir nicht gut?«

»Doch, ganz ausgezeichnet«, sagte er sofort und hielt sein Glas hin, damit es nachgefüllt würde. Als die Flasche leer war, und die Zofe eine zweite gebracht hatte, die sie bald ebenfalls geleert hatten, fühlte sich Marcel schon viel fröhlicher – und außerdem bereit für das nächtliche Abenteuer mit Silvie. Die unangenehmen Gedanken verflüchtigten sich.

Sie fanden ein Taxi und machten sich wieder auf den Weg zum linken Seineufer. Silvie legte ihre Hand auf Marcels Schenkel und streichelte ihn, um ihn zu erregen, und, um nicht ausgestochen zu werden, erwiderte er das Kompliment, auch wenn es ihm höchst seltsam vorkam, einen Schenkel in Herrenhosen zu streicheln. Sie wollte wissen, wo die *de luxe* Bordells seien, in die er sie nicht führen wollte, und er berichtete ihr vom *Chabanais* nahe der Börse, und vom *Maison Junot* gleich um die Ecke, bei der Oper, und von den sehr angesehenen Häusern in der Rue Pasquier und der Rue des Moulins und der Rue Blondel – und vom berühmten *Sphinx* am Montparnasse, nicht weit von dem Hotel, wo sie die Rollen getauscht hatten für ein heftiges Liebesspiel.

»Und dort gehen wir jetzt hin?« fragte sie und drückte sein steifes Glied fragend durch die Hosen hindurch.

»Nein, das ist unmöglich«, gab er zurück, »im *Sphinx*

sind vierzig oder fünfzig Mädchen angestellt, und selbst an einem Donnerstagabend wird es rammelvoll sein – ich bin fast hundertprozentig sicher, daß du ein paar von den Männern dort kennen würdest.«

»Und wohin gehen wir dann?« fragte sie und kicherte, als er seine Hand in ihren Hosenbund schob, um ihren Bauch anzufassen.

»Wo wir uns vollständiger Anonymität sicher sein können«, antwortete er. »Es ist ein so schrecklicher Ort, daß niemand, den wir kennen, je auch nur im Traum daran dächte, dort hinzugehen. Du wirst es gräßlich finden, aber jetzt, wo du männliche Begierden hast, mußt du lernen, hin und wieder einen anständigen Abstieg in den Sumpf zu genießen.«

Das Taxi fuhr am Bahnhof und am Friedhof von Montparnasse vorbei, bis Marcel dem Chauffeur sagte, er solle anhalten, denn er war auch diesmal nicht willens, schockiert betrachtet zu werden, wenn er ihr wahres Ziel angab. Er bezahlte das Taxi an der Avenue de Maine und wollte Silvie gerade unterhaken, als er sich eines Besseren besann und mit den Achseln zuckte – schließlich war sie als Mann verkleidet, und in diesem heruntergekommenen Pariser Arbeiterviertel hätten zwei Männer Arm in Arm mit großer Wahrscheinlichkeit rauhe Kommentare herausgefordert.

Er führte sie ein kleines Stück entlang der belebten, breiten Avenue und bog dann in die Rue Asseline ein – eine der vielen schmalen Gassen mit unansehnlichen, verfallenen alten Häusern. Die Pflastersteine waren rauh und holprig, und viele der Fenster waren dunkel und mit hölzernen Fensterläden verschlossen. In der Dämmerung suchte Marcel die Hausnummer, und als sie an die Tür kamen, die er suchte, blieb er stehen und legte seine Hand auf Silvies Arm.

»Bist du sicher, daß du da reingehen willst?« fragte er.

»Warum nicht?« sagte sie ohne zu zögern. »Ich habe

genau wie du ein Recht auf eine billige Hure, wenn ich eine will.«

»Also gut«, sagte er, grinste sie an und zog an der Klingel.

Ob die Wirklichkeit Silvies Erwartungen entsprach, konnte nur sie allein sagen. Sie traten in einen halbdunklen, schäbigen Raum, wo zwei Arbeiter und ein Matrose saßen und tranken, während vier nackte Frauen zu einem wimmernden Grammophon tanzten. Die Frau, die sie empfing, stieß Marcel und Silvie beinahe mit Gewalt auf zwei wackelige Stühle mit geflochtener Sitzfläche an einem kleinen Tisch und schlug ihnen eine Flasche Wein vor. Sie war mindestens sechzig, mit schwarzgefärbtem, stramm nach hinten gekämmtem und zu einem Knoten gebundenem Haar. Sie trug ein glänzendes schwarzes Kleid, unter dem ihr riesiger Bauch wie eine umgestürzte Mauer hervorragte, und ihr gewaltiger Hängebusen wirkte äußerst einschüchternd.

Kunden im Smoking waren seltene Vögel in der Rue Asseline – so selten, wie weiße Raben, könnte man sagen – und die Augen der guten Alten leuchteten erfreut auf. Zwei reiche Dummköpfe auf Zechtour – sie witterte Geld. Dennoch schaute sie Silvie ein wenig zweifelnd an – und aus gutem Grund. Silvie hatte ihr Gesicht sehr leicht geschminkt und ihr kurzes, dunkles Haar mit Pomade geglättet, und sie trug, passend zu der Smokingjacke, einen Herrenhut mit heruntergeklappter Krempe. Doch trotz alledem – nicht einmal ein Blinder hätte sich über ihr wahres Geschlecht hinwegtäuschen lassen.

Die alte Dirne mit dem gewaltigen Busen lächelte, als Marcel den Wein abschlug, der sicher sauer und dünn sein würde, und Pernod bestellte – ein Lächeln, das Zahnlücken enthüllte.

»Hab euch noch nie hier gesehen«, sagte sie nicht unfreundlich, zu Marcel gewandt, »dich und deinen Freund.«

»Dieser Herr und ich sind zum ersten Mal hier«, erwiderte Marcel, die Hand für einen Augenblick auf Silvies behostem Schenkel. »Wir haben die Absicht, zwei von Ihren Mädchen mit nach oben zu nehmen, nachdem wir etwas getrunken haben. Welche von Ihnen würden Sie für ein Vierergespann vorschlagen, Madame? Unter diesen Umständen einen ganz speziellen Vierer, Sie verstehen.«

»Sehr speziell«, stimmte sie mit einem zynischen Grinsen zu. »Ich werde zwei für euch aussuchen, die euch alles geben werden, was ihr wünscht – aber das wird natürlich nicht billig sein.«

Man brachte ihnen eine Flasche Pernod und eine Karaffe mit Wasser, und Marcel und Silvie beobachteten die langsam kreisenden Tänzerinnen, während sie an ihren Gläsern nippten.

»Ich hatte erwartet, daß sie jünger wären«, sagte Silvie. »Keine von denen ist jünger als dreißig. Und hübsch sind sie auch nicht, oder?«

»Nun, für junge, hübsche Mädchen muß man in eines der *de luxe* Häuser gehen«, sagte Marcel, »aber hab keine Angst – diese hier sind erfahren und gutwillig. Und Madame Großbusen wird ihnen im voraus sagen, was wir von ihnen erwarten.«

»Woher will sie denn wissen, was wir erwarten?« fragte Silvie. »Ich weiß es ja selbst nicht einmal.«

»Solche Bordellmütter waren vorher Huren, ihr Leben lang«, sagte Marcel. »Aufgrund ihrer umfangreichen, sündigen Erfahrung hat sie uns eingeschätzt und weiß ganz genau, was wir tun wollen, wenn wir mit ihren Mädchen nach oben gehen. Überlaß es ruhig ihr – wir sind in besten Händen, auch wenn sie uns mindestens das Doppelte abknöpfen wird.«

Hin und wieder, um die Trinker zu unterhalten und ihre Gedanken auf die Spezialität des Hauses zu lenken, hielten zwei der nackten Tänzerinnen lang genug inne, um sich mit vorgetäuschter Leidenschaft zu küssen, wobei sie ihre schlaffen Brüste und Bäuche aneinanderdrückten. Der Matrose ließ sich von diesen kleinen Darbietungen imitierter Begierde zum Handeln anregen, denn er sprang auf, als eine der unregelmäßig gefärbten Blondinen an ihm vorbeikam, um einen herzlichen Schmatzer auf ihr nacktes Hinterteil zu drücken. Augenblicklich befreite sie sich aus der Umarmung der Frau, mit der sie tanzte, und drehte sich herum, nahm seine Hand und führte ihn hinaus.

Wie auf ein Stichwort hin kam eine andere nackte Frau herein, ein rosiges Pummelchen, deren Brüste und Bauch und Po beim Gehen hüpften, so daß der Betrachter ein Lächeln nicht unterdrücken konnte. Sie setzte sich zu den beiden Arbeitern und schwatzte ihnen ein Glas Wein ab. Ein oder zwei Minuten später folgte ihr eine karottenhaarige Frau in den Raum – sie trug unmoderne, gekräuselte Locken, die ihr bis zu den Schulterblättern über den Rücken hingen. Sie stand in der Tür und schaute lächelnd umher.

»Diese beiden Frauen«, sagte Silvie, »haben sie ...?«

»Aber ja«, antwortete Marcel. »Sie sind oben ihrer Arbeit nachgegangen.«

»Du meinst, die beiden haben es gerade gemacht?« wollte sie wissen und starrte auf das Dreieck ingwerfarbener Kraushaare zwischen den fleischigen, fahlen Schenkeln, als erwarte sie, dort irgendein Zeichen für den Beruf des Mädchens zu finden.

»Oder man hat es ihnen gemacht«, grinste Marcel. »Das hängt davon ab, aus welchem Blickwinkel du es betrachtest. Männer machen es, und Frauen lassen es sich machen – das solltest du wissen.«

Die langhaarige Frau trug billige, rote Schuhe mit schlimm zerschrammten, hohen Absätzen. Sie hatte Silvies Interesse an ihr augenblicklich registriert und kam lächelnd an den Tisch, wobei sie die Hüften so aufreizend wie möglich wiegte. Sie legte beide Hände flach auf die Tischplatte und beugte sich herunter, um Silvie auf die Backe zu küssen, wobei ihre Brüste locker schaukelten.

»Bon soir, Monsieur«, sagte sie zu Silvie mit ironischer Betonung. »Darf ich ein Schlückchen aus Ihrem Glas haben?«

Eine Antwort war natürlich völlig überflüssig, denn ehe sie zu Ende gesprochen hatte, saß sie bereits mit ihrem nackten Po auf einem freien Stuhl, die Ellbogen auf den Tisch gestützt und das Kinn auf die Hände, so daß ihre Arme ihre Brüste zusammenquetschten und die dunkelroten Brustwarzen auf Silvie zeigten. Marcel goß ihr einen Drink ein, und da Silvie stumm blieb, fragte er sie nach ihrem Namen.

»Nanette«, sagte sie mit einem schnellen Seitenblick auf ihn, »und wie soll ich deinen hübschen Freund nennen?«

»Silvain«, sagte Silvie und keuchte dabei ein wenig, »nenn mich Silvain.«

Das Keuchen war, wie Marcel amüsiert feststellte, von Nanettes Hand auf Silvies Schenkel verursacht worden. Doch noch ehe sich zwischen den beiden Frauen etwas Interessantes entwickeln konnte, kam die erschrekkende, alte Besitzerin zurück und brachte eine dunkelhaarige, kleine Frau ohne sichtbare Taille mit, die den dichtesten, schwärzesten, ausladendsten Lockenbusch besaß, den Marcel je an einer Frau gesehen hatte.

»Gut«, sagte sie. »Nanette ist schon da. Das hier ist Marie – sie kommt aus Korsika. So, nach oben mit euch, allesamt.«

Die beiden nackten Frauen führten Marcel und Silvie die Treppe hinauf in ein Zimmer, das nach hinten hinaus ging – ein Zimmer, ebenso anonym und trostlos wie jenes in dem verflohten Hotel hinter dem Bahnhof. Es enthielt ein großes Bett, das nach vielen Jahren heftigen Gebrauchs in der Mitte durchsackte, einen einfachen

Holzstuhl, der sich nach einer Seite neigte, einen schmalen, abgewetzten Teppich auf dem rissigen Linoleumboden und einen Waschtisch mit einer Schüssel und einer Kanne mit Wasser.

»Wie verkommen das alles ist!« sagte Silvie, als sie sich mit vor Staunen aufgerissenen Augen umschaute. »Ich wußte gar nicht, daß Sex derartig elementar sein kann. Das ist es also, wo Männer hingehen – Himmel, ist das aufregend!«

Nanette und Marie schauten einander an und tauschten ein Grinsen, das deutlicher als alle Worte besagte, daß man, wenn diese reiche Kuh von einer Lesbierin – denn so interpretierten sie Silvies Männerkleider – dieses vergammelte Schlafzimmer aufregend fand, ihr ein dikkes Geldgeschenk abknöpfen konnte, nachdem man sie gemeinsam ausgewrungen hatte. Marcel sah das Grinsen und verstand seine Bedeutung. Er war neugierig, was als nächstes geschehen würde. Er legte einen Arm um die kurzgewachsene, dunkelhaarige Marie und zog sie neben sich auf die Bettkante – dann schlug er Silvie und Nanette vor, sich auf die andere Seite zu setzen, denn es war Platz genug für alle vier.

Marie ließ sich lachend auf den Rücken fallen, spreizte die kurzen Beine weit auseinander und ließ die Füße hoch über dem Boden baumeln. Marcel starrte staunend und genüßlich auf ihre buschige *motte* – er hielt sie für die sinnlichste, die er je zu sehen bekommen hatte. Jetzt, wo ihr Hügel durch das Spreizen der Beine ganz sichtbar war, ragte er voll und prall zwischen ihren molligen Schenkeln hervor. Die fleischigen Lippen schmollten deutlich sichtbar in dem Busch dichten, schwarzen Haars, als seien sie bereit, einen heißen Kuß auf jeden männlichen Schaft zu drücken, der nah genug kam. Marcels Finger streichelten flink ihr entzückendes *joujou* und glitten dann hinein, wo sie einen recht großen Knopf fanden, den sie kitzelten.

»Du magst es, wie mein Spalt sich anfühlt, nicht wahr?«, fragte Marie mit einem kehligen, kleinen Kichern. »Hast du vor, nur mit deinen Fingern rumzufummeln, oder willst du dich doch lieber auf mich legen und es anständig machen?«

Zur Antwort knöpfte Marcel seine Hose auf und holte sein strammes Glied heraus. Marie grinste, als sie die Größe dessen sah, was er da zur Schau stellte, und machte ihre Beine noch ein Stück breiter. Sofort stand Marcel auf, entledigte sich seiner Kleider und war über ihr auf dem Bett, den Schaft in der Hand, bereit, tief hineinzutauchen, und die pralle Eichel klopfte ungeduldig gegen die dicken Lippen ihrer Pforte.

Er warf einen Seitenblick auf Silvie, die mit der nackten Mademoiselle Karotte auf der anderen Seite des Bettes saß. Sie hatten die Arme umeinander gelegt. Beide Frauen starrten über ihre Schultern auf das, was er mit Marie machte, und grinsten über das ganze Gesicht. Auch wenn ihre Hände für ihn nicht zu sehen waren, hatte er den deutlichen Eindruck, daß das Mädchen Silvies Hose aufgeknöpft und ihre Hand hineingeschoben hatte, um sie zu streicheln.

»Au ja!« rief Silvie, die schönen braunen Augen vor Aufregung weit aufgerissen. »Mach es ihr, *chérie*!«

Er hatte sich gefragt, ob Silvie vielleicht neidisch würde, wenn sie ihn den Akt mit einer anderen Frau vollziehen sehen würde, selbst wenn es nur eine Hure war, aber sie drängte ihn mit einer beinahe männlichen Begeisterung dazu, was er nur schwer begreifen konnte. Marie ließ ihre Hand über ihren Bauch gleiten, um sich für ihn aufzuspreizen, und mit einem langen, schnellen Stoß drang er in sie. Sofort begann sie, ihm ihre Lenden in kräftigem Rhythmus entgegen zu stemmen – sollte er seiner Freundin mal zeigen, wie man das macht! Ihr Körper war im Laufe der Jahre zu oft benutzt worden, um ihn wirklich eng umschließen zu können, aber er ließ sie sein ganzes Gewicht fühlen und klatschte mit kurzen, kräftigen Stößen gegen ihren Bauch.

»So ist es recht!« rief Marie unter ihm aus. »Zeig deinem Kumpel, wie ein richtiger Mann es einer Frau macht!«

»Ja, zeig es mir, Marcel!« hörte er Silvie aufschreien. »Gib es ihr schnell und kräftig, für deinen Kumpel!«

Er fühlte, wie eine Hand sich zwischen seine Schenkel schob, und wußte nicht, ob es Silvie oder das rothaarige Mädchen war, das von hinten seine *pompons* kitzelte. Er atmete schnell, keuchte beinahe, während er Maries molligen Körper bearbeitete, und kleine Schauder der Erregung schüttelten ihn von Kopf bis Fuß. Er brauchte nicht sonderlich gedrängt zu werden, weder von Silvie noch von der Frau, auf der er lag, denn die verwahrloste Umgebung hatte ihn ungeheuer aufgereizt. Weniger als zwei Minuten, nachdem er in Marie eingedrungen war, kam sein Höhepunkt, und sein Mannessaft spritzte in dicken Strahlen in ihren bebenden Bauch.

Als er wieder ruhig geworden war, stieg er von Marie, und beide setzten sich auf und lehnten sich an das angelaufene Messinggestell des Bettes. Die rothaarige Nanette hatte inzwischen Silvie auf den Rücken geworfen, ihre Jacke aufgeknöpft, das gestärkte Smokinghemd bis zum Bauchnabel hochgezogen und die Hose weit geöffnet, um ihr verlockendes, cremefarbenes Fleisch und ihr ordentlich gestutztes Dreieck bloßzulegen. Silvie hatte lustvoll die Augen geschlossen, während das Mädchen mit ihr spielte.

»Schau dir dieses kleine Gebüsch an, Marie«, sage Nanette grinsend, »sie schneidet es mit einer Nagelschere, wenn es zu lang wird – stell dir das vor! Nicht wie deins, was? Wenn du deins stutzt, dann reicht es, um ein Kissen zu stopfen.«

Während sie sprach, ließ sie ihre Hand über Silvies nackte Haut wandern, vom Bauchnabel bis halbwegs auf die Schenkel. Marcel schaute völlig fasziniert zu, wie Nanettes Fingerspitzen an den rosigen Lippen von Silvies *jou-jou* entlangstrichen und er seufzte tief, als er sah, wie ihr Mittelfinger sich dazwischen schob und in sie eindrang. Er seufzte wieder, als der Zeigefinger dem Mittelfinger folgte, und auch Silvie stöhnte auf, als die beiden Finger ihre nasse Knospe rieben – und ihr erregtes Stöhnen widersprach ihrem maskulinen Aussehen.

»Das macht *dich* ja wieder steif«, sagte Marie zu Marcel mit rauhem Kichern, die Hand zwischen seinen Schenkeln, um an seinem schwellenden Apparat zu ziehen, »soll ich mich auf den Rücken legen?«

»Warte«, murmelte er. »Erst will ich da zusehen.«

»Es geht nichts über eine kleine Vorstellung, um einen Mann in Gang zu setzen«, sagte Marie und rieb rhythmisch an seinem harten Glied auf und ab.

Nanette zog Silvies Hose noch ein Stück über die Schenkel und spreizte mit der linken Hand ihr *jou-jou* weiter auseinander, als es je zuvor geöffnet worden war, um das rosige Fleischknöspchen freizulegen, das inzwischen prall hervorragte. Mit zwei Fingern rieb sie es schneller und immer schneller, und Silvies Atem ging in kurzen Stößen, während sie sich ihrem Höhepunkt näherte.

»Oh, mein Gott...« wimmerte sie, »hör nicht auf...«

Ihr Ausbruch der Ekstase bescherte ihnen einen plötzlichen Sturm zuckender Hüften und strampelnder Beine – sie verlor vollkommen die Kontrolle über sich. Sie schrie laut und wäre vom Bett gefallen und hätte sich auf dem Boden gewälzt, hätte Nanette sie nicht festgehalten, während sie sie durch einen langen, geräuschvollen Höhepunkt trieb.

»Stimmt, du bist jetzt wieder dafür bereit«, sagte Marie und lachte über Marcel, der mit offenem Mund zugeschaut hatte – als hätte ihn der Anblick von Silvies

Höhepunkt versteinern lassen, auch wenn seine Lanze sich heftig regte. Marcel lehnte am Kopfende des Bettes, und Marie beugte sich über ihn. Sie klemmte seinen Schaft zwischen ihr Hängebrüste, die sie mit den Händen hin und her schwenkte.

»Ah, das gefällt dir, was?« rief sie aus, als sie sah, daß sein Blick bei den köstlichen Gefühlen, die ihn überliefen, träumerisch wurde, und Marcel nickte und seufzte, ziemlich sicher, daß er in wenigen Sekunden über ihre Brust spritzen würde.

Kaum hatte sie erkannt, wie erregt er war, befreite sie sein steifes Glied von ihren Brüsten, hielt es aber noch fest in der Hand, während sie ihn anwies, sich ihr gegenüber flach aufs Bett zu legen.

»Schau mal«, sagte sie und legte die dicke Eichel seines Prachtstücks an die fleischigen Lippen in dem dichten Busch schwarzen Haares zwischen ihren Schenkeln. Marcel schaute mit genießerischem Staunen zu, wie ihre Hand langsam auf und ab fuhr und die Eichel seines begierigen Schafts an ihrem völlig verborgenen Kopf rieb.

»In den Augen von Mutter Lussot bin ich nichts als eine arme korsische Hure«, sagte sie kichernd, »aber du bist ein gebildeter Mann – wer hat jetzt wen? Nimmst du mich, oder nehme ich dich?«

Was sie mit ihm machte, erregte Marcel in solchem Maße, daß er einfach nicht länger passiv bleiben konnte. Er grub seine Finger in das Fleisch von Maries Hüften, um sie festzuhalten, während er mit einem gewaltigen Stoß seinen steifen Schaft durch ihre klammernde Hand tief zwischen die haarigen Lippen in sie hineinrammte – mit sofortigem Resultat. Sie lachte und warf sich mit dem Bauch gegen ihn, während er seine Leidenschaft in sie spritzte, und er hielt sie an sich gedrückt, während er erlöst schauderte und zitterte.

Als er sich wieder gefangen hatte, sah er, wie Silvie

und die rothaarige Nanette gemütlich nebeneinander saßen und miteinander schwatzten wie Freundinnen bei einem gesellschaftlichen Anlaß. Er hörte Silvie fragen, wie oft Nanette an diesem Tag schon Freier empfangen hätte, und ihren Seufzer der Überraschung und des Neides, als das Mädchen angab, daß sie es bis jetzt elf Mal gemacht habe.

»Ich habe es noch nie öfter als sieben mal an einem Tag gemacht«, erzählte Silvie ihrer neuen Vertrauten. »Und dazu brauchte es zwei verschiedene Männer – ich hatte einen den ganzen Nachmittag in meiner Wohnung – das war, als ich noch allein lebte – und dann war ich mit einem anderen Freund zum Abendessen und ging anschließend mit in seine Wohnung, und er hat es viermal geschafft. Das ist das Problem mit den Männern – sie haben einfach nicht genug Ausdauer, um mit uns mithalten zu können, nicht wahr? Was ist das höchste, was ein Mann je mit dir hingekriegt hat?«

»Die Männer, die herkommen, wollen es selten mehr als nur einmal machen«, sagte Nanette, »aber hin und wieder kriegst du mal einen, der gerade die richtige Menge getrunken hat und eine zweite Runde will. Aber mein Freund ist ein Tiger, wenn er mich auf den Rücken legt – niemals weniger als drei Mal, ehe er mir sagt, ich solle aufstehen und ihm was zu essen kochen.«

»Wann hast du denn überhaupt Zeit für einen Freund?« wollte Silvie wissen. »Ich dachte, du seist Tag und Nacht hier, oder?«

»Wenn ich meinen freien Tag habe, natürlich«, gab Nanette zurück. »Jeder hat mal einen freien Tag – man kann nicht sieben Tagen die Woche arbeiten. Das Problem ist, daß er vor ein paar Wochen jemanden bei einem Streit niedergestochen und halbwegs kaltgemacht hat, so daß man ihn in den Knast gesteckt hat. Jetzt kann ich nirgendwo mehr hingehen.«

Sie sah, daß Marcel ihrem Gespräch zuhörte und

stand grinsend vom Bett auf. Sie beugte sich vor, um Silvie einen Kuß auf die Backe zu drücken, und ihre schlaffen Brüste schaukelten dabei.

»Ich kümmere mich mal um deinen Kumpel«, sagte sie. »Er sieht aus wie jemand, der nach zwei Mal nicht gleich aufhört.«

Und sofort tauschte das große, dünne Fräulein Karotte den Platz mit der kleinen, dunkelhaarigen Marie, setzte sich neben Marcel und rollte sein schlaffes Stück zwischen ihren erfahrenen Fingern, um zu sehen, ob es reagierte.

»Warst du das, der es deiner Freundin viermal gemacht hat?« fragte sie mit einem schelmischen Grinsen. »Du siehst so aus, als könntest du das gewesen sein – oder warst du der Dreimal-Mann am Nachmittag?«

»Weder noch, soweit ich mich erinnern kann«, antwortete er mit einem Lächeln und spielte an ihrem Busen herum. »Aber wir hatten unsere kleinen Momente miteinander.«

Nanette rutschte mit ihrem bloßen Po vom Bett und kniete auf dem Boden, ehe er erriet, was sie im Schilde führte. Sie legte ihm die Hände auf die Knie und drückte sie weit auseinander, beugte sich vor und saugte sich seinen wachsenden Stengel in den Mund. Marcel stieß einen kleinen Seufzer der Lust aus, die ihn bald durchzuckte. Er legte dem Mädchen die Hände auf die nackten Schultern und starrte hinunter auf das, was sie da mit ihm machte. Ihre fachmännischen Aufmerksamkeiten hatten sein liebstes Besitztum dazu gebracht, sich wieder zu seinen vollen fünfzehn Zentimetern aufzurichten, und sie hatte dem purpurnen Köpfchen die Haube abgestreift, um es mit der Zunge zu liebkosen.

»Ah, *mon Dieu*!« stöhnte er, als er mitansah, wie sein dicker Schaft unter Nanettes Fingern zitterte, während er bestrebt war, noch tiefer einzudringen, und wieder »Ah, *mon Dieu*!«, als er glückselig versuchte, zu bisher unerreichter Größe anzuschwellen. Nanettes dunkle Augen schauten auf, um den seinen zu begegnen, und in ihrem Blick glaubte er das Leuchten der Begierde zu entdecken, und den Wunsch, alles aus ihm herauszuholen, was er zu geben hatte – in jedem auch nur denkbaren Sinne!

Er faßte nach ihren schlaffen, kleinen Brüsten und knetete daran herum, während ihre Zunge über den Kopf seines Prachtstücks schnellte, das sich stolz und voll glühender Leidenschaft aufgeplustert hatte. Er zitterte am ganzen Leib, und seine Beine bebten unkontrollierbar – um sie still zu halten, legte er sie Nanette über den Rücken und zog sie näher zwischen seine gespreizten Schenkel. Sie erkannte die Zeichen seines schnell herannahenden Höhepunkts und reagierte sofort – er stöhnte auf, als er fühlte, wie die feuchte Wärme ihres Mundes ihn aufnahm und den ganzen Kopf seines Schafts einsaugte!

Im nächsten Moment schrie er auf und schauderte unter den Zuckungen der Ekstase, während das Mädchen seine Lust austrank. Der Genuß war so durchdringend, daß er für geraume Zeit, nachdem er geendet hatte, vornübergebeugt dasaß, die zitternden Hände auf ihren Schultern, und sie wie vom Donner gerührt anstarrte. Als er die Sprache wiedergefunden hatte, sagte er, daß sie das wirklich sehr gut beherrsche, und sie grinste und meinte, Marie könne das ebenfalls und nickte in Richtung des Bettes hinter seinem Rücken.

Er befreite sich von Mademoiselle Karotte und drehte sich um, um zu sehen, was mit Silvie geschah. Die dralle, kleine Marie hatte ihr sämtliche Kleider abgestreift, so daß sie nun ebenso nackt war wie die anderen, und lag auf dem Rücken und ihre Kehrseite ragte über die Bettkante hinaus. Marie hatte Marcels Kleider vom Stuhl auf den Boden geworfen, den Stuhl neben das Bett gerückt und saß nun zwischen Silvies gespreizten Schenkeln, die auf ihren Schultern ruhten.

Marcel konnte sehen, daß Marie beide Daumen benutzte, um Silvie offen zu halten, während ihr Hals gebeugt war, um ihr Gesicht zwischen Silvies Schenkeln zu vergraben, und ihre nasse Zunge leckte an dem bloßgelegten rosigen Knopf. Silvie wand sich wie ein Aal, als die Wonnegefühle sie auf eine ekstatische Erlösung zutrieben. Sie schrie unter der Gewalt ihrer Lust, dann hielt sie inne, als sei sie zeitweilig völlig ausgepumpt, dann erholte sie sich wieder und wimmerte aufs neue unter den brutalen Zärtlichkeiten von Maries emsiger Zunge. Ihre Beine strampelten über den Schultern ihrer Peinigerin, und ein plötzlicher Schrei kopfloser Lust verkündete den Ausbruch ihres großen Höhepunktes.

Marcel hatte den Eindruck, daß Silvie, selbst wenn sie ihre Wohnung in Männerkleidern verlassen hatte und ihr Recht, einem Mann in jeder Hinsicht gleichgestellt zu sein, unbedingt durchsetzen wollte, ihre Entschlossenheit sehr bald vergessen hatte und unter der gekonnten Manipulation der beiden Mädchen in Passivität zurückgefallen war. Sie lag friedlich auf dem Rücken und tauschte flüsternd Vertraulichkeiten mit der dunkelhaarigen Marie. Er hoffte, daß man nichts mehr von ihrem widernatürlichen Wunsch, einem Mann zu gleichen, hören würde – womit er zeigte, daß er lächerlich optimistisch war. Silvie war eine entschlossene Frau, was sie gleich darauf demonstrieren sollte.

Auf ein Wort von ihr packten Nanette und Marie ihn mit starken Händen, zerrten ihn in die durchhängende Mitte des Bettes und hielten seine Beine gespreizt, während Silvie sich dazwischen kniete und Nanette auf der einen, Marie auf der anderen Seite hockten und sein baumelndes Glied und seine schlaffen *pompons* befingerten, um ihn erneut zu erregen.

»So ist es schon besser«, rief Silvie aus, als sein gehätscheltes Anhängsel deutlich länger wurde.

Die beiden Mädchen grinsten sie an, als sie es zu voller

Größe brachten, indem sie es alles andere als zart kneteten und rieben.

»Bitteschön«, sagte Mademoiselle Karotte, »er ist bereit für dich – zeig mal, wie du ihn auslaugst.«

»Jetzt werde ich dich nehmen«, verkündete ihm Silvie, »und wenn du einigermaßen was taugst, dann gebe ich dir anschließend fünf *Francs* Trinkgeld.«

Und ohne weitere Umstände warf sie ein Bein über seinen Bauch und glitt auf ihn, so daß ihre prallen Brüste sich auf seine Brust quetschten. Für Marie war es die Sache eines Augenblicks, seinen harten Schaft in Silvies offenes, schlüpfriges *jou-jou* zu steuern, und er gab sich damit zufrieden, stillzuliegen und die Frauen mit ihm machen zu lassen, was sie wollten. Für eine scheinbare Ewigkeit der Lust wand sich Silvie auf seinem Bauch, und ihr zartes Fleisch umfing ihn, und sie machte ihn mit ihrem Gezerre und Gezwicke sogar noch härter.

Silvie hatte es nicht eilig, ihrer Lust ein Ende zu machen – Nanette streichelte ihre seidenhäutigen Hinterbacken, die rhythmisch gegen Marcel klatschten, und Marie saß aufrecht so nah daneben, daß Silvie eine ihrer dunkelroten Brustwarzen erreichen und lutschen konnte.

Marcel, vor Wonne schon halb im Delirium, streckte die Hand aus, fand Nanettes rothaarigen Spalt und schob einen Finger in die weiche Nässe.

»So ist's recht, Mädchen«, sagte Nanette zu Silvie, »putz ihm die Sichel! Das ist das einzige, wozu Männer gut sind!«

Silvie warf sich auf Marcels prallem Glied vor und zurück, schneller und immer schneller, und stöhnte und seufzte vor wollüstiger Erregung.

»Ja, ja, jetzt!« schrie sie. »Ich bin da!« Ihre glitschige Scheide umfing Marcel noch fester, ihr Körper ballte sich wie eine Faust, bevor ihr Höhepunkt explodierte.

»Oh, mein Gott, er hat's mir gemacht!« kreischte

Nanette voller Überraschung, und ihr dünner Leib krümmte sich bei dem unerwarteten Orgasmus, den Marcels Finger auf ihrem nassen Knöpfchen ausgelöst hatte.

Er rammte seine Finger tiefer in ihren rothaarigen, pulsierenden Spalt, hingerissen von seinem Erfolg. Im nächsten Moment fühlte er, wie Marie ihre Finger zwischen seine Pobacken zwängte und sie auseinanderdrückte. Er grunzte vor Glück, als sich ihre scharfen Fingernägel tief in sein Fleisch gruben, und seine Lenden zuckten heftig auf und ab, um Silvie über die Schwelle zur Erlösung zu treiben.

Ein Sturm der Gefühle toste durch seinen Leib, als Marie die Rosette zwischen seinen Backen fand und einen steifen Finger hineinbohrte. Vollständig überwältigt stieß er aufwärts in Silvies zuckenden Bauch, bis seine fünfzehn Zentimeter vollständig in ihr steckten. Mit einem Schrei, der beinahe ein Kreischen war, spritzte er den wütenden Sturzbach seiner Lust in sie hinein, und er hörte ihren schrillen Schrei, als auch sie sich in Ekstase auflöste.

»Das war die fünf *Francs* wert«, keuchte er, »her mit dem Geld! Du auch, Nanette – du schuldest mir auch fünf *Francs*.«

9

Schlafzimmerphilosophie

Für seinen Nachmittagsbesuch bei Gabrielle zog Marcel sich nach der letzten Mode an – er trug einen blaßblauen Anzug von exquisitem Schnitt, der ihm schmeichelte, ein Hemd aus schwerer, elfenbeinfarbener Seide und eine gepunktete Fliege mit dem dazu passenden Einstecktuch. Einen grauen Homburg keck auf dem Kopf, warf er kurz nach halb drei einen letzten prüfenden Blick in den Spiegel, als er das Telefon klingeln hörte – und kurz darauf klopfte die häßliche Zofe seiner Mutter an die Türe, um ihm zu sagen, der Anruf sei für ihn.

Es war Dany Robineau, und obgleich sie keinerlei Anstalten machte, sich für ihr Benehmen bei ihrer letzten Zusammenkunft zu entschuldigen, war die Tatsache, daß sie ihn anrief, ein erster Schritt zu einer Versöhnung. In der Tat glaubte Marcel, aus ihrer Stimme einen warmen Unterton herauszuhören, der sicher leicht bestärkt werden konnte. Aber wie dem auch sei, ihr Anruf kam wirklich im falschen Augenblick.

»Ich dachte, du hättest vielleicht Lust, mich besuchen zu kommen«, sagte sie zwanglos.

Marcel erwiderte, daß er normalerweise glücklich wäre, ihre Einladung anzunehmen, doch leider sei es ihm an diesem Nachmittag unmöglich. Wie wäre es morgen? schlug er vor. Dany gab sofort zurück, daß es morgen nicht ginge.

»Warum kommst du nicht jetzt gleich?« wollte sie wissen.

»Ich bin ganz allein in der Wohnung. Alle sind außer Haus, sogar das Personal.«

»Verdammt!« dachte Marcel, warum mußte Dany sich ausgerechnet heute mit ihm versöhnen wollen – was an und für sich höchst erfreulich sein könnte – wo Gabrielle ihn doch erwartete? Mit ehrlichem Bedauern wiederholte er, daß es heute einfach nicht möglich sei.

»Warum denn nicht?« beharrte sie, und er behauptete, er habe seiner Mama versprochen, sie zu einem Besuch bei einer Cousine zu begleiten, – was seinem Einfallsreichtum, nicht aber seiner Wahrheitsliebe alle Ehre machte.

»Solche Verabredungen sind dazu da, abgesagt zu werden«, erklärte Dany. »Du brauchst deiner Mama nur zu sagen, daß du mich besuchen kommst – sie mag mich, und es wird ihr Freude machen.«

»Aber Cousine Berthe wäre schrecklich enttäuscht«, widersprach er.

»Wen schert denn eine enttäuschte Cousine?« meinte Dany abschätzig. »*Du* wärest jedenfalls nicht enttäuscht, das verspreche ich dir.«

»Wirklich?« fragte er und tat so, als verstünde er nicht, was sie ihm da in Aussicht stellte, um sein Interesse zu wecken. »Was meinst du damit?«

»Als wir uns das letzte Mal gesehen haben, war ich sehr böse auf dich«, sagte sie vage, »ich habe dir ein paar häßliche Worte gesagt.«

»Darüber brauchst du dir keine Gedanken zu machen«, setzte Marcel sein neckendes Spiel fort, um zu sehen, ob er sie dazu bringen konnte, auszusprechen, was sie im Sinn hatte.

»Ich war nicht nett zu dir«, meinte sie, »und ich möchte es wiedergutmachen – du weißt, was ich meine.«

»Liebste Dany«, meinte er nonchalant, »ich meine mich zu erinnern, daß du ein wenig unglücklich warst, weil Pierre Martin gewisse Annäherungsversuche unternommen hatte, aber falls du unfreundlich zu mir warst, so habe ich das jedenfalls nicht gemerkt.«

»Doch, das hast du!« widersprach sie, ein wenig gereizt, daß er sich so dumm stellte. »Es stimmt, daß ich wirklich unglücklich war über die Pein, die mir dein gräßlicher Freund bereitet hat – es ist nicht übertrieben, zu sagen, daß ich verzweifelt war! Ich wußte kaum noch, was ich tat, und ich glaube, ich habe meine Verzweiflung an dir ausgelassen und mich an dich geklammert, wie ich es nicht hätte tun dürfen.«

Das war natürlich absolut wahr – während ihres Berichts über die Qualen, die dieser bestialische Pierre sie erleiden ließ, hatte sie Marcels steife Männlichkeit durch die Hosen hindurch gepackt.

»Das kann ich mir kaum vorstellen«, sagte er langsam und tat so, als würde er sein Gedächtnis nach diesem von ihr angedeuteten Vorfall durchforsten. »Ich hatte meine Arme um dich gelegt, um dich zu trösten, daran erinnere ich mich ganz genau, aber sonst ...« Damit ließ er seine Stimme verklingen.

Er konnte die unterdrückte Wut in ihrer Stimme hören, als sie ihm erklärte, er könne unmöglich vergessen haben, wie er ihren Kummer tausendfach schlimmer gemacht hatte, indem er sich ihr zur Schau stellte.

»Meine arme Dany – du warst offensichtlich viel verstörter, als ich gedacht habe«, sagte er und versuchte, mitfühlend zu klingen. »Was sagst du denn da! Pierre war es, der sich dir zur Schau gestellt hat, hast du mir gesagt.«

»Versuch nicht, dich rauszureden!« gab sie zurück. »Du hast deine Hose aufgerissen – du hast auf dem Sofa gesessen und dein langes, dickes Ding in die Höhe ragen lassen! Du hast erwartet, daß ich dich befriedige – ich, in dem Schockzustand, in dem ich war!«

»Liebe Dany«, murmelte Marcel und grinste vor sich hin, »hast du mich angerufen, um mich in deine Wohnung einzuladen, damit du mich für mein deiner Meinung nach schlechtes Benehmen maßregeln kannst?«

»Nein«, sagte sie hastig und schluckte ihren Zorn herunter, als sie erkannte, daß sie Gefahr lief, ihn zu verärgern, »nein, ganz und gar nicht, ich schwör's dir, Marcel. Eigentlich habe ich gedacht, es wäre nett, wenn ich es wiedergutmachen würde, weil ich so böse auf dich gewesen war.«

»Ah, ich verstehe«, meinte er, »aber du brauchst dich nicht bei mir zu entschuldigen – wir sind doch Freunde, du und ich.«

»Ich hatte nicht vor, mich zu entschuldigen«, sagte sie mit einem Schnurren in der Stimme, das unmißverständlich war.

»Was denn sonst?«

»Nun ... es gibt Sachen, die ich am Telefon nicht sagen kann – du weißt schon, was ich meine, Marcel.«

»Liebste Dany, ich glaube, ich habe Mama rufen hören, daß sie aufbruchsbereit sei. Ich rufe dich morgen an.«

»Nein, geh nicht«, rief sie aus. »Wenn du statt dessen herkommst, lasse ich dich mit mir spielen – und ich werde ein paar sehr nette Sachen für dich tun, Marcel.«

Er erinnerte sich lebhaft daran, wie Dany vom Sofa aufgestanden war und das Zimmer verlassen hatte, ohne auch nur *au revoir* zu sagen, und ihn mit offener Hose und hoch aufragendem männlichem Stolz, vor Frustration zitternd, sitzen gelassen hatte. Rache ist äußerst süß, sagte er sich, und mit dem Versprechen, sie am nächsten Tag anzurufen, legte er eilig auf und brach in lautes Gelächter aus.

Aber ach! – Rache ist süß, aber gefährlich, und nicht selten richtet sich das Gelächter über die Enttäuschung anderer schließlich gegen einen selbst. Als Marcel zu Gabrielles Wohnung gelangte, öffnete das Dienstmädchen die Tür, noch ehe er auf die Klingel gedrückt hatte. Sie wirkte sichtlich nervös, als sie ihn mit leiser Stimme bat, hereinzukommen, und zu seiner Überraschung packte sie ihn am Ärmel und zerrte ihn in die Diele. Er wollte sie wegen ihres Mangels an Respekt gerade scharf zurechtweisen, als sie den Finger an die Lippen legte und ihn zum Schweigen aufforderte, wobei sie mit dem Kopf seitwärts auf die verschlossene Salontür wies.

Er starrte Claudine mit wachsendem Entsetzen an, als sie mit den Lippen tonlos die Worte *Monsieur Adolphe* formte. Er wollte auf dem Absatz kehrt machen und auf Zehenspitzen die Wohnung verlassen, doch die Zofe schüttelte den Kopf, faßte sein Handgelenk und zog ihn zur Küche. Er folgte ihr geräuschlos, bis sie am Salon vorbei und in der Küche waren. Seine Hände zitterten ein wenig, als er seinen Homburg auf den sauber gescheuerten Kiefernholztisch fallen ließ und sich auf einen Küchenstuhl setzte, um sich die Stirn mit dem gepunkteten Taschentuch aus seiner Brusttasche abzutupfen.

Claudine musterte ihn, die Hände in die Hüften gestemmt, einen Moment lang mitfühlend, dann holte sie eine Flasche Cognac aus einem Wandschrank und schenkte ihm recht großzügig ein. Er leerte eine gute Hälfte davon in einem Zug, dann fragte er, ob es ungefährlich sei, in der Küche zu sitzen.

»Einigermaßen«, lächelte das Mädchen. »Ein feiner Herr wie Monsieur Adolphe geht nie in die Küche, und falls Madame herkommt, so wird sie nicht überrascht sein, Sie hier zu finden, denn Sie wurden ja erwartet. Was für ein Gesicht sie machte, als es vor einer Viertelstunde klingelte und ich zu ihr rennen und ihr sagen mußte, daß er es war, und nicht Sie! Wenn es nicht so ernst gewesen wäre, hätte ich gelacht.«

»Was zum Teufel macht *er* denn hier?« fragte Marcel, und die Zofe grinste.

»Immerhin ist er Madames Verlobter«, rief sie ihm in Erinnerung. »Das gibt ihm ein gewisses Recht, hier aufzutauchen, nehme ich an, aber ich wünschte, er würde vorher anrufen. Madame haßt Überraschungen.«

»Mein Gott – er ist hergekommen, um mit ihr die Freuden der Liebe zu genießen!« rief Marcel aus, dem dieser Gedanke ganz plötzlich in den Sinn kam. »Ich werde wahnsinnig!« Er leerte das Glas in einem Zug und hielt es mit zitternder Hand hin, damit Claudine ihm nachfüllte. »Sag mir, Claudine – was hatte sie für meinen Besuch angezogen? Etwa den schmiegsamen, fliederfarbenen Hosenanzug mit den aufgestickten Rosen, den ich ihr geschenkt habe? Ich muß es wissen! Wenn sie den anhat, während er mit ihr schläft, verliere ich den Verstand und bring' ihn um – ich schwöre es!«

»Aber, aber, so beruhigen Sie sich doch, Monsieur Marcel«, sagte die Zofe tröstend, »die Dinge stehen nicht so schlecht, wie Sie meinen. Es stimmt, daß Madame den wundervollen, fliederfarbenen Hosenanzug aus Crêpe-de-Chine für Ihren Besuch angelegt hatte, weil sie wußte, daß Sie sich gern das Vergnügen gönnen würden, ihn ihr auszuziehen ...«

Marcel stöhnte bei diesen Nachrichten.

»Aber«, fuhr Claudine fort, »Monsieur Adolphe sagte, er sei, einer spontanen Eingebung folgend, vorbeigekommen, um sie in die Sonne hinauszulocken – er sagte, sie verbringe viel zu viel Zeit im Haus. Er sitzt also jetzt allein im Salon, und sie zieht sich um, um mit ihm auszugehen.«

»Wie kannst du das so sicher wissen?« fragte er. »Ein Blick auf sie in diesem Anzug genügt – jeder Mann, der ihr nicht ins Schlafzimmer folgt, um ihr beim Ausziehen zu helfen, wäre ein Idiot, und gerade das tut er jetzt, ich weiß es! Oh, mein Gott – warum muß ich solche Qualen ertragen?«

»Nehmen Sie noch einen kleinen Schluck«, schlug

Claudine vor, »währenddessen flitze ich mal eben in Madames Schlafzimmer, um mich zu vergewissern, daß sie fertig angekleidet ist, um auszugehen. Es dauert nicht lang.«

Marcel saß allein am Küchentisch, die Ellbogen aufgestützt und den Kopf zwischen den Händen. Er wurde aus seinem Kummer gerissen, als sich auf dem Flur draußen schwere Schritte näherten und Adolphe Lacostes Stimme nach Claudine rief. Entsetzt schnappte er sich seinen Hut vom Tisch und sprang auf und in das einzige Versteck, das er finden konnte – einen großen Schrank an der Wand.

Die unteren zwei Drittel des Schranks waren vollgestopft mit Teppichfegern, Besen, Bürsten, Pinseln, Staubwedeln, Schrubbern, Eimern und anderen Reinigungsgeräten – im oberen Drittel befand sich weiteres Reinigungsmaterial wie Seifenstücke, Flaschen mit Flüssigseife und Bleichmittel, Staubtücher und Fensterleder. Mit einem stillen Gebet auf den Lippen zwängte sich Marcel in den unteren Teil des Schranks zwischen die Geräte, auch wenn er gezwungen war, sich ganz klein zusammenzukauern, und warf die Tür hinter sich zu.

Er stand mit dem Hut in der Hand im Dunkeln auf einem Bein, ein Besenstiel bohrte sich schmerzhaft in seinen Bauch, der andere Fuß steckte in einem Eimer. Irgendetwas fiel aus dem Regal über seinem Kopf, und wie durch ein Wunder landete es in seinem Hut. Er wagte kaum zu atmen. Die Schranktüren waren dünn – er hörte Adolphe in die Küche kommen und wieder nach der Zofe rufen. »Verfluchtes Mädchen!« hörte er Adolphe ärgerliche murmeln, »sie hat getrunken – da steht noch die Flasche! Dem werde ich ein Ende setzen, falls sie weiterhin bei Gaby bleiben sollte, sobald wir verheiratet sind!«

Dann folgte eine nervenaufreibende Stille. Marcel war nicht sicher, ob Adolphe die Küche wieder verlassen hatte – er mochte sich hingesetzt haben, um auf die Zofe zu warten. In dem vollgestopften Schrank wurde die Lage immer unerträglicher – das gebeugte Bein, auf dem er das Gleichgewicht halten mußte, begann, vor Anstrengung zu zittern, die Flasche, die er seitwärts mit seinem Hut aufgefangen hatte, schien leicht zu tropfen und würde wahrscheinlich seinen teuren Homburg ruinieren. Sein Rücken schmerzte in der unbequemen Position, und um ihn etwas zu entlasten, reckte er sich ein bißchen und stieß prompt mit dem Kopf gegen das Regalbrett.

Gerade als er sich eingeredet hatte, daß die Küche leer sein mußte, da Adolphe gewiß nicht so lange in völliger Stille dagesessen hätte, wurde die Schranktür aufgerissen, und Marcel stieß einen kleinen Schreckensschrei aus, weil er entdeckt worden war. Aber es war alles in Ordnung – es war Claudine! Sie stand grinsend da und sagte nichts, doch als sie den verzweifelten Ausdruck in seinem Gesicht sah, streckte sie ihm die Hand entgegen, half ihm aus dem Schrank und führte ihn, noch immer in gekrümmter Haltung, zu einem Stuhl. Dann schenkte sie ihm noch einen Cognac ein.

»Alles in Ordnung, sie sind weg«, sagte sie. »Was in aller Welt haben Sie in meinem Putzschrank zu suchen?«

»Er kam her und hat nach dir gesucht – ich habe ihn gerade noch rechtzeitig gehört und bin da reingesprungen. Ich wußte nicht, wo ich mich sonst hätte verstecken sollen«, erwiderte Marcel kläglich. Er durfte gar nicht daran denken, daß er freiwillig das Angebot der hübschen, jungfräulichen Dany, sie zu besuchen und sich an ihr zu erfreuen, abgelehnt hatte! Statt dessen gedemütigt zu werden und gezwungen zu sein, sich in einem Küchenschrank zu verstecken!

»Er wollte mir sagen, daß Madame nicht zum Abendessen käme, da er Pläne für den Rest des Tages habe«, sagte die Zofe und versuchte, nicht über Marcels jämmerliche Miene zu lächeln. »Er sagte mir, daß er nach mir gesucht habe, aber nicht, daß er bis in die Küche gekommen sei – das wäre beinah ins Auge gegangen!«

»Zweimal knapp entkommen«, sagte Marcel nachdenklich.

Claudine stand, mit einer Hand auf den Tisch gestützt, da und beugte sich ein wenig zu Marcel hinunter.

»Ich weiß, daß die letzten zwanzig Minuten für Sie äußerst unangenehm waren, Monsieur Marcel«, sagte sie. »Aber haben Sie mal daran gedacht, wie katastrophal es für Madame gewesen wäre, wenn Monsieur Adolphe Sie hier gefunden hätte?«

»Es wäre nicht ganz leicht gewesen, ihm meine Anwesenheit zu erklären«, gab Marcel zu, »aber mir wäre sicherlich ein Grund eingefallen.«

»Aber noch schlimmer wäre es gewesen«, fuhr das Mädchen fort, »wenn Monsieur Adolphe eine halbe Stunde nach Ihnen gekommen wäre – stellen Sie sich das mal vor. Ich hätte behauptet, Madame sei nicht zuhause, aber er hätte Ihren Hut in der Diele liegen sehen und gewußt, daß ich lüge. Was dann? Natürlich hätte er darauf bestanden, hereinzukommen, und ich hätte ihn nicht daran hindern können. Er hätte Sie entdeckt – entweder im Salon oder im Schlafzimmer – wie Sie Madame helfen, den fliederfarbenen Anzug auszuziehen. Vielleicht wären die Dinge sogar noch weiter vorangeschritten gewesen, und Sie beide wären in liebevoller Umarmung ertappt worden – Sie verstehen, was ich meine?«

»Ich verstehe dich vollkommen, Claudine«, antwortete Marcel, den der Gedanke, Adolphe könne ins Schlafzimmer gestürmt kommen und seine Verlobte nackt unter einem anderen Mann entdecken, amüsierte. »Nicht einmal ich mit all meiner Erfindungsgabe hätte mir eine befriedigende Erklärung dafür ausdenken können. Der Mann ist eine wahre Pest, so ohne Vorwarnung aufzutauchen – das ist wirklich unhöflich.«

»Mag sein«, meinte Claudine, »aber es muß etwas geschehen, um derartige Gefahren in Zukunft auszuschalten. Und da Monsieur Adolphe ein gutes Recht hat, Madame zu besuchen, wenn es ihm behagt, sind Sie es, der die notwendigen Vorsichtsmaßnahmen treffen muß, um ein derartiges Risiko zu vermeiden.«

»Was willst du damit sagen?« fragte Marcel und zeigte seine Entrüstung, indem er mit der Faust auf den Tisch schlug. »Daß ich nicht mehr herkommen soll? Das kommt überhaupt nicht in Frage!«

»Nein, nein, nein«, widersprach das Mädchen eilig. »Das würde niemals gehen. Madame empfindet eine große Zuneigung für Sie – sie wäre schrecklich unglücklich, wenn Sie sie nicht mehr besuchen kämen. Und Sie, Monsieur Marcel, genießen diese Momente außerordentlich, die Madame mit Ihnen teilt, dessen bin ich sicher. Es muß ein anderer Weg gefunden werden, um die Probleme, die uns Ihr Verlobter mit seinen unangemeldeten Besuchen macht, zu lösen.«

Marcel war aufgefallen, daß Claudine, als sie den Genuß erwähnte, den er bei seinen Zusammenkünften mit Gabrielle hatte, mit einem kleinen Lächeln auf seinen Schoß hinuntergesehen hatte. Er rückte die Beine auf dem Stuhl, auf dem er saß, ein wenig auseinander, gerade genug, um den Stoff seiner Hose über der Beule, die sein Prachtstück am linken Schenkel verursachte, zu spannen. Wenn es auch schlaff war, so war seine Größe nicht unbeträchtlich, und Claudine fuhr fort, wie verzaubert darauf zu starren. Für Marcel reichte dies als Einladung aus – er faßte nach ihrem Handgelenk und zog sie auf seinen Schoß.

»Aber, Monsieur Marcel!« protestierte sie mit einem Lächeln.

Sie war eine Frau mit einem frischen Gesicht, Ende zwanzig, gut gebaut, mit einem kräftigen Busen unter dem einfachen, schwarzen Dienstbotenkleid.

»Wir müssen sehr ernsthaft über diese Angelegenheit mit Madames Verlobtem, der zur Unzeit ankommt, nachdenken, du und ich«, sagte er, während seine Hand unter ihr Kleid schlüpfte und die drallen Schenkel oberhalb ihrer schwarzen Strumpfbänder streichelte, wo das Fleisch weich und glatt war.

»Sehr ernsthaft«, gab sie ihm recht.

»Wie oft kommt er her?« fragte Marcel, und seine Hand glitt unter den lockeren Saum ihrer Unterhose und befühlte ein Dickicht aus krauser Wolle.

»Im allgemeinen ist er ein Gentleman mit besonders regelmäßigen Gewohnheiten«, berichtete sie und spreizte ihre Beine so weit, wie ihr Kleid es erlaubte. »Er kommt Madame dienstags und freitags um drei Uhr besuchen und geht um fünf wieder fort: und mittwochs und samstags führt er sie am Abend aus. Sonntags geht sie in seine Wohnung zum Mittagessen und kommt gegen vier Uhr zurück. Wie Sie sehen, pflegt Monsieur Adolphe sein Leben nach einem Stundenplan zu organisieren – vielleicht, weil er ein Geschäftsmann ist.«

»Aber manchmal bleibt er doch gewiß über Nacht?« forschte Marcel nach, während seine Finger die zarten Lippen von Claudines *jou-jou* spreizten, um die feuchtglitschige Wärme im Inneren zu fühlen.

»Niemals«, antworte sie und atmete vor Lust schneller. »Er beschränkt die Wonnen der Liebe auf die zwei Nachmittage, die er hier verbringt – und vielleicht noch am Sonntagnachmittag in seiner eigenen Wohnung, aber das bezweifle ich, weil seine Schwester immer da ist.«

Ihr weicher, praller Po zappelte auf Marcels Schoß herum, und sein anpassungsfähiges Glied hatte sich zu seiner vollen Größe und Kraft aufgerichtet. Es zitterte angenehm gegen seinen Bauch, und er war glücklich, daß der Nachmittag nicht ganz und gar verschwendet war – obwohl er Dany abgewimmelt und Gabrielle an ihren Verlobten verloren hatte. Claudine machte alle diese Enttäuschungen wieder wett. Und was für eine einmalige Gelegenheit, alles zu erfahren, was er über Gabrielles alberne Verlobung mit Adolphe wissen wollte!

Doch ehe er seine nächste Frage aussprechen konnte, stöhnte Claudine lustvoll und packte sein Handgelenk, um seine fummelnden Finger heftiger auf ihre nasse Knospe zu drücken – mit der anderen Hand preßte sie sein Gesicht an ihren weichen Busen – und ihr Körper zuckte, während sie ihre kurze Ekstase herausstöhnte. Kurz darauf drehte sie sich in seiner Umarmung um und schob ihre Hand zwischen ihre Leiber, um sein Jackett aufzuknöpfen, damit sie ihren Unterarm in seine Hose stecken konnte, bis sie seinen bebenden Schaft zu fassen bekam und kräftig kniff.

»Ah, ja, Sie also auch«, murmelte sie, »Sie sind kurz davor, Sie zittern schon in meiner Hand.«

Marcel brachte sie dazu, aufzustehen, und stellte sich vor sie, die Hände auf ihren Schultern und die Wange an ihre gedrückt. Gleich darauf hatte sie seine Hose aufgeknöpft und seinen steifen Stolz herausgeholt und massierte ihn lebhaft.

»Ach, Claudine – ich muß dich haben!« keuchte er mit zitternden Knien. »Setz dich auf den Tisch!«

»So wollen Sie es also«, kicherte sie, während sie ihn mit ihren Handlangerdiensten an seinem Schaft wild machte. Sie hob ihr schlichtes, schwarzes Kleid schnell bis zur Taille hoch, enthüllte einen ebenso schlichten Schlüpfer, und Marcels drängende Hände zerrten ihn bis auf Kniehöhe herunter, woraufhin er bis zu ihren Knöcheln rutschte und sie ihn abschüttelte. Mit einem breiten Grinsen spreizte sie die Beine, den Po an den Tisch gelehnt, und zeigte die schwarze Wolle zwischen ihren drallen Schenkeln.

Was sie eben gesagt hatte, entsprach der Wahrheit – das Spielen mit ihrem *jou-jou* hatte ihn so erregt, daß sein kritischer Augenblick nicht fern war. Er stöhnte lustvoll, als sie die pralle, empfindliche Eichel seines Lieblingsstückes an den Lippen zwischen ihren Schenkeln rieb, und dann schrie er in beginnender Ekstase auf, als er von ihrem nassen, weichen Fleisch verschlungen wurde. Er packte sie bei den Schultern und stieß in nervösem Rhythmus in sie hinein – und ehe er zehn oder zwölf Mal ein und aus geglitten war, sprudelte seine heiße Lust in ihren bebenden Bauch. Und Claudine, deren erste Erlösung noch kaum vorbei war, rief: »Schneller, schneller!« und erreichte zum zweiten Mal einen zuckenden Höhepunkt.

Als sie ihre Ruhe wiedergefunden hatten, drückte Marcel einen leichten Kuß auf die Wange der Zofe und schlug vor, in ihr Zimmer zu gehen und es sich dort bequemer zu machen. Sie war sofort einverstanden, befreite sich mit einem Ruck ihrer Hüften von ihm und faßte ihn an seinem erschlaffenden Apparat, um ihn zu führen. Ihr Zimmer befand sich am hinteren Ende der Wohnung in der Nähe der Küche – ein kleiner, aber freundlich eingerichteter Raum mit einem Einzelbett, einem Waschtisch und einem großen Kleiderschrank. Das Fenster bot eine Aussicht über den leeren Innenhof auf ein benachbartes Wohnhaus.

Es gab nur einen Stuhl, über dessen Lehne eine rosafarbene Unterhose hing, als sei sie dort nach dem Auswaschen zum Trocknen aufgehängt worden. Nicht, daß Marcel die Absicht gehabt hätte, den Stuhl zu benutzen – er legte seine Jacke und die Schuhe ab, löste seine Fliege und setzte sich auf die Bettkante. Claudine zog sich ihr Kleid über den Kopf, schleuderte ihre Schuhe von den Füßen und legte sich der Länge nach neben ihn aufs Bett. Ihr dünnes, weißes Unterhemd war hoch genug gerutscht, um die nackte, bleiche Haut ihrer Schenkel oberhalb der an Strumpfbändern befestigten Säume ihrer billigen, schwarzen Strümpfe zu zeigen, aber nicht mehr. Marcel legte seine Hand anerkennend auf den nackten Schenkel der Zofe und streichelte ihn zärtlich.

»Wir haben noch immer keine Antwort auf die Frage gefunden, wie wir mit ihrem elenden Verlobten fertig werden, der immer zur Unzeit auftaucht«, sagte er mit einem charmanten Lächeln, »aber abgesehen davon, meine liebe Claudine, was hältst du von dieser Heirat? Wird sie glücklich sein? Ist es das Richtige für sie? Sei ehrlich – du weißt, wie sehr ich an ihr hänge.«

Claudine zuckte mit den Achseln – was, auf dem Rükken liegend, gar nicht so einfach war – und schob die Hände unter ihren Kopf, so daß ihre Brüste besser zur Geltung kamen.

»Was soll ich sagen, Monsieur Marcel, es ist nur natürlich, daß Madame sich gewisse Gedanken über die Zukunft macht. Sie ist sehr schön, doch Schönheit dauert nicht ewig. Monsieur Adolphe ist sehr reich – was wäre denn realistischer?«

»Aber ich glaube nicht eine Sekunde lang, daß er sie glücklich machen kann«, erklärte Marcel, dessen romantische Natur sich über einen derartig kalten Handel von Schönheit gegen Geld empörte.

»Was das angeht, so mag er nicht fähig sein, ihr die Befriedigung zu geben wie Sie, wenn Sie sie besuchen kommen, denn er ist viel älter, und ich bezweifle, daß er je ein guter Liebhaber war. Aber ein reicher Mann kann eine Frau immer glücklich machen, wenn er es versucht – es gibt so viele Sachen, die er ihr geben kann, abgesehen davon.«

Um zu illustrieren, was sie unter *davon* verstand, steckte Claudine ihre Hand in Marcels offene Hose und packte seinen kostbaren Besitz auf höchst zärtliche Weise.

»Er kann ihr Kleider kaufen und Juwelen und sie in teure Lokale ausführen«, sagte Marcel, der versuchte, mit einer gewissen ruhigen Würde zu sprechen, was ihm schwerfiel, während er von einer hübschen Frau gestreichelt wurde, bis er steif war, »aber das alles ist nichts, weniger als nichts, gemessen an einer akzeptablen Skala moralischer Werte. Und außerdem ist Madame Tournet das eigentliche Problem – sie hat etwas gegen die Heirat ihres Bruders und wird Schwierigkeiten machen.«

»Sie wird aus Monsieur Adolphes Wohnung ausziehen müssen«, sagte Claudine. »Das ist alles organisiert. Und was Ihr Gerede über moralische Werte betrifft – wenn das ein anderer Begriff für intime Beziehungen ist, dann hat Madame genug Erfahrung, um einen schlappen Liebhaber auf Trab zu bringen, und ihr neuer Ehemann mag sich zur Schlafenszeit emsiger beschäftigt finden, als er erwartet hatte.«

»Erzähl' mir doch nicht so was!« murmelte Marcel.

Während Claudine sich über ihre Gewißheit verbreitete, daß Gabrielle sowohl über Silvie als auch Adolphe triumphieren würde, hatte Marcel ihr Hemd in die Höhe gestreift, um ihren Bauch und ihr schwarzkrauses *joujou* zu küssen. In ihren dunklen Augen lag ein einladendes Leuchten, das Marcel nicht mißverstehen konnte, und er ließ seine Hände unter das weiße Hemd gleiten, um ihre üppigen Brüste zu streicheln.

Claudines Finger spielten flüchtig über die gesamte Länge seines Schaftes und entlockten ihm kleine Seufzer der Lust. Sie rollte sich auf die Seite, beugte sich über seinen Schoß und lüpfte sein Hemd; dann fühlte er ihren heißen Atem auf seinem Bauch. Bald wanderten ihre Lippen zu seinem strammstehenden Soldaten hinunter – sie nahm seinen purpurfarbenen Kopf in ihren Mund, und Marcel ächzte vor Wollust. Wellen der köstlichsten Empfindungen überrollten ihn, als ihre Zunge ihn massierte; und als sie seinen pulsierenden Krieger tief in ihren heißen Mund nahm und beinahe verschluckte, wand er sich in Krämpfen der Lust und wußte, daß es nur wenige Augenblicke dauern würde, bis sein Höhepunkt kam.

Aber es stellte sich heraus, daß Claudine keine Frau war, die sich ein Vergnügen entgehen ließ – ihr Mund gab seinen angriffslustigen Freund frei – statt dessen packte sie ihn mit der Hand. Sie zog ihn mit sich, rollte sich auf den Rücken, und er fand sich plötzlich zwischen ihren gespreizten Beinen liegend wieder. Er bestieg sie sofort, stieß tief zwischen die schmollenden Lippen, die eine gütige Vorsehung dazu bestimmt hatte, die stolze Härte eines Mannes willkommen zu heißen.

Claudine hob die Beine vom Bett und schlang sie fest um seine Taille, die Fersen auf seinem Rücken ineinander verhakt, um ihn an Ort und Stelle festzuhalten, und sie drängte ihn keuchend und heftig zerrend, sie zu befriedigen, wobei sie ihm schmatzende Küsse gab. Marcel war äußerst willig, ihr den Gefallen zu tun, und setzte seine ganze Kraft ein, sich selbst zu einem intensiven, sprudelnden Höhepunkt zu bringen – und Claudine, die eine Frau starker Triebe und großzügiger Bereitschaft war, warf ihre Lenden in ihrem Eifer auf und ab und zog ihn tief in sich hinein, bis sie plötzlich seinen Strahl fühlte. »Ah, ja, ja«, rief sie und wand sich unter ihm in Ekstase, bis ihr Körper erschlaffte.

Marcels angenehme Bemühungen hatten ihn sehr erhitzt – denn er war noch immer vollständig angekleidet. Er erhob sich von Claudine, zog sich nackt aus und ließ seine Kleider auf den Boden fallen. Als er sich wieder neben ihr ausstreckte, drehte sie sich mit dem Gesicht zu ihm, legte die Arme um seinen Körper und ihr Gesicht an seinen Hals. Mit ein wenig zitternder Stimme sagte sie ihm, er sei wirklich ein guter Liebhaber und sie könne jetzt absolut verstehen, warum Madame eine so große Zuneigung zu ihm habe.

»Und ich für sie«, sagte er und kniff der Zofe zärtlich in den nackten Po. »Es kommt überhaupt nicht in Frage, daß sie diesen alten Trottel Lacoste heiratet. Ich weigere mich, das zuzulassen.«

»Sie dürfen nichts Unbesonnenes tun und ihre Chancen zerstören!« sagte Claudine schnell. »Madame hat sehr wenig Geld – sie mag nie wieder eine Gelegenheit wie diese hier haben. Ich werde Ihnen ein Geheimnis verraten, um Ihnen zu zeigen, wie wichtig diese Heirat für sie ist – Monsieur Adolphe hat ihr gesagt, daß er einen Sohn von ihr haben möchte. Können Sie sich so etwas vorstellen?«

»Und sie hat nichts gegen ein derartiges Arrangement?« rief Marcel, entsetzt bei dem Gedanken, Gabrielles eleganter, kleiner Bauch könnte als Folge von Adolphes Aufmerksamkeiten anschwellen.

»Sie ist darüber ganz und gar nicht glücklich, doch andererseits meint sie, daß Monsieur Adolphe Ruhe geben und sie in Frieden lassen wird, sobald das Baby geboren ist. Dann kann sie das Luxusleben genießen, das er ihr zu bieten hat.«

»Aber das ist ja ungeheuerlich!« sagte Marcel. »Damit erniedrigt sie sich auf das Niveau der Rue Asseline! Das kann ich nicht zulassen.«

»Ich weiß nicht, wovon Sie sprechen«, sagte Claudine, »aber schöne Worte bezahlen die Bäckerrechnung nicht, Monsieur Marcel. Ich weiß, daß es mir nicht zusteht, Vorschläge zu machen, aber warum heiraten Sie sie nicht? Ich bin sicher, sie würde sich auf so ein Angebot förmlich stürzen – sie mag Sie mehr als irgendwen, den sie kennt. Sie sind nicht so reich wie Monsieur Adolphe, aber nach dem, was man so hört, sind sie auch nicht gerade schlecht gestellt – Sie könnten sich gut um sie kümmern. Ganz besonders mit *diesem* hier.«

Dieser hier war klein und schlapp und reagierte nicht, als ihn die Zofe in die Hand nahm – so kompliziert waren die Gedanken und Gefühle, die Marcel in diesem Moment durch den Kopf jagten.

»Du bist ein warmherziges Mädchen, Claudine«, sagte er schließlich, »aber für eine Heirat bin ich nicht der richtige Typ, das mußt du doch sehen. Abgesehen davon, daß ich sie zwei oder drei Mal am Tag im Bett beglücken würde, wäre ich, fürchte ich, ein unbefriedigender Ehemann.«

»Dann ist klar, was wir tun müssen«, sagte die Zofe. »Madame muß Monsieur Adolphe heiraten und ihm den Sohn gebären, den er sich wünscht, und danach ist sie wieder frei und kann Sie zu ihrem Liebhaber machen. Auf diese Weise hat sie beides – einen reichen Gatten und einen virilen Liebhaber – und welche Dame könnte sich mehr wünschen als das?«

Claudines Vorschlag schien ihm logisch, doch irgendwie konnte Marcel das äußerst unangenehme Gefühl, daß diesem Rat ein grundlegender Makel anhaftete, nicht verscheuchen. War es das, was Gabrielle sich tatsächlich wünschte – einen reichen alten Gatten und Marcel als gelegentlichen Liebhaber? War es das, was Marcel sich selbst wünschte – der Liebhaber von Adolphe Lacostes Frau zu sein, wenn es gerade paßte? Nicht, daß dies von großer Wichtigkeit gewesen wäre – aber war es das, was der alte Lacoste sich wünschte? Eine schöne Frau zu haben, die am Nachmittag ohne eine Erklärung verschwand? Man mußte es ihm zugestehen – er war nicht dumm und würde sehr bald ahnen, was da vor sich ging.

»Sag mir, ob ich das alles richtig verstanden habe«, sagte er und kniff Claudines nackte, dralle Kehrseite, um ihre Aufmerksamkeit auf seine Worte zu lenken. »So, wie die Dinge im Augenblick stehen, ist eine von drei Personen sehr glücklich – nämlich Lacoste, der glaubt, verliebt zu sein – und zwei mittelmäßig glücklich, das heißt Madame de Michoux und ich.«

»So könnte man es ausdrücken«, sagte die Zofe. »Und weiter?«

»Wenn also diese absurde Hochzeit stattfindet, dann

wird einer einigermaßen glücklich sein, nämlich Madame, und zwei einigermaßen unglücklich – Lacoste und ich. Und nun frage ich mich also, ob dies insgesamt betrachtet als eine Verbesserung dessen, was wir im Augenblick haben, angesehen werden kann. Und die Antwort darauf lautet nein.«

»Mit ihrer Philosophiererei verwirren sie mich nur«, sagte Claudine und ließ ihre Fingerspitzen leicht über seine Lenden streichen. »Mir scheint, Sie sprechen von Glück – was im besten Fall ein vergänglicher Zustand ist –, während ich von hartem Bargeld auf der Bank spreche, was eine große Hilfe ist, um das alltägliche Unglück erträglich zu machen.«

Claudines Kopf lag auf Marcels Schulter, und seine Nüstern wurden vom Moschusduft ihres glänzenden, schwarzen Haares gekitzelt. Er lauschte ihren Worten so aufmerksam, daß er, ohne zu merken, was er tat, seine Fingerspitzen sanft in ihr nasses *jou-jou* gleiten ließ.

»Es mag ein Fünkchen Wahrheit in dem stecken, was du sagst«, gab er zu. »Wir müssen uns der weisen Worte des Herzogs de la Rochefoucauld erinnern.«

»Was hatte der denn dazu zu sagen?« fragte Claudine respektlos.

»Er sagte, wir seien niemals so unglücklich, wie wir meinen, und niemals so glücklich, wie wir hoffen.«

»Was weiß der denn schon darüber«, murmelte sie. »Ich werde Ihnen eins sagen – in einer Minute werde ich ihm das Gegenteil beweisen, indem ich glücklicher sein werde, als ich gehofft habe und glücklicher, als Sie meinen, wenn Sie mich weiter so befingern.«

Ihre Worte brachten Marcel dazu festzustellen, daß ihr *bijou* unter seinen Fingerspitzen köstlich glitschig geworden war – und daß sein stolzester Besitz stramm aufrecht in ihrer Hand stand.

»Zum Teufel mit der Philosophie« rief er aus, »das einzig wahre Glück der Welt findet sich hier drin«, und seine Finger flitzten wie ein Goldfisch in dieser Quelle wahrer Seligkeit herum, die er zwischen den Schenkeln der Zofe gefunden hatte, und sie seufzte zufrieden.

»Andererseits«, fuhr er fort, als ihm ein unwillkommener Gedanke kam, »verursacht es gleichzeitig das größte Unglück in der Welt – dieses Spielzeug, das die Frauen da zwischen ihren Schenkeln haben! Wie ist das möglich – warum sind die Männer dazu geboren, Sklaven dieser rosenblättrigen Blume zu sein?«

»Ah, ah, ah«, stöhnte Claudine leise, zu verzückt von den köstlichen Gefühlen, um ethischen oder moralischen Betrachtungen auch nur die geringste Aufmerksamkeit zu widmen.

»Du hast recht«, meinte Marcel, als er erkannte, daß sie ihn gar nicht hörte, »Worte führen nur zu Mißverständnissen, Gefühle sind besser.«

Er liebkoste sie noch ein Weilchen, dann legte er sie mit weit gespreizten Beinen rücklings aufs Bett, zog ihr das Hemd über den Kopf, so daß sie bis auf die schwarzen Strümpfe nackt war. Er kniete sich zwischen ihre Beine und betrachtete ihren Körper, während er mit ihr spielte – und Claudine, nackt auf dem Rücken liegend, war ein großartiger Anblick für einen Mann mit einem Schaft, der hart wie Eisen zwischen seinen Schenkeln emporragte. Langsam ließ er sich auf ihren Bauch sinken, küßte ihren Mund und ihre Augen und ihren Hals und machte sie wild vor Wollust.

Die unbedeckte Eichel seines zuckenden Gliedes berührte gerade die nassen Lippen ihres *jou-jou*. Claudine zwang eine Hand zwischen ihre Bäuche, um es zu packen und in sich zu schieben, und mit einem langgezogenen Wonnestöhnen stieß Marcel bis an die Grenze vorwärts und begann, sich in kräftigem Rhythmus zu bewegen. Es war eine langwierige, köstliche Angelegenheit, und er sorgte dafür, daß die Zofe voll auf ihre Kosten kam, ehe er zu den schnellen Stößen überging.

Inzwischen keuchte sie vor Wonne und zog ihn mit der ganzen Kraft ihrer Arme an sich, die Beine über seinem Rücken verknotet. Als er sie schließlich mit seinem seligen Sturzbach überflutete, schlang sie ihm die Arme um den Hals und drückte ihn so kräftig an ihren dicken, weichen Busen, daß sie ihm fast die Luft abpreßte, während ihr Körper unter ihm krampfartig zuckte, begleitet von ihren ekstatischen Schreien.

Von jetzt an, dachte Marcel – als er wieder rational zu denken imstande war – von jetzt an ist mir Claudine eine ergebene Sklavin und wird alles tun, was ich von ihr erbitte – wir werden mal sehen, ob Adolphe Lacoste Gabrielle bekommt!

10

Ein höchst unerwarteter Erfolg

Obgleich Marcel am Telefon, als er glaubte, Gabrielle gleich zu sehen, versprochen hatte, Dany am nächsten Tag anzurufen, war er sich dieser Absicht nicht mehr sonderlich bewußt. Der Nachmittag mit der Zofe Claudine hatte ihm genug Ablenkung verschafft, um ihn über Gabrielles Abwesenheit hinwegzutrösten, und die Intimität, zu der er mit dem Dienstmädchen gelangt war, würde ihm in Zukunft von größtem Nutzen sein, dachte er – aber natürlich war es in erster Linie Gabrielle, die er sehen wollte.

Aber es stellte sich heraus, daß dies unmöglich war. Adolphe war so hingerissen gewesen vom Ausflug mit seiner Verlobten, daß er am nächsten Tag wieder vorbeikam, um sie zu einer Landpartie mitzunehmen – in einem riesigen, teuren Hispano-Suiza mit einem Chauffeur in Uniform. Als Marcel das erfuhr, beschloß er, Pierre Martin zum Mittagessen einzuladen und dessen Bericht über sein Abenteuer mit Dany zu hören.

Sie trafen sich in dem kleinen Restaurant, wo Pierre so gern hinging, nicht weit von seinem Büro am Boulevard des Italiens – das gleiche Restaurant, in das er Dany an jenem Abend zum Essen eingeladen hatte, als Marcel sie ihm überließ. Wie Marcel gesagt hatte – was sie bekanntlich sehr verärgerte – war das Kalbsschnitzel dort exzellent, und die beiden Männer bestellten es als Hauptgericht, mit ein paar Tropfen Zitrone und einem Endiviensalat, nachdem sie jeder ein Dutzend Schnecken mit

Knoblauchbutter verzehrt und das Ganze mit einer Flasche erstrangigem Chablis heruntergespült hatten.

Sie waren langjährige, gute Freunde, und Pierre zögerte keinen Augenblick, ihm zu berichten, was an jenem schicksalhaften Abend geschehen war. Tatsächlich fand er die ganze Episode höchst amüsant und sagte, Dany sei mehr als bereitwillig auf seine Einladung zum Abendessen – und anschließend in eine *bar dansante* – eingegangen.

»Sie ist ein sehr hübsches Mädchen«, sagte Pierre grinsend, und seine Hände beschrieben zwei Halbkreise in der Luft, um seine große Bewunderung für Danys jungen, prallen Busen zum Ausdruck zu bringen. »Sie lachte und scherzte und drückte sich beim Tanzen dicht an mich – allem Anschein nach genoß sie es sehr, und als ich vorschlug, auf einen kleinen Drink in meine Wohnung zu gehen, war sie sofort einverstanden.«

»Hm, aber dann?« fragte Marcel. »Wie weit bist du gekommen?«

»Zuerst lief alles wie am Schnürchen«, sagte Pierre achselzuckend. »Ich habe sämtliche Knöpfe von diesem Mantelkleid, das sie anhatte, aufgeknöpft und sie gestreichelt – ihr Busen ist hinreißend! Und ungewöhnlich sensibel – wie du mit Sicherheit weißt –, denn sie kam zweimal zum Höhepunkt, während ich damit spielte und die köstlichen, kleinen Brustwarzen küßte.«

»Zweimal, sagst du?« rief Marcel aus, »davon hat sie nichts gesagt. Und dann? Hat sie dich angefaßt?«

»Was glaubst du? Ich hätte sie nicht daran hindern können, selbst, wenn ich es gewollt hätte – sie riß mir die Hose auf und bearbeitete mich so wild, daß ich Angst hatte, sie würde ihn mir einfach abreißen. Und daraufhin dachte ich natürlich, sie sei mehr als bereit für mich, also zog ich ihren kleinen Schlüpfer herunter und schickte mich an, auf sie zu steigen.«

»Aha, der Augenblick der Wahrheit«, sagte Marcel.

»In dem Moment besinnt sie sich eines Besseren, und alles läuft schief, nicht wahr?«

»Genau«, bestätigte Pierre mit einem staunenden Grinsen, »sie rollte sich sofort weg von mir und begann, mit ihrem kleinen Hintern gegen mich zu stoßen! Ich war darüber so überrascht, daß ich im ersten Moment glaubte, sie sei eine Anhängerin des griechischen Liebesstils und wollte, daß ich zwischen ihre Hinterbacken eindringe – eine Variante, die mich nie besonders begeistert hat. Aber nicht einmal das! In dem Zustand, in dem ich mich befand, brauchte es nicht mehr als eine kleine Berührung, um mich die Kontrolle verlieren zu lassen. Was soll ich sagen? Ich spritzte alles auf ihren nackten Po – und das war es, was sie wollte.«

»Dany ist eine professionelle Jungfrau«, sagte Marcel ernst, »aber immerhin bist du mit ihr bei einem einzigen Zusammensein weitergekommen, als ich in fünf oder sechs. Du hast ihr die Unterhose fast ganz ausgezogen und ihr *jou-jou* gesehen – ich noch nie. Erzähl mir davon – ist es hübsch? Mit prallen Lippen? Eleganten dünnen? Dicht behaart oder zart beflaumt? Und welche Farbe?«

»Aber, mein lieber Freund«, sagte Pierre lächelnd, »ich war davon überzeugt, daß du wesentlich weiter als ich gehen darfst! Du hast doch sicherlich im Laufe eurer Zusammenkünfte Danys kleines Juwel sehen und damit spielen dürfen!«

»Ich gebe dir mein Ehrenwort«, sagte Marcel, der sich ein bißchen töricht vorkam, weil er sein Versagen zugeben mußte. »Nur einmal ist es mir gelungen, sie zwischen den Beinen zu berühren – und das nur mit der Fingerspitze. Und dabei hatte sie die Unterhose an. Ich habe versucht, sie ihr runterzuziehen, aber sie hat mich sofort daran gehindert.«

»Du meine Güte!« rief Pierre und brach in Gelächter aus. »Warum gibst du dich überhaupt mit ihr ab? Paris ist voll von hübschen Mädchen, die nichts dagegen haben, wenn man ihnen die Unterwäsche auszieht.«

»Dany ist eine Herausforderung für mich«, gab Marcel zu. »Ich bin keineswegs sicher, ob ich sie mag, aber ihre Weigerung reizt und fasziniert mich irgendwie – und ich kann es nicht lassen, bis ich ihre seltsamen Einwände überwunden habe.«

»Da wünsch' ich dir Glück«, meinte Pierre, »aber was mich angeht, so reicht es mir, einmal auf so lächerliche Weise abgewiesen worden zu sein. Ich überlasse sie dir gern ... großer Gott!«

»Was gibt's?« fragte Marcel, verschreckt vom erstaunten Ausruf seines Freundes.

»Sie steht hinter dir!« rief Pierre aus und zeigte über Marcels Schulter. »Hast du sie hierher eingeladen?«

»Ich? Natürlich nicht!« Marcel drehte sich auf dem Stuhl um und sah Dany an der Tür des Restaurants mit einem Kellner sprechen. Im nächsten Augenblick war sie auf dem Weg zu ihrem Tisch. Beide Männer erhoben sich langsam, um sie zu begrüßen, und fragten sich, was ihr so unerwartetes wie unwillkommenes Auftauchen bei ihrem Mittagessen zu bedeuten hatte.

Sie sah sehr hübsch aus, und sehr elegant in einem langärmeligen, enganliegenden Tunikakleid über einem engen schwarzen Rock – die Tunika mit einem modernistischen Muster länglicher, schmaler, sich überschneidender Dreiecke in grün, rot und grau, ihren kleinen, weißen Topfhut zierte ein breites Band, das ihr über das rechte Ohr hing. Sie nahm die Begrüßung der beiden Freunde äußerst selbstsicher entgegen und setzte sich auf einen Stuhl, den der eifrige Kellner für sie bereithielt.

»Ich freue mich, euch beide hier zu treffen«, sagte sie, während sie ihre Handschuhe auszog und auf den Tisch legte. Sie erlaubte dem Kellner, ihr ein Glas Chablis einzuschenken, und sagte ihm, sie wolle nur ein kleines Stück Camembert mit Baguette zu sich nehmen.

»Du hast versprochen, mich heute anzurufen«, warf sie Marcel vor und schaute ihn kühl von oben bis unten an.

»Nun ja, das wollte ich heute nachmittag machen«, gab er zurück.

»Ich hatte gehofft, heute früh von dir zu hören«, sagte sie, »und als du dich nicht gerührt hast, habe ich bei dir angerufen und mit deiner Mutter gesprochen. Sie hat mir gesagt, daß du zum Essen ausgegangen seist, und ich dich hier in diesem Restaurant finden könne.«

Es versteht sich von selbst, daß Marcel gar nicht erfreut darüber war, daß seine Mama diese Information so großzügig weitergegeben hatte, und nahm sich vor, ihr gegenüber in Zukunft nicht mehr zu erwähnen, wohin er ging. Gleichzeitig war es für sie eine günstige Gelegenheit gewesen – sie konnte ihm ihre Entschlossenheit, ihn mit Dany zu verheiraten, beweisen, indem sie das Mädchen hierher schickte. Zwischen den beiden Frauen gab es eine geheime Verschwörung, stellte er fest, die für ihn gefährlich werden konnte.

Der Kellner brachte ihr Käse und Brot und räumte die Teller der beiden Männer ab. Weder Marcel noch Pierre hatten noch Appetit, seit der Neuankömmling die Gemütlichkeit ihrer Männergespräche gestört hatte. Pierre beauftragte den Kellner, ihnen ein Glas Cognac zu bringen – ein großes.

»Der Grund, warum es nützlich ist, euch beide hier zusammen anzutreffen«, sagte Dany mit mehr Haltung, als die beiden Männer ihr zugetraut hätten, »ist, daß ich ein für alle Mal diese Skandalwolke vertreiben möchte, die über meinem Ruf schwebt.«

Marcel und Pierre schauten einander fragend an.

»Was meinst du damit?« fragte Marcel schließlich, nachdem klar war, daß Pierre nicht die Absicht hatte, ihr Starthilfe zu geben.

»Was ich meine, ist Folgendes«, sagte sie. »Gestern

hast du mich angelogen – ja, das hast du Marcel – deine Mutter sagte mir vor weniger als einer halben Stunde, daß du sie nicht begleitet hast, um irgendeine Cousine Berthe zu besuchen – und dein Motiv dafür ist nicht schwer er erraten. Du kennst den Charakter deines Freundes Pierre und du glaubst, er habe mich entehrt, als ich den Fehler beging, ihn neulich abend in seine Wohnung zu begleiten. Was dich betrifft, so ist es zwischen uns aus, weil du glaubst, daß ich nun Pierres Geliebte sei – ist es nicht so?«

»Nein, nein!« rief Marcel entsetzt darüber, daß sie über so etwas in der Öffentlichkeit sprach. »Ich denke nichts dergleichen, dessen kannst du ganz sicher sein.«

»Die Zeit der Lügen ist vorbei«, sagte sie, »ich bitte dich, ehrlich zu mir zu seine, Marcel. Und du, Pierre – ich denke nicht schlecht von dir, weil du es mit mir zu machen versucht hast – Marcel hat es oft genug versucht, und andere auch. Es liegt nun mal in der Natur der Männer, junge Frauen entehren zu wollen, das weiß ich.«

»Ich glaube wirklich nicht, daß wir dieses Gespräch hier führen sollten«, sagte Pierre mit hochrotem Kopf. »Bitte, sag nichts mehr, Dany.«

»Weshalb sollte ich schweigen«, widersprach sie sofort. »Ich habe mir nichts vorzuwerfen. Und außerdem bestehe ich darauf, daß du Marcel bestätigst, meine Tugend nicht zerstört zu haben. Und ich will, daß er dir versichert, auch er habe das nicht getan. Er soll dir sagen, daß ich noch Jungfrau war, als ich dir gestattete, mich in deine Wohnung mitzunehmen.«

»Bitte!« rief Pierre aus. »Ich habe es nie bezweifelt.«

»Doch, das hast du. Es ist unnötig, mich anzulügen, Pierre«, sagte sie. »Du hattest den Mut, mir die Unterwäsche vom Leib zu reißen und dein sexuelles Begehren zum Ausdruck zu bringen, weil du geglaubt hast, ich hätte mich Marcel schon früher hingegeben und sei keine Jungfrau mehr.«

Mit schamrotem Gesicht winkte Pierre den Kellner herbei und drückte ihm Geld in die Hand, ohne überhaupt eine Rechnung gesehen zu haben, und erklärte, er müsse dringend in sein Büro zurück, weil er wichtige Kunden erwarte. Marcel, bemüht, dieser unmöglichen Situation zu entkommen, sprang ebenfalls auf, und plötzlich standen sie alle drei draußen auf dem Trottoir.

»Bitte, renn nicht fort, Pierre«, sagte Dany; ihre kleine Hand ruhte auf seinem Arm und ihr Ton war so freundlich, daß niemand ihr diese Bitte abschlagen konnte. »Wenn ich dich gekränkt habe, dann war es unabsichtlich, und ich bitte tausendfach um Entschuldigung ... bitte, bleib noch einen kleinen Moment und hilf mir, Marcel zu überzeugen, daß nichts Wesentliches zwischen uns vorgefallen ist.«

»Ich schwöre es!« sagte Pierre sofort.

»Dany, das hier ist gräßlich«, murmelte Marcel. »Ich habe niemals geglaubt, daß ihr miteinander geschlafen habt – ich habe viel zu großes Vertrauen in deinen Charakter und deine Prinzipien, um mich vom Schein täuschen zu lassen.«

»Das sagst du nur, um mich zu schonen«, meinte sie mit einem Lächeln zärtlicher Dankbarkeit, »aber zwischen uns allen darf es keinerlei Mißverständnisse und Falschheiten mehr geben. Ich möchte, daß alles offen ans Tageslicht gebracht wird.«

»Aber wir können doch nicht hier auf der Straße stehen und über so etwas reden!«, erklärte Pierre bestimmt. »Ich bin auch dafür, diese absurde Angelegenheit zu klären und aus der Welt zu schaffen. Aber dazu werden wir jetzt in meine Wohnung gleich um die Ecke gehen und dieses unsinnige Problem bei einem Glas Cognac ein für alle Mal lösen.«

Wie Dany und Marcel sehr wohl wußten, lag Pierres Junggesellenwohnung in einer der Seitenstraßen der Avenue de l'Opera, nicht einmal fünf Minuten von dort, wo sie sich befanden. Auf dem kurzen Weg dorthin sagte keiner von ihnen ein Wort, auch wenn Marcel und Pierre, mit hochgezogenen Augenbrauen und einem Achselzucken, unglückliche und resignierte Blicke tauschten, weil sie in diese äußerst peinliche Situation geraten waren.

Die Wohnung war in nüchternem, männlichen Stil eingerichtet, allerdings mit gutem Geschmack. Im Wohnzimmer ließ Dany sich auf einem der dunkelgrünen Ledersessel nieder. Ihr Rücken war sehr gerade, und die Knie waren zusammengepreßt. Marcel setzte sich auf einen ebensolchen Sessel – den, der am weitesten von ihr entfernt stand –, während Pierre sich um die Getränke kümmerte. Als er sich ebenfalls hingesetzt hatte, schaute er Dany an und sprach in nüchternem Geschäftston zu ihr.

»Nun, Dany«, begann er, »wir sind hier, um privat und vertraulich miteinander über das zu sprechen, was dir Sorgen macht. Um dir die Sache so einfach wie möglich zu machen, erkläre ich jetzt und hier vor dir und in Anwesenheit von Marcel, daß das einzige Mal, als du dich hier in dieser Wohnung befunden hast, zwischen dir und mir kein Liebesakt vollzogen wurde. Ein Kuß oder zwei, eher in Freundschaft als in Leidenschaft, einen Arm um deine Taille vielleicht, und es mag sein, daß ich versucht habe, dir die Unterwäsche auszuziehen, aber ich habe es natürlich in dem Augenblick, als du mich darum gebeten hast, sein lassen.«

Pierre sagte das alles in so ernsthafter Weise und in so vertrauenswürdigem Tonfall, daß Marcel einen Augenblick lang überzeugt war, es entspräche tatsächlich der Wahrheit. Aber Dany hatte ihm von ihrem Abend mit Pierre etwas ganz anderes erzählt – und das, was Pierre ihm im Restaurant berichtet hatte, war nochmal etwas völlig anderes. Wenn er die verschiedenen Versionen miteinander verglich, dann bestand für Marcel kein Zweifel, daß Pierre und Dany einander die intimsten Stellen mit größter Freude liebkost hatten. Und wenn ihnen jetzt daran lag, etwas anderes vorzugeben, dann fand er das absurd. Aber andererseits – was spielte das für eine Rolle?

»Danke, Pierre, daß du die Sache so hervorragend klarstellst«, sagte Dany mit einer graziösen Neigung ihres von dem bebänderten Topfhut geschmückten Kopfes. »Marcel kann jetzt nicht mehr den geringsten Zweifel hegen, nachdem du alles so offen erklärt hast – was ich natürlich bestätige. Es ist die reine, nackte Wahrheit; genau das ist geschehen, als wir für einen Drink herkamen, nachdem wir auf dem Montmartre tanzen gewesen waren. Ich respektiere dich außerordentlich, und meine Wertschätzung für dich ist in keiner Weise durch das, was du mit mir machen wolltest, geschmälert worden.«

»Ich freue mich, daß die Angelegenheit nun endgültig geklärt ist«, sagte Pierre und klang wie der Anwalt, der er ja war.

»Aber um eines muß ich dich jetzt noch bitten, Pierre«, sagte Dany. »Sei jetzt ganz ehrlich zu mir – hat es dich zu deinem Anschlag auf meine Tugend ermutigt, weil du geglaubt hast, daß ich Marcel meine Jungfräulichkeit schon geopfert hätte?«

»Genau«, gab Pierre zu und nickte bestätigend. »Wir wurden einander von Marcel vorgestellt, und es war offensichtlich, daß ihr seit geraumer Zeit Freunde seid. Und so, wie ich Marcels leidenschaftliche Natur kenne, konnte ich daraus nur einen logischen Schluß ziehen – daß er dein Liebhaber ist. Aber wenn ich natürlich deine Natur gekannt hätte, Dany, wäre mir sofort klar geworden, daß du etwas Derartiges niemals gestattet hättest. Ich muß mich zutiefst für diese Unterstellung entschuldigen.«

»Danke, Pierre«, sagte sie.

»Gut – und jetzt, da alles aufgeklärt ist«, sagte Pierre mit einem Blick auf seine Armbanduhr, »können wir alle drei mit reinem Herzen und gutem Gewissen wieder unseren Verpflichtungen nachgehen.«

»Noch nicht ganz«, sagte Dany, die seine Rede ernst genommen und nicht, wie Marcel, die dahinterliegende Ironie bemerkt hatte. »Da ist noch eine Sache, wenn du noch einen kleinen Augenblick Geduld haben willst.«

»Und das ist?« fragte Pierre und lehnte sich zurück, um sich noch weitere fünf Minuten lang diesen Unsinn anzuhören.

»Um diese Geschichte zu vervollständigen und für die Zukunft meinen Ruf von jeglichem Makel zu reinigen, möchte ich, daß Marcel vor deinen Ohren bestätigt, daß ich ihm nie erlaubt habe, den Liebesakt mit mir zu vollziehen.«

»Ich bestätige es feierlich«, sagte Marcel sofort, fast, als lege er einen Eid vor Gericht ab.

»Die Angelegenheit ist nicht zum Lachen!« rief Dany vorwurfsvoll aus. »Ich verlange, daß du meinen guten Ruf ernst nimmst. Sag Pierre, daß, so oft wir auch zusammen waren, du und ich, nichts geschehen ist, das mich kompromittieren könnte.«

»Ach, das ist doch nicht nötig«, sagte Pierre, »ich habe volles Vertrauen in dich, meine liebe Dany. Marcels Aussage brauche ich dazu nicht.«

»Doch«, beharrte sie, »ich will, daß keinerlei Zweifel zurückbleiben – alles muß offen und deutlich ausgesprochen werden.«

Langsam war Danys Theater um ihre Tugend nicht mehr amüsant – Marcel begann, sich zu langweilen. Er wollte die Sache auf eine Art beenden, die sie zum Schweigen brächte.

»Wenn du darauf bestehst«, sagte er, »dann werde ich so offen sein, wie du es wünschst, liebste Dany. Die Wahrheit ist, Pierre, daß diese charmante junge Dame und ich öfter miteinander geschlafen haben, als ich mich erinnern kann. Ich sagte dir, es sei mir nur halbwegs gelungen, ihr die Unterhose auszuziehen – nun, das stimmt nicht: ich zog sie ihr jedesmal aus, wenn wir zusammen waren – und die übrigen Kleider auch. Wir haben uns auf ein Dutzend verschiedene Weisen geliebt – auf dem Rücken liegend, knieend, an der Wand stehend, über meinen Knien, über einen Tisch gebeugt, und auf die meisten anderen praktikablen Weisen.«

Während dieses erlogenen Bekenntnisses blieb Pierre der Mund offenstehen, und Dany wurde puterrot.

»Nein, nein, nein!« schrie sie. »Warum sagst du das? Warum lügst du?« Sie brach in Tränen aus und vergrub ihr Gesicht in den Händen.

»Aha, ein Streit zwischen Verliebten!« sagte Pierre in verständnisvollem, mitfühlenden Ton. »Ich muß wirklich gehen, Marcel, du Hund – ich werde im Büro erwartet. Ich lasse dich deine Freundin trösten. Nehmt euch noch mehr Cognac, da ist noch eine Flasche in dem *buffet* dort drüben, falls ihr diese hier leermacht. *Au revoir* – und sorgt dafür, daß die Tür verschlossen ist, wenn ihr geht.«

Damit stand er auf und ging, Marcel lehnte sich in seinem Sessel zurück, schlug die Beine übereinander und wartete, daß Dany ihren hysterischen Heulanfall überwand. Schließlich wühlte sie in ihrem Handtäschchen nach einem kleinen, spitzenbesetzten Taschentuch und tupfte sich die Augen trocken.

»Warum hast du Pierre solche Lügen erzählt?« fragte sie kläglich. »Warum bist du so grausam?«

»Wenn wir schon von Grausamkeit reden, dann schlage ich vor, daß du mal dein eigenes Verhalten untersuchst«, erwiderte er. »Du scheinst vergessen zu haben, daß du mir erzählt hast, wie Pierre dir die Unterhose runtergezogen hat, um mit dir zu spielen – ich glaube einfach nicht, daß er das ohne deine Zustimmung getan hat. Du hast mit ihm gespielt, davon bin ich ebenso überzeugt, auch wenn du mir gegenüber behauptet hast, es sei alles gegen deinen Willen geschehen.«

»Aber es *war* gegen meinen Willen! Er hat mich gezwungen!« rief sie aus.

»Wer lügt denn jetzt?« fragte Marcel. »Er hat dich natürlich nicht gezwungen – du hast ihm seine Hose selbst aufgeknöpft und ihn gestreichelt.«

»Hat er dir das gesagt?«

»Er braucht mir gar nicht zu erzählen, was passiert ist – ich kenne dich, Dany, und den Spaß, den es dir bereitet, einen Mann anzufassen. Und selbst liebkost zu werden – es ist sinnlos, das ausgerechnet mir gegenüber abstreiten zu wollen. Als du mit Pierre an jenem Abend hier warst, hast du ihm erlaubt, dir die Unterhose runterzuziehen und mit dir zu spielen – was du mir noch nie erlaubt hast.«

»Aha«, sagte Dany, die denn Grund für seine Lügen zu wittern begann, »ich glaube, ich verstehe langsam ... du bist eifersüchtig auf deinen Freund Pierre – das ist es, nicht wahr?«

»Eifersüchtig – ich? Was für eine absurde Idee! Was schert es mich, was Pierre mit dir macht?«

»Aber so ist es«, sagte sie leise, und zu seiner Überraschung stand sie auf, setzte ihren kleinen Topfhut ab und stellte sich vor ihn hin. Mit einem amüsierten Lächeln faßte sie den Saum ihres enganliegenden, schwarzen Rockes mit beiden Händen und zog ihn hoch, bis ihre runden Knie sichtbar wurden. Ihre Finger fanden den Saum ihres Seidenhemds, und auch das zog sie in die Höhe und zeigte ihre rosageblümten Strumpfbänder und den Rand ihrer Strümpfe. Marcels Augen wurden immer runder, er hielt den Atem an und starrte ungläubig auf ihre bloßen Schenkel und die weiße, spitzengesäumte Unterhose, die sie freilegte.

Sie stand still und hielt Rock und Hemd hoch, damit

er sie betrachten konnte. »Du bist hinreißend!« murmelte er – kein besonders originelles Kompliment – und mit zitternden Händen zog er langsam den Bund ihres Schlüpfers nach unten und legte ihren kleinen Bauch mit dem runden Grübchen frei. Mit unverhohlener Bewunderung starrte er auf ihre schlanken, seidenhäutigen Schenkel, die zu tausend Küssen einluden, und an der Stelle, wo sie zusammenliefen, bauschte sich der zarte, weiße Stoff zu einem kleinen Hügel, der ihn faszinierte.

Heißblütig wie immer, faltete Marcel die Beine auseinander, um seinem eifrigen Glied zu gestatten, in seiner Hose schnell zu voller Größe anzuschwellen, und setzte sich aufrecht, um mit forschender Hand den zarten Hügel zu betasten, der die Seide zwischen Danys Schenkeln füllte. Sie machte einen kleinen Schritt auf ihn zu und er spreizte die Knie, um sie so nahe wie möglich an sich heranzulassen – so nah, daß er sich nur nach vorn beugen mußte, um seinen heißen Mund auf die beinahe durchsichtige Seide zu drücken, die Danys *jou-jou* verhüllte.

Während er sie küßte, legte er die Arme um ihre Hüften und ließ seine Hände über die sanft gerundeten Kurven ihres Hinterteils wandern. »Oh, Marcel«, flüsterte sie, und er schaute auf und sah, wie sie ihn mit ihren glänzenden, braunen Augen lächelnd anschaute. Er dachte daran, wie es ihm, als er sie zum ersten Mal für den Abend ausgeführt hatte, gelungen war, ihre nackten Schenkel oberhalb der Strümpfe zu betasten, bis er die kurzen Löckchen zwischen ihren Schenkeln berührte – und dann hatte sie ihn gebeten, aufzuhören. Selbst dann hatte er seine Finger in ihr Höschen schieben und sie ein wenig kitzeln können, bevor er daran gehindert wurde.

»Du kannst sie mir ausziehen, wenn du willst«, sagte sie leise.

Marcel stieß bei ihren Worten einen langgezogenen Seufzer der Lust aus, aber er nutzte das unerwartete Privileg, das sie ihm gewährte, nicht sofort aus. Die Hälfte des Genusses liegt in der Vorfreude, wie er sehr wohl wußte, und er drückte ihre Hinterbacken herzlich, während er erneut seine Lippen auf den unsichtbaren Schatz unter der Seide preßte. Gleich würde er ihr das zarte Höschen über die Schenkel hinunterziehen, sagte er sich im Rausch der Erregung, und ihre brünetten Löckchen und die rosigen Lippen ihres *jou-jous* enthüllen!

In seiner Hose hüpfte sein begeisterter Schaft wie wild und begehrte, ans Tageslicht gelassen zu werden. Noch nicht, lieber Freund, sagte Marcel in Gedanken zu ihm, du mußt noch ein bißchen warten. Er ließ seine Hände nach vorn über Danys Hüften gleiten und bekam ihr zartes, kleines Höschen zu fassen. Er wagte kaum zu atmen, als er es ihr bis zu den Knien hinunterzog und zum ersten Mal ihr *bijou* sah. »Du bist einfach hinreißend, Dany«, murmelte er noch einmal, zu verzaubert, um sich etwas anderes einfallen zu lassen; der Anblick, den sie ihm bot, war in der Tat hübsch.

Ihre Krause war von intensivem Braun, nicht zu dicht, so daß die warmen, rosigen Lippen bloßlagen und leicht hervorstanden. Marcel neigte den Kopf und küßte sie, und als er Dany keuchen hörte, leckte er sie zart, bis Danys Beine vor Lust zu zittern begannen.

»Und jetzt hast du alles gesehen, was auch dein Freund Pierre gesehen hat«, sagte sie mit bebender Stimme. »Bist du jetzt glücklich?«

»Dany, Dany, *chérie* – ich bin der glücklichste Mann auf der ganzen Welt«, stammelte er.

Ob er nun der Glücklichste auf der Welt war oder nicht, er war einigermaßen sicher, daß er im Augenblick besonders großes Glück hatte, denn Dany war offensichtlich in der Stimmung, ihm mehr Gunst zu erweisen, als er oder vielleicht irgendein anderer Mann je zuvor genossen hatte.

Er nutzte dieses Glück, indem er ihr Höschen über

die Knie bis zu den Knöcheln streifte. Sie hob ein niedliches, kleines Füßchen in einem glänzend schwarzen Schuh, um sich aus der Fessel des heruntergefallenen Kleidungstückes zu befreien, und da sie genau wußte, worauf sich Marcels Aufmerksamkeit konzentrierte, rückte sie ihre Füße auf dem Teppich ein wenig auseinander und bot sich seinem Blick vollständig dar.

Sofort umklammerten seine Hände die weichen, nackten Backen ihrer Kehrseite, um sie näher an sich heranzuziehen, während seine Lippen ihr *bijou* wiederfanden. Diesmal war er in der Lage, seine nasse Zungenspitze richtig dazwischenzustecken und ihre zarte Liebesknospe ausfindig zu machen. Dany ließ die Kleider los, die sie sich um die Hüften gehalten hatte, aber seine ausgestreckten Arme verhinderten es, daß sie ganz herunter fielen und ihren Schatz vor ihm verbargen. Er fühlte, wie sie ihm die Hände haltsuchend auf die Schultern legte, weil ihre schlanken Beine unter der Gewalt der Gefühle, die seine Zunge auslöste, heftig zu zittern begannen.

Sie liebte es, bis zum Höhepunkt erregt zu werden, indem man ihre Brustwarzen leckte – das wußte er nur zu gut von ihren vorhergehenden gemeinsamen Spielchen. Wer ihr als erster dieses kleine Vergnügen beigebracht hatte, und in welchem Alter, davon hatte Marcel keine Ahnung; bei der einzigen Gelegenheit, wo Marcel sie danach gefragt hatte, hatte sie nur gekichert und alle Antwort vermieden, indem sie ihm die Hose aufknöpfte und mit beiden Händen hineinlangte, um seinen kräftigen männlichen Stolz zu fassen und zwischen den Handflächen zu kneten. Aber diesmal, sagte sich Marcel triumphierend, lehrte er dieses charmante, hübsche Mädchen etwas Neues – nämlich, wie sie von einer Zungenspitze auf ihrem geheimen Knöspchen zu einem köstlichen Höhepunkt gebracht werden konnte!

»Ah, Marcel, Marcel ... das fühlt sich so gut an ... ich

glaube, ich werde vor Ekstase sterben«, murmelte sie, und auf diese Weise ermuntert, flitzte seine Zunge begeistert über ihre prall angeschwollene kleine Perle.

Sie hatte schon immer sehr schnell auf die Aufmerksamkeiten reagiert, die er ihren Brüsten zollte – und sie reagierte noch schneller auf diese neuen, intimen Aufmerksamkeiten, die ihr jetzt verschwenderisch geschenkt wurden. Ein langgezogenes keuchendes Seufzen und ein nervöses Zucken ihrer Schenkel und ihres Bauches warnten Marcel, daß er sie zu dem entscheidenden Punkt gebracht hatte. »Ja, jetzt!« schrie sie auf, und ihr Leib zuckte krampfhaft unter den überwältigenden Gefühlen, von denen sie ergriffen wurde. Marcel fühlte, wie ihre Pobacken sich unter seinen Händen anspannten, während sie sich heftig gegen seinen Mund warf und einen langen Wimmerton der Ekstase ausstieß.

Er hielt ihre Kehrseite ganz fest, um sie während ihres bebenden Genusses zu stützen, und plötzlich packte sie ihn bei den Ohren, zog seinen Kopf von ihrem Bauch fort und stürzte sich mit weit gespreizten Beinen auf seinen Schoß. Im nächsten Moment hatte sie seine Hose aufgerissen und seinen vibrierenden Stolz in der Hand. Sie schloß die Finger um seinen Schaft, während die andere Hand in seiner Unterhose herumwühlte, um seine wolligen *pompoms* zu packen und hervorzuholen, damit sie sie sehen und mit ihnen spielen konnte.

Marcel konnte kaum atmen, so groß war die Lust, die sie ihm bereitete. Er beobachtete, wie ihre Fingerspitzen bis zur Eichel seiner bebenden Lanze glitten, und dann wieder ganz nach unten, und wieder nach oben. Nach ein paar dieser Passagen war er zu ungeheurer Größe angeschwollen, und die Eichel war prall und glänzend vor Leidenschaft.

»Fühlt sich das gut an?« fragte sie mit leicht zur Seite geneigtem Kopf und schaute ihn fragend an.

»Oh ja, Dany, sehr«, stammelte er.

»Und bist du nun noch immer eifersüchtig auf Pierre?« wollte sie wissen.

»Nein, Ehrenwort«, sagte er. »Warum sollte ich?«

»Gut«, sagte Dany. »Deiner ist größer als seiner – wußtest du das?«

»Aha! Dann hast du also doch mit ihm gespielt!« grunzte Marcel.

»Und wenn ich es getan hätte? Bin ich denn dein Eigentum, Marcel? Aber wo wir gerade über Eifersucht reden, sag mal, mein Lieber – spielt Madame de Michoux mit dir? Und spielst du mit ihr?«

Sie hielt seine wippenden fünfzehn Zentimeter fest in der Faust und rieb sie auf und ab, so daß sämtliche Stiche der Eifersucht, die Marcel auch immer zu fühlen geglaubt haben mochte, vollständig in der rauschhaften Lust untergingen, die seinen Körper schüttelte. »Dany – ich bete dich an!« ächzte er und hüpfte auf dem Sessel auf und ab, um ihre Handbewegungen zu verstärken.

»Wirklich?« fragte sie. »Betest du mich wirklich an, Marcel? Oder ist es *das* hier, was ich in der Hand habe, was da aus dir spricht, und nicht dein Herz?«

Er hatte genau den kritischen Augenblick erreicht, und es brauchte nicht mehr als drei oder vier Bewegungen ihrer Hand, um seine Leidenschaft freizusetzen. Mit aufgerissenen Augen sah er, wie Danys Hand zwischen ihre weit gespreizten Schenkel schlüpfte und die feuchten Blütenblätter dort auseinanderdrückte, und im nächsten Augenblick rieb sie den prallen Kopf seines Lieblingsstückes an ihrer kleinen Pforte.

»Da!« keuchte sie und starrte staunend auf das, was sie getan hatte. »Das ist es, was du haben willst, nicht wahr?«

»Dany – ich bete ich an«, wiederholte er mit bebender Stimme, während er darum kämpfte, sich nur noch ein kleines bißchen länger zurückzuhalten.

Sie hatte ihre Hände auf seinen Schultern, und er seine

auf ihren nackten Schenkeln, sie saßen Stirn an Stirn und schauten mit wild klopfenden Herzen auf ihr niedliches, kleines *jou-jou,* das durch die obersten Zentimeter seines vibrierenden Schaftes auseinandergedrückt wurde. Der Gedanke, daß er der erste Mann war, dem sie erlaubte, den Eingang zu ihrem hübschen Alkoven mit seinem stolzen Körperteil zu berühren, und der darauffolgende Gedanke, daß er sich mit einem einzigen, kräftigem Stoß vermutlich den Weg ins Innere bahnen könnte, um ihr seinen Tribut in den warmen, kleinen Bauch zu spritzen – das war zu viel für Marcel!

Er atmete schwer, als er fühlte, wie seine heiße Essenz in ihm aufstieg wie das Quecksilber im Thermometer an einem Sommertag. Im nächsten Moment würde er ihre Knospe mit seiner Lust begießen – und auch sie wußte es, denn sie versuchte, es zu beschleunigen, indem sie mit ihrem Bauch nach vorne stieß. Und im gleichen Augenblick riß Marcel seinen zuckenden Schaft von ihrer Blüte fort und spritzte unter lautem Stöhnen auf ihren nackten Bauch.

»Nicht so!« rief Dany enttäuscht aus, und während Marcel noch in Ekstase bebte, schob er seine Hand zwischen ihre Beine und liebkoste ihre kleine, nasse Knospe, bis sie vor Wonne aufschrie und an seine Brust sank, die Arme um seinen Hals geschlungen, um seinen Mund in einem langen Kuß auf ihren zu pressen.

Als sie sich wieder erholt hatte, setzte sie sich auf seinen Schoß, um sich mit dem Taschentuch abzutrocknen, und warf einen kritischen Blick auf ihr *jou-jou.*

»Bin ich noch immer eine Jungfrau?« fragte sie und grinste Marcel dabei an.

»Oh, ja«, versicherte er, »du bist jetzt noch genauso eine Jungfrau, wie du es warst, ehe wir angefangen haben. Bist zu zufrieden?«

»Ja, in gewisser Weise«, sagte sie, »auch wenn ich nicht erwartet hatte, es noch immer zu sein. Ich wollte, daß du mich richtig nimmst – warum hast du ihn zurückgezogen, statt ihn reinzustecken?«

Sie wischte sein erschlaffendes Glied mit dem gleichen Taschentuch ab, nahm es in die Hand und drückte es zärtlich.

»Aus Rücksicht auf dich«, sagte er, ganz und gar nicht sicher, warum er im letzten Moment so reagiert hatte. »Mir schien, du hättest dich vielleicht durch die Lust, die unser kleines Spiel in dir ausgelöst hat, einen Moment lang vergessen – und wenn ich das ausgenutzt hätte, um mich selbst zu befriedigen, wärest du nachher mit mir und mit dir selbst böse gewesen.«

»Das kann doch nicht wahr sein«, sagte Dany mit einem nachdenklichen Ausdruck in ihrem hübschen Gesicht, »vor einer halben Stunde hast du meinen Ruf vollständig zerstört, als du Pierre vorgelogen hast, du wärst mein Liebhaber. Also hättest du dir auch genausogut nehmen können, was du, wie du der Welt verkündet hast, angeblich schon lange genießt.«

»Aber Pierre ist doch nicht die Welt – er wird deinem Ruf nicht schaden. Ich werde ihm erklären, daß ich nicht die Wahrheit gesagt habe.«

»Zu spät«, sagte Dany. »Männer sind Klatschbasen – morgen wird die Hälfte meiner Bekannten irgendeine Version der Lügen gehört haben, die du Pierre erzählt hast. Nein, mein Ruf ist hinüber – du hättest meinen Untergang wenigstens vollständig herbeiführen können.«

»Also, wenn das so ist...«, murmelte Marcel und hob sie von seinem Schoß, um sie ganz auszuziehen. Sie half ihm mit demonstrativer Begeisterung, vergaß ihre jungfräulichen Skrupel und stand nackt vor ihm, um sich von ihm betrachten zu lassen. Wie er vermutet hatte, hatte sie einen hübschen Körper – an den richtigen Stellen wohlgerundet, mit glatter Haut und vor gesunder Kraft strotzend.

»Und jetzt du«, sagte sie. »Du mußt dich auch von mir anschauen lassen«, und nahm in bei den Händen, half ihm auf die Füße und zog ihn ebenfalls nackt aus. Sie stand ganz nah vor ihm, ließ ihre Finger durch die krausen, dunklen Haare auf seiner Brust fahren, prüfte seinen Bauchnabel mit einem Zeigefinger und streichelte sein weiches Glied auf schmeichelnde Weise, bis es an Umfang und Länge wieder zuzunehmen begann. Das rief ein Grinsen bei ihr hervor, und sie stieß ihn auf den Stuhl zurück und kniete sich zwischen seine gespreizten Beine.

Sie schaute ihm frech ins Gesicht, während ihre Hand an seinem schwellenden Schaft spielte, und dann senkte sie mit einem kleinen Lachen den Kopf und nahm ihn in ihren nassen Mund. Wenn Marcel in der Lage gewesen wäre, seinen Verstand zu benutzen, hätte er vielleicht einen gewissen Verdacht wegen Danys vollständiger Verwandlung und der Hitzigkeit ihres Vorgehens geschöpft. Aber er war jetzt wirklich unfähig, vernünftig nachzudenken, denn Dany löste in ihm eine Flut köstlicher Empfindungen aus.

Als seine ausgestreckten Beine wild zu zittern begannen, nahm sie sofort seinen prallen Stolz aus dem Mund, setzte sich auf die Fersen und lächelte in einer Weise zu ihm auf, die unverhohlen einladend war. Marcel brauchte keine weitere Ermutigung – er nahm sie bei den Schultern und warf sich aus dem Stuhl nach vorn und drückte sie rücklings auf Pierres Perserteppich. Das Manöver brachte ihn über sie, zwischen ihre hochgestellten, gespreizten Knie, mit seinem nackten Bauch auf ihrem.

»Oh, Marcel!« murmelte sie und starrte ihn mit offenem Mund und weit aufgerissenen Augen ins Gesicht, das ihrem so nah war. Marcel umarmte sie und drückte sie fest an sich – und als er sie küßte und seine Zunge in ihren Mund schob, erzwang sich sein eifriger Schaft den

Weg in den kleinen, nassen Eingang zwischen ihren gespreizten Schenkeln. Sie atmete heftig, als er sie durchbohrte und von der Bürde ihrer Jungfräulichkeit befreite, dann entspannte sie sich unter ihm, die Arme um seinen Hals gelegt.

»So fühlt sich das also an!« seufzte sie.

Marcel drückte seinen Mund zu einem endlos langen Kuß auf ihren und schob seine Hände unter ihren Po, um ihre weichen Backen festzuhalten, während er vorsichtig in sie stieß. Danys Bauch schien seinen Bewegungen eifrig entgegenzukommen, und ihre Fingernägel kratzten über seinen Rücken, während ihre Erregung sich wild steigerte. Verloren im Rausch der Lust, konnte Marcel keinen Gedanken darauf verschwenden, welche Gegenleistungen von ihm dafür erwartet wurden, daß er als erster Mann in Danys *jou-jou* eindringen durfte.

Er stieß einen Lustschrei aus und fühlte, wie seine Leidenschaft in seinem pulsierenden Schaft emporstieg, und Dany keuchte laut vor Wonne. Erst dann, im allerletzten Moment, brachte ein letzter Rest von gesundem Menschenverstand Marcel dazu, aufzupassen! Und so sehr er auch von der Ekstase überwältigt war – er zog sich aus der sich unter ihm windenden Dany zurück und spritzte noch einmal seine Leidenschaft auf ihren glatthäutigen, kleinen Bauch, diesmal direkt an ihrem Bauchnabel vorbei bis beinahe an die Brüste mit ihren rosigen Spitzen.

11

Angriff und Abwehr

Es paßte vollkommen zu Silvies Charakter, daß sie ihren Geburtstag unbedingt in großem Stil feiern wollte. Die meisten Damen, die die fünfunddreißig überschritten haben, ziehen es vor, ihren Geburtstag in aller Stille zu begehen, zum Beispiel bei einem Abendessen in einem guten Restaurant mit Familie und Freunden, doch Silvie Tournets exhibitionistische Natur wollte sich mit einer so diskreten Feier nicht begnügen. Sie hatte ihren Bruder Adolphe überredet, in seiner Wohnung eine Party für sie zu organisieren, und dazu lud sie jeden ein, den sie kannte.

Marcel kam es so vor, als kenne sie halb Paris, denn so groß die Wohnung auch war, sie war ungeheuer bevölkert, als er und seine Mama ankamen. Adolphe hatte ein paar seiner eigenen Freunde eingeladen, um dem Ereignis einen etwas respektableren Stempel aufzudrücken – sie sollten in gewissem Maße ein Gegengewicht zu Silvies recht geschmacklosen Freunden bilden, und so fand sich auch Madame Chalon unter den Gästen. Und Gabrielle de Michoux, die Verlobte ihres Bruders, würde zu Silvies Unterstützung anwesend sein.

Während ein Diener sich um Marcels Zylinder und den Umhang seiner Mutter kümmerte, hörte er schon die laute, lebhafte Musik einer angeheuerten Jazzband irgendwo in der Wohnung. Adolphe und Gabrielle standen in der Eingangshalle, um die Gäste zu begrüßen, denn Silvie war nirgendwo zu sehen, weil sie viel zu sehr damit beschäftigt war, ihre eigene Party zu genießen, um sich übermäßig mit den Formalitäten zu belasten. In Gabrielles schönem Gesicht lag ein nur unzulänglich kaschierter Ausdruck des Ärgers, stellte Marcel fest, als er sich zur Begrüßung über ihre Hand beugte.

Ihr Abendkleid war höchst schick – es stammte von der Hand eines haute couture-Meisters – es war aus elfenbeinfarbenem Satin, schulterfrei und wie eine Tulpe gestaltet, aus der ihre nackten, zarten Schultern mit ihrem ganzen Charme herausragten. Sie trug eine Kette aus Gold und Smaragden um den schlanken Hals, und ihr kastanienbraunes Haar war seitlich gescheitelt und in glänzenden Wellen nach hinten gebürstet. Neben ihr stand Adolphe, der es ungeheuer genoß, daß seine Braut so bewundert wurde. Sein borstiger Schnurrbart war an den Enden nach oben gezwirbelt wie die Spitzen auf einem Soldatenhelm.

Im Salon machten mehrere Diener mit großen Champagnerkelchen auf silbernen Tabletts die Runde und in der Mitte des Raumes, der für diese Gelegenheit freigeräumt worden war, tobten zwanzig oder mehr Paare zu der wilden Musik herum. Silvie befand sich darunter und übertraf jedermann allein schon durch die Verve ihres Tanzens. Sie schien auch alle ihre Freundinnen in der Gewagtheit ihres Abendkleids übertreffen zu wollen, dachte Marcel, und beobachtete sie interessiert. Sie war gekleidet, um die Aufmerksamkeit aller Männer auf sich zu lenken, die sich im Zimmer befanden, das stand außer Frage!

Ihr Geburtstagskleid stammte offensichtlich von der gleichen Hand wie das Kleid, das sie im Casino in Cannes getragen hatte, denn Stil und Schnitt waren fast gleich. Der Ausschnitt reichte so tief zwischen ihre vollen Brüste, daß die Brustwarzen nur knapp bedeckt wurden, und das Kleid hatte so gut wie gar kein Rückenteil, so daß ihre gesamte Wirbelsäule, fast bis dort, wo sie zwischen den Pobacken verschwand, zu sehen war. Die Version, die sie im Casino getragen hatte, war aus glänzendem, schwarzen Satin gewesen, und das, was sie zu ihrem Geburtstag angelegt hatte, war aus so feinem flammendrotem Chiffon, daß die ganze Kreation klein genug zusammengefaltet werden konnte, um in die Brusttasche einer Herrenweste zu passen.

In Cannes hatte sie zu dem schwarzen Satin ihre lange Perlenkette getragen – jene berühmte Kette, deren Schnur in der Hitze des Augenblicks gerissen war! Und eine Perle davon hatte ihren Weg in eine private Vertiefung in Marcels Körper gefunden, während er schlief – und an einem anderen Tag war sie in eine noch privatere Vertiefung von Silvies Körper gelangt, als sie betrunken war!

Zu dem flammendroten Chiffon trug sie eine fabelhafte Diamantenkette, die bläulich funkelte, während sie im Rhythmus des Tanzes auf Silvies weißer Haut auf und ab hüpfte. Und Silvies Diamanten waren nicht das einzige, das auf und ab hüpfte – ihr Jazztanz – oder wie man ihre barbarischen Zuckungen sonst bezeichnen mochte – war so wild, daß ihr üppiger Busen unter dem dünnen Kleid im Rhythmus wippte, was jeden Mann im Zimmer in Verlegenheit brachte, da es eine gewisse Steifheit verursachte, die die Bewegungsfreiheit einschränkte. Zwangsläufig entdeckte Silvie, als sie schließlich zwischen zwei Tänzen eine Verschnaufpause einlegte, Marcel, der neben seiner Mutter stand, für die er einen Stuhl besorgt hatte. Silvie stieß kleine Willkommensschreie aus, während sie eilig den Salon durchquerte, um ihn zu begrüßen; sie wartete nicht darauf, daß er ihre Hand küßte, sondern warf ihm die Arme um den Hals und drückte ihre Wange gegen seine – zur großen Mißbilligung von Madame Chalon, die sie kalt anschaute und Silvies Hand kaum mit den Fingerspitzen berührte, als sie sie ihr entgegenstreckte.

»Du mußt mit mir tanzen, Marcel«, forderte Silvie, »ist die Band nicht *fabelhaft*? Sie sind aus St. Louis in Amerika und spielen in einem Nachtclub auf dem Boulevard St. Germain«, und ehe er irgendwelche Einwände machen konnte, zerrte sie ihn in die Mitte des Zimmers und warf sich voller Energie in die Verrenkungen des Jazztanzes. Für Marcel bestand kein Zweifel, daß sie schon reichlich Champagner getrunken hatte, und als er sah, daß ihm nichts anderes übrigblieb, als gute Miene zum bösen Spiel zu machen, gab er sich ungezwungen dem Tanz hin.

Die heitere Silvie bot einen erfreulichen Anblick – ihr kunstvoll geschminktes Gesicht rosig vor Anstrengung, die funkelnden Diamanten, und ihr Busen, der unter dem dünnen Kleid hüpfte! Ihr rot geschminkter Mund war halb geöffnet, und sie sang wortlos zum Rhythmus der Musik. Ihre dunklen Augen glänzten, und ihre Füße glitten bei den komplizierten Schritten ihres Tanzes hin und her. Und dann sprang ihre rechte Brust durch den Schwung ihrer Bewegungen aus dem tiefen Ausschnitt ihres Kleides, um mit dunkelroter, aufgerichteter Brustwarze heftig auf und ab zu wippen.

Sie war so in den Tanz vertieft, daß sie nicht merkte, was geschehen war, und Marcel betrachtete sie hingerissen und sagte nichts, um ihre Aufmerksamkeit darauf zu lenken. Aber andere Männer, die mit ihren Partnerinnen in der Nähe tanzten, waren nicht so diskret, und bald übertönte lautes Gelächter die Musik. Das am nächsten tanzende Paar blieb stehen, und die Frau – eine magere Blondine ohne nennenswerten Busen unter ihrem eisblauen Satinkleid – tippte Silvie auf die Schulter und lenkte mit einem scharfen Kopfnicken deren Aufmerksamkeit auf ihre Brust. Silvie hielt sofort inne und schaute an sich herunter, dann grinste sie und schob ihre nackte Brust mit der hohlen Hand wieder ins Kleid zurück.

»Warum hast du mir nichts gesagt, du Biest?« fragte sie Marcel, während er sie aus der Mitte des Zimmers zu einem Diener mit einem Tablett geleitete, um ihnen eine Erfrischung zu verschaffen. Die Leute im Salon starrten zu ihnen herüber und lachten, und Marcel schaute ängstlich auf den Platz wo er seine Mutter zurückgelassen hatte, überzeugt, er würde einen so kalten Ausdruck in ihrem Gesicht sehen, daß ihm das Blut in den Adern gefrieren würde. Glücklicherweise saß sie nicht mehr auf dem Stuhl, den er ihr besorgt hatte.

»Es dir sagen, *chérie* – und einen so hinreißenden Anblick verderben?«, sagte er äußerst erleichtert zu Silvie. »Du erwartest doch nicht im Ernst, daß ich so selbstlos bin. Wenn man ein so winziges Abendkleid anhat, kann man natürlich nicht viel Leibwäsche darunter tragen.«

»Du solltest es wissen«, sagte sie, als sie ein Glas Champagner von dem Tablett nahm, das der Diener hielt. »In Cannes habe ich fast dasselbe Kleid getragen.«

»In der Nacht, als du in mein Zimmer kamst«, sagte er, hattest du ein winziges Unterhöschen aus schwarzer Spitze an – es war ein Genuß, es dir auszuziehen!«

»Da heute mein Geburtstag ist, habe ich gar keins an«, sagte sie und grinste ihn dabei an, »interessiert dich das?«

»Wie aufregend«, murmelte Marcel. »Das heißt, falls du die Wahrheit gesagt hast. Aber leider besteht keine Möglichkeit, das herauszufinden.«

»Natürlich besteht die Möglichkeit«, sagte sie sofort. »Du weißt, wo mein Zimmer ist – bleib noch zwei Minuten hier und komm mir dann dorthin nach, dann liefere ich dir alle Beweise, die du willst.«

»Aber wir können uns doch nicht inmitten deiner Party verkrümeln«, sagte er mit bedauerndem Grinsen. »Oder etwa doch?«

»Während einer Viertelstunde wird uns wohl kaum

jemand vermissen«, antwortete sie, reichte ihm ihr leeres Glas, bevor sie sich umdrehte und den Salon verließ.

Was sie da vorhatten, war natürlich reiner Wahnsinn, das wußte Marcel. Aber der Anblick von Silvies üppigem Busen, wie er so fröhlich aus dem Kleid gesprungen war, hatte seine Vorstellungskraft geweckt und seinen Puls wild beschleunigt. Und außer seiner lebhaften Einbildungskraft regte sich noch etwas anderes. Es zitterte steif vor seinem Bauch unter dem Frackhemd. Gesellschaftlich war das, was Silvie und er tun wollten, völlig unmöglich und unverzeihlich, und dennoch, dachte er, warum auch nicht, wo Silvie doch mehr als willens ist?

Er ließ ein paar Minuten mit diesen angenehmen Überlegungen verstreichen, bevor er die beiden leeren Gläser auf eine Fensterbank stellte und den bevölkerten, lauten Salon verließ. Er wußte ganz genau, wo sich Silvies Zimmer befand, da er schon dort gewesen war – das erste Mal, als er sie betrunken und bewußtlos genommen hatte, und das zweite Mal, als er sie nüchtern und unter einer seelischen Depression leidend genommen hatte – die er in Rekordzeit kuriert hatte!

Er schlenderte durch die Korridore der Wohnung, und als er Silvies Zimmer erreichte, schaute er sich um, um sich zu vergewissern, daß man ihn nicht beobachtete, dann öffnete er die Tür und trat schnell ein. Er blieb mit dem Rücken an der geschlossenen Tür stehen, eine Entschuldigung auf den Lippen, falls sich jemand anderes dort aufhalten sollte. Aber nur Silvie war da, die ihm riet, die Tür zu verriegeln. Marcel schaute auf das kostbare Bett mit dem Himmel und den spitzenbesetzten Kissen, und ein Lächeln breitete sich über sein hübsches Gesicht, als er an die Freude dachte, die die nächsten zehn Minuten für ihn bereithielten.

Silvie saß auf der brokatbezogenen *chaiselongue* neben den hohen Fenstern. Wie Marcel sich sehr gut erinnerte, stand daneben ein kleiner Edelholztisch, auf dem sich ein Tablett mit Gläsern und einer Flasche Cognac befanden – und Silvie hatte während der wenigen Minuten, die sie auf ihn warten mußte, nicht widerstehen können. Sie erhob sich und stellte ihr Glas ab, als er den Schlüssel im Schloß umdrehte, dann kam sie ihm quer durchs Zimmer entgegen und warf ihre Arme um seinen Hals.

»Warum hast du mich so lange warten lassen?« fragte sie.

Ihre Worte gingen verloren, da sie ihren Mund zu einem süßen, cognacgewürzten Kuß auf seinen Mund drückte. Marcel machte sich nicht die Mühe, ihr zu antworten – er preßte seinen Bauch kräftig gegen ihren, während er ihren Kuß heiß erwiderte und die Hände an dem lächerlich tief ausgeschnittenen Abendkleid nach unten wandern ließ, um ihre Hinterbacken zu packen und zu kneifen. Er seufzte glücklich in Silvies offenen Mund, als seine Hände nur nackte Haut fanden.

»Dann stimmt es also!« murmelte er, den Kuß unterbrechend. »Du bist nackt unter diesem schamlosen Kleid!«

»Selbstverständlich bin ich nicht nackt«, widersprach Silvie entrüstet, »ich habe Seidenstrümpfe an! Schau her!«

Sie ließ ihn los, trat einen Schritt zurück und lüpfte ihr flammendrotes Kleid mit beiden Händen, um ihm ihre Schenkel zu zeigen, nackt über ihren scharlachroten Strumpfbändern. Marcel lächelte sie vergnügt an, dann senkte er den Blick, um sich am Anblick ihrer samthäutigen, drallen Schenkeln zu weiden – und dann, als sie ihr Kleid noch höher hob, ihres dunkelhaarigen *joujous*, das sie für ihn bloßgelegt hatte.

»Hinreißend«, murmelte er, und, unfähig zu widerstehen, trat er näher und ließ seine Hände über ihre rundlichen Schenkel streichen und freute sich an ihrer samtigen Haut. Sie berührte seinen Mund wieder mit dem ihren, und er drückte seine Finger zwischen die rosigen Blütenblätter, um ihren kleinen Fruchtknoten zu suchen.

»Marcel, Marcel!« stöhnte sie selig, als seine suchenden Finger die geheime Knospe in ihrer feuchten Wärme fanden. Im nächsten Augenblick hatte sie etwas an ihrer Taille gelöst und sich das zarte Kleid über den Kopf gezogen und quer durchs Zimmer geworfen, so daß sie nackt vor ihm stand – abgesehen von den feinen Seidenstrümpfen, die sie zuvor angeführt hatte, um ihre Sittsamkeit zu beweisen.

Marcel beugte den Kopf, um seine Zunge über die Spitzen ihrer großen, runden Brüste lecken zu lassen, und brachte sie wieder zum Stöhnen. Wenn man all die Jahre in Betracht zog, in denen ihre Brüste von eifrigen Männerhänden betastet wurden, dann waren sie noch immer bemerkenswert wohlgeformt, überlegte er – sie waren nur ein ganz klein wenig schlaff. Tatsächlich war die nackte Silvie ein erfreulicher Anblick für die Augen eines jeden Mannes! Sie stöhnte wieder und bebte, als sie das unnachgiebige Bohren von Marcels Fingern tief in ihrem warmen und sehr nassen Spalt fühlte, die auf dem kleinen Knopf herumflitzten und sie zum Glühen brachten. Sie fummelte mit den Händen an seiner Hose, um die Knöpfe aufzumachen und sein pochendes Glied zu fassen zu kriegen.

Um ihr geräuschvolles Keuchen zu ersticken – für den Fall, daß sie Pech hatten und jemand an der Tür vorbeikam und sie hörte – preßte Marcel seinen Mund auf ihren und leckte an ihrer Zunge. Ihr Bauch zitterte so heftig, daß er wußte, ihr Höhepunkt mußte unmittelbar bevorstehen.

»Nicht so!« rief sie aus, nachdem sie ihren Mund von seinem Kuß befreit hatte. »Auf dem Bett, schnell – ich will dich in mir haben!«

Doch die Angelegenheit war schon zu weit fortgeschritten. Noch während sie sprach, zwangen seine emsigen Finger sie bis an die Schwelle und dann Hals über Kopf darüber hinaus. Sie stöhnte und krallte sich während ihrer wilden Zuckungen der Ekstase an seinen Schultern fest. Lange, nachdem sie zum Ende gekommen war, bebte sie noch immer und drückte ihren Bauch an seinen, bis ein abschließender Seufzer die Vollendung ihres Höhepunkts verkündete.

»Du Biest!« schimpfte sie voll wilder Entschlossenheit. »So kommst du mir nicht davon!«

Kaum hatte sie das gesagt, war sie schon auf den Knien und nahm seinen harten Stolz in ihren heißen Mund. Silvies Erfahrung mit Männern und wie man sie erregte, war sehr umfassend – ein paar Bewegungen ihrer Zunge, und seine Knie begannen zu zittern. Er starrte mit halb geschlossenen Augen an seiner gestärkten Hemdbrust hinunter auf seine offene Hose, wo sein geliebtes Stück aus einem dichten Busch krausen, schwarzen Haares emporragte und Silvies Kopf auf und ab wippte.

Ihre hübschen, braunen Augen waren geschlossen, ihr Gesicht war vor Erregung rosig angehaucht, und ihre weichen Brüste hüpften im Rhythmus der Bewegungen ihres Kopfes auf und ab. Sie bot einen so erregenden Anblick, daß Marcel davon ganz berauscht war. Sie hörte seinen Stoßseufzer der Wonne und hielt mit ihrem scharlachrot geschminkten Mund einen Moment inne, um zu ihm aufzublicken.

»So ist es schon besser«, sagte sie beifällig grinsend.

Sie erwartete, daß er sie quer durchs Zimmer zu dem Himmelbett führen und sanft auf den Rücken legen würde. Aber dafür war keine Zeit – er bückte sich, um seine Hände unter ihre Achselhöhlen zu schieben und sie mit einem kräftigen Ruck auf die Füße zu zerren, dann packte er sie unter den Kniekehlen und um die Schultern und hob sie einfach in die Höhe. Sie war schwerer, als er erwartet hatte, aber mit einer gewaltigen Kraftanstrengung machte er fünf Schritte bis zur *chaiselongue*, die näher stand, als das Bett, und in seiner wollüstigen Verzückung ließ er sie nicht allzu sanft rücklings darauf fallen.

Als sein bekleideter Bauch sich auf ihren nackten Bauch legte, spreizten sich Silvies Beine wie eine Schere, und mit einem einzigen herben Stoß drang er tief in sie ein. »*Ja!*« schrie sie triumphierend, als sie sich bis zum Anschlag aufgespießt fühlte. Sie zwängte ihre Hände in seine offene Hose und in seine Unterwäsche, ohne zu beachten, wieviele Knöpfe sie in ihrer Eile dabei abriß, bis sie ihre scharfen Fingernägel in seine Hinterbacken graben konnte. Marcel stöhnte vor lustvollem Schmerz und bearbeitete sie mit kurzen, schnellen Stößen.

»Marcel, Marcel, *je t'adore!*« keuchte sie, und ihre blauweißen Diamanten funkelten auf ihrer blassen Haut, als sie unter der Heftigkeit ihrer Bewegungen herumtanzten. Marcel stöhnte ihren Namen, während sich seine Lenden in unkontrollierbarer Wollust gegen sie rammten.

»*Silvie, je t'adore, chérie!*« ächzte er, während er sie, aufgepeitscht durch ihre ekstatischen Schreie, noch schneller und heftiger ritt, bis er in sie hineinsprudelte und sie wild unter ihm zappelte und einen langgezogenen, lauten Schrei ausstieß. Ihre Zuckungen hielten wesentlich länger an als die seinen und er wartete, bis sie abgeklungen waren, ehe er sich zurückzog. Bevor er sich jedoch von der *chaiselongue* erheben konnte, schlang sie ihm die Arme um den Hals und küßte ihn leidenschaftlich.

Ein scharfes Klopfen an der Tür brachte sie mit unerfreulicher Geschwindigkeit in die kalte Wirklichkeit zurück.

»Madame!« rief eine Stimme, die Marcel als die von Silvies Zofe erkannte. »Sind Sie hier, Madame?«

»Was gibt's, Josephine?« fragte Silvie schroff.

»Die Tür ist abgeschlossen, Madame. Ich kann nicht hineinkommen.«

»Was willst du?« frage Silvie und überschüttete Marcels Wange mit kleinen schmatzenden Küßchen.

»Verzeihen Sie, daß ich störe, Madame«, antwortete die unsichtbare Zofe, »aber Monsieur Lacoste bat mich, nach Ihnen zu suchen. Sie möchten ihm die Ehre erweisen und auf ein paar Worte zu ihm in die Bibliothek kommen, sobald es Ihnen paßt. Was soll ich ihm ausrichten?«

»Daß ich mir das Gesicht pudere«, sagte Silvie, die in diesem Augenblick Marcels nasses, erschlaffendes Glied zärtlich und dankbar in der Hand hielt. »Du kannst meinem Bruder sagen, daß ich gleich zu ihm komme.«

»Ja, Madame. Brauchen Sie irgendetwas, Madame?«

»Nein«, antwortete Silvie und drückte Marcels welkenden Stengel in freundlicher, liebevoller Anerkennung.

Sie hörten, wie sich die Schritte der Zofe entfernten, und setzten sich nebeneinander auf der *chaiselongue* auf, Marcel den Arm um Silvies Taille gelegt.

»Adolphe wird wegen dieses lächerlichen kleinen Unfalls, als mein Busen unbedeckt war, an mir herumnörgeln«, sagte sie nachdenklich. »Er betrachtet mich noch immer als die kleine Schwester, die man in Schach halten und zurechtweisen muß, wenn ich etwas tue, das seinen albernen, altmodischen Vorstellungen widerspricht.«

»Vielleicht hättest du sein Smokingjackett anziehen sollen, das du für dich hast abändern lassen«, kicherte Marcel.

»Lach nur, wenn du willst«, sagte Silvie nachsichtig, »aber wenn ich es auch vorziehe, elegante Kleider zu tragen, habe ich doch sämtliche Privilegien in Anspruch genommen, die ihr Männer euch selbst vorbehalten wollt. Du hast mich in Aktion gesehen, als wir in jenem Haus in der Rue Asseline waren – bei Mutter Lussot.«

»Woher weißt du denn den Namen dieser monströsen alten Vettel, die diesen Laden führt?« fragte Marcel grinsend.

Silvie küßte ihn auf die Wange, stand von der *chaiselongue* auf und ließ ihn dort allein sitzen; das schlaffe Glied hing ihm noch immer aus der schwarzen Abendhose. Sie bückte sich und hob ihr flammendrotes Abendkleid vom Fußboden auf, das sie in ihrem Eifer abgestreift hatte, und bot Marcel einen charmanten Blick auf ihr rundes nacktes Hinterteil. Während sie sich das Kleid wieder über den Kopf zog, beantwortete sie seine Frage und brachte ihn damit zum Staunen.

»Weil ich seither mit ihr zu tun gehabt habe«, sagte sie.

»Mit ihr zu tun gehabt?« rief Marcel aus. »Was meinst du damit? Willst du damit sagen, daß du ohne mich wieder dorthin gegangen bist?«

Die Strümpfe hochgezogen und das Kleid glattgestrichen, so daß es alles verbarg, was es zu verbergen vermochte, durchquerte Silvie das Zimmer, um sich an ihren Schminktisch zu setzen und sich um ihr Gesicht zu kümmern.

»Erinnerst du dich noch an Nanette?« fragte sie, mit dem Rücken zu Marcel, während sie ihre gezupften Augenbrauen nachdunkelte. »Das große, schlanke Mädchen mit dem leuchtend kastanienbraunen Haar?«

Diese Beschreibung der rothaarigen Frau bei Mutter Lussot war äußerst schmeichelhaft – wobei schmeichelhaft noch leicht untertrieben war. Marcel erinnerte sich an eine abgehärmte, knochige Frau mit strähnigem, langem Karottenhaar und kleinen, schlaffen Brüsten. Aber, wie der große Moralphilosoph versichert, liegt Schönheit im Auge des Betrachters, und wenn Silvie Nanette durch eine rosa gefärbte Brille sehen wollte, so war das ihr gutes Recht.

»Was ist mit ihr?« fragte er.

»Ich habe mit hunderten von Männern geschlafen«, sagte Silvie, »aber bis dahin war ich noch nie mit einer Frau zusammen. Das hat etwas faszinierend Dekadentes – ich weiß nicht warum. Also habe ich Mutter Lussot aufgesucht und arrangiert, Nanette hier und da für einen Nachmittag von ihr auszuleihen. Sie war inzwischen drei oder vier Mal hier, unter dem Vorwand, sie sei Näherin, damit das Personal nicht anfängt zu reden.«

»Du meine Güte«, rief Marcel aus.

Er hatte die Ereignisse, damals in der Rue Asseline, wieder deutlich vor Augen. Während er mit der dickeren der beiden Frauen beschäftigt war, hatte die rothaarige Nanette Silvie rücklings aufs Bett geschubst, ihr das gestärkte Smokinghemd bis zum Bauchnabel hochgezogen und ihre Hose aufgeknöpft, um ihren glatten Bauch und ihr sorgfältig gestutztes Dreieck zu entblößen. Sie hatte Silvie mit den Fingern beiläufig bis zum Höhepunkt erregt – und offensichtlich einen unvergeßlichen Eindruck hinterlassen.

»Meine liebe Silvie«, sagte er, während er sich erhob und seine Kleidung wieder anständig glattstrich, »es ist äußerst unvorsichtig, sich mit diesen Leuten einzulassen – und das Mädchen hierherzubringen; es ist gefährlich, daß sie und ihre Arbeitgeberin wissen, wo du wohnst. Du mußt diese Zusammenkünfte sofort aufgeben und anordnen, daß sie nicht mehr in die Wohnung eingelassen wird, wenn sie ungeladen auftaucht.«

»Kommt überhaupt nicht in Frage!« sagte Silvie. »Ich genieße Nanettes Besuche – sie ist äußerst geschickt in ihrem Beruf. Wir sind gute Freundinnen geworden, und ich gebe ihr ebensoviel Lust, wie sie mir. Sie weigert sich, sich einen anderen Freund zu suchen, solange ihr Geliebter im Gefängnis sitzt, und so ist sie jetzt auf mich angewiesen.«

»Silvie, Silvie«, sagte Marcel mit einem besorgten

Kopfschütteln. »Das wird ein schlimmes Ende nehmen, wenn du so weitermachst.«

Silvie erhob sich von ihrem Schminktisch und steuerte auf die Türe zu. Mit der Hand am Riegel warf sie Marcel einen Blick über ihre nackte Schulter zu und lächelte fröhlich.

»Nichts als männliche Eifersucht«, sagte sie. »Dein Stolz ist verletzt und deine Männlichkeit bedroht, weil ich darauf bestehe, mir alle Privilegien eines Mannes zu gönnen und gleichzeitig eine Frau zu bleiben. Ich tue, was mir gefällt, liebster Marcel, und niemand kann mich daran hindern. Und eines werde ich dir sagen – Nanette hat vollkommen recht, wenn sie sagt, daß die Männer nur fürs Bett gut sind. Ansonsten sind sie eine Last – sogar du manchmal.«

Damit öffnete sie die Tür und verschwand. Marcel ließ ihr eine paar Minuten Vorsprung, und dann ging auch er zur Party zurück. Seine Mutter war nirgendwo zu sehen, und Adolphe ebensowenig, woraus er schloß, daß beide der amerikanischen Jazzmusik überdrüssig geworden waren und einen ruhigeren Winkel in der Wohnung gefunden hatten, um einen Drink und ein Gespräch zu genießen. Gabrielle tanzte mit einen großen, gutaussehenden Mann mit kurzem, schwarzem, pomadisiertem Haar. Sie schienen in eine ernste Unterhaltung vertieft zu sein, trotz der Lautstärke der Musik, und ein kleiner Stich von Neid durchzuckte Marcel.

Als die Jazzband eine Verschnaufpause machte und die Tänzer sich verstreuten, ging er schnell zu Gabrielle und dem Fremden hinüber, die noch immer die Köpfe zusammensteckten. Gabrielle grüßte ihn mit einem kleinen Lächeln und stellte die beiden Männer einander vor.

»Belanger?« wiederholte Marcel den Namen des anderen überrascht, »sind Sie vielleicht gar Claude Belanger?«

»Ja – es scheint, daß Sie schon von mir gehört haben,

obwohl wir uns noch nicht begegnet sind«, antwortete der schwarzhaarige Mann.

»Claude ist ein Freund von Silvie«, erläuterte Gabrielle hilfsbereit.

»Das habe ich gehört«, stimmte Marcel zu. »Sagen Sie, falls es nicht eine indiskrete Frage ist – hat Silvie Sie zu der Party eingeladen?«

»Nein, Adolphe hat mich gebeten zu kommen«, sagte Belanger unerschüttert. »Ich bin erst heute morgen nach Paris zurückgekehrt und gerade hier eingetroffen. Silvie weiß noch nicht, daß ich da bin, und ich habe sie nirgendwo finden können. Sind Sie ein Freund von ihr, Monsieur Chalon?«

»Eher ein Freund ihres Bruders«, sagte Marcel und hoffte, daß er die Knöpfe seiner Hose nach seiner Runde mit Silvie auf der *chaiselongue* ordentlich zugeknöpft hatte. Ihm war der Gedanke gekommen, daß Belangers Rückkehr und sein darauffolgendes Gespräch mit Adolphe heißen mußten, daß er beschlossen hatte, das Geld anzunehmen und Silvie zu heiraten – vorausgesetzt, daß sie ihn noch immer heiraten wollte! Falls dies eine realistische Einschätzung der Situation war, dann sollte Belanger besser nicht herausfinden, auf welch intime Weise Marcel seine zukünftige Gattin amüsiert hatte.

»Ich habe vor nicht allzulanger Zeit mit ihr gesprochen«, sagte Marcel, »und sie erwähnte, sie würde von Adolphe in seinem Arbeitszimmer erwartet, um irgendetwas mit ihr zu besprechen. Dort können Sie sie finden, denke ich.«

Belangers dunkle Augen leuchteten auf.

»Ausgezeichnet«, sagte er, »ich ahne, was Monsieur Lacoste mit ihr besprechen will. Madame de Michoux kennt meine Situation und, um offen mit Ihnen zu sein, Chalon, ich bin heute abend mit der Absicht hergekommen, Silvie einen Heiratsantrag zu machen. Ihr Bruder weiß davon und möchte sie drängen, mich als Ehemann zu akzeptieren. Wenn Sie mich jetzt bitte entschuldigen würden – ich möchte sie so schnell wie möglich finden.«

Und mit einer äußerst höflichen Verbeugung eilte Belanger durch den bevölkerten Salon davon. Die Jazzband hatte ein schnelles Stück begonnen, und Marcel nahm Gabrielles Arm und geleitete sie sanft aus dem Zimmer zu einem offenen Fenster, das auf die Bäume der Avenue Carnot hinausging.

»Was dieser Belanger doch für ein Dummkopf ist«, sagte er. »Wenn er in die Bibliothek kommt, wird er feststellen, daß Adolphe nicht dabei ist, Silvie zur Heirat mit ihm zu drängen, sondern sie gerade heftig tadelt, weil sie ein wenig zu viel von sich zur Schau gestellt hat, als sie mit mir tanzte.«

»Davon habe ich gehört«, sagte Gabrielle und klang nicht amüsiert. »Ich nehme an, du hast das lustig gefunden.«

»Ich? Keineswegs. Du hast mich schließlich gelehrt, daß unser Körper mit all seinen niedrigen Trieben unseres besten und höchsten Strebens unwürdig ist, und daß Schönheit ein Fallstrick für Narren ist.«

Sie schaute ihn genau an, um zu sehen, ob er sich über sie lustig machte.

»Wenn ich mir deiner Einstellung nur ganz sicher sein könnte«, sagte sie ein wenig betrübt. »Es gibt auf der ganzen Welt niemanden, dem ich trauen und auf den ich mich verlassen kann, Marcel – außer vielleicht dir, und ich bin deiner keineswegs immer sicher. Es gibt Zeiten, wo mir die allerscheußlichsten Vermutungen in den Sinn kommen. Zum Beispiel, daß du Silvies Liebhaber sein könntest – oder besser gesagt, *einer* von Silvies vielen Liebhabern.«

»Guter Gott – wie kannst du auch nur einen Augenblick lang so etwas denken!« rief Marcel aus, wobei er versuchte, die richtige Note von Entsetzen in seine Stimme zu legen. »Du bist es, die ich anbete, Gabrielle!«

»Wo warst du denn dann während der letzten halben Stunde? Und wo war sie? Beantworte mir das!«

»Wo Silvie gewesen ist, seit ich mit ihr getanzt habe«, log Marcel dreist, »kann ich dir nicht sagen. Und was mich betrifft, so habe ich mich mit Leuten unterhalten und nach meiner Mama gesucht, die verschwunden zu sein scheint!«

»Du kannst sie nicht ernsthaft gesucht haben«, entgegnete Gabrielle scharf. »Sie sitzt im kleinen Salon und unterhält sich mit Adolphes Schwester Hortense und zwei anderen Damen ihres Alters.«

»Ich wußte gar nicht, daß Adolphe außer Silvie noch eine andere Schwester hat.«

»Er hat eine ältere Schwester. Silvie ist die Tochter aus der zweiten Ehe ihres Vaters. Aber warum versuchst du, mich abzulenken? Ich kann diese Frau nicht ausstehen, und ich glaube dir dein Ableugnen nicht.«

»Ableugnen? Ich habe nichts abzuleugnen«, sagte Marcel, und als er dann sah, daß Gabrielle vor Kummer und Zorn den Tränen nahe war, nahm er ihre Hand.

»Liebste Gabrielle, ich bete dich aus ganzem Herzen an. Nur Mut – so unangenehm Silvie im Augenblick auch sein mag, du wirst sie los sein, sobald du mit Adolphe verheiratet bist.«

»Ich werde sie nie loswerden!« sagte Gabrielle düster. »Sie setzt bei Adolphe immer alles durch – schau dir nur diesen Abend an! Hier bin ich, in dieser unmöglichen Position, die Gastgeberin bei ihrer Geburtstagsparty spielen zu müssen, bei der sie zu viel trinken und sich schamlos zu Schau stellen wird. Und ich kann nicht einmal Kopfschmerzen vorschützen und nach Hause gehen, denn Adolphe hat mich gebeten, über Nacht hierzubleiben.«

»Aha, er plant eine leidenschaftliche Nacht, wenn die Party aus ist, oder?« rief Marcel aus. »Die wird, fürchte ich, kurz werden, weil solche Partys selten vor drei Uhr morgens zu Ende sind. Aber wenn du hier ein eigenes Zimmer hast, liebe Gabrielle, dann laß uns beide dorthin gehen und uns ruhig miteinander unterhalten, fern von diesem ganzen Krach hier.«

»Ausgeschlossen«, antwortete sie sofort. »Wenn wir gesehen werden, wie wir zusammen in mein Zimmer gehen, würden die denkbar schlimmsten Schlüsse daraus gezogen. Du weißt, wie abgrundtief die Leute sinken können.«

»Du hast völlig recht«, stimmte Marcel ihr zu, nahm sie am Arm und führte sie sanft den Korridor entlang. »Klatschbasen lassen ihrer Phantasie freien Lauf und schwelgen in den abscheulichsten Vorstellungen, wenn sie zufällig zwei ganz unschuldige Menschen zusammen sehen. Welches ist dein Zimmer?«

»Hier rechts um die Ecke und dann die dritte Tür auf der rechten Seite«, antwortete sie. »Warum neigen die Leute zu so lüsternen Gedanken, das habe ich mich schon oft gefragt – aber nie eine befriedigende Antwort gefunden.«

»Es liegt daran, daß sie Sklaven ihrer Fleischeslust sind – und sie glauben, daß jedermann genauso sei wie sie«, schlug Marcel ernst vor. »Ist dies dein Zimmer?«

»Ja«, sagte sie, befreite ihren Arm aus seinem und machte die Tür auf, »danke, daß du mich herbegleitet hast – ich komme zur Party zurück, wenn ich meine gute Laune wiedergefunden habe.«

»Gut«, sagte Marcel und verbeugte sich höflich, als Gabrielle ins Zimmer trat. Dann vergewisserte er sich mit einem schnellen Blick nach links und rechts, daß niemand sonst in Sicht war, folgte ihr hinein und machte die Tür hinter sich zu.

Die schöne Gabrielle war aufgebracht und verärgert über Silvies Possen und über Adolphes Unwillen, sie in angemessener Weise vor der offensichtlichen Abneigung seiner Schwester zu beschützen. Sie war in der Stimmung, ihn durch einen Beweis ihrer Unabhängigkeit herauszufordern, und sie brauchte Trost – Marcel war überzeugt, daß er ihr in beiderlei Hinsicht behilflich sein konnte. Noch immer mit dem Rücken zu Tür, nahm er Gabrielle warm in die Arme und küßte sie leidenschaftlich, und sie reagierte sofort.

Das Gästezimmer, in dem sie sich befanden, war ganz in pastellblau und weiß gehalten, und an den Wänden hingen Blumenaquarelle. Nicht, daß Marcel irgendwelche Aufmerksamkeit auf die Farbgebung verschwendet hätte, denn er hatte einen Arm um Gabrielle gelegt, um sie an sich zu drücken, und die andere Hand hob ihr elfenbeinfarbenes Abendkleid und befühlte die eleganten Backen ihrer Kehrseite.

»Ach, diese ordinäre Abgedroschenheit unserer körperlichen Empfindungen«, sagte sie, als seine Hand herumwanderte und sich zwischen ihre Körper schob, bis seine Finger den Weg in ihre zarte Seidenunterhose fanden und die seidigen Locken ihrer *motte* berührten.

»Wir müssen sie mitsamt den Wurzeln ausmerzen«, murmelte Marcel, und sie rückte die Beine auseinander, damit seine Finger den Weg in ihren warmen Alkoven finden konnten. »Es ist nichts als eine bedeutungslose körperliche Angelegenheit, die törichte Menschen Liebe nennen.«

Er wollte, daß sie sich auf den Rücken legte, damit er sie besteigen konnte, wie zuvor Silvie, aber Gabrielles Abendkleid war zu kompliziert, um es mit der gleichen beiläufigen Leichtigkeit wie Silvies winzigen Chiffonfetzen aus- und wieder anzuziehen. Also begnügte er sich damit, sie gegen die Schlafzimmerwand links neben der Tür zu drücken und den vorderen Saum ihres Satinkleides über ihre Schenkel zu lüpfen, damit seine Hand in den losen, weiten Beinausschnitt ihres Schlüpfers langen und sie liebkosen konnte.

»Aber was fällt mir eigentlich ein?« sagte sie mit

einem Anflug von Ängstlichkeit in der Stimme. »In einer Wohnung voller Leute! Wir müssen alle beide verrückt sein. Himmel – wenn jemand hereinkommt und uns hier findet!«

Trotz ihres Protestes kam es Marcel so vor, als leiste sie ihm nicht den geringsten Widerstand – im Gegenteil, ihre Worte waren eher als eine perverse Form von Ermunterung gedacht, was Marcel daran erkennen konnte, daß sie seine Hose aufknöpfte und seinen langen, harten Stolz hervorholte und mit der Hand massierte.

»Wie schwach und in Illusionen verstrickt wir sind«, sagte sie mit erstickter Stimme. »Ich bin eine der wenigen, denen es vollkommen klar ist, wie ungeheuer banal dieses Schmachten nach körperlichen Genüssen ist, und doch kann ich es kaum abwarten, dich in mir zu fühlen«, stammelte sie, stieß ein kleines, scharfes Stöhnen aus und verstummte.

Marcel beugte die Knie, stieß kräftig nach oben und steuerte in ihre anschmiegsame Grotte. Mit den Händen packte er ihren Po, um sie festzuhalten, während er begann, sich langsam in ihr zu bewegen. Es gab keine Worte, mit denen man seine Verzückung in diesem Augenblick hätte beschreiben können – denn die Wonne, Gabrielle heimlich zu besitzen, wurde durch die Tatsache, daß er vor weniger als einer halben Stunde, unter ähnlichen heimlichen Umständen, Silvie angehört hatte, um ein vielfaches gesteigert – denn solche Betrachtungen der Perversion üben eine gewaltige Wirkung auf den männlichen Geist aus.

Er wußte kaum, was er tat, so sehr wurde er von seinen Lustgefühlen überwältigt. Immer schneller, immer heftiger bewegte er sich in ihr und sie seufzte. »Marcel, Marcel.. mach es jetzt!« flehte sie.

»Ich bete dich an, Gabrielle«, keuchte er, und wenige schnelle Stöße brachten ihn über die Schwelle der Zurechnungsfähigkeit, und er sprudelte seine Anbetung in sie hinein. Sie bebte, den schlanken Rücken an die Wand gestützt, und seufzte seinen Namen wieder und wieder.

Das kleine Zwischenspiel hatte Gabrielles gute Laune wieder vollständig hergestellt. Sie prüfte lächelnd ihr Make-up, küßte Marcel leicht auf die Wange und verließ vorneweg das Zimmer, um zu der Party und zu ihrem Verlobten zurückzukehren. Doch, oh Schreck! Niemand anderes als Silvie persönlich eilte gerade den Korridor entlang! Ihr Gesicht lief dunkelrot an, und sie bleckte die Zähne, als sie Marcel und Gabrielle aus einem Schlafzimmer kommen sah.

»Ha!« krähte sie triumphierend. »Auf frischer Tat ertappt! Das ist das Ende deiner Verlobung, wenn Adolphe davon erfährt!«

Gabrielles wunderschönes Gesicht war leichenblaß geworden, und es schien ihr die Sprache verschlagen zu haben. Marcel trat vor; tausend Gedanken rasten ihm durch den Kopf.

»Silvie – wovon in aller Welt redest du denn?« fragte er und klang leicht und unbesorgt. »Du glaubst doch nicht im Ernst, daß Gabrielle jemals in Betracht ziehen würde, Adolphe untreu zu sein?«

»Hältst du mich für dumm?« entgegnete Silvie. »Glaubst du, ich weiß nicht, was ihr beide da drin gemacht habt?«

Marcel schaute über die Schulter auf Gabrielle, die schweigend und verwirrt dastand.

»Geh zur Party zurück, Gabrielle«, sagte er. »Adolphe vermißt dich inzwischen sicherlich. Ich komme gleich nach, sobald ich Silvie begreiflich gemacht habe, wie falsch und ungerecht ihr Verdacht ist.«

Gabrielle ergriff sofort die Gelegenheit, um Silvies triumphierenden Blicken zu entkommen. Sie schlüpfte an Marcel und der Anklägerin vorbei und verschwand schnell den Korridor hinunter.

»Ja, lauf nur fort wie eine Verbrecherin!« rief Silvie ihr hinterher. »Ich habe schon immer gewußt, daß du eine Hure bist – nun, in fünf Minuten wird Adolphe dich aus der Wohnung werfen!«

Marcel packte Silvie am Handgelenk und riß sie herum, damit sie ihn anschaute.

»Ich habe gehört, Belanger ist zurückgekommen, um dich zu heiraten«, sagte er mit kalter Stimme. »Herzlichen Glückwunsch, Silvie.«

»Ich habe dir nichts zu sagen«, antwortete sie und versuchte, ihr Handgelenk aus seiner Umklammerung zu befreien. »Laß mich los!«

Er hielt sie ganz fest – mehr noch, er zerrte Silvie mit roher Gewalt durch die Tür in das Gästezimmer, in dem er eben mit Gabrielle gewesen war.

»Aber ich habe dir etwas zu sagen«, erklärte er. »Hast du seinen Antrag schon angenommen?«

»Ja, das habe ich – auch wenn dich das nichts angeht!« sagte sie wütend. »Geh von der Tür weg und laß mich raus!«

»In zwei Sekunden. Erst muß ich dir eine Frage stellen – meinst du, Belanger wird dich noch immer heiraten wollen, wenn er erfährt, daß du mich in dein Zimmer mitgenommen und dich für mich nackt ausgezogen hast, keine zwanzig Minuten, bevor er dir den Heiratsantrag gemacht hat?«

»Warum sollte er dir glauben?« entgegnete Silvie. »Ich werde ihm sagen, daß du lügst, weil du mich selbst haben willst.«

»Und wie wird er reagieren, wenn er hört, daß du eine rothaarige Zehn-*Francs*-Hure aus dem Elendsviertel bei der Rue Vaugirard zweimal die Woche herkommen läßt, damit sie dich befriedigt?«

»Das ist ein Geheimnis zwischen dir und mir«, sagte Silvie, deren Zorn schnell verschwand. »Das würdest du ihm doch nicht sagen, oder?«

»Ich habe nicht die Absicht, ihm irgend etwas zu sagen«, beruhigte Marcel sie, »allerdings unter einer Bedingung: Du mußt akzeptieren, daß dein Verdacht wegen Gabrielle völlig unbegründet ist, du darfst Adolphe nichts davon sagen.«

»Aber du kannst doch nicht erwarten, daß ich meinen Bruder in sein Unglück rennen lasse! Er soll eine Frau heiraten, die ihn sogar schon vor der Hochzeit betrügt – was sie nachher tun wird, ist gar nicht auszudenken!«

»Er wird glücklich mit ihr sein«, sagte Marcel, »und falls sie vielleicht hin und wieder eine angenehme Stunde mit einem alten Freund verbringt, dann wird er das nicht erfahren und darum auch nicht leiden. Kannst du mir dein feierliches Ehrenwort geben, daß du, wenn du Belangers Frau bist, niemals einen angenehmen Nachmittag mit jemand verbringen wirst – zum Beispiel mit Mademoiselle Nanette? Oder gar mit mir?«

»Du versuchst, mich zu erpressen!« rief Silvie aus.

»Ganz und gar nicht. Ich versuche nur, zu einer vernünftigen Einigung mit dir zu kommen, die für uns beide von Vorteil ist. Es ist an dir zu entscheiden, ob dir eine Stunde des Triumphes über Gabrielles Fall mehr wert ist, als die Jahre der Freuden und der emotionalen Befriedigung, die du mit Belanger genießen kannst.«

»Wenn du es so betrachtest ...« seufzte Silvie. »Also gut – ich sage nichts, wenn du nichts sagst.«

»Gut, sehr gut«, keuchte Marcel, zog sie in seine Arme und drückte sie an sich. Sie zu übertölpeln, hatte ihn zu seinem eigenen Erstaunen gewaltig erregt, obwohl kaum zehn Minuten vergangen waren, seit er mit Gabrielle in diesem Zimmer geschlafen hatte. Silvie stieß einen kleinen Seufzer aus, als sie seinen harten, aufrechten Pfahl durch ihr dünnes Kleid gegen ihren Bauch drücken fühlte.

»Was machst du denn da?« fragte sie überflüssigerweise, als seine Hände nach den schmalen Trägern ihres

Kleides griffen. Im nächsten Moment hatte er sie ihr über die Schultern gestreift und das dünne Chiffon-Oberteil heruntergezogen, so daß ihre weichen Brüste in seine bereitgehaltenen Hände fielen. Er befingerte sie gierig, durch den Gedanken an seinen Sieg über sie noch heftiger erregt. Sie starrte ihn mit echter Verwunderung an, als er den Kopf neigte und ihre blaßroten Brustwarzen leckte, eine nach der anderen, bis sie beide fest und hart geworden waren.

»Das ist absurd«, flüsterte sie. »Ich haben eben versprochen, Claude zu heiraten – vor kaum einer Viertelstunde! Du mußt damit aufhören, Marcel!«

Er ignorierte ihre Worte und nutzte ihre Unentschlossenheit aus, um sie herumzudrehen, bis sie mit dem Rücken zu ihm stand und bis zu dem ordentlich gemachten Bett mit der pastellblauen Decke zu schieben. »Nein, das ist ausgeschlossen!« rief sie aus, doch er schubste sie so, daß sie sich bücken und ihre Hände flach aufs Bett stützen mußte. Augenblicklich hob er den Rock über ihr *demère*, um ihre Schenkel bloßzulegen, die voll und drall aus den Seidenstrümpfen ragten, und das ganze weiße Fleisch ihres Hinterteils mit seinen satinglatten Backen.

»Marcel – nicht mehr!« keuchte sie. »Ich bin verlobt – ich wäre keinen Deut besser als dieses de Michoux-Weibsstück, wenn ich dich das tun lasse!«

»Aber du bist keinen Deut besser!« antwortete er nachdrücklich und grub zwei Finger tief in ihr dunkelhaariges *jou-jou* zwischen ihren blaßhäutigen Schenkeln.

Silvie quiekte ein bißchen, als er seine Finger in ihr bewegte. Sie in dieser Pose der Unterwerfung zu sehen, erregte Marcel so wild, daß er die Befriedigung seiner Lust keinen Augenblick länger hätte hinausschieben können, nicht einmal, wenn Gabrielle ins Zimmer gekommen wäre. In einem unkontrollierbaren Anfall von Leidenschaft zog er seine nassen Finger aus ihr heraus, trat ganz nah an sie heran und rammte seinen pochenden Schaft so tief in sie hinein, daß sein Bauch heftig gegen ihre nackten Pobacken klatschte.

»Marcel, Marcel...« wimmerte sie. Sie war jetzt, wo sie aufgespießt worden war, ebenso erregt wie er. »Ich bete dich an, ich bete dich wirklich an!«

»Ich bete dich auch an – und wir feiern deine Verlobung«, keuchte er, und stieß seine Lanze entschlossen und kraftvoll in sie hinein, zu noch größerer Lust erregt durch ihre kleinen Schreie und das Zucken ihres Körpers in seinem Rhythmus.

»Oh ja!« schrie sie, und ihr Po warf sich ihm entgegen. »Mach es mir – ich sterbe!«

Sechs weitere, scharfe Stöße ließen seinen Bauch krampfartig zucken, und er keuchte laut, während er naß in ihr explodierte. Silvies Schreie steigerten sich in nervenkitzelndem Crescendo und brachen dann abrupt ab. Sie sackte nach vorn, rutschte von seinem siegreich bebenden Ding und lag kopfüber auf dem Bett, das hübsche, runde Hinterteil unbedeckt, den Kopf zur Seite gedreht, die Augen geschlossen.

»Warum in aller Welt bin ich dabei, Claude zu heiraten, wenn du es bist, den ich anbete?« fragte sie, als sie wieder sprechen konnte.

Marcel hatte sein allerliebstes Anhängsel wieder verstaut und knöpfte sich die Hose zu.

»Du scheinst zu vergessen, meine liebe Silvie, daß du mit einem Mann namens Tournet verheiratet bist, es sei denn, er ist kürzlich verstorben. Es kann nicht korrekt sein, daß dieser Dummkopf Belanger dir einen Heiratsantrag macht – er besitzt kein Gefühl für Stil.«

»Eine Scheidung läßt sich organisieren«, erwiderte sie und trat mit den Füßen in die Luft. »Aber du weichst meiner Frage aus – warum sollte ich Claude heiraten?«

»Weil er dich heiraten will, und weil du den Deckmantel einer respektablen Ehe brauchst, um die Privilegien der männlichen Freiheit auszukosten, die du zu genießen gelernt hast. Eine ihrem Gatten entfremdete Frau ist allein nicht gesellschaftsfähig, es sei denn, in gewissen Kreisen.«

»Aber warum kann ich nicht dich heiraten«, fragte sie, »wenn du derjenige bist, den ich wirklich haben will?«

»Du willst mich als Liebhaber«, gab er zurück. »Als Ehemann würdest du mich langweilig finden.«

Silvie rollte sich herum und setzte sich aufs Bett, um Marcel nachdenklich anzuschauen.

»Aber wir würden nicht im bürgerlichen Stil leben«, sagte sie. »Stell dir doch mal vor, wie man die Sache arrangieren könnte – eine große Wohnung irgendwo, jeder von uns mit einem eigenen Zimmer an entgegengesetzten Enden. Keiner müßte über das Kommen und Gehen des anderen Bescheid wissen, weder du noch ich müßten dem anderen einen Teil unserer Freiheit opfern. Und wenn wir zusammensein wollen, zum Abendessen oder miteinander zu schlafen – wie einfach wäre das! Niemand könnte die Nase über uns rümpfen. Und wir hätten jede Menge Geld von Adolphe.«

»Falls ich Heiratsabsichten hätte, wäre das eine vernünftige Lösung«, sagte Marcel langsam, gerührt von Silvies Angebot. »Aber dein Freier ist Claude Belanger, meine Liebe, nicht ich. So, und jetzt geh dir eine hübsche Unterhose über deinen schönen Po ziehen – sicher wird dein zukünftiger Bräutigam, ehe die Nacht vorüber ist, eine Hand unter deinem Kleid haben, um die Verlobung zu ratifizieren – und es wäre unvernünftig, ihn mit einem nackten Hinterteil zu schockieren.«

»Du bist ein Biest«, sagte Silvie, »und ich bete dich wahnsinnig an.«

12

Verkehrte Welt

Jener Donnerstag war der allerschlimmste Tag seines Lebens, entschied Marcel rückblickend. Er war noch weit schlimmer als jener entsetzliche Tag, an dem Marie-Madeleine ihn abblitzen lassen hatte, die er beinahe geliebt hatte, und er ziemlich betrunken nach Hause getorkelt war. Und dann hatte Annette, die Zofe seiner Mutter, die ihm ab und zu einen kleinen Dienst erwies, ihm eröffnet, daß sie von diesen nächtlichen Gefälligkeiten schwanger geworden sei. Es war nicht einfach, so viel Unglück noch zu übertreffen – das Schicksal mußte sich mit schier unglaublicher Böswilligkeit gegen ihn verschworen haben. Doch wie das alte Sprichwort sagt, die Dinge können nie so schlimm sein, als daß sie nicht noch schlimmer werden können.

Besagter Donnerstag begann eigentlich recht angenehm – Marcel frühstückte spät mit seiner Mama, die ihn fragte, ob sie seiner Meinung nach durch die Abwertung des *Francs,* von der sie in der Zeitung gelesen hatte, besser da stehen würden oder schlechter. Nicht, daß die Ökonomie eine besondere Spezialität von Marcel gewesen wäre – und, um die Wahrheit zu sagen, er hatte nicht die geringste Vorstellung davon, wie die Antwort lauten mochte. Er interessierte sich auch kaum für ein so abstraktes Thema. Aber als pflichtbewußter, liebender Sohn versprach er seiner Mutter, sich zu informieren und es herauszufinden. Schließlich war es auch für ihn nützlich zu wissen, ob er mehr Geld für seine Vergnügungen ausgeben konnte, als bisher, oder ob er sparen mußte.

Etwas später – er kleidete sich gerade an, um mit einem Freund zum Mittagessen auszugehen, der im Börsengeschäft tätig war und über diese abstrusen Finanzangelegenheiten Bescheid wissen mußte – hörte er die Haustürklingel schellen, doch er dachte sich nichts dabei. Jemand, der seine Mutter besuchen kam, meinte er – und seine Vermutung war richtig – nur mußte er leider sehr bald erfahren, daß es ihn ebenfalls betraf. Die neue, äußerst häßliche Zofe seiner Mutter klopfte an seine Tür und teilte ihm mit, daß Madame ihn zu sich in den Salon bitte.

Er zupfte das Jackett seines dunkelblauen Anzugs elegant zurecht, schaute in den Spiegel, um sich zu vergewissern, daß sein Haar ordentlich gebürstet und glatt war, und machte sich auf den Weg in den Salon, eine kleine Melodie auf den Lippen. Er überlegte, was wohl an diesem Tag besser zu seinem Anzug passen würde, eine weiße oder eine blaßgelbe Nelke im Knopfloch – beides bekam er bei der Blumenfrau gleich um die Ecke am Boulevard.

Er verschluckte sich beinah an seiner kleinen Melodie, als er den Salon betrat und sah, was ihm da bevorstand. Seine Mama saß mit sehr steifem Rücken und ausdruckslosem Gesicht da, doch jede Faser ihres Körpers strahlte rechtschaffene Empörung aus. Ihr gegenüber auf dem brokatbezogenen Sofa saßen Madame Robineau und ihre Tochter. Dany trug das berühmte Mantelkleid, das mit den vielen Knöpfen, die das Interesse – und die neugierigen Finger – von Pierre Martin herausgefordert hatten. Sie hielt sich ein spitzenbesetztes Taschentuch vor die Augen, und ihre Schultern zuckten vor tapfer unterdrückten Schluchzern.

Ihre Mutter war von Kopf bis Fuß in nüchternes, aber stilvolles Schwarz gekleidet – Hut, zweiteiliges Kostüm,

Strümpfe und Schuhe – so daß es aussah, als sei sie auf dem Weg zu der Beerdigung eines sehr bedeutenden Freundes. Aber es war nicht Kummer, was man in ihrem Gesicht lesen konnte, es war eine wesentlich aggressivere Gemütsverfassung. Sie hatte die Lippen empört geschürzt, und ihr Gesicht war das einer Gorgo; ihr Blick konnte Marcel jederzeit zu Stein erstarren lassen, falls er so unvorsichtig war, ihm mehr als einen Augenblick lang zu begegnen.

»Setz dich, Marcel«, befahl seine Mutter in dem Ton eines Richters, der einen Verbrecher zu fünfzig Jahren in der Sträflingskolonie auf der Teufelsinsel verurteilte.

Marcel hegte nicht den geringsten Zweifel, was das Thema der Unterhaltung sein würde. Angesichts dieser Versammlung von Frauen, die aussahen, als lauerten sie am Fuße der Guillotine, kam Marcel zu dem Schluß, daß es eindeutig ein gefährlicher Fehler gewesen war, Dany beim Wort zu nehmen und sie auf dem Fußboden von Pierres Wohnung von ihrer Jungfräulichkeit zu befreien. Andererseits war es ein amüsanter Nachmittag gewesen, und Marcel zuckte im Geiste mit den Achseln.

Er sagte, so freundlich er konnte, *bon jour* zu Madame Robineau und Dany, aber er wagte es nicht, ihnen die Hand zu küssen – er wollte keine Ohrfeige riskieren. Statt dessen begnügte er sich mit einer höflichen kleinen Verbeugung und setzte sich auf den Stuhl neben seiner Mutter, als ersuche er sie, ihn zu beschützen.

»Madame Robineau ist ganz unerwartet hergekommen, um mich darüber aufzuklären, daß du ihre Tochter kompromittiert hast«, sagte Madame Chalon sehr langsam und sehr deutlich.

Nachdem sie dies mit schicksalsschwerer Stimme verkündet hatte, verstummte sie, weil sie offensichtlich erwartete, daß Marcel es ableugnen oder zugeben oder sich vielleicht herausreden würde. Marcel ließ sich alle diese Möglichkeiten durch den Kopf gehen, ehe er sich für eine Haltung entschied. Er war einigermaßen sicher, daß seine Mutter sich auf diese Gelegenheit stürzen würde, um ihn in eine Ehe mit Dany zu zwingen, wenn sie könnte, denn sie betrachtete sie als eine ausgesprochen passende Frau für ihn. Das mußte unter allen Umständen verhindert werden.

»Ich bedauere, daß Mademoiselle Robineau es für angebracht hielt, ihre Mutter so genau über ihre intimen Verhältnisse aufzuklären«, sagte Marcel mit unbeteiligter Höflichkeit. »Eine solche Offenheit kann leider nur zu allseitiger Verlegenheit führen, fürchte ich.«

»Ungeheuer! Verbrecher!«, rief Madame Robineau entrüstet aus, die sich in Gegenwart des Mannes, der ihre, wie sie glaubte, unschuldige Tochter verführt hatte, nicht mehr zurückhalten konnte. »Schämen Sie sich denn nicht, ein Mädchen, das Sie bewundert und Ihnen vertraut hat, ausgenutzt zu haben?«

Marcel fiel der Rat ein, den seine Mutter ihm gegeben hatte, als es so aussah, als habe Adolphe Lacoste herausfinden wollen, was er mit seiner Schwester Silvie getan hatte.

»Es tut mir leid, Sie darauf hinweisen zu müssen, Madame, daß Ihre Tochter Dany alt genug ist, die Verantwortung für sich selbst zu tragen«, sagte er.

»Dann ist es also wahr?« fragte seine Mutter. »Du streitest es nicht ab?«

»Warum sollte ich irgendetwas abstreiten? Ich habe nichts getan, wofür ich mich schämen müßte. Aber ich kann Dany die Verantwortung für das, was geschehen ist, nicht abnehmen. Sie ist alt genug, um zu wissen, was sie tut.«

Daraufhin stieß Dany einen herzzerreißenden Schluchzer aus, und ihre Mutter kreischte: »Viper! Mörder! Sie haben das ganze Leben meiner Tochter ruiniert und zeigen nicht die geringste Reue! Gibt es Schlimmeres als solche Verderbtheit?«

»Aber, aber«, sagte Marcels Mama, die ungehalten über Marcel war, aber nicht hören wollte, daß man schlecht über ihn redete. »Ich sehe keinen Sinn darin, meinen Sohn derartig schlechtzumachen. Es liegt nun mal in der Natur der Männer, junge Frauen für ihr eigensüchtiges Vergnügen zu verfolgen – wir alle hier sind alt genug, um das zu wissen. Wenn der Krug hinfällt, wird die Milch verschüttet, und es ist nutzlos, darüber zu klagen.«

»Meine Tochter ist kein Krug, den man fallen läßt und zerbricht!« sagte Madame Robineau hitzig. »Was ich wissen will, ist folgendes: Was beabsichtigt dieser herzlose Verführer unschuldiger, junger Mädchen zu tun, um die Angelegenheit in Ordnung zu bringen?«

»Eine berechtigte Frage«, stimmte Madame Chalon zu, und Dany nahm zum ersten Mal das Taschentuch aus dem Gesicht und schaute Marcel mit tränenglänzenden Augen an.

»Oh, Marcel!« murmelte sie so zärtlich, daß er es mit der Angst zu tun bekam.

»Nun?« drängte ihn seine Mutter, den klaren Blick fest auf sein Gesicht gerichtet, in der Hoffnung, er würde die Verantwortung übernehmen, die ihm die drei Frauen auf die Schultern laden wollten. Er beschloß, daß seine einzige Chance, ihnen zu entkommen, in noch mehr Unverschämtheit lag, und mit einem höflichen, aber distanzierten Lächeln wandte er sich an Danys Mutter.

»Ich habe keine Ahnung, was Sie damit sagen wollen, Madame Robineau«, sagte er in leichtem, aber bestimmtem Ton. »Das Vergangene kann nicht ungeschehen gemacht werden. Allem Anschein nach hat ihre Tochter das, was wir getan haben, ebenso genossen wie ich. Ich sehe nicht, was da *in Ordnung zu bringen* wäre, wie Sie es auszudrücken belieben. Und wenn es nicht unhöflich wäre, so etwas zu einer Dame zu sagen, dann würde ich

Sie darüber aufklären, wie unangebracht Ihre ungebetene Einmischung in meine persönlichen Angelegenheiten ist.«

Danys Mutter lief dunkelrot an und gab gurgelnde Töne von sich, fast wie ein Truthahn. Dany ihrerseits stieß einen schrillen Entsetzensschrei aus und drückte sich das Taschentuch wieder vors Gesicht und zitterte, leise schluchzend, am ganzen Leib. Madame Chalon trommelte mit den Fingern auf die Armlehne des Sessels, und ihre Wangen waren vor verhaltenem Ärger errötet.

»Um es also offen beim Namen zu nennen«, sagte sie zu Marcel, »du fühlst dich in keiner Weise verpflichtet, diesem hübschen Kind, das du zu deinem Vergnügen benutzt hast, einen Heiratsantrag zu machen?«

»Aber um Himmels willen, Mama«, sagte er gutgelaunt, »du meinst das doch nicht ernst, oder? Wenn ich jedem Mädchen, das mir ihre Gunst erwiesen hat, einen Heiratsantrag machen würde, dann hätte ich einen Harem, der größer wäre, als der des Großen Sultans von Istanbul!«

»Das bezweifle ich kein bißchen«, sagte Madame Chalon eisig, während ihre Freundin Madame Robineau ihre Augen himmelwärts verdrehte und Gott anrief, er möge den üblen Verführer seiner verdienten Strafe zuführen. Madame Chalon funkelte sie an, weil sie offenbar der Ansicht war, daß Madame Robineau die Rolle der gekränkten Mutter etwas übertrieb. Dany schniefte hinter ihrem Taschentuch und schwieg.

»Aber«, fuhr Madame Chalon fort, »die Frauen, die dir ihre Gunst so leichthin schenken, sind von einer gewissen Art und können unter gar keinen Umständen im gleichen Atemzug mit Mademoiselle Robineau erwähnt werden. Sie war jungfräulich, bis du ... wie soll ich es ausdrücken ... bis du sie überredet hast, eine intime Freundschaft mit dir einzugehen – willst du das ableugnen?«

»Nein, natürlich nicht, Mama. Dany war in der Tat noch Jungfrau. Aber was ist daran so bemerkenswert? Jedes Mädchen ist Jungfrau, bis sie ihre erste Intimfreundschaft schließt, wie du es zu nennen beliebst. Aber ich verstehe nicht, worauf du hinauswillst.«

»Sie hielt ihre Keuschheit in Ehren«, sagte Madame Chalon, »und das ist etwas Seltenes in unserer degenerierten modernen Zeit. Sie vertraute dir und glaubte ihre Ehre sei in deinen Händen sicher aufgehoben. Und jetzt hat sie das Gefühl, ihr Vertrauen sei mißbraucht worden – denn es sieht ganz so aus, daß das, was für sie der wichtigste Schritt in ihrem jungen Leben war, für dich nichts als ein kurzes Abenteuer gewesen ist.«

»Du stellst die Sache auf äußerst unschmeichelhafte Weise dar«, sagte Marcel.

»Wie würdest du es denn ausdrücken?« wollte seine Mutter wissen.

»Ich war der Meinung, daß das, was Dany und ich miteinander gemacht haben, der Anfang einer langen, erfreulichen Freundschaft sein würde, und nicht eine nebensächliche Angelegenheit auf dem Perserteppich eines Freundes.«

»Das ist unfaßbar!« rief Danys Mutter aus. »Auf einem Teppich hat er meine Tochter vergewaltigt? Auf einem Teppich, auf dem andere Leute herumtrampeln? Davon hast du mir nichts gesagt, Dany!«

»Der genaue Ort ist wohl nicht so wichtig«, sagte Marcel und versuchte, nicht über Madame Robineaus Entsetzen zu lachen, doch diese Dame war nicht zu bremsen.

»Auf dem Teppich!«, platzte sie laut genug heraus, daß es durch die ganze Wohnung hallen mußte, und die beiden Dienstmädchen in der Küche stellten zweifellos gespannt die Ohren auf. »Dieser Mann ist durch und durch verdorben. Gott helfe meinem armen Kind – sie ist verloren!«

»Reißen Sie sich zusammen, Madame«, sagte Marcels Mama barsch, weil ihre Sympathie für die unglückliche Mutter sich schnell verflüchtigte.

Dany erkannte, daß ihre Mutter ihr mehr schadete als nützte, und nahm die Sache selbst in die Hand. Natürlich setzte sie die Waffe ein, die Frauen mit so vernichtendem Erfolg gegen die Männer verwenden – das Gefühl.

»Marcel«, murmelte sie, das hübsche Gesicht zu ihm gewandt und einen anbetenden Blick in ihren glänzenden Augen, »du mußt wissen, daß ich dich bis zum Wahnsinn liebe – darum habe ich mich dir so vollständig hingegeben. Laß mich jetzt nicht allein, ich flehe dich an – ich kann ohne dich nicht leben, mein Liebster ...«

Marcel wußte, daß er in wenigen Sekunden verloren wäre, wenn sie in diesem Ton weitermachte – er würde schwach werden und allem zustimmen, was ihre Mutter ihm vorschlug. Die Lage war verzweifelt – und verlangte nach einer verzweifelten Lösung.

»Liebe Dany«, sagte er und durchforstete sein Gehirn nach einem Ausweg aus dieser Sackgasse, »ich habe große Zuneigung zu dir, wie du hoffentlich weißt. Unter anderen Umständen wäre ich stolz gewesen, dich zu bitten, meine Frau zu werden ...«

»Ja, ja!« unterbrach sie ihn eifrig.

»Aber ...«, fuhr er fort, noch immer auf der Suche nach der rettenden Idee, »die Tatsache ist ... es tut mir leid, dir das mitteilen zu müssen ... daß ich nicht mehr frei entscheiden kann ...«

»Was meinst du damit?«, fragte Dany, deren glatte Stirn plötzlich sorgenvoll gerunzelt war.

»Wovon sprichst du, Marcel?« wollte auch seine Mama wissen.

Endlich kam ihm der Geistesblitz. Er setzte eine der Situation entsprechende ernste Miene auf.

»Ich hatte nicht die Absicht, irgendwelche Ankündigungen zu machen, bevor gewisse, einigermaßen delikate Arrangements getroffen worden sind«, behauptete er, »aber die Wahrheit ist, daß es zwischen Madame Tournet und mir eine Abmachung gibt. Wir werden heiraten, wenn sie ihre Scheidung durchgesetzt hat.«

Dany schrie und warf sich in die tröstenden Arme ihrer Mutter und vergrub ihren Kopf an deren Busen. Madame Robineau funkelte Marcel über den Kopf ihrer Tochter hinweg mit solcher Wut an, daß es ein Wunder war, daß er nicht zusammenschrumpfte und auf der Stelle in Flammen aufging! Madame Chalon starrte ihren Sohn zwei oder drei Sekunden lang höchst erstaunt an, ehe sie die Sprache wiederfand.

»Das kann doch nicht wahr sein«, sagte sie, »Madame Tournet wird Monsieur Belanger heiraten, das weiß ich zufällig aus erster Hand.«

»Belanger hat ihr einen Antrag gemacht«, gab Marcel ihr recht, »aber nachdem sie seinen Antrag ganz genau überdacht hatte, erklärte sie mir, daß sie und ich wesentlich besser zusammenpassen würden und daß wir heiraten sollten. Das war natürlich zunächst eine ganz große Überraschung für mich – du kennst ja meine Einstellung zur Ehe. Aber als ich ein wenig länger darüber nachdachte, erschien mir ihr Vorschlag durchaus vernünftig, und so beschlossen wir zu heiraten, sobald sie frei ist.«

»Wann ist das gewesen?« fragte seine Mama skeptisch.

»Am Abend ihrer Geburtstagsparty, nicht lange, nachdem Belanger ihr den Antrag gemacht hatte«, antwortete er sofort mit einem gewissen Grad an Wahrhaftigkeit – jedenfalls ausreichend, um seine Mutter zu überzeugen, daß er die Geschichte nicht erfunden hatte.

»Es ist mir schon lange ein Herzenswunsch gewesen, daß du heiratest und zur Ruhe kommst«, sagte sie langsam, »aber ich bin entsetzt und schockiert über das, was ich da erfahren habe. Du kennst meine Meinung über Madame Tournet. Es kommt überhaupt nicht in Frage, daß du sie heiratest. Aber darüber werden wir ein andermal sprechen, wenn wir allein sind. Im Augenblick bleibt dir nur, dich zutiefst bei diesen beiden Damen für die Schande und den Kummer, die du ihnen bereitet hast, zu entschuldigen.«

»Meine demütigste Bitte um Entschuldigung an Sie beide«, sagte Marcel gehorsam.

»Und das ist alles?« fragte Madame Robineau schrill und drückte ihre weinende Tochter an ihren schwarzgekleideten Busen. »Sollen meine arme Tochter und ich uns mit diesem Märchen abspeisen lassen? Ihr Sohn lügt, um sich seiner Verantwortung zu entziehen, Madame Chalon. Wer ist denn diese Madame Tournet?«

»Die Schwester eines Freundes von mir«, antwortete Marcels Mutter. »Wir hatten einander vor vielen Jahren aus den Augen verloren und sind uns zufällig in Cannes wiederbegegnet, als Marcel mich im Juni dorthin begleitet hat. Ich kann Ihnen wirklich versichern, Madame, daß ich Dany tausendmal lieber als Schwiegertochter hätte als diese Madame Tournet.«

»Mehr gibt es nicht zu sagen«, murmelte Marcel und stand auf. »Wenn Sie mich bitte entschuldigen würden, meine Damen, ich habe eine Verabredung zum Mittagessen. Ich muß mich über die Folgen der Abwertung des *Francs* und ähnliche Finanzangelegenheiten informieren.«

Madame Robineau hatte noch eine ganze Menge über seine Unmoral und seine Treulosigkeit zu sagen, aber er blieb nicht dort, um es sich anzuhören. Mit einer schnellen, höflichen Verbeugung flüchtete er aus dem Salon und hörte, wie sie hinter ihm die Stimme hob und eine sehr umfassende Verurteilung seines Charakters vom Stapel ließ. Aber schon war er an der Wohnungstür und über der Schwelle, weit entfernt von den Beschimpfungen von Danys geistloser Mutter. Ein Blick auf seine Armbanduhr zeigte ihm, daß er für seine Verabredung mit Marc-Antoine Delabeau schon verspätet war.

Er eilte die Treppe hinunter auf die Straße, um ein Taxi zu suchen, und in seinem Kopf drehte sich alles, jetzt, wo die Gefahr gebannt war. Ihm stand selbstverständlich eine äußerst unangenehme Unterredung mit seiner Mutter bevor, sobald er nach Hause kam. Falls sie ihm glaubte, daß er Silvie heiraten wollte, würde sie ihn ihre Mißbilligung und ihren Zorn in ihrem ganzen Ausmaß spüren lassen, darüber bestand nicht der geringste Zweifel. Aber wenn sie nach einigem Nachdenken erkannte, daß es nur eine List war, um der Ehe mit der zu Tränen neigenden Dany zu entkommen, dann würde sie darüber auch sehr wütend sein. Wie auch immer Marcel es betrachtete, es stand ihm eine schlimme Zeit bevor, sobald er den Mut aufbringen würde, nach Hause zu gehen.

War der Tag schon bislang reichlich unangenehm – während des Mittagessens wurde er auch nicht besser, da Marc-Antoine Delabeau beunruhigende Aussichten heraufbeschwor. Sein Freund war der Meinung, daß alles, was der Staat tat, automatisch zu seinem persönlichen Nachteil wäre – darauf könne Marcel sich verlassen. Die Geldabwertung sei, überflüssig zu sagen, eine komplizierte Angelegenheit, doch am Ende würden gewiß alle ärmer sein – jedermann, außer Gaunern, Schwindlern, Geldverleihern und dem üblichen politischen Gesindel, und, das verstehe sich von selbst, Staatsministern, Nutznießern von Regierungsverträgen und anderen glücklichen, wenn auch unerfreulich unsozialen Typen.

Als er Marcels verstörte Miene sah, erkundigte sich Marc-Antoine nach seinen Investitionen und bot gleichzeitig an, seine beruflichen Kenntnisse einzusetzen und zu überprüfen, ob sie solide seien, insbesondere im Hinblick auf die bevorstehenden mageren Zeiten. Es stellte sich heraus, daß Marcel und seine Mutter ein getrenntes Einkommen aus dem Geld bezogen, das sein Vater über die Jahre auf verschiedenen und undurchschaubaren

Wegen, die ihm am Ende den Herzinfarkt eingebracht hatten, angehäuft hatte. Und obgleich die Inflation in den Jahren gleich nach dem Krieg den Wert des Erbes beträchtlich vermindert hatte, konnten Mutter und Sohn Chalon noch immer gut davon leben.

Aber leider runzelte Marc-Antoine die Stirn und schüttelte den Kopf, als er hörte, wie Marcels Kapital investiert worden war. Er brachte die Befürchtung zum Ausdruck, daß es innerhalb von fünf oder sechs Jahren fast keinen Wert mehr haben könnte. Er riet ihm dringlichst, es in Bargeld umzuwandeln und ihm anzuvertrauen, damit er es für ihn in einem narrensicheren Projekt anlege, über das er vertrauliche Informationen habe, die über jeden Zweifel hinaus garantierten, daß der Wert sich in fünf Jahren verdreifachen würde.

Als Marc-Antoine sah, daß er Marcels ungeteilte Aufmerksamkeit gewonnen hatte, fühlte er sich zu der Behauptung ermutigt, daß die Investition sich längerfristig, in etwa zehn Jahren, höchstwahrscheinlich um einen Faktor von fünfzehn oder zwanzig zu vervielfachen versprach. Und außerdem würde diese Investition gleichzeitig eine wesentlich größere Jahresdividende abwerfen, als Marcel gegenwärtig aus seinen Anteilen an Landbesitz, Immobilien und staatlichen Wertpapieren beziehe. Als Marcel drängte, mehr über diese so erstrebenswerte Investition zu erfahren, vertraute Marc-Antoine ihm an, daß es sich um eine Borax-Mine in Algerien handle, von der bislang nur sehr wenig Leute wüßten – weshalb er es für gute Freunde wie Marcel ermöglichen könne, Anteile zu äußerst günstigen Bedingungen zu erwerben.

Da Marcel sehr wenig von solchen Dingen verstand und damit zufrieden war, dem fachmännischen Rat eines Freundes zu trauen, den er schon lange kannte, wäre er bereit gewesen, ihm auf der Stelle sein gesamtes Kapital zu überlassen, wenn das möglich gewesen wäre, damit er es in dieses wundervolle Spekulationsobjekt investiere.

Er hatte keine Ahnung, was Borax war, oder zu was es gebraucht wurde, aber Marc-Antoine versicherte ihm, es sei weltweit ständig gefragt. Und an diesem besonderen Ort in Algerien konnte es von arabischen Arbeitern aus dem Boden geschaufelt werden, die nicht mehr dafür verlangten, als eine Handvoll Datteln am Tag und ein paar *Francs* am Ende des Monats.

Es war wohl – zumindest für Marcel – ein Glücksfall, daß erst umständliche Maßnahmen nötig waren, ehe er seinem Freund eine größere Summe zur Investition anvertrauen konnte. Mit dem Versprechen, Marc-Antoine Bescheid zu geben, sobald das Geld verfügbar sei – mit großer Wahrscheinlichkeit innerhalb der kommenden Woche – bezahlte Marcel das erstklassige Mittagessen, das sie gemeinsam verspeist hatten, und schüttelte dem Freund warm die Hand für seinen ausgezeichneten Rat. Sie trennten sich in allerbestem Einvernehmen, und unterwegs kam es Marcel in den Sinn, daß die liebe Gabrielle über dieses vielversprechende Unternehmen informiert werden müßte, so daß auch sie daran teilhaben könnte, in dem sie Adolphe dazu brachte, eine größere Summe für sie zu investieren.

Marcel mußte sich eingestehen, daß seine Gefühle für Gabrielle ziemlich gemischt waren. Er war eifersüchtig auf Adolphes Anspruch auf sie und wäre glücklich, wenn er von der Bildfläche verschwinden würde, falls das möglich wäre. Doch Marcel sorgte sich auch um Gabrielles finanzielles Wohlergehen, und er würde niemals das Risiko eingehen, sie des Genusses von Adolphes Vermögen zu berauben. Aus diesem Grund hatte er sie gegenüber Silvie verteidigt, als sie sie dabei erwischte, wie sie gemeinsam das Schlafzimmer verließen.

Das Essen war gut gewesen, und es war nicht abzustreiten, daß Marcel ein wenig beschwipst war, als er seine Schritte in die Richtung von Gabrielles Wohnung lenkte. Sie erwartete ihn an jenem Tag nicht, aber er hielt es für äußerst wahrscheinlich, daß sie um drei Uhr nachmittags zu Hause wäre. Es zeigte sich, daß er recht hatte – aber nur beinahe –, denn als ihm das Dienstmädchen die Tür öffnete, sah er Gabrielle zum Ausgehen gekleidet hinter ihr in der Diele stehen. Sie trug ein elegantes, modisches Sommerkostüm aus aprikosenfarbener Seide. Die Jacke zierten kostbare, schwarzgoldene Stickereien und schwarze, hochgeklappte Manschetten.

Sie verzog ihr wunderschönes Gesicht kummervoll, als sie sah, wer vor der Tür stand. Marcel betrat die Wohnung und war verwirrt über die Veränderung in Gabrielles Gesichtsausdruck.

»Ich habe jetzt keine Zeit, mit dir zu sprechen«, sagte sie eilig. »Adolphe erwartet mich.«

»Mitten am Nachmittag?« fragte Marcel mit hochgezogenen Augenbrauen. »Er ist doch sicherlich in seinem Büro und vermehrt sein Vermögen, oder? Das ist genau der Grund, warum ich hergekommen bin. Ich will dir etwas berichten, was ich beim Mittagessen erfahren habe.«

Gabrielle führte ihn in ihren exotischen, schwarz und silbern dekorierten Salon und schloß die Tür, bevor sie antwortete. Sie forderte Marcel nicht auf, sich hinzusetzen, noch nahm sie selbst Platz.

»Adolphe ist zu Hause«, sagte sie, »offenbar hat er einen so dringenden Anruf erhalten, daß er auf der Stelle sein Büro verlassen hat. Ich soll sofort zu ihm in die Wohnung kommen – er sagte, es sei eine Angelegenheit von äußerster Dringlichkeit.«

Als Marcel sich umschaute, sah er, wie Gabrielles Gestalt von den großen Kristallspiegeln an den Wänden reflektiert wurde. Der Anblick ihres aprikosenfarbenen Seidenkostüms, ihres kleinen, runden Turbans, um den ein feiner Seidenschal geschlungen war, dessen Enden über ihre Schultern fielen, war absolut bezaubernd. Aber das Gesicht, das er im Spiegel sah, leuchtete nicht wie das einer schönen Frau, die mit ihrem Liebhaber spricht – es war bleich und sorgenvoll. Ein scheußlicher Gedanke fiel ihm plötzlich ein.

»Du meine Güte!« rief er aus. »Silvie hat das Ehrenwort gebrochen, das sie mir gegeben hat, und Adolphe gesagt, daß sie uns bei ihm zusammen aus deinem Schlafzimmer hat kommen sehen – darum geht's! Er wird dich ihr gegenüberstellen, und sie wird ihre Geschichte wiederholen. Was für ein Biest diese Frau ist! Ich werde dich begleiten und dir beistehen und die ganze Verantwortung auf mich nehmen, wenn Adolphe die Verlobung lösen will.«

In einem plötzlichen Anfall von Reue über das Unglück, das er über sie gebracht hatte, warf sich Marcel vor Gabrielles Füße, packte ihre behandschuhte Hand, drückte sie an seine Wange und flehte sie an, ihm sein gedankenloses, rücksichtsloses und selbstsüchtiges Benehmen zu verzeihen.

»Lieber Marcel«, murmelte sie, mit einem leicht distanzierten Klang in der Stimme, »laß dich von diesen unnötigen Schuldgefühlen nicht mitreißen, ich bitte dich. Steh doch auf – dieses übertriebene Getue ist überflüssig. Was Adolphe mit mir besprechen will, hat nichts damit zu tun, was am Abend der Party geschehen ist.«

»Bist du ganz sicher?« fragte Marcel, und hob, noch immer kniend, sein Gesicht, um sie erleichtert anzuschauen.

»Aber da wir darauf gekommen sind«, sagte sie ganz und gar nicht freundlich, »da ist etwas, über das ich gerne mehr wüßte – was hast du Silvie an jenem Abend gesagt, um sie daran zu hindern, mit ihrer Geschichte zu Adolphe zu rennen? Es muß etwas äußerst Bedeutsames gewesen sein, wenn man bedenkt, wie sehr sie mich haßt – sie würde alles tun, um ihren Bruder daran zu hindern, mich zu heiraten. Was hast du gesagt?«

»Ich habe an ihre bessere Natur appelliert«, sagte Marcel hoffnungsvoll.

»Unfug! Silvie Tournet hat keine bessere Natur – sie ist durch und durch verdorben. Du hast ihr mit etwas gedroht – und das war äußerst wirksam, was immer es war. Bist du ihr Liebhaber, Marcel? Ich will es wissen!«

»Um Himmelswillen, nein!« log er dreist. »Wie kannst du so etwas denken? Sie hat einen außerordentlich schlechten Charakter.«

»Das schon«, sagte Gabrielle. »Aber ich habe noch nie gehört, daß ein Mann eine Frau besteigt, um sich an ihrem guten Charakter zu erfreuen. Silvie ist nach wie vor attraktiv, in auffallender und ziemlich ordinärer Weise – ich halte es nicht für undenkbar, daß du deine Hand unter ihren Kleidern gehabt hast. Du kannst es mir auch gleich sagen, denn ich habe die Absicht, sie selbst zu fragen.«

Marcel stand ganz langsam auf, um Zeit zum Nachdenken zu gewinnen. Was für eine Geschichte er Gabrielle auch immer auftischen würde, sie könnte sich als katastrophal herausstellen, noch ehe der Tag vorüber war. Falls Silvie ihrem Bruder verriet, was sie über ihn und Gabrielle wußte, war Marcel bereit, sich zu rächen, indem er Claude Belanger über das Interesse seiner neuen Verlobten an einer gewissen rothaarigen Hure aus dem Bordell in der heruntergekommenen Rue Asseline aufklärte. Aber er hatte nicht den Wunsch, Gabrielle diese Einzelheiten zu sagen – denn sie würde mit Sicherheit herausfinden wollen, woher er das wußte. Und der einzigen Frau, die er beinahe liebte, zu gestehen, daß er einen so verrufenen Ort mit ihrer ärgsten Feindin aufgesucht hatte, würde seine sofortige Entlassung bedeuten.

»Das läßt sich nicht in zwei, drei Worten erklären«, sagte er so ernst, wie er konnte, während ihm die Lächerlichkeit dieses Gesprächs aufging. »Natürlich werde ich es dir ganz genau berichten, meine Liebe, aber das braucht ein bißchen Zeit. Im Augenblick solltest du zu Adolphe gehen und herausfinden, was ihm so dringlich erscheint, und wenn wir uns das nächste Mal sehen, verspreche ich dir, alles über Silvie zu enthüllen, und warum sie mir zu meinem größten Bedauern verpflichtet ist.«

Damit nahm er Gabrielles Hände und küßte sie leicht auf die Wange. Sie verließen gemeinsam die Wohnung, und er begleitete sie zum nächstgelegenen Taxistand, und verabschiedete sich von ihr – dankbar, daß er ein bißchen Zeit gewonnen hatte, um eine Geschichte zu erfinden, die seine Macht über Silvie erklärte. Er wartete, bis das Taxi um die Ecke gebogen und außer Sicht war, dann ging er zu Gabrielles Wohnung zurück, um mit dem Dienstmädchen zu sprechen.

Er war ernstlich unzufrieden mit dem, was Gabrielle ihm gesagt hatte – Adolphe hatte ihr mit Sicherheit am Telefon irgendeinen Hinweis auf den Grund für diese plötzliche Zusammenkunft gegeben – einen deutlichen Hinweis, wenn nicht gar eine volle Erklärung. Wenn es sich um dringliche Nachrichten handelte, lag es nicht in der menschlichen Natur, etwas anderes zu tun, und Gabrielle hatte seine Annahme indirekt bestätigt, indem sie erklärte, es habe nichts mit Silvie zu tun. Und außerdem hatte Gabrielle es eilig gehabt, ihn loszuwerden, obwohl sie sich ohne weiteres hätte hinsetzen und mit ihm sprechen können, ehe sie fortging.

Es war alles höchst unbefriedigend – und die eine Person, die vielleicht in der Lage wäre, ihn aufzuklären, war die Zofe Claudine. Ein sonniges Lächeln breitete sich über ihr Gesicht, als sie die Wohnungstür öffnete und Marcel dort stehen sah.

»Monsieur Marcel – Sie sind es wieder«, sagte sie und tat so, als wisse sie nicht, warum er zurückgekommen war. »Haben Sie etwas vergessen? Aber was denn bloß … wollen Sie hereinkommen?«

Sobald er eingetreten war, reichte er ihr Hut und Handschuhe und ging schnurstracks wieder in Gabrielles schwarzsilbernen Salon. Claudine folgte ihm eilig. Sie musterte ihn mit einem nachdenklichen Gesichtsausdruck, während er sich auf den purpurfarbenen Diwan setzte. Er lächelte sie auf seine allercharmanteste Weise an, und sie drückte den Rücken ein wenig durch, damit ihr Busen unter ihrem schwarzen Kleid noch mehr hervorstand.

»Da ist etwas von allergrößter Wichtigkeit, das ich dich fragen muß, Claudine«, sagte er. »Seltsame Dinge sind im Gange, und ich begreife nicht, was los ist.«

»Aber ich weiß nichts«, protestierte sie. »Ich versichere Ihnen, Madame zieht mich nicht ins Vertrauen über ihre persönlichen Angelegenheiten.«

»Ob sie es tut oder nicht, Claudine, du bist eine intelligente Frau, und es ist nicht nötig, daß sie dir etwas sagt – du weißt es ohnehin.«

Während er sprach, nahm Marcel Claudines Hand und zog sie neben sich auf den Diwan.

»Aber, Monsieur«, rief sie in vorgetäuschter Bescheidenheit sofort aus, »es steht mir nicht zu, hier zu sitzen!«

»Ich bin sicher, du hast dir schon oft überlegt, wozu Madame de Michoux diesen wundervollen Diwan benutzt«, sagte Marcel, schob seine Hand unter Claudines Kleid und streichelte ihre glatten Schenkel oberhalb der schwarzen Strumpfbänder. »Wie viele Nachmittage hast du allein in der Küche gesessen und gewußt, daß sie hier auf dem Rücken lag und die Liebe genoß? Hast du dir nie gewünscht, an ihrer Stelle zu sein?«

»Mit Ihnen und ein paar der anderen Herren aus ihrer Vergangenheit, ja«, sagte Claudine und spreizte die Beine ein wenig, um seiner Hand zu erlauben, in ihre Unterwäsche zu schlüpfen und den dichten Busch aus krausem Haar zu finden. »Aber mit Monsieur Lacoste, nein, niemals – es sei denn, er erwiese sich danach als außergewöhnlich großzügig. Dann könnte ich ihn in Betracht ziehen – aber bei genauerem Hinschauen vielleicht auch nicht – junge Männer wie Sie sind nach meinem Geschmack, nicht ältere Herren.«

»Ein Mann muß nicht alt sein, um großzügig zu einer hübschen Frau zu sein«, sagte Marcel, der den Wink verstanden hatte, »ich habe die Absicht, dir ein kleines Geschenk zu machen, bevor ich gehe – 100 Francs für dich, die du für etwas ausgeben kannst, was du gern hättest.«

»Oh, dafür muß ich Sie küssen!« sagte sie, warf ihm die Arme um den Hals und drückte ihm einen feuchten Kuß auf die Wange. Marcel nutzte ihre gute Laune und erforschte ihr pralles *jou-jou* mit sanften Fingerspitzen.

»Ah«, seufzte sie, und ihre Beine zappelten auf dem Diwan, »aber nicht hier – kommen Sie mit in mein Zimmer, dann dürfen Sie mich ausziehen, wenn Sie wollen.«

»Also gut«, antwortete er mit einem Lächeln, und zusammen verließen sie den Salon. Marcel ging etwas ungeschickt wegen des steifen Gliedes in seiner Hose, und die Zofe bemerkte seinen mißlichen Zustand und lachte. Sobald sie in ihr kleines Zimmer gelangt waren, warf sie die Tür hinter sich zu, ließ sich vor ihm auf die Knie nieder, knöpfte seine Hose auf und holte seinen männlichen Stolz heraus.

»Seltsame Dinge widerfahren Ihnen, haben Sie gesagt«, meinte sie und grinste Marcel ins Gesicht, »aber ich finde das ganz und gar nicht seltsam – diese Steifheit ist völlig normal, wenn Sie ihre Hand unter das Kleid einer Frau schieben. Warum wollen Sie, daß ich es Ihnen erkläre – schließlich ist es nicht das erste Mal. Es ist auch schon früher passiert, als sie hier in meinem Zimmer waren.«

Während Claudine ihn neckte, liebkoste sie sein steifes Glied bis es bebte, und starrte es an, als sei sie von seiner Größe und seiner Kraft fasziniert. Im nächsten Augenblick hatte sie es im Mund, und Marcels Kopf fiel nach hinten gegen die hölzerne Tür, als Gefühle reinster Lust seinen Leib durchzuckten. Doch gleich darauf erinnerte er sich daran, daß er hergekommen war, um Informationen zu bekommen, und nicht, um sich zu amüsieren. Deshalb war es unabdingbar, die Kontrolle über die Situation zu behalten.

»Claudine, du hast mir versprochen, ich dürfte dich nackt ausziehen«, seufzte er, die Hände auf ihren Schultern, um sie zum Aufstehen zu bewegen. Seine Finger fummelten drängend an den Knöpfen ihres Oberteils, bis er es aufgeknöpft und ihr weißes Hemd freigelegt hatte. Er zerrte es ihr von den Schultern und umfing ihre vollen Brüste, die sich warm und schwer und erregend anfühlten, während sie fortfuhr, seinen hüpfenden Apparat lebhaft zu massieren.

»Ah, Claudine – ich muß dich nackt sehen!« keuchte er, als seine Beine unter ihm zu zittern begannen. »Zieh deine Kleider aus, *chérie*!«

Sie ließ ihn los, um ihr schwarzes Kleid abzulegen, und er war sehr erleichtert, denn er fühlte, daß sein Höhepunkt nicht fern war. Sie zog ihren dünnen, rosa Schlüpfer aus und warf ihn ihm grinsend zu, dann setzte sie sich auf die Bettkante, und rollte ihre Strümpfe herunter. Um nicht zurückzustehen, riß sich Marcel mit zitternden Fingern die Kleider vom Leib und starrte dabei die ganze Zeit auf die nackte Zofe, die sich aufs Bett fallen ließ und die Beine weit spreizte.

Im nächsten Augenblick war er über ihr und befingerte ihre Brüste mit gieriger Lust. »Steck ihn in mich!« flehte sie und winkelte ihre Knie zu beiden Seiten seines Körpers an, während sie ihn an den Oberarmen packte und auf sich zog. Mehr als bereitwillig schob er sein hartes Glied zwischen die dunkel behaarten Lippen zwischen ihren gespreizten Schenkeln. Sofort steckte er tief in ihrer nassen Wärme und begann, sie kraftvoll und schnell zu reiten, während sie ihn mit weit geöffnetem Mund und dem Leuchten ekstatischer Vorfreude anschaute.

»Schneller, schneller, schneller!« keuchte sie und schob ihm ihre Lenden im Rhythmus seiner Stöße entgegen. Ob es menschenmöglich war, noch schneller zu werden, hatte keiner der beiden Gelegenheit herauszufinden, denn sie erreichten gleichzeitig ihren Höhepunkt – vor Stöhnen, krampfartigem Zucken und Herumwälzen kamen sie nicht mehr dazu, darüber nachzudenken.

Er wartete, bis sie sich wieder beruhigt hatte, ehe er sich herunterrollen ließ, sich neben sie legte und ihr zärtlich das Gesicht streichelte. Er wollte ihren Zustand entspannter Zufriedenheit aufrechterhalten, während er ihr die Frage stellte, die ihm auf der Zunge brannte. Aber sie war nicht dumm, diese Claudine! Sie drehte sich auf die Seite und nahm sein nasses, erschlaffendes Glied in die Hand.

»Sie wollen wissen, was Monsieur Lacoste am Telefon gesagt hat und warum Madame es so eilig hatte, fortzugehen«, sagte sie stirnrunzelnd. »Aber ich glaube nicht, daß ich diejenige sein sollte, die es Ihnen sagt, so gern ich Sie auch mag.«

»Warum denn nicht? Alles, was Madame de Michoux betrifft, geht mich etwas an, das weißt du – weil ich ihr völlig ergeben bin.«

»Ja, das verstehe ich. Aber dies ist etwas anderes. Sie sollten Monsieur Lacoste fragen, nicht mich. Sie bringen mich in eine äußerst peinliche Lage.«

»Wirklich?« fragte Marcel neckend und schenkte ihr sein berühmtes charmantes Lächeln. »Aber die Lage, in der du mir gefällst, ist ganz und gar nicht peinlich, Claudine – es ist eine bequeme Lage, mit gespreizten Beinen rücklings auf dem Bett.«

»Wann immer Sie wollen«, murmelte sie.

Er rollte sie wieder sanft auf den Rücken und schob seine Hand zwischen ihre Schenkel, um die nassen Lippen ihres *jou-jous* zu befühlen – und sehr bald hatte er sie soweit, daß sie langgezogene Seufzer ausstieß, während seine Fingerspitzen ihr verborgenes Knöspchen rieben. Seine Berührungen waren leicht und zart, und er zog ihr Vergnügen in einem köstlichen Vorspiel in die Länge, so daß sie ihre Beine so weit grätschte, wie es überhaupt nur möglich war, und ihr voller Busen bebte und wippte zu den Zuckungen ihres Körpers.

»Bist du bereit für mich?« flüsterte er, obwohl er sehr wohl wußte, daß sie vor Erregung beinahe wild wurde.

»Ja – schnell, stecken Sie ihn rein!« ächzte Claudine, faßte seinen harten Schaft und zerrte ihn daran näher.

»Ganz hinein?« fragte er und verlängerte die köstliche Qual bis an die Grenze des Erträglichen.

»Ja, ja!« wimmerte sie und wölbte den Rücken, so begierig war sie, sein steifes Glied in sich zu fühlen.

»Dann sag mir, was ich wissen will«, sagte er, und seine Fingerspitzen flitzten über ihren nassen Knopf, so daß sie vor Lust laut aufschrie. Sie konnte nicht mehr länger widerstehen, davon war er überzeugt. »Hat Madame dir gesagt, worum es in dem Telefongespräch ging?«

»Ja... sie war so verblüfft, daß sie mir alles erzählt hat«, keuchte Claudine, »aber bitte, zwingen Sie mich nicht, es Ihnen zu sagen, bitte... legen Sie sich auf mich!«

»Sofort«, versprach er. »Aber erst, wenn du es mir gesagt hast.«

»Wenn Sie darauf bestehen... Monsieur Lacoste hat angerufen, um zu sagen, daß Ihre Mutter zu ihm ins Büro gekommen sei...«

»Meine Mutter? Nein, das ist völlig absurd. Das muß ein Mißverständnis sein – warum sollte sie das tun?«

»Um ihm zu sagen, daß Sie sein Sohn sind«, wimmerte Claudine. »Und jetzt wissen Sie alles – bitte, stekken sie ihn rein, ich flehe Sie an.«

Aber leider erschlaffte Marcels Stolz unter dem Schock dessen, was er gerade gehört hatte, und seine Hand lag reglos zwischen Claudines Beinen, während sein verwirrter Verstand den Sinn von alledem zu erfassen suchte.

13

Alte und Neue Beziehungen

Die Begegnung mit Adolphe Lacoste war für Marcel ein Ereignis von unübertroffener Peinlichkeit. Seine Mama hatte den Besuch für elf Uhr dreißig am Vormittag arrangiert, so daß Adolphe anschließend mit ihnen zu Mittag essen konnte, wie es sich für eine Familie gehörte. Verzagt bereitete Marcel sich darauf vor, indem er – auf strengen Befehl seiner Mutter – dem Anlaß entsprechend seinen dunkelsten Anzug und seine dezenteste Fliege anlegte.

Wenn ein Mann mit dreißig erfährt, daß er nicht der Sohn des Mannes ist, den er während seiner ganzen Kindheit *Papa* genannt hat, so ist das natürlich eine Erfahrung, die das Selbstvertrauen untergräbt und die geistigen Fähigkeiten lähmt.

Zu entdecken, daß seine geliebte Mama in ihrer fernen Jugend zu den gleichen Unbesonnenheiten fähig gewesen war, die er jetzt selber genoß, wäre für das Anstandsgefühl eines jeden Mannes ein schwerer Schlag gewesen. Und feststellen zu müssen, daß er höchst intim sowohl mit der zukünftigen Gattin als auch mit der Schwester des Mannes gewesen war, den er nun als seinen Vater betrachten mußte, brachte Marcel völlig durcheinander und ließ ihn an der gesamten Basis der zivilisierten Gesellschaft zweifeln.

Und das Teuflische daran war, daß Silvie mit irgendeinem weiblichen Instinkt gewußt hatte, daß ihr Bruder und Marcels Mama in ihrer Jugend Geliebte gewesen waren. Sie hatte es ihm gesagt, als sie in Cannes zusammen im Bett lagen, und er hatte sich geweigert, ihr zu glauben – er hatte die Vorstellung als absurd abgetan. Adolphe war vielleicht in seine Mama verliebt gewesen, aber das bedeutete nicht, daß er ihr Liebhaber gewesen war, hatte Marcel Silvie versichert. Wie töricht kam er sich jetzt vor, als er sich an seine Worte erinnerte. Für wie ungeheuer naiv mußte sie ihn gehalten haben!

Mit diesen düsteren Gedanken erhob sich Marcel, als die Hausangestellte Monsieur Lacoste anmeldete. Adolphe kam hereingeeilt, ein Lächeln auf seinen Lippen, und die Spitzen seines borstigen Schnurrbarts zeigten triumphierend in die Höhe. Er trug einen altmodischen schwarzen Cut und ein Hemd mit steifem Kragen. Mit einer großen Geste, die Freundschaft und Respekt ausdrücken sollte, küßte er Madame Chalons Hand und dann ihre Wangen und nannte sie beim Vornamen! Er wandte sich Marcel strahlend zu, ergriff seine Hand mit beiden Händen und schüttelte sie heftig auf und ab. »Mein Junge, mein Junge ...« murmelte er mit Freudentränen in den Augen.

»Marcel – umarme deinen Papa«, wies Madame Chalon ihren Sohn an, und pflichtschuldig legte Marcel seine Arme um Adolphe und küßte ihm beinahe die Wange. Solche Halbherzigkeit entsprach nicht Adolphes Art – er preßte Marcel in einer männlichen Umarmung an seine Brust und drückte ihm einen herzlichen Kuß auf jede Backe. Marcel schaute seine Mutter über Adolphes Schulter hinweg vorwurfsvoll an, aber sie ignorierte ihn.

Als sie sich gesetzt hatten, und das Dienstmädchen jedem der Männer ein kleines Glas feinen Cognac eingeschenkt hatte, versuchte Adolphe, es Marcel leichter zu machen.

»Ich kann sehen, daß du so verdutzt bist, wie ich es selber war, mein lieber Junge«, sagte er, »und das ist nicht anders zu erwarten. Du darfst nicht schlecht von deiner lieben Mutter denken – sie und ich liebten einander innig, als wir jung waren. Wir hätten heiraten sollen, aber ich habe mich wie ein Idiot benommen, weil ich fand, ich sei ihrer nicht würdig, solange ich ein armer Mann war – also verschwand ich nach Madagaskar, um ein Vermögen zu machen, mit der Absicht, in zwei Jahren wiederzukommen. Ich wußte nichts von ihrem Zustand, sonst wäre ich nie fortgegangen. Und sie wußte es auch nicht.«

»Bitte«, sagte Marcel düster, »es ist nicht nötig, mir diese Entschuldigungen zu servieren. Vergangenes ist vergangen. Männer und Frauen schließen enge Freundschaften, die manchmal unangenehme Folgen haben.«

»Aber ich halte es für wichtig, daß du weißt, daß wir alle in bester Absicht gehandelt haben«, sagte Adolphe. »Es war ein schrecklicher Tag, als deine liebe Mama ihren Zustand erkannte und glaubte, ich hätte sie sitzengelassen. Was konnte ein junges Mädchen aus gutem Hause in einer so mißlichen Lage tun? Sie brauchte jemanden, der sie und das Kind, das sie trug, beschützte – und es ist nur natürlich, daß sie sich Hector Chalon zuwandte, einem Mann, der ihr viele Male seine Liebe erklärt hatte.«

»Davon will ich bitte nichts mehr hören«, sagte Marcel, »meine Mutter ist über alle Vorwürfe erhaben, egal, was sie getan hat, auch wenn sie meinen Angelegenheiten nicht immer die gleiche Höflichkeit entgegenbringt, wie ich leider sagen muß.«

»Ha!« rief Madame Chalon aus. »Du meinst die arme, kleine Dany, nehme ich an! Das ist eine ganz andere Geschichte – dein Verhalten diesem Kind gegenüber war hartherzig, und das ist noch untertrieben.«

Adolphe grinste Marcel an und zwinkerte ihm verschwörerisch zu, als wollte er ihm zu verstehen geben, daß er, von Mann zu Mann, von Vater zu Sohn, völlig einverstanden sei mit Marcels Benehmen gegenüber jungen Frauen. Marcel knurrte innerlich über diesen Anbiederungsversuch – so, wie er es sah, war die Parallele zwischen ihm und Adolphe zu offensichtlich, um tröstlich zu sein. Er hatte Dany von ihrer Jungfräulichkeit befreit, wenn auch nur auf ihren ausdrücklichen Wunsch, und hatte sie fallengelassen – genau wie Adolphe, der einst Mamas Gunst genossen hatte und dann verschwunden war.

Um von diesen melancholischen Überlegungen fortzukommen, lenkte Marcel das Gespräch zurück auf ihre neue und unbehagliche Beziehung.

»Jetzt, da Mama ihnen und mir ihr lang gehütetes Geheimnis offenbart hat«, sagte er, »erhebt sich die Frage: Was nun? Es fällt mir schwer, das müssen Sie verstehen, einen anderen Vater zu akzeptieren – und ich bin sicher, Ihnen fällt es schwer, plötzlich einen Sohn zu haben, nachdem Sie ein Leben lang unverheiratet waren.«

»Im Gegenteil«, sagte Adolphe eifrig, »ich kann dir versichern, daß ich völlig begeistert und hingerissen bin, einen so wohlgeratenen, gutaussehenden, intelligenten Sohn zu haben. Ich bin sogar überglücklich.«

»Du lieber Gott«, dachte Marcel gramvoll, »in ein oder zwei Minuten wird er entscheiden, daß er mich liebt und Mama heiraten will, so daß wir alle als Familie zusammenleben können! Hat denn diese Peinlichkeit gar kein Ende? Offensichtlich hat Mama mich ernst genommen, als ich sagte, ich wolle Silvie heiraten, denn sie hat das Risiko auf sich genommen, als Mutter eines unehelichen Kindes in Verruf zu geraten, nur um mich daran zu hindern – denn es ist eindeutig verboten, die Schwester des Vaters zu heiraten, selbst wenn es nur die Halbschwester ist.

Aber so gerissen er in Geschäftsangelegenheiten auch sein mag, Adolphe ist in gewisser Hinsicht ausgesprochen gutgläubig – wie ungemein leicht er Mamas

Behauptung, er sei mein Vater, akzeptiert hat – eine Angelegenheit, für die es keinerlei Beweise geben kann.«

»Und was sagt Gabrielle zu der ganzen Geschichte?« fragte er neugierig. »Als Ihre Verlobte ist sie doch von einer solchen Enthüllung ebenfalls betroffen und kann nicht gleichgültig bleiben.«

»Sie war die erste, mit der ich mich beraten habe, was unter diesen Umständen nur allzu natürlich ist«, sagte Adolphe. »Sie war höchst überrascht und, das will ich nicht verheimlichen, einigermaßen bestürzt und unangenehm berührt wegen dieser Neuigkeit. Aber sie wird sich an den Gedanken gewöhnen, daran zweifle ich nicht, und sie wird im Laufe der Zeit eine angemessene Zuneigung zu dir entwickeln.«

Marcel überlegte kurz, was angemessen in diesem Zusammenhang heißen sollte, aber dann schlug er sich diesen Gedanken rasch aus dem Kopf – er würde warten, bis er die Sache mit der Dame persönlich besprechen könnte.

»Madame de Michoux ist hinter ihrer äußerlichen Sanftheit und Fügsamkeit eine Dame mit strikten Ansichten«, sagte Marcels Mama. »Möglicherweise wird sie Marcel niemals als deinen Sohn und Haupterben akzeptieren, mein lieber Adolphe.«

Dieser indirekte Hinweis auf sein Geld brachte einen nachdenklichen Ausdruck in Adolphes Gesicht. Er strich sich die Schnurrbartspitzen nach oben, während er diesen neuen Aspekt verdaute.

»Erbe?« sagte Marcel, entsetzt über die Worte seiner Mutter. »Aber ich habe nicht den Wunsch, Ihr Erbe zu sein, seien Sie dessen versichert. Und auf gar keinen Fall, wenn es bedeutet, daß Gabrielle und natürlich Silvie ihrer berechtigten Erwartungen beraubt würden. Ich lebe sehr genügsam und kann mit dem Erbe meines lieben Vaters – ich meine, Monsieur Chalons – recht gut auskommen. Aber vielleicht würden Sie mir freundlicherweise, aufgrund Ihrer großen Geschäftserfahrung, einen Rat geben – ein Freund hat mir vorgeschlagen, ich solle in großem Rahmen in ein Projekt investieren, das er wärmstens empfiehlt – eine Bergbaugesellschaft in Algerien. Was halten Sie davon?«

»Algerien? Dort habe ich selber Interessen«, erwiderte Adolphe mit einem pfiffigen Lächeln. »Wenn die Firma Eisenerz gewinnt, kaufe ich.«

»Nein, Borax«, sagte Marcel, »ich glaube, die Nachfrage ist groß.«

»Wer empfiehlt es denn?« fragte Adolphe, ohne sich weiter um die Firma zu scheren.

»Ein langjähriger Freund von mir, Marc-Antoine Delabeau. Er ist ein Teilhaber der Börsenmaklerfirma seines Vaters.«

»Aha – dann muß er einer der Söhne Emile Delabeaus sein«, sagte Adolphe sofort. »Das erklärt alles.«

»Was meinen Sie damit?«

»Mag sein, daß es Borax in Algerien gibt«, sagte Adolphe stirnrunzelnd, »auch wenn ich nie davon gehört habe. Aber über die Familie Delabeau weiß ich eine ganze Menge – zum Beispiel steckt der alte Emile bis über den Hals in Schulden. Er hat seine Firma sehr schlecht geführt und schuldet seinen Gläubigern viel Geld – vielleicht ein paar Millionen. In Kürze werden wir von seinem Bankrott hören, und vielleicht gar von einem Verfahren gegen ihn wegen Betrugs. Wenn du deinem Freund Marc-Antoine Geld aushändigst, wirst du weder Borax noch Geld sehen, darauf gebe ich dir mein Wort.«

»Kann man denn niemandem mehr trauen?« rief Marcel entsetzt über diesen neuen Beweis für die Unzuverlässigkeit der menschlichen Rasse aus.

»Deinem Papa kannst du trauen«, sagte seine Mutter. »Ihm liegt dein Wohlergehen am Herzen, Marcel. Hör auf ihn und lerne von ihm.«

Das Mittagessen war natürlich ein Alptraum, obwohl Marcel Chalon die Köchin angewiesen hatte, ein exzellentes Mahl zu kochen, und der Wein war zu Ehren des Gastes eigens eingekauft worden. Aber für Marcel war das Tischgespräch eine einzige Qual – Adolphe lobte alles über den grünen Klee und machte Madame Chalon ständig Komplimente. Kurzum, der alte Knabe genoß es in vollen Zügen, sonnte sich in Madame Chalons Lächeln und war glücklich, mit ihr endlos über jene Tage zu schwatzen, als sie jung und irrsinnig verliebt gewesen waren. Seine Mutter schwelgte ebenfalls in der Vergangenheit, erinnerte ihn an jene Person und diese gemeinsame Unternehmung und jenen Tanz – bis Marcel nichts anderes übrig blieb, als im Geiste Gedichte von Alfred de Musset zu rezitieren, um sich abzulenken.

Nach dem Essen flüchtete er, sobald er es anstandshalber konnte. Adolphe hatte sich mit einem Glas Cognac und einer langen, teuren Zigarre in der Hand im Salon niedergelassen und hatte offensichtlich die Absicht, dazubleiben und mit seiner Mama den ganzen Nachmittag lang die alten Zeiten heraufzubeschwören. Und in der Tat war das ehemalige Liebespaar inzwischen so in die Unterhaltung vertieft, daß keiner der beiden den geringsten Einwand machte, als Marcel sich entschuldigte und hinausschlüpfte. Er war durch und durch verstimmt, und nach ein oder zwei Gläsern Cognac in einer Bar in der Nähe der Wohnung nahm er ein Taxi, um Gabrielle aufzusuchen und herauszufinden, ob ihr die neue Situation so mißfiel, wie Adolphe angedeutet hatte.

Sie war in der Tat äußerst aufgebracht – das wurde Marcel sofort klar, nachdem Claudine ihn in den schwarzsilbernen Salon geführt hatte. Er durfte Gabrielle nur einen winzigen Augenblick lang die Hand küssen, bevor sie sie unter seiner Nase wegzog, und als er sich vorbeugte, um sie auf die Wange zu küssen, wich sie vor ihm zurück und stieß ihn fort. Sie lud ihn nicht ein, sich neben sie auf den halbrunden, purpurfarbenen Samtdiwan zu setzen, sondern wies auf einen Sessel ohne Armlehnen ein Stück weit von ihr entfernt.

»Gabrielle, es hat keinen Sinn, mich für diese lächerliche Situation verantwortlich zu machen«, sagte er. »Ich bin ebenso entsetzt wie du darüber, daß Adolphe Lacoste mein Vater sein soll. Aber was kann ich tun?«

Selbst mit zornigen Falten im Gesicht war Gabrielle noch immer schön. Sie trug ein charmantes kleines Nachmittagskleid aus silbergrauem Satin und einen Gürtel mit scharlachroter Schleife, der Faltenrock hatte Einsätze in derselben Farbe. Zwei Perlenschnüre waren um ihren schlanken Hals geschlungen, an denen sie mit zappeligen Fingern nervös herumspielte, während sie Marcel anstarrte. Ihre gezupften Augenbrauen stießen über der Nase beinahe zusammen, so sehr runzelte sie die Stirn.

»Tun?« sagte sie. »Du brauchst überhaupt nichts zu tun, nicht wahr? Alles, was von dir verlangt wird ist, stillzuhalten, während deine Mutter dir Adolphes Vermögen zuschiebt. Und was soll aus mir werden – kannst du mir das sagen? Ich kann nicht einmal die fünftausend *Francs* aufbringen, um den Mietvertrag für meine Wohnung zu erneuern – soll ich auf der Straße betteln gehen?«

»Aber das alles ist doch keine Geldfrage!« rief Marcel aus, schockiert, über das, was er da gehört hatte. War es möglich, daß seine Leidenschaft ihn für Gabrielles wahren Charakter blind gemacht hatte?

»Worum geht es denn sonst?« wollte sie wissen. »Warst du nach dreißig Jahren außerstande, einen Tag länger ohne die Anerkennung eines Vaters zu leben? Oder war es das Gewissen deiner Mutter, das sich nach so vielen ruhigen Jahren geregt und sie gedrängt hat, ihm alles zu beichten? Adolphe läßt sich vielleicht täuschen, aber ich nicht.«

»Gabrielle – ich verbiete dir, so von meiner Mutter zu reden!«

»Ich rede, wie ich will«, entgegnete sie, »und wo wir gerade beim Thema sind – warum bist du hergekommen? Was willst du denn sonst noch von mir?«

»Du bist verbittert – das kann ich verstehen«, sagte Marcel. »Aber der simple Grund, warum ich hergekommen bin, ist, daß ich dich anbete und bei dir sein will.«

»Und du erwartest, daß ich dir das glaube, wo du mir alles genommen hast?« rief sie aus. »Selbst wenn Adolphe sein Heiratsversprechen hält, was ich bezweifle, bist du derjenige, der alles bekommt. Du hast meine Zukunft gestohlen, meine Sicherheit zerstört und meinen Körper mißbraucht – was bleibt denn sonst noch?«

»Das sind grausame Worte«, sagte Marcel ehrlich bekümmert über das, was er hörte. »Du bist die wundervollste Frau, der ich je begegnet bin, und meine Gefühle für dich sind tief und echt. Ich habe es nicht verdient, auf diese Weise abgekanzelt zu werden.«

»Nichts als Lügen!« sagte sie mit schriller Stimme. »Jetzt, wo du alles bekommen hast, was du von mir wolltest, warum glaubst du, vorgeben zu müssen, daß du irgendetwas für mich empfindest? Was du getan hast, ist abscheulich – mich so weit zu täuschen, daß ich wirklich geglaubt habe, daß du mich anbetest, während du die ganze Zeit intrigiert hast, um mich um das Vermögen, das mir rechtmäßig zusteht, zu betrügen!«

Um ihren Worten Nachdruck zu verleihen, machte sie eine zornige kleine Geste mit der Hand, die ihre eleganten Brüste unter dem silbergrauen Kleid in einer Weise wippen ließ, die Marcel an die vielen glücklichen Stunden erinnerte, die er mit ihr verbracht hatte, und veranlaßten sein immer hoffnungsfrohes Glied, ein wenig zu zucken.

»Aber nein, das ist empörend, und ich weigere mich, meinen Ohren zu trauen!«, sagte Marcel. »Du kannst doch die bezaubernden Nachmittage und Abende nicht vergessen haben, die wir hier in diesem Zimmer verbracht haben – auf dem Diwan, auf dem du in diesem Moment sitzt. Wie oft hast du in Ekstase in meinen Armen gezittert?«

»Ah – du wagst es, mir das zum Vorwurf zu machen!« rief sie aus, »diese verworfene Angelegenheit, unsere körperlichen Triebe befriedigen zu wollen, diese elende Lust und Gier, die die Menschen für Liebe halten, und die sie nur in die abscheulichsten Tiefen führen!« und brach in Tränen aus.

Sofort war Marcel von dem modernistischen Stuhl aufgesprungen, hatte sich neben sie auf den Diwan gesetzt und ihr den Arm tröstend um die Schultern gelegt.

»Laß mich in Ruhe«, schluchzte sie, »du hast schon genug Unheil angerichtet!«

»Hör zu, Gabrielle«, sagte Marcel und tupfte ihre tränennassen Wangen mit seinem Taschentuch trocken. »Ich bete dich bis zum Wahnsinn an – vergiß Adolphe und heirate *mich.*«

»*Dich?*« keuchte sie. »Du bittest mich, *dich* zu heiraten? Wie absurd! Du hast nichts und du wärst ein höchst unzuverlässiger Ehemann – keine vernünftige Frau würde dergleichen je in Betracht ziehen. Aber ich bin geschmeichelt von deinem Antrag – wenn dir so viel an mir liegt, habe ich dir vielleicht Unrecht getan mit dem, was ich gesagt habe. Betest du mich ehrlich an, Marcel?«

»Ehrlich«, sagte er und küßte sie zart auf die Wange.

»Dann wirst du meine Chancen, Adolphe zu heiraten, nicht ruinieren – oder deine Mutter sie ruinieren lassen? Ich weiß nicht, was sie gegen mich hat.«

»Meine Mutter kann nicht mehr Unheil anrichten, als sie schon hat«, sagte er, »und was mich angeht, so gebe ich dir mein feierliches Ehrenwort, daß ich niemals etwas tun werde, das dein Glück zerstören könnte. Falls

Adolphe versucht, mir irgendeinen Teil seines Vermögens zu vermachen, entweder jetzt oder in seinem Testament, werde ich es direkt an dich weitergeben. Und was die fünftausend *Francs* angeht, die du brauchst, die bekommst du morgen.«

»Oh, Marcel... du liebst mich wirklich, das sehe ich jetzt!«, seufzte Gabrielle. »Aber es zerreißt mir das Herz, daß unsere enge, intime Freundschaft jetzt enden muß! Du wirst mir zustimmen, daß es nicht in Frage kommt, daß der Sohn meines Verlobten mein Liebhaber ist – egal, wie sehr ich ihn anbete.«

»Das Leben ist grausamer, als Worte auszudrücken vermögen«, seufzte Marcel, die Hand zwischen ihren Knien, um sie unter dem Kleid zu streicheln. »Wir haben so viel getan, um einander zu helfen, die nichtigen, quälenden Triebe des Körpers zu besiegen.«

»Ja«, flüsterte Gabrielle mit dem Kopf auf seiner Schulter. »Du und ich, wir haben zusammen soviel erreicht – aber jetzt ist es zu Ende.«

»Leider«, seufzte Marcel, und seine Finger erforschten die glatte Haut ihres nackten Schenkels über dem Strumpfband.

»Leider«, sagte auch sie, und ihre kleine Hand fand die Knöpfe von Marcels Hose und riß sie auf.

»Wir haben zusammen gelernt, edel zu sein, und ohne Furcht und falsche Scham dieses rohe Drängen des Körpers zu erforschen, so daß wir es als genau das erkennen können, was es ist – trivial und bedeutungslos«, sagte er.

»Bedeutungslos«, stimmte sie zu, während sie ihre Hand in seine Unterhose steckte und seinen aufrechten Stamm umfaßte und zu massieren begann.

Marcel erschauerte vor Lust und schob seine Hand in ihren Seidenschlüpfer, um ihr *jou-jou* zu liebkosen.

»Wir waren wie zwei Pilger, die einander auf dem langen, verwirrenden Weg zur moralischen Perfektion geholfen haben«, sagte er, und seine Fingerspitzen flitzten über ihre feuchte und verborgene Knospe. »Es ist ein langer Weg, dessen Ende man nicht einmal ahnen kann, aber wir sind ein Stück weit darauf gegangen, du und ich.«

»Wie wahr, wie wahr«, seufzte Gabrielle. »Und es ist nicht leicht, diesem Weg zu folgen – selbst jetzt schäme ich mich, gestehen zu müssen, daß mein Körper sich erniedrigen lassen möchte – trotz all unserer gemeinsamen, heroischen Bemühungen, ein gesundes Gleichgewicht zu erlangen, will ich noch immer, daß du meine Reinheit verletzt – ich will dich in mir fühlen!«

Im nächsten Augenblick hatte sie ihn losgelassen, um sich rücklings auf den purpurfarbenen Samtdiwan zu legen, ihr graues Kleid bis zur Taille hochzuziehen und den zarten, nilgrünen Seidenschlüpfer mit ihren Initialen, in dunkelbau auf ein Hosenbein gestickt, zu enthüllen. Marcel seufzte bewundernd, zog ihn ihr aus und ließ ihn auf den Teppich fallen, beugte sich vor, um ihren seidenglatten Bauch zu küssen und seine nasse Zungenspitze in ihren hinreißenden, kleinen, runden Bauchnabel zu bohren.

Ihre Füße in den grauen Lacklederschuhen standen noch immer auf dem Boden, und Marcel legte eine Hand auf jedes ihrer Knie, um sie auseinanderzudrücken und ihre Blüte seinem begierigen Blick zu öffnen. Dort zwischen ihren schlanken Schenkeln befanden sich die seidigen, braunen Löckchen, die er so anbetete, und die Rosenblätter ihres *jou-jous.* Zum hundersten Mal sagte er sich voller Stolz, daß die liebe Gabrielle die eleganteste Köstlichkeit besaß, die er je die Ehre gehabt hatte, zu genießen.

»Nie wieder«, flüsterte sie traurig, »nie wieder, Marcel.«

»Niemals«, stimmte er zu, als er mit gebrochenem Herzen seine Hose noch weiter aufriß und sich auf sie warf.

Er war so poetisch, dieser Abschied, dachte er – es war wie eine grandiose Oper, inspirierend, ergreifend – und ungeheuer tragisch! Vielleicht teilte die schöne Gabrielle diese erhabenen Gefühle – vielleicht auch nicht – aber sie stieß einen kleinen Schrei aus, als sie fühlte, wie sein steifes Glied in sie drang, und dann wieder, als er auf ihrem nackten Bauch lag und in ihrer samtenen Feuchtigkeit aus und ein glitt. Marcels Augen trübten sich vor Rührung, als er zusah, wie sich ihr hübsches Gesicht rosig färbte, während ihre Gefühle sich steigerten und ihre Hände seine Pobacken packten, um ihn tiefer zwischen ihre gespreizten Beine zu ziehen.

»Marcel, Marcel…«, murmelte sie, und ihr Mund suchte seine Lippen zu einem langen Abschiedskuß. Marcel seufzte und sprudelte seine Begeisterung in sie hinein, und Gabrielle keuchte seinen Namen wieder und wieder und wand sich unter ihm auf dem Diwan, als die überwältigenden Gefühle in ihr explodierten und Erlösung brachten. Ihre Füße hoben sich vom Boden und schlangen sich um Marcel – und dann hörte er zum letzten Mal ihren Schrei der Ekstase, der klang wie zerreißende Seide. Es standen ihm Tränen in den Augen, als er sie zu einem letzten Stillstand ritt.

Nach diesem zärtlichen Abschied, der ihm beinahe das Herz zerriß, hatte Marcel das Bedürfnis, mit seinem Kummer allein zu sein. Er verließ Gabrielles Wohnung, ging zur Seine hinunter, um an den Quais entlang zu spazieren. Er ignorierte die eng umschlungenen jungen Liebespaare unter den Brücken und die einsamen Angler, die auf dem Steinrand saßen und in die Strudel hinunterstarrten. Doch nach ungefähr einer Stunde war er wieder gefaßt genug, um seinen langen, melancholischen Spaziergang zu beenden und eine Bar in der Nähe der Place de la Bastille aufzusuchen.

Nach ein oder zwei Gläsern Cognac wandelte sich seine Stimmung, und er war imstande, sich von der Vergangenheit zu verabschieden und sein Leben wieder aufzunehmen. Er rief Silvie an, begierig, ihre Reaktion auf die neue Situation zu erfahren, in der sie sich jetzt befanden. Der höfliche Diener nahm den Hörer ab und nach einer gewissen Wartezeit verband er ihn mit Silvie. Sie klang außer Atem und verstört.

»Marcel – ich muß mit dir sprechen«, sagte sie drängend. »Das Allerschlimmste ist eingetroffen – ich hätte auf dich hören sollen!«

»Was ist denn passiert?« fragte er. »Hat Belanger von dir und mir erfahren und die Verlobung aufgelöst?«

»Viel schlimmer«, sagte sie, »aber ich kann es dir nicht am Telefon sagen. Wo können wir uns sehen – irgendwo ganz abgeschieden.«

»Warum denn nicht bei dir in der Wohnung?« fragte er, während er sich den Kopf zerbrach, was wohl geschehen war, um sie derart zu beunruhigen.

»Nein – ich bin sicher, das Personal lauscht an den Türen und hört alles!« sagte Silvie dramatisch.

Einer plötzlichen Eingebung folgend, gab Marcel ihr die Adresse von Pierre Martins Wohnung und schlug vor, daß sie sich dort um fünf Uhr treffen sollten. Er rief Pierre an, um ihn zu bitten, ihm ein oder zwei Stunden seine Wohnung zu leihen, und war erstaunt, als Pierre ihm jubelnd erzählte, daß er Danys Liebhaber geworden sei.

»Meinen Glückwunsch«, sagte Marcel und unterdrückte ein Kichern über Danys Flexibilität. Sie schien ihre Zuneigung mühelos von einem Mann auf den anderen übertragen zu können. »Und wann ist das geschehen?«

»Vor drei Tagen. Sie bat mich, sie in einem Café zu treffen, weil sie mir etwas Wichtiges mitzuteilen habe – und es stellte sich heraus, daß du mich angelogen hast, du Hund, als du vorgegeben hast, ihr Liebhaber zu sein! Es war ihr so peinlich! Aber sie hatte mir gegenüber freundschaftliche Gefühle entwickelt und wollte, daß ich die Wahrheit erfahre. Ich lud sie an jenem Abend zum Essen ein und anschließend in meine Wohnung – und sie gab sich mir auf die charmanteste, natürlichste Weise der Welt hin – und zu meinem Entzücken war sie tatsächlich noch Jungfrau!«

»Ganz schön klug von dieser jungen Frau«, dachte Marcel und biß sich auf die Finger, um nicht lauthals ins Telefon zu lachen.

»Ich glaube, ich bin schon ein bißchen in sie verliebt«, verkündete Pierre glückstrahlend, »ich verzeihe dir, ihre Keuschheit in Frage gestellt zu haben, und ich bin dir dankbar, daß du uns zusammengebracht hast.«

»Dann kann ich mir also deine Wohnung ein oder zwei Stunden ausleihen?«

»Natürlich – aber du und deine Freundin müßt um zehn Uhr verschwunden sein – ich gehe mit Dany heute abend zum Essen und anschließend zu mir nach Hause, bevor sie heimgeht.«

»Ich verspreche dir hoch und heilig, lange vorher weg zu sein«, grinste Marcel, »und wir werden keinerlei Spuren hinterlassen, die darauf hindeuten, daß wir dort gewesen sind.«

»Dann werde ich die *concierge* anrufen, damit sie euch einläßt – sie heißt Madame Lasalle, ist fett und schielt.«

Es zeugte von Silvies Verstörung, daß sie nur eine Minute zu spät kam. Dennoch sah sie absolut hinreißend aus in ihrem getupften, seidenen Sommerkleid mit enganliegenden Ärmeln und zu Schleifen gebundenen Bändern an den Manschetten. Sie trug einen weichen, grauen Filzhut mit breitem Hutband, die Krempe vorn nach unten geklappt.

»Oh, Marcel!« rief sie und warf sich ihm in die Arme,

sobald sie durch die Tür von Pierres Wohnung gekommen war. »Ich habe solche Probleme und weiß einfach nicht mehr ein noch aus!«

Marcel küßte sie respektvoll und freundlich auf die Wange und geleitete sie ins Wohnzimmer, wo er schon eine Flasche von Pierres Champagner geöffnet hatte. Warum auch nicht – Pierre war ihm wirklich etwas schuldig für Danys glatten, jungen Körper. Es amüsierte Marcel, Silvie auf dem gleichen dunkelgrünen Ledersessel sitzen zu sehen, auf dem Dany an jenem unvergeßlichen Nachmittag gesessen hatte, als sie ihm so listig ihre zweifelhafte Keuschheit geopfert hatte.

»Jetzt erzähl mir mal von deinem Problem«, sagte er und drückte Silvie ein Glas in die Hand.

Sie starrte ihn sorgenvoll an und nippte kaum an ihrem Champagner.

»Wie du dich erinnerst, hatte ich dir erzählt, daß ich Nanette ein paarmal bei mir zu Besuch hatte«, sagte sie mit zitternder Stimme und ohne das gewohnte Selbstvertrauen. »Ich war grob zu dir, als du mich davor gewarnt hast, wie riskant es sei, sich mit solchen Leuten einzulassen – aber du hattest ganz recht, und ich muß mich bei dir entschuldigen. Gestern ist ihr Freund aufgetaucht, um mich zu erpressen! Er will zehntausend *Francs*, damit er den Mund hält.«

»Ich dachte, ihr Freund sei im Gefängnis«, sagte Marcel.

»Sie hat sich einen anderen gesucht, die rothaarige kleine Hure!«, sagte Silvie gehässig. »Was soll ich nur tun? Wenn ich ihm das Geld gebe, kommt er in Kürze wieder und verlangt mehr, und wenn ich es nicht tue, dann erzählte er Claude von Nanette und mir. Und ich dachte, wir seien echte Freundinnen, diese elende Kreatur und ich – ich habe ihr alles über mich gesagt!«

»Oh, Silvie«, sagte Marcel und schüttelte unglücklich den Kopf. »Es gibt nur einen Ausweg – du mußt Claude alles beichten und die Polizei alarmieren, damit sie Nanette und ihren kriminellen Freund verhaftet.«

»Unmöglich! Claude würde nie mehr etwas mit mir zu tun haben wollen.«

»Laß uns praktisch denken, liebe Silvie«, sagte Marcel, der mutig sein konnte, weil er bei der Sache nichts zu verlieren hatte. »Du bist mit Tournet verheiratet, und deine Hochzeit mit Belanger ist, offen gesagt, eine unsichere Sache. Du willst ihn heiraten, sobald du geschieden bist, weil du eine Tarnung für deine privaten Vergnügungen brauchst. Er will dich heiraten, nicht, weil er dich anbetet, sondern weil Adolphe ihm viel Geld versprochen hat. Wenn die Summe groß genug ist, wird er dein Verlobter bleiben, selbst wenn er erfährt, daß du die Dienste einer rothaarigen Dirne in Anspruch genommen hast. Und wenn er schwankt, dann kannst du Adolphe dazu kriegen, die Summe zu erhöhen, um ihn in seinen Heiratsabsichten zu bestärken – falls du ihn noch immer heiraten willst, wenn du geschieden bist.«

»Es ist grausam von dir, so was zu sagen!« rief Silvie und brach in Tränen aus.

Zum zweiten Mal an diesem Tag legte Marcel einen Arm um die Schultern einer weinenden Frau, um sie zu trösten. Er saß auf der breiten Lehne von Silvies Sessel und wiegte sie sanft in den Armen, seine Wange auf ihren Kopf gelegt.

»Dieser Belanger ist es nicht wert, daß man wegen ihm weint«, sagte er. »Vergiß ihn, Silvie – du bist es dir schuldig, jemand Besseren zu finden.«

»Ach, wenn ich doch dich haben könnte«, hauchte sie, »aber selbst wenn du einverstanden wärst, ist es jetzt nicht mehr möglich, weil du plötzlich Adolphes Sohn geworden bist. Was für ein Alptraum es sein wird, dich jeden Tag in Biarritz zu sehen und nie umarmen zu dürfen!«

»Biarritz? Was redest du da?« fragte Marcel.

»Ich hatte es ganz vergessen – du weißt noch nichts davon. Adolphe mußte erst deine Mutter überreden, und heute mittag hat sie eingewilligt.«

»Eingewilligt? Wozu denn? Und wieso geht man davon aus, daß meine Mutter entscheidet, was ich tue?«

»Adolphe will, daß wir alle zusammen sind – eine große, glückliche Familie – er und seine Verlobte, sein Sohn, deine Mutter, Claude und ich. Er hat für den ganzen Monat August für uns alle im besten Hotel von Biarritz reserviert. Wir fahren alle zusammen in zwei Tagen mit der Bahn dorthin.«

»Mein Gott!« stöhnte Marcel, entsetzt von der Aussicht, in nächster Nähe der beiden Frauen zu leben, mit denen er die innigste Intimität genossen hatte und es unmöglich wäre, sie anzufassen. »Ich weigere mich zu fahren! Wenn Mama eingewilligt hat, dann wird sie ohne mich fahren müssen. Bin ich denn ein Kind, das man so herumkommandiert?«

»Vielleicht!« sagte Silvie nachdenklich, denn ihre Tränen waren versiegt, und eine andere, starke Emotion hatte ihre zornige Frustration abgelöst. Marcel saß rittlings auf der breiten, dunkelgrünen, ledernen Sessellehne, Silvies Kopf an seiner Brust, und die Arme um ihre Schultern gelegt. Sie hatte das Vergnügen entdeckt, ihre Hand zwischen seine gespreizten Beine zu schieben und langsam an seinem Schenkel aufwärts zu streichen.

»Bei meiner Geburtstagsparty«, sagte sie heiser, »hast du mit mir geschlafen und gesagt, daß du mich anbetest... betest du mich jetzt noch immer an, oder ist deine Zuneigung erkaltet, weil ich plötzlich deine Tante bin?«

»Meine Tante!« sagte er ironisch. »Wie kann ich dich je als meine Tante ansehen, liebste Silvie, nachdem wir so köstliche Augenblicke miteinander verbracht haben?«

In seiner Hose stand sein kostbares Ding schon stramm aufrecht, als Antwort auf die Liebkosungen ihrer Hand entlang der Innenseite seines Schenkels. Er seufzte erwartungsvoll, als sie mit behenden Fingern die Hose aufknöpfte und hineinfaßte, um es fest in die Hand zu nehmen.

»Es sieht so aus, als gebe es da eine Sache, für die die Männer taugen, wie deine rothaarige, ehemalige Freundin gesagt hat«, murmelte er.

»Du weißt, daß ich dich anbete, seit wir es in dem Hotelzimmer in Cannes das erste Mal miteinander gemacht haben«, erwiderte sie und beugte den Kopf, um einen warmen Kuß auf seine erwartungsvolle Eichel zu drücken.

Marcels Hände waren auf ihrem Busen und befühlten ihn durch die dünne Seide ihres getupften Kleides.

»Dieses wundervolle erste Mal«, hauchte er inbrünstig, »du hattest dich über einen Stuhl gebeugt, den Schlüpfer auf halber Höhe – ach, die Ekstase jenes Augenblicks!«

»Du Bestie – du hast mich brutal behandelt und gedemütigt«, seufzte Silvie leidenschaftlich. »Mach es noch einmal!«

Sie sprangen gleichzeitig vom Sessel auf, und im nächsten Moment hatte Marcel das Möbelstück umgedreht, so daß die Rückenlehne ihnen zugewandt war. Mit einem langgezogenen Wonnestöhnen warf sich Silvie vornüber mit dem Bauch auf die dickgepolsterte Lehne und stützte sich mit den Händen auf die Sitzfläche. Marcel schlug ihr Kleid über ihren Rücken und entblößte ihren Hintern in einem blaßgelben Hemdhöschen. Seine Hände zitterten vor Erregung, als er zwischen ihre gespreizten Schenkel faßte, um die kleinen Perlmuttknöpfe zu lösen, die ihre Unterwäsche zusammenhielten, dann schlug er die Seide in die Höhe und entblößte ihr sinnliches Hinterteil mit einem Stoßseufzer schierer Lust.

»Oh, Marcel, *chéri!*« stöhnte Silvie beglückt, als sie

fühlte, wie seine Finger zwischen ihre weichen Schenkel drangen und die Lippen ihres *jou-jous* liebkosten. Zwei Finger steckten in ihr und kitzelten ihr Knöspchen, bis es ganz naß wurde, während die andere Hand über die Rundungen ihrer seidigen Pobacken strich und sich an der warmen Haut ergötzten.

»Je t'adore ... Marcel«, murmelte sie, während seine Finger in dem offenen Spalt ihres dunkelhaarigen Hügels an ihrem verborgenen Knopf Empfindungen allergrößter Lust erzeugten, »sei brutal zu mir!«

Sein befreites, steifes Glied nickte schnell auf und ab, als sei es vollkommen mit ihren Worten einverstanden. Marcel trat einen Schritt vor und stieß seinen harten Ständer mit einem kräftigen Ruck tief in sie hinein. Sie wand sich selig auf der Sessellehne und bestätigte so erneut seine Vermutung, die gute Silvie sei etwas masochistisch veranlagt.

»Jetzt bist du dran!« sagte er grob und rammte sich mit gewaltigen Stößen in sie, so daß sein Bauch gegen die glatte Haut ihres weichen Hinterteils klatschte.

»Oh, mein Gott – du spaltest mich entzwei!« kreischte sie, wobei sie klang, als wäre ihr nichts willkommener.

»Ja, ich habe vor, dich lustvoll umzubringen!« keuchte Marcel, während sein aufgestautes Begehren ihn immer heftiger vorantrieb.

»Ich gehöre dir – bring mich um, wie es dir gefällt!« wimmerte Silvie. Er ritt sie noch schneller und wilder, bis der Höhepunkt kam und er so gewaltig in sie hineinspritzte, daß sie vor entfesselter Ekstase schrie und zuckte. Das Vergnügen war kurz und heftig, und er wartete, bis ihre Zuckungen langsam abebbten, ehe er sich aus ihr zurückzog und sich wieder aufrichtete. Sie erhob sich sofort von der Sessellehne, schnellte herum und warf ihre Arme um seinen Hals.

»Du hast absolut recht«, sagte sie, »ich will diesen

Claude Belanger überhaupt nicht. Sag mir, was das Beste wäre.«

Marcel hatte ein perverses Bedürfnis, seinem Leben eine neue Richtung zu geben – und noch ehe die Vernunft seine Entschlossenheit schwächen konnte, zog er Silvie auf Pierres berühmten Perserteppich herunter, auf dem er die kleine Dany von ihrer Jungfräulichkeit befreit hatte.

»Auf dem Fußboden?« rief Silvie aus. »Das ist doch nicht dein Ernst, du Rohling! Ich fühle mich so wundervoll ausgenutzt und gedemütigt!«

»Hör mir einen Moment zu«, sagte Marcel, »ich habe dir großartige, unerwartete Dinge zu sagen.«

Sie lagen in enger Umarmung beieinander. Silvies Hand umfing sein nasses, schlaffes Glied, und er umklammerte ihre warmen Pobacken.

»Wir müssen uns gegen die dumme Situation auflehnen, in der wir gefangen sitzen, du und ich«, sagte er ihr. »Ich habe die Absicht, mich aus den Fängen meiner Mama und Adolphes zu befreien. Dir strecke ich meine Hand entgegen – komm mit mir und befreie dich von den törichten Erwartungen deines Bruders und der Ausbeutung durch Belanger – und vor allem der böswilligen Erpressung deiner rothaarigen Hure und ihres neuen Freundes.«

»Ja, Marcel!« rief Silvie. »Ja! Ja! Sag mir, was ich tun soll.«

»Wir treffen uns morgen am Gare de Lyon – ich werde alles arrangieren. Wir werden Paris und all unseren Ärger hinter uns lassen, wenn der Orient-Expreß uns in ferne Länder trägt.«

»Oh, ja!« seufzte sie, und ihre schönen braunen Augen glänzten vor Bewunderung. »Oh ja, Marcel ...«

Dieser wagemutige Fluchtplan erregte nicht nur Silvies Phantasie, sondern auch ihren üppigen Körper. Sie öffnete den Mund zu einem langgezogenen Seufzer, rollte sich auf den Rücken und spreizte die Beine weit auseinander, und als sie zu zittern begann, legte Marcel seine Hand zwischen ihre Schenkel und stellte fest, daß sie kurz davor war, ohne Zutun einen Orgasmus zu haben. Mit drei scharfen Zuckungen wurde sein Weichteil wieder hart und stark, und er rollte sich über Silvie und spießte sie bis zum Anschlag auf, was sie erneut schrill aufschreien ließ.

Ihr glitschignasses Fleisch umfing sein steifes Glied wie eine melkende Hand – und auch er wurde fast sofort von dem kühnen Plan, den er ausgeheckt hatte, überwältigt. Flucht, Freiheit – schon der Gedanke daran war so berauschend wie Cognac und so erregend wie eine schöne, nackte Frau! Mit einem langen, genüßlichen Grunzen ließ er sich seinen Saft von Silvies bebendem Bauch in heißen Strömen abzapfen und überließ sich der Gewalt seiner Lustgefühle.

Am nächsten Tag auf dem Bahnhof beförderte ein blaugekleideter Gepäckträger seine zahlreichen Koffer den Bahnsteig entlang zu der Stelle, wo die elegant uniformierten Angestellten der *Compagnie internationale des Wagons-Lits* aufmerksam neben dem Zug warteten. Marcel zeigte seine Fahrkarten und sagte, daß sich in Kürze eine Dame zu ihm gesellen würde, und ein Diener begleitete ihn zu ihren nebeneinanderliegenden, privaten Schlafwagenabteilen. Sein Gepäck wurde an Bord gebracht und verstaut, und er schob das Fenster hinunter, um den Kopf hinauszurecken und nach Silvie Ausschau zu halten.

Marcel hatte eine schwierige und qualvolle Auseinandersetzung mit seiner Mutter hinter sich. Er hatte ihr gesagt, er könne sie nicht nach Biarritz begleiten, da er eine große Reise machen würde. Selbstverständlich sagte er nichts von seiner Reisebegleiterin, denn Mama hatte eine sehr schlechte Meinung von Silvie. Sie hätte sich in langwierige Tiraden gestürzt, um ihn davon abzuhalten, mit ihr zu fahren.

Der Zeitpunkt für die Abfahrt des Zuges rückte näher, und der Bahnhofsvorsteher ging den Bahnsteig entlang und blieb auf Marcels Höhe stehen, um ihm einen zweifelnden Blick zuzuwerfen.

»Nur noch drei Minuten, Monsieur«, verkündete er, nachdem er seine Taschenuhr konsultiert hatte. »Der Orient-Expreß fährt immer pünktlich ab.«

Zwei Minuten später hatte Marcel die Hoffnung aufgegeben und wollte sich gerade traurig vom Fenster abwenden, als Silvie in höchster Eile, begleitet von den Rufen schwerbeladener Gepäckträger, den Bahnsteig entlanggelaufen kam. »Schnell, Madame, schnell!« riefen die *Wagons-Lits*-Bediensteten, und ein halbes Dutzend starker Arme hoben sie genau in dem Augenblick an Bord, als die Lokomotive ein langgezogenes, schrilles Pfeifen ausstieß und der Zug zu seiner langen Reise quer durch Europa losrollte.

Silvie lachte und weinte vor Aufregung, warf sich in Marcels Arme und drückte ihn.

»Ich hab's geschafft«, rief sie, »ich habe allen gesagt, sie sollen zum Teufel gehen – ich bin ja so glücklich über die Art, wie du mein Leben in die Hand genommen hast!«

Marcel gab den Bediensteten, die Silvies umfangreiches Gepäck verstaut hatten, ein Trinkgeld, und führte sie in sein Abteil.

»Schau!« sagte er und zeigte durch das Fenster. »Paris zieht vorbei und bleibt zurück. Morgen früh werden wir in Italien aufwachen, und in zwei Tagen sind wir in Istanbul. Die ganze Welt gehört uns.«

Mit vor Erregung und Abenteuerlust glänzenden Augen stieß Silvie ihn auf die lange Sitzbank und dann auf den Rücken. *»Silvie!«* war alles, was er hervorbringen konnte, ehe sie, mit den Knien auf dem Sitz, rittlings über ihm war. Ihre Reisekleidung war äußerst schick – eine hüftlange, schwarz und altrosa karierte Jacke über einem eng anliegenden Rock aus dem gleichen Stoff. Marcel starrte zu ihr hinauf, sie warf ihren kleinen Strohhut quer durchs Abteil und streifte ihre Jacke ab.

Marcel faßte nach ihren Schenkeln, fühlte die glatte Seide ihrer Strümpfe unter seinen Fingerspitzen. Es war überflüssig, etwas zu sagen – alles war selbstverständlich. Silvie hob ihren Rock bis zu den Hüften, dann auch das elfenbeinweiße Unterhemd – und mit einem befriedigten kleinen Seufzer stellte Marcel fest, daß sie für die Reise keinen Schlüpfer angezogen hatte. Die dunkelbraunen Löckchen ihrer *motte* glänzten, als seien sie frisch gebürstet, und sein wichtigster Besitz wartete schon ungeduldig in seiner Unterwäsche.

Bald war er draußen und in Silvies Hand, und sie strahlte voller Bewunderung und Wollust auf ihn hinunter, während sie ihn zwischen den Fingern rollte. Aber nicht lange – die Flucht mit der Eisenbahn hatte offensichtlich eine stark aphrodisische Wirkung auf sie – und sie steuerte ihn zwischen ihre Schenkel und setzte sich darauf, um sich selbst aufzuspießen. Marcel streckte die Hände aus, um ihren vollen Busen durch ihr Kleid hindurchzukneten, dann hielt sie still, bis er es ihr über den Kopf gestreift hatte – und dann noch das Hemd, so daß sie bis auf ihre dunklen Strümpfe nackt war. Jetzt konnte er ihre Brüste mit den vorstehenden dunkelrosa Spitzen nach Herzenslust kneten, während sie auf ihm ritt.

»Aber, liebe Silvie – du hast gesagt, daß ich jetzt die Kontrolle über dein Schicksal in der Hand hätte«, murmelte er und stieß rhythmisch aufwärts.

»Das hast du, das hast du!« rief sie aus. »Mein Leben, mein Schicksal, mein Körper, meine Liebe, mein Geschlecht, mein Geld, meine Zuneigung – alles untersteht deiner Kontrolle! Ich gebe mich voll und ganz in deine Hände!«

Ihre eigenen Worte der Unterwerfung erregten sie so sehr, daß ihr Höhepunkt augenblicklich einsetzte – und

Marcel mit seiner Plötzlichkeit überraschte. Ihr schönes Gesicht verzerrte sich zu einem konzentrierten Grinsen, und sie schlug die Hände über seine, damit er ihre Brüste fester drücke. Das war mehr, als er aushalten konnte – Marcels Rücken bäumte sich von der Sitzbank und er schrie auf, als seine Begeisterung in sie sprudelte. Der Orient-Expreß wurde immer schneller, die Räder ratterten in einem hypnotisierenden Rhythmus über die Schienen, und Marcel, verloren in einem Nebel aus Gefühlen, Stolz und Triumph, erkannte noch nicht, daß er sich von seiner Mutter losgerissen hatte, nur um sich in die Gewalt einer anderen Frau zu begeben.